KB163104

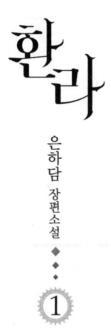

환라

은하담 장편소설

◆ · ·

①

동아

1권

초판 1쇄 인쇄일 | 2021년 1월 7일
초판 1쇄 발행일 | 2021년 1월 14일

지은이 | 은하담
펴낸이 | 박성면
펴낸곳 | (주)동아

출판등록 | 제406 - 3960100251002007000071호
주소 | 경기도 파주시 문발로 115, 세종대학교출판부 206호
전화 | (031)8071 - 5201
팩스 | (031)8071 - 5204
E - mail | bear6370@hanmail.net

정가 | 11,800원

ISBN 979-11-6302-441-5 (04810)
ISBN 979-11-6302-440-8 (set)

환라

은하담 장편소설

1

차 례

1. 서막

"어찌 나를 두고 가십니까, 부인!"

황제의 오열이 대내(大內) 밖으로 흘러나와 항룡궁을 가득 메웠다.

나랏일은 며칠째 내동댕이쳐진 채였다. 보다 못한 대신들이 관을 벗고 무릎을 꿇어앉아서 국사를 돌보시라 청하였다. 그러나 슬픔에 짓눌린 황제에게는 들리지 않았다. 새로운 황후가 책봉되었으나 그는 승하한 황후, 소능화의 옷자락만 끌어안고 울부짖을 뿐이었다.

"백년해로하겠단 약속을 못 지키시려거든 차라리 나를 저승으로 데려가세요!"

밖으로 흘러나온 황제의 목소리에 무릎을 꿇고 있던 몇 명이 헉, 숨을 들이켰다.

태어난 지 얼마 되지 않은 공주를 안고 항룡궁에 들어서던 황후, 파영로가 그 소리를 듣고 인상을 찌푸렸다. 그녀의 차가운 눈동자가 대내 앞에 무릎을 꿇고 있는 대신들에게 닿았다. 날카로운 눈초리에 그들은 다시 머리를 조아렸다.

영로는 그대로 대신들을 지나쳐 대내 앞에 섰다.

"폐하. 황후께서 드셨사옵니다."

문 앞을 지키던 궁인이 고했다. 그러나 안에서는 아무 소리도 들리지 않았다.

영로는 아기를 고쳐 안고 뒤에 서 있던 환관 마칠각을 바라봤다. 그가 영로에게 고개를 숙여 보이고 궁인에게 말했다.

"다시 고하시오."

영로의 눈치를 보며 머뭇거리던 궁인이 다시 입을 열었다.

"폐하! 황후께서……."

하지만 그녀는 말을 끝맺을 수 없었다. 아기를 한 손으로 고쳐 안은 영로가 남은 손으로 문을 열어젖힌 탓이었다.

"황후 폐하!"

궁인이 당황하며 막으려 했으나 역부족이었다. 그녀는 영로의 손에 내동댕이쳐졌다.

벌컥 열린 문 사이로 황제의 오열이 더 적나라하게 들렸다. 대신 중 몇 명이 고개를 저었다. 안으로 들어서는 영로를 따르려던 칠각이 뒤를 힐끔 보았다.

웅성거림이 심해졌다.

칠각은 한숨을 삼킨 뒤 영로를 따랐다. 곧 대내의 문이 닫혔다. 영로는 성큼성큼 울음소리가 들리는 곳으로 갔다.

"나를 데려가세요, 부인. 나를 데려가……."

영로는 찬 숨을 삼켜 끓어오르는 속을 달랬다. 황제는 차마 함께 묻지 못한 소능화의 옷을 끌어안고 넋 나간 사람처럼 중얼거리고 있었다.

영로는 눈살을 찌푸렸다.

'유약한 사내로고. 저런 자가 어찌 세 개의 왕국을, 내 나라를 정복하였는가.'

그녀는 속으로 혀를 차며 잠든 아기를 편하게 고쳐 안았다. 동시에 황제, 이백의 축 늘어진 몸뚱이가 슬픔에 휘둘리며 들썩였다. 위엄이라고는 찾아볼 수 없는 몰골이었다.

그녀는 못마땅한 눈으로 이백을 보다가 제 뒤에 서 있던 칠각에게 눈짓했다.

칠각이 깊게 고개를 숙여 보이곤 이백에게 다가갔다.

"폐하, 일어나시옵소서."

이백이 고개를 들었다.

"칠각이냐?"

그가 갈라진 목소리로 물었다.

"그러하옵니다."

"어찌 왔느냐. 귀비는 어찌하고……."

"이제는 귀비가 아니지요, 폐하."

영로가 서릿발처럼 차가운 목소리로 끼어들었다.

"그래, 그렇지. 황후 오셨소. 황후……."

중얼거리던 이백이 다시 입술을 꾹 깨물며 눈물을 흘렸다.

"폐하. 위엄을 보이소서."

칠각이 황제 앞에 꿇어앉아 청했다. 하지만 이백은 비틀거리는 몸으로 일어나 팔을 휘두르며 돌아섰다.

넓은 소매가 크게 펄럭이며 허공을 쳐 냈다.

"위엄이 다 무슨 소용이냐! 그녀가 없는데! 황제의 자리가 다 무슨……."

손을 휘두르며 비틀거리는 황제에게 영로가 소리를 낮춰 일갈했다.

"폐하!"

서늘하고 단호한 목소리였다. 밖에는 들리지 않을 정도로 작은 소리였으나 이백의 정신을 일깨우기엔 부족함이 없었다. 탁자를 짚고 몸을 지탱하던 이백이 젖은 눈으로 뒤를 돌아봤다. 영로는 그의 눈을 똑바로 바라보았다.

"언니께서 어찌하여 그리되었는지 생각하소서."

옷을 움켜쥔 이백의 손이 하얗게 질렸다. 영로는 잠에서 깨어나려는 아기를 어르며 이백을 차가운 얼굴로 쳐다봤다.

"위엄을 보이셔야 합니다."

"귀비…… 아니. 황후의 말이 맞소."

이백이 작게 중얼거리며 영로에게 다가왔다. 그는 아기를 내려다보다가 소능화의 옷을 펼쳐 영로의 어깨에 둘러 주었다.

"아니 되지. 또다시 그리 잃을 순 없지."

이백이 넋을 놓은 목소리로 중얼거렸다.

"별궁을 지어야겠소. 아무도 공주를 해치지 못하도록, 높고 높은 별궁을."

그리고는 떨리는 손길로 닿을 듯 말 듯 아이의 볼을 쓰다듬었다. 아기가 칭얼거리자 이백의 눈이 점차 맑아졌다. 그는 짓무르고 부은 눈을 또렷이 떴다. 그리고 비틀거리는 걸음으로 방을 나섰다.

영로는 그의 뒷모습을 바라보며 잠시 서 있었다. 그러다 마음이 괴로워 눈을 질끈 감았다.

'정신을 차려야 한다.'

그녀는 자신을 다독이며 밖으로 나왔다. 이백은 이미 대신들을 대동하고 정사를 보러 간 뒤였다. 영로는 궁인들만 오가는 항룡궁을 한번 둘러보고 걸음을 옮겼다. 밖에서 기다리고 있던 궁인들이 그녀의 뒤를 따랐다. 수십 명을 대동한 채 그녀는 항룡궁을 나와 죄인을 가두어 둔 감옥 앞에 섰다.

"황후 폐하, 어찌하여 이런 곳에……."

뒤따르던 칠각이 차마 묻지 못하고 말끝을 흐렸다. 영로는 말없이 칠각에게 품 안의 아기를 건넸다. 그가 황송하다는 손짓으로 조심히 아기를 받아 들었다.

"잠시 예서 기다리시오."

"예, 폐하."

허리를 깊이 숙이는 칠각을 뒤로하고 영로는 안으로 들어섰다. 반란을 도모한 죄인들을 사형하고 난 뒤라 감옥은 대부분 텅 비어 있었다. 영로는 핏자국이 묻은 감옥들을 거들떠보지도 않고 지나쳐 한 여자의 앞에 섰다.

"유향옥."

영로가 이름을 부르자 향옥이 고개를 들었다. 그녀의 눈이 영로의 어깨로 향했다. 제가 모시던 이의 옷을 알아본 그녀가 눈을 커다랗게 떴다. 그리고 이내 이를 악물며 영로에게 달려들었다. 하지만 창살에 막힌 그녀의 손은 영로에게 닿지 못한 채 허공을 허우적거릴 뿐이었다.

"이년! 육시랄 년! 네년이 어찌 그 옷을 걸치고 있느냐! 네년이 뭐라고! 어찌, 어찌 그 옷을 어깨에 두르고 뻔뻔한 낯짝으로 나를 찾아왔느냐 말이다!"

저주가 섞인 언사에도 영로는 코웃음을 쳤다.

'이 황후를 모욕했다는 죄목으로 옥에 갇힌 주제에 아직도 정신을 못 차렸군.'

"네년만 아니었어도, 네년만 아니었어도! 폐하께서는, 폐하…… 황후 폐하……!"

하지만 능화의 이야기가 나오자 냉랭하기만 하던 영로의 얼굴도 일그러졌다. 그녀는 창살을 움켜쥔 채 무너지는 향옥을 바라보고 깊게 숨을 들이마셨다. 그렇게 한참이나 분과 슬픔을 삼키고 나서야 영로는 다시 냉랭한 얼굴로 돌아올 수 있었다.

영로는 부러 더 서늘한 표정을 지으며 흐느끼는 향옥을 내려다봤다.

"황제 폐하께서 공주를 별궁에 가둔다고 하시더구나."

향옥의 고개가 번쩍 들렸다.

"네가 지켜라. 그것이 내 마지막 자비다."

영로의 말에 향옥이 눈물을 흘리며 엎드렸다. 그녀는 향옥을 잠시 바라보다 걸음을 돌렸다. 그녀가 나오자마자 칠각이 찝찝한 표정으로 아기를 영로의 품에 안겨 주었다.

영로는 아기를 안고 제 궁으로 돌아왔다. 지친 듯 의자에 털썩 앉은 그녀의 앞에 뒤따라온 칠각이 말없이 섰다.

"내게 할 말이라도 있소?"

"아니옵니다, 폐하."

칠각이 고개를 숙이자마자 아기가 잠에서 깨어나 칭얼거렸다. 영로가 어르고 달랬지만 아기는 결국 울음을 터트렸다.

"우리 공주가 왜 울까? 배가 고파서 그러느냐?"

영로가 몸을 흔들며 아기의 등을 토닥였지만 아기는 울음을 멈추지 않았다. 그러면서 침을 질질 흘리며 손가락을 빨았다.

그것을 본 칠각이 밖에 있는 궁인에게 우유를 가져오라 일렀다. 한참이 지나고 나서야 궁인이 가죽으로 만든 주머니에 우유를 담아 왔다. 영로가 그것을 받아 들어 아기의 입에 물렸다. 궁인이 밖으로 나가고 아기가 조용해지자 방 안은 다시 침묵으로 가득 찼다.

영로는 주머니를 빨고 있는 아기의 머리카락을 조심스레 쓰다듬으며 칠각에게 물었다.

"어찌하여 내 곁으로 돌아온 것이오?"

"황제 폐하께옵서 황후 폐하의 곁을 지키라 명하셨사옵니다."

영로는 차갑게 비웃었다.

"그러나 나를 원망하겠지."

칠각은 아무 말이 없었다. 영로는 고개를 숙이고 있는 그를 쳐다보았다.

아기가 혁로 주머니를 밀어 내자 그제야 그녀는 고개를 돌렸다. 영로는 가죽 주머니를 옆으로 치워 두고 트림을 시켰다. 아기는 오래 칭얼거리지 않고 영로의 품에서 놀다가 곧 잠이 들었다.

영로는 아이의 볼을 검지로 쓰다듬었다.

"별궁이 완공되면, 그대도 유향옥과 함께 공주를 돌보시오."

"하오나, 폐하."

"황제 폐하께는 내가 말해 둘 터이니. 물러가시오."

칠각이 작게 한숨을 쉬고 읍을 한 뒤 물러났다. 영로는 홀로 덩그러니 방 안에 남아 어깨에 걸친 옷을 끌어 내렸다.

그녀는 이를 악물고 그 옷으로 아기를 덮어 여몄다.

멀리서 누군가의 울음소리가 환청처럼 들렸다.

"곡소리가 안개처럼 자욱하구나."

허망하게 한탄하며, 영로는 마지못해 품에 안은 하나뿐인 황손, 환라에게 얼굴을 묻었다.

2. 너머의 풍경

건장한 체격의 늙은 환관은 발끝에 고양이 눈이라도 단 것인지 거침없이 어둠을 헤치며 나아갔다.

하지만 호롱불 하나 없이 그 뒤를 따르는 궁인, 정소해의 사정은 달랐다. 그녀는 벌써 수차례 넘어질 뻔하였다. 이대로 가다가는 크게 나뒹굴 게 뻔했다. 참다못한 소해가 칠각을 붙잡기 위해 입을 열려던 차였다.

칠각이 소해를 끌어당기며 벽에 바짝 붙어 섰다. 소해는 얼떨결에 숨을 죽이며 칠각의 옆에 섰다. 허리춤에 검을 찬 환관들이 고작 다섯 보 떨어진 곳을 스쳐 지나갔다. 불안을 느낀 소해가 환관들이 온 방향으로 고개를 돌렸다. 대낮처럼 환한 궁이 시야에 들어오자 소해가 경기를 일으키듯 펄쩍 뛰었다.

"저곳은 비원궁이 아니옵니까?!"

"쉿!"

칠각이 독사처럼 날카로운 소리를 내었다.

소해는 깜짝 놀라 제 입을 틀어막았다. 칠각이 재빨리 주변을 살폈다. 발각되지 않은 것을 확인한 칠각이 목소리를 낮추고 단호하게 말했다.

"누구에게도 들켜선 아니 된다. 조용히 따라 오거라."

소해는 간절한 표정으로 고개를 저었다. 자신에게 무슨 일이 일어날지 뻔했고, 다시는 그런 일을 겪고 싶지 않기 때문이었다.

며칠 전, 소해는 자신이 모시는 여사(황족을 모시는 정4품 관리) 유향옥을 기쁘게 해 드리기 위해 다른 궁인들의 목소리를 모사하였다. 그 모습을 유심히 보던 향옥이 소해에게 공주님을 모사해 보라 명령했다. 황족을 따라 하는 것은 죽어 마땅한 죄이나, 보는 사람도 없는 곳에서 여사의 명령을 거부할 수는 없는 노릇이었다.

소해는 마지못해 공주를 흉내 내었다.

그리고 그날 밤.

소해는 공주의 자리옷을 몸에 걸쳤다. 공주를 대신해 빈 침소를 지켜야만 했다.

아직도 그 생각만 하면 오금이 저리고 다리가 후들거렸다.

'만약 황후께 들키기라도 한다면…….'

생각이 채 끝나기도 전에 소해의 눈앞이 밝아졌다. 해가 지지 않는다 하여 비원(非晼)이라 불리는 곳, 공주의 궁에 도착한 것이다.

사실을 깨닫자마자 소해의 얼굴이 하얗게 질렸다.

하지만 칠각은 몸을 숨긴 채 소해를 끌고 궁 안으로 들어갔다. 중문을 지키고 있던 향옥이 칠각과 소해를 먼저 발견하고 방 안에 고했다.

"공주님. 태감이 궁인을 데려왔습니다."

"들라."

나긋하지만 위엄 있는 목소리였다.

사시나무처럼 떨며 움직이지 않는 소해의 등을 향옥이 부드럽게 밀었다. 졸지에 면포로 얼굴을 가린 공주와 마주하게 되자 소해는 다리에 힘이 탁 풀렸다. 그녀는 쓰러지듯 절을 올렸다.

"공, 공주님께 인사 올르, 올리옵니다."

말을 더듬는 소해를 가만히 내려다보던 환라가 손짓했다.

"이리 가까이."

차분하고 무거운 목소리에 소해는 정신이 번쩍 들었다. 그녀는 벌벌 떨며 무릎걸음으로 나아갔다.

환라는 소해를 훑어보았다. 두려움에 떨며 식은땀을 흘리는 것이 퍽 애처로웠다. 그녀는 품에서 손수건을 꺼내 소해에게 내밀었다. 소해는 고개를 숙인 채라 환라가 내민 손수건을 보지 못하였다. 환라는 명령하는 대신 손을 뻗어 소해의 땀을 닦아 주었다. 그녀의 손길이 닿자 소해가 소스라치게 놀라며 펄쩍 뛰었다.

"고, 공주님!"

"괜찮다."

소해는 다시 사색이 되었다. 소해의 귀에는 환라의 말이 '다 괜찮으니 다시 한번 공주 행세를 하라'는 뜻으로 들렸다.

소해는 긍정도 부정도 하지 못했다.

황제가 앓아누운 뒤로 황후 파영로가 모든 권력을 손에 쥐었다. 황후의 말이라면 날아가는 새도 떨어트리고, 기어 다니는 뱀도 날게 한다는 소문이 파다했다. 게다가 어찌나 무자비한지 영로에게 손찌검을 당해 죽거나 불구가 된 사람을 다 늘어놓으면 대전을 꽉 채우고도 남을 것이라는 말도 나돌았다. 그 말이 사실인지는 알 수 없으나 영로에게 손찌검당한 사람 중 태반이 환라와 관련된 것은 사실이었다.

영로는 환라의 얼굴에 면포를 쓰게 하고, 궁에는 온통 적뿐이니 아무도 믿어선 안 된다며 신신당부했다. 그것도 모자라 환라의 일거수일투족을 감시하고, 보고 받았다. 그 행동이 너무나도 유별나 궁 안에 모르는 사람이 없을 정도였다.

물론 소해 또한 그 사실을 잘 알고 있었다.

만약 공주의 잠행을 도왔다는 사실이 황후에게 발각된다면 소해의 목은 철 지난 동백꽃처럼 똑 떨어질 것이다. 소해가 엎드린 채 눈물만 뚝뚝 흘리고 있자 향옥이 달래듯 말했다.

"소해야, 옷을 벗으렴."

소해가 고개를 번쩍 들었다. 그리고 애원하는 눈으로 환라를 보았다.

"공주님, 밖에는 왜 나가시려는 것이옵니까? 그냥, 그냥 궁에 계시면……."

두려움에 질려 제 생각을 마구 내뱉던 소해가 향옥과 칠각의 매서운 눈을 마주하고 입을 딱 다물었다. 환라가 웃음기 어린 목소리로 향옥과 칠각에게 명령했다.

"겁주지 말라."

향옥과 칠각이 공손히 머리를 조아렸다. 환라는 소해를 내려다보다가 다정히 타일렀다.

"부끄러우나 황후 폐하를 도와 정사를 돌보기에는 부족함이 많다. 내 직접 밖에 나가 백성들을 만나 보아야겠다."

"하오나, 하오나……. 황후 폐하께서 아시면 저는, 저는 정말 죽은 목숨입니다."

소해의 목소리가 가늘게 떨렸다. 눈가가 붉고 볼이 젖어 있어서인지 더 불쌍해 보였다. 환라는 죄책감에 그녀의 볼을 가볍게 닦아 주었다. 고귀한 손이 제 볼에 닿았다고 생각하니 소해는 심장이 입 밖으로 튀어나올 것 같았다. 소해가 입을 막고 눈을 동그랗게 떴다. 그 모습이 제법 귀여워 환라는 작게 미소 지었다.

"황후 폐하께선 승하하신 연려황후의 극락왕생을 위해 제를 올리시겠다며 잠시 중경(中京)을 비우셨다. 나흘 뒤에나 오실 것이다."

그러나 소해는 여전히 대답하지 못하고 망설였다. 환라는 다시 한번 소해를 다독였다.

"너에게 해가 되지 않게 하겠다. 그러니 걱정하지 말라."

소해는 향옥과 한라를 번갈아 보다가 결국 어깨를 축 늘어트렸다. 본 적도 없는 황후가 두렵다고 눈앞에 있는 공주의 명을 거절할 수는 없는 노릇이었다.

소해는 결국 자리에서 일어나 옷고름을 풀었다. 그 모습을 보고 있던 환라도 옷을 벗었다. 옆에 있던 칠각이 환라의 자리옷을 받아 들자 향옥이 다른 옷가지를 들고 왔다.

"공주님. 말씀하신 대로 남복을 준비하였습니다."

환라는 감색 옷을 바라보다 손을 뻗었다. 향옥이 능숙하게 옷시중을 들었다.

옷을 다 갖춰 입고 돈주머니를 허리에 찬 뒤, 환라는 거울을 보았다.

'남장을 하였으니 아무도 나를 공주라 생각지 못하겠지.'

그녀가 만족하며 몸을 틀었을 때, 소해는 공주의 자리옷을 어깨에 걸치고 있었다.

환라는 소해에게 다가가 다정한 목소리를 내었다.

"내 하루 동안 자리를 비울 것이니 찾는 이가 있거든 내 목소리를 모사하여 돌려보내라."

"예, 공주님."

"그 일만 잘한다면 이 안에서 무엇이든 하여도 좋다. 칠각에게 일러둘 테니 원하는 것이 있으면 말하라."

"예, 공주님."

환라는 공손히 대답하는 소해를 뒤로하고 몸을 돌렸다. 칠각이 천으로 소해의 눈을 가리자 향옥이 병풍 뒤에 있는 융단을 걷어 내고 바닥에 난 문을 들어 올렸다. 환라가 지하로 연결된 계단을 내려가자 향옥이 따라 들어가며 문을 닫았다.

둘이 사라진 뒤 칠각이 병풍 뒤로 돌아가 융단을 정리했다.

밑으로 내려온 향옥은 차돌을 부딪쳐 홰에 불을 붙였다. 그리고 환라에게 양해를 구한 뒤 길을 밝히며 앞장섰다.

그 뒤를 따르며, 환라는 첫 번째 잠행을 떠올렸다.

그녀는 영로의 간섭으로 그 흔한 꽃놀이 한 번 가 본 적이 없었다. 그 때문에 백성을 실제로 본 것은 처음이라 너무도 반가웠다. 하지만 사람들은 환라가 '멈춰라.'라고 말했을 뿐인데 몸서리를 치며 도망쳤었다.

환라는 왜 그랬을까 곰곰이 생각하다 향옥에게 물었다.

"내 말투가 적당한가?"

"소신이 부족하여 공주님께서 어떤 것을 여쭈시는 것인지 모르겠사옵니다."

"저잣거리의 백성들도 나와 같은 말투를 사용하느냐는 뜻이다."

향옥은 난감했다.

나긋한 어조 덕분에 강압적으로 들리진 않지만, 환라의 어투는 완벽한 명령조였다. 궁 밖으로 다섯 걸음만 나가도 이런 말투를 쓰는 사람은 코빼기도 안 보일 것이 분명했다. 저런 말투를 저잣거리에서 썼다가는 음흉한 놈들이 돈을 뜯으려 하든, 지체 높은 분인 줄 알고 백성들이 벌벌 떨며 도망칠 것이다.

"아뢰옵기 황공하오나, 공주님. 어찌 일반 백성들과 황실의 말이 같을 수 있겠사옵니까."

향옥이 돌려 말했으나 환라는 단번에 알아들었다. 그녀는 미간을 좁히고 어떤 말투를 쓰면 좋을지 생각해 봤지만 적당한 것이 없었다.

당연한 일이었다. 거의 평생을 별궁에서 갇혀 지냈기 때문에 환라는 또래를 만나 보지 못했다. 그나마 대등한 입장에서 대화를 나눌 수 있는 파영로는 한 달에 한 번 얼굴만 겨우 볼 뿐 환라와 오래 대화하지 않았다. 황제는 환라를 귀하게 여겨 한 번 오면 오래 이야기를 나누었으나 환라가 지금 쓰는 말투와 크게 다르지 않았다. 최근에 정사를 논의하기 위해 자주 교류하게 된 이궐겸은 환라와 비슷한 또래였으나 매우 공손한 어투를 사용했다.

환라는 다시 물었다.

"그렇다면 높임말은 어떠한가?"

"높임말이라 하시면 폐하께 사용하시는 말씨를 말씀하시는 것이옵니까?"

"그렇다."

"그 또한 너무 정중하시어 적당하지 않다고 사료되옵니다."

"흐음……."

환라는 걸으며 침음하였다.

'그렇다고 말을 안 할 수도 없는 노릇…… 이지. 그래. 말을 하지 않으면 되겠다.'

생각해 보니 얼굴이야 면포를 벗으면 알아보는 이가 없다지만 목소리는 아는 사람이 많았다. 나갔다가 목소리를 알아보는 자라도 만나면 큰일이었다. 방도를 찾은 환라가 흡족하게 미소 짓는 사이 향옥은 통로 끝에 다다랐다.

향옥이 문을 열었다. 환라가 먼저 나가자 향옥이 따라 나가며 문을 닫았다. 그녀는 문을 잠근 뒤 그 앞을 가짜 바위로 위장했다.

암벽 뒤에 문이 있을 것이라고는 상상도 못 할 정도로 완벽한 위장이었다.

"가시지요, 공주님."

"도련님이라 부르라."

"예, 도련님."

환라는 몸을 돌려 눈앞에 펼쳐진 숲을 둘러봤다. 그리고 깊게 숨을 들이마셨다. 상쾌한 공기에 가슴이 뻥 뚫린 듯 시원했다. 입가에 절로 미소가 감돌았다. 그녀는 면포를 벗어서 향옥에게 넘기며 물었다.

"사내 같은가?"

향옥은 몇 걸음 떨어져 환라를 바라보았다.

볕을 보지 못해 하얀 피부와 섬섬옥수. 흑단같이 윤기가 흐르는 머리카락. 고운 아미와 공작을 닮은 눈. 도톰하고 선홍색을 띠는 입술. 뛰어난 미색이야 그렇다 쳐도 사내라고 하기엔 몸에 굴곡이 많고 선이 가늘었다.

"아뢰옵기 황공하오나……."

향옥은 환라의 맨얼굴을 지나치게 오랜만에 보는 바람에 넋을 놓아 버리고 말았다. 그녀는 저도 모르게 궁에서 쓰던 말투를 내뱉었다가 금세 정신을 차리고 목을 가다듬었다.

"사내라고 하기에는 조금……."

환라는 제 몸을 내려다봤다. 그녀의 눈에는 흠잡을 곳 없어 보였다. 환라는 다시 몸을 틀었다.

"사내라고 우기면 된다. 설마 내 옷을 벗겨 보기라도 하겠는가?"

"목소리 또한 사내 같지 않습니다."

환라는 의미심장하게 웃었다. 궁에서는 얼굴을 숨기고 궁 밖에서는 목소리를 숨길 것이라 말하면 향옥이 난리 칠 것이 뻔했기에 말을 돌렸다.

"그대는 떨어져 따르라."

"예?"

향옥이 너무 놀란 나머지 말을 되묻는 불경을 저지르고 말았다. 환라는 저잣거리가 있는 방향으로 걸었다.

"나온 김에 그대도 즐기는 것이 어떠한가? 20년 만의 외출이 아닌가."

"하오나……."

"강산이 두 번이나 변할 만큼 긴 세월이다. 신기한 것이 많을 것이다."

여기서 따라가겠다고 고집을 부린다면 환라는 향옥을 떼어 놓고 혼자 외출을 할 것이다.

향옥은 어쩔 수 없이 고개를 끄덕였지만 절대 환라를 놓치지 않겠다고 다짐했다. 하지만 그녀도 사람인지라 민가를 지나 시가지로 들어서자 가슴이 들떴다. 야시장이 열린 것인지 대로를 따라 호롱이 줄줄이 늘어져 있었고, 활짝 문을 연 가게와 가판대에는 사람들이 바글바글했다.

몇몇이 질 좋은 비단옷을 입고 주변을 두리번거리는 환라에게 시선을 두었다. 향옥은 혹여 누군가 제 주군께 불온한 마음을 품지는 않을까 걱정하였으나, 시선들은 환라가 멀어지자 자연스럽게 떨어져 나갔다.

'사람이 많아 놓치기 십상이니 절대 눈을 떼지 말아야겠다.'라고 생각하는 순간,

환라가 사람들 사이로 사라져 버렸다. 화들짝 놀란 향옥이 빠르게 사람들 사이를 파고들며 두리번거렸다. 하지만 환라의 모습은 이미 보이지 않았다.

당연한 일이었다. 향옥이 주변을 경계하는 사이 환라는 장신구 가게로 들어왔으니 말이다. 거리만 헤매는 향옥이 그녀를 찾을 수 있을 리 없었다. 그 사실을 꿈에도 모르는 환라는 천천히 가게 안을 둘러봤다.

한쪽 구석에서 남자 옷을 입고 머리를 틀어 올린 여자가 장신구를 보고 있었다.

환라는 여자의 손에 들린 것을 유심히 보았다.

나무 끝에 옥이 달린 비녀는 궁에서 쓰는 것에는 못 미치나 나름대로 투박한 아름다움이 있었다. 환라가 가까이 다가가 보려던 차에 주인 내외가 그녀의 앞을 가로막았다.

"아가씨. 뭐 찾으시는 거라도 있으십니까?"

향옥의 말이 맞았다. 눈썰미가 좋은 사람들에게 환라는 전혀 사내처럼 보이지 않았다. 환라가 인상을 쓰자 눈치 빠른 부인이 남편의 뒷덜미를 잡아끌었다. 그녀는 몇 걸음 떨어진 뒤, 환라를 등지고 속닥거렸다.

"복색 좀 봐! 사연이 있어서 남장하신 것 같은데 아가씨라 부르면 어째?"

"아이고, 그렇구먼."

"돈도 많은 거 같은데, 괜히 심기 거스르지 말고 비위 좀 맞춰
봐."

"그럼, 그럼. 나만 믿어, 임자."

둘은 눈빛을 주고받고 빙글 몸을 돌려 다시 환라에게 다가왔다.

"공자님, 너무 미색이 뛰어나시어 제가 그만 오해를 했습니다요.
허허허. 요즘 이런 것이 제일 잘 나가는데 어떻습니까?"

'역시 불쾌한 티를 내니 남자로 생각하는군.'

환라는 공자라는 칭호에 만족하며 남자가 내민 물건을 바라봤다.
그것은 손바닥만 한 크기의 머리 장식인 보요였다.

환라는 보요를 받아 들어 유심히 살폈다. 은으로 된 새 모양의
대에 얇은 옥 장식 여러 개와 짧은 비단 술이 달려 있었다. 다른 사
람이라면 너무 화려하다며 질색할 물건이었지만 환라의 눈에는 그
나마 제일 괜찮아 보였다. 게다가 보라색은 파영로가 좋아하는 색
이었다.

환라는 몰래 밖으로 나온 것이 들켰을 때를 대비해 어머니의 마
음을 풀어 줄 물건이 필요하다고 생각했다. 환라는 남자의 눈높이
로 물건을 들어 보였다.

남자가 눈을 깜빡였다.

산다는 거야, 안 산다는 거야.

그가 멀뚱히 서 있는 사이 눈치 빠른 여자가 남편의 옆구리를 팔
꿈치로 찍어서 치워 내고 환라의 앞에 섰다.

"사시려고요?"

환라가 고개를 끄덕였다.

"잘 생각하셨어요! 요즘 없어서 못 파는 물건이라니까요! 큰 청 네 개만 주세요."

'큰 청 네 개?'

무슨 말인지 알아듣지 못한 환라는 주변을 둘러봤다. 가게에 있는 물건 중에 보요보다 화려한 것은 없었다. 환라는 제 손에 들린 것이 제법 가치가 있을 것이라 생각해 주머니에서 은화 네 개를 꺼내 내밀었다. 동시에 여자의 눈이 화등잔만 해졌다. 그녀가 말한 것은 대청동전 네 개였다. 은화 하나면 대청동전이 열 개인데.

저런 큰돈을 선뜻 내밀다니!

여자는 마른침을 삼켰다. 그녀는 환라가 들고 있는 보요를 쳐다봤다.

혹시 저 보요가 은으로 만들어졌다고 생각하는 걸까? 아니, 그렇다고 해도 새끼손가락 두 개만 한 길이의 보요가 그렇게 비쌀 리 없었다. 사실 모양새만 휘황찬란하지 비단 실도 옥도 다 하품이었다. 대를 도금한 은도 다 긁어 봤자 은화 하나만큼도 안 나올 것이다.

말할까? 도금이라고 말해야 하나? 대청동전 네 개도 조금 부풀린 값인데. 말하자니 돈이 아깝고 입을 다물자니 양심이 찔렸다. 여자가 내적 갈등을 겪고 있는 사이 환라는 무언가 이상하다는 것을 직감했다.

'왜 받지 않지? 혹시 금화인가?'

환라가 금화를 꺼내기 위해 주머니에 손을 집어넣으려고 하자 옆에 있던 남자가 화들짝 놀라며 은화를 뺏듯이 가져갔다. 저 보요는 평민들이 사기에는 지나치게 비싸고 귀부인들이 하기에는 영 질이 좋지 않아 아무도 사 가지 않는 애물단지였다.

'그런 걸 은화씩이나 주고 가져간다는데 왜 멍청하게 서 있기만 하는지!'

그는 잠시 제 부인을 노려보고 환라에게로 몸을 돌리며 낯을 바꿨다. 생글생글 웃으며 손바닥을 비비는 모양새가 여느 간신배 못지않았다.

"나으리, 잘 생각하셨습니다요. 은화가 아깝지 않은 물건인……."

남자는 되지도 않는 소리를 하며 은화를 얼른 주머니에 챙겨 넣으려 했다. 순간,

"이런 날강도 같은 놈을 봤나?!"

누군가 남자의 손을 잡아채며 호통쳤다. 나무 비녀를 보고 있던 여자, 여란이었다.

그녀는 상의에는 짧은 포삼을, 그 아래에는 짙은 색 바지를, 발에는 가죽 장화를 신고 있었다. 장식이라고는 등허리까지 오는 머리를 대충 틀어서 고정한 비녀와 허리에 맨 끈, 그 끈에 걸어 놓은 채찍이 전부인 수수한 복장이었다.

정확히 말하자면 수수한 남장이었다. 요즘 여인들은 남성복도 즐겨 입는다던 칠각의 말이 사실이었나 보다고 환라는 생각했다. 환라가 여란의 복식에 정신이 팔려 있는 사이, 여란은 남자의 손에서 은화를 빼앗았다. 손에 쥐었던 것이 사라지자 남자가 씩씩거리며 언성을 높였다.

"아니! 조용히 구경이나 하다 갈 것이지, 왜 남의 일에 끼어들어!"

"지금 주인장이 순진한 사람 등을 처먹으려고 하지 않았소!"

여란이 환라의 손에 은화를 쥐여 주며 혀를 찼다.

"정신 차리시오. 딱 보아도 조잡한 것이, 대청동 3전만 받으면 될 것 같은데."

'대청동?'

이번에도 대청동이 무엇인지 알아듣지 못한 환라가 눈만 깜빡이자 여란이 가슴을 쾅쾅 치며 환라에게 손을 내밀었다. 태어나 단 한 번도 몸짓으로 무언가를 요구당해 본 적이 없는 환라는 여란이 뭘 달라 하는지 알 길이 없었다.

'손을 달라는 건가?'

환라가 고심하며 여란을 쳐다봤다. 그리고 여란의 손바닥 위에 조심스럽게 제 손을 내려놓았다. 그러자 여란이 "허!" 하고 기가 찬 소리를 내뱉고는 다시 가슴을 쾅쾅 내리쳤다.

"손 말고, 돈!"

환라는 별 의심 없이 손을 치우고 주머니를 올려 뒀다. 여란이 어이없다는 표정을 지었다.

'아니, 이 샌님은 왜 이렇게 무방비해? 산속 어디에서 선녀랑 신선들 하고만 놀다 왔나?'

그렇게 생각하며 여란은 주머니를 열었다. 대청동전을 찾아보려 했으나 주머니 속에는 온통 금화와 은화뿐이었다.

여란은 할 말을 잃고 말았다. 자그만 주머니 안에는 도성 밖에 있는 빈민들을 배불리 먹인 뒤에 부모를 잃은 아이들까지 다 거둬 키울 수 있을 정도로 많은 돈이 들어 있었다. 나긋한 표정으로 미소 짓고 있는 환라를 보며, 여란은 강도질 당하기 딱 좋은 사람이라고 생각했다.

'하긴. 그러니 이 날강도들에게 당하고 있는 거겠지.'

여란은 은화를 도로 주머니 안에 집어넣고 입구를 꽉 여몄다. 환라가 주머니를 받아 들자 여란이 남자에게로 몸을 틀며 은화 하나를 내밀었다. 그리고 반대쪽 손도 내밀었다.

"거스름돈, 대청동 7전."

"뭐? 이렇게 화려한데, 이게 대청동전 네 개만도 못하다는 게 말이 돼? 적어도 네 개는 줘야지!"

"이보시오, 주인장."

여란이 환라의 손에서 보요를 가져왔다.

"대야 은도금을 했다 쳐도, 이 옥! 빛깔이 흐린 이 옥을 보란 말이오. 그렇다고 세공이 뛰어난 것도 아니고. 비단 술도 영 부드럽지 못한데, 대청동 4전? 대청동 4저언?! 이게 말이 되오? 양심은 있으시오?"

"빛깔이 곱지 않아도 세공이 아름답잖아! 옥은 세공 값이라고. 그리고 부드럽지 못해도 비단 실은 비단 실이지! 다른 데 가면 대청동 5전을 받을 물건이야, 이게!"

"그래? 그럼 어디 관아에 가 볼까? 대청동전 다섯 개만큼 쳐 주나?"

관아 소리가 나오자 남자가 입을 꾹 다물었다. 그는 환라를 힐끔 쳐다봤다.

긴 포삼의 가운데에는 화려한 목단이 수놓아져 있었고 머리를 틀어 올린 관 또한 고급스러운 감색이었다. 딱 보아도 좋은 핏줄인 듯한데, 관아에 가면 자신만 불리해질 것이 뻔했다.

남자가 이것저것 저울질하는 사이 여자가 여란을 알아보고는 헉! 숨을 들이마시며 입을 가렸다.

"그, 그만하고 빨리 거스름돈 드려!"

"뭐? 갑자기……."

"홍 씨잖아, 남장한 홍 씨!"

여자가 남자의 등허리를 쿡쿡 찌르며 목소리를 낮춰 타박했다. 그제야 남자가 화들짝 놀라 여란을 쳐다봤다. 그는 아무렇지 않은 척 헛기침하면서 슬쩍 거스름돈을 집어 들었다. 하지만 건네는 손은 덜덜 떨리고 있었다.

"흐, 흠! 다, 다시 보니 내 상품에 하자가 있는 듯하네. 좀 깎아서 특별히 큰 청 세 개에 해 드리리다."

그러면서도 차마 가격을 부풀렸다는 소리는 못 하고 원래 가격만 받겠다는 뜻을 에둘러 표현했다.

"흥!"

거스름돈을 주고 물건을 보에 싸서 건네자마자 여란이 콧방귀를 뀌며 물건을 낚아챘다. 그리고 문을 향해 성큼성큼 걸어가다가 뒤따르는 발소리가 없자 뒤돌아 소리쳤다.

"뭐 하시오? 안 따라오고."

떨떠름한 표정을 한 주인 부부를 뒤로하고, 환라는 여란을 따라 나왔다.

문을 나서자마자 여란이 환라에게 보요를 싼 보자기를 건네주었다. 그녀는 제 손에 있는 돈주머니와 보요가 든 보자기를 번갈아 보았다. 큰 소리의 대화가 빠르게 오가는 게 신기해 넋을 놓고 있던 환라는 그제야 정신을 차렸다. 그녀는 여란이 도와주어 물건을 제값에 샀다는 것을 깨닫자마자 여란의 옷자락을 붙잡았다.

"뭐요?"

여란이 고개를 돌리며 삐딱한 표정을 지었다.

환라는 고민했다. 뭐라도 해 주고 싶었으나 지금 가진 것은 돈밖에 없었다. 그렇다고 돈을 주는 것은 예의가 아닌 것 같았다. 성격 급한 여란은 환라가 저를 붙들어 놓고 말없이 서 있자 옷자락을 빼내고 다시 몸을 돌렸다. 환라는 보자기를 허리춤에 묶고 다시 그녀를 붙잡았다.

"아니, 이 사람이 왜 이래?"

여란이 다시 옷자락을 빼내며 황당하다는 표정을 지었다. 환라는 여란을 빤히 바라보다가 여란이 만지작거렸던 비녀를 떠올렸다. 환라가 다시 가게 안으로 들어갔다. 여란은 어이가 없었다.

"아니, 기껏 빼내 와 줬는데 왜 다시 들어가? 또 사기당하고 그러는 거 아니야?"

여란이 울컥하며 따라가려는 순간 환라가 가게에서 나왔다. 그녀의 손에는 옥구슬이 박힌 나무 비녀가 들려 있었다. 여란이 멀뚱히 바라보자 환라가 비녀를 내밀었다.

'못 해도 대청동 1전은 될 것을……'

대청동전 하나면 세 식구가 하루 동안 배부르게 먹고도 남았다. 잠깐 도와준 것 치고는 부담스러운 가격이었다. 거절하려던 여란의 머릿속에 문득 주머니에 있던 돈들이 스쳐 지나갔다.

"답례요?"

환라가 고개를 끄덕이자 여란이 비녀를 받아 들었다.

"고맙소."

환라가 나른히 웃으며 고개를 끄덕였다.

곱상하게 생겨서 홀릴 것처럼 웃기는.

속으로 투덜거렸지만 웃음이 삐져나왔다. 그녀는 비녀를 만지작
거리다가 몸을 돌렸다. 떠날 것처럼 앞으로 나아가던 여란이 걸음
을 멈췄다. 그리고 별안간 몸을 돌려 환라에게로 돌아왔다. 환라가
의아한 표정을 짓자 여란이 제 옷에 달려 있던 채찍을 환라의 손에
쥐여 주었다.

"어디 가서 잘 당하게 생겼는데, 이거라도 들고 다니시오. 아무
한테나 덥석덥석 돈주머니 넘기지 말고!"

환라는 고개를 끄덕였다. 하지만 여란은 영 못 미더운 눈이었다.
그녀는 몸을 돌려 걸어가다가 힐끔 환라를 돌아보았다. 환라는 그
자리에 서서 이리저리 둘러보고만 있었다. 여란은 잠시 머리를 부
여잡았다가 또다시 환라에게로 돌아왔다. 그리고 환라의 옆에 나란
히 섰다.

"보아하니 저잣거리는 처음인 듯한데 괜찮다면 내가 거리를 소
개해 주겠소."

환라는 거리를 봤다. 마침 골목을 구경해 보려다가 길을 잃을 것
같아 망설이고 있던 차였다. 하지만 여란이 믿을 만한 사람일까?
환라는 여란의 얼굴을 물끄러미 바라보았다.

위로 솟은 눈매는 호랑이처럼 사나워 보였으나 눈동자의 빛깔은 맑았다.

'나를 도와주었으니 나쁜 자는 아니겠지.'

게다가 환라는 대장군이었던 칠각에게 어렸을 때부터 무술을 배웠기에 제 몸 하나는 지킬 수 있었다. 그리고 향옥도 있다. 너무 기척이 없어 향옥의 존재를 잠시 잊고 있었던 환라는 그제야 주변을 두리번거렸다. 하지만 향옥은 코빼기도 보이지 않았다.

환라는 '여사의 은신술이 이토록 뛰어나다니.' 하고 속으로 감탄했다.

그녀는 여차하면 향옥이 나설 것이라는 생각에 망설임 없이 고개를 끄덕였다. 그러자 여란이 호탕한 웃음을 터트렸다.

"잘 생각하셨소!"

여란은 앞서 나가며 입을 열었다.

"그러고 보니 아직 통성명도 안 했네. 나는 홍씨이고 이름은 여란이오. 그쪽은 어찌 되시오?"

환라는 이름을 말하려다가 입을 다물었다. 그리고 여란의 손등에 제 이름을 써 주려다가 고민에 빠졌다. 황족이 태어나면 복잡한 글자를 새로 만들어 공표한다. 백성들이 저도 모르는 사이에 황족의 이름을 사용하는 죄를 범하지 않게 하기 위함이었다. 그래서 그 글자를 외우는 사람은 거의 없었다. 그러니 아마 손등에 써 줘도 모를 것이다. 알아본다면 그것도 그것 나름대로 큰일이었다.

환라는 곤란하게 웃었다. 여란은 그녀가 곤란해하는 이유가 말을 못 하기 때문이라고 생각했다. 그냥 넘기려던 찰나, 환라가 다시 손가락을 들었다.

그녀는 여란의 손등 위에 '붙잡을 나(拏)'와 '기쁠 환(歡)' 자를 적었다. 원래 이름과 비슷한 글자를 사용해 급조한 이름이었으나 제법 그럴싸했다. 환라가 만족스럽게 웃자 여란도 덩달아 웃었다.

"나씨요? 이름이 환이고?"

환라가 고개를 끄덕였다.

환라의 이름을 알아낸 것이 제법 흡족하였는지 여란이 한여름의 계곡물처럼 웃으며 손을 내밀었다. 환라가 멀뚱히 쳐다보다가 돈주머니를 묶어 놓은 허리춤으로 손을 가져다 대자 여란이 깜짝 놀라 언성을 높였다.

"돈주머니 말고!"

환라가 손을 내려놓으며 여란을 멀뚱히 바라봤다. 여란은 언성을 높인 것이 민망해 헛기침을 하며 콧잔등을 찡긋거렸다.

"사람이 많아 휩쓸려 갈 수 있으니 내 소매라도 잡으시라는 뜻이었소."

환라는 그제야 고개를 끄덕이며 여란의 소매를 붙잡았다. 여란은 씩 웃으며 작정한 듯 환라를 끌고 다녔다. 중요한 곳들을 소개받으며 걷고 있는데 마침 사자탈을 쓴 무리가 날듯이 춤을 추며 다가왔다.

환라는 멈춰 서서 그 모습을 구경했다. 사자춤이나 악기 연주야 궁에서도 빈번히 있었다. 하지만 환라는 안전을 문제로 단 한 번도 이토록 가까이에서 본 적이 없었다. 게다가 항상 면포 너머로만 봐야 했기에 선명하게 본 것은 이번이 처음이었다. 그녀는 제 앞에서 얼굴을 번쩍 쳐들었다가 좌우로 뛰어다니는 사자에게서 눈을 떼지 못했다. 여란은 환라의 반짝이는 두 눈을 웃는 낯으로 지켜보다가 사자춤을 추는 이들이 멀어졌을 때 입을 열었다.

"더 가고 싶은 곳이 있소?"

여란이 묻자 환라는 골목을 가리켰다. 여란이 자신만만하게 웃었다. 그녀는 거침없이 골목으로 들어갔다. 저잣거리만큼 환하진 않았지만 드물게 등불이 밝혀져 있어 대충 알아볼 정도는 되었다. 정신없이 돌아다니다 보니 제법 시간이 지나 있었다.

환라는 걸음을 멈췄다. 여란이 그 기척을 눈치채고 환라를 보았다. 환라가 왔던 길을 되돌아보자 여란이 물었다.

"가야 하오?"

환라가 고개를 끄덕였다.

"어디 머무시오? 내 바래다드리겠소."

환라는 고개를 젓고 손가락으로 왔던 길을 가리켰다.

"바래다주는 것은 되었으니 대로로 나가자는 말이오?"

입도 벙끗하지 않았는데 여란은 환라가 하려는 말을 귀신같이 알아들었다. 환라는 그 모습이 신기해 여란을 빤히 바라보다가 고개를 끄덕였다. 여란은 천천히 왔던 길을 되돌아가며 아쉬운 얼굴을 했다.

"공자와 더 친해지고 싶었는데 아쉽소. 내 오시 반 각(낮 12시)에는 저잣거리에 있는 가장 큰 국숫집 앞에 있을 터이니 생각이, 으악!"

여란이 별안간 비명을 질렀다. 환라는 고개를 돌렸다. 조그만 아이가 골목에서 튀어나와 여란에게 부딪쳐 넘어진 것이다. 환라는 아이를 일으켜 세워 주기 위해 손을 뻗었다. 그러다 아이의 몸이 피투성이인 것을 발견하였다. 환라는 아이가 튀어나온 골목을 쳐다보았다.

어둠 속에서 발걸음 소리가 들리자 아이가 몸을 떨며 환라의 바짓가랑이를 붙잡았다. 환라는 채찍을 빼 들며 아이를 품에 안았다. 골목으로 뛰어 들어가려던 여란이 그 모습을 발견하고는 조용히 뒤로 물러섰다. 얼마 지나지 않아 어둠 속에서 두꺼운 손이 불쑥 튀어나왔다.

환라는 채찍을 꽉 말아 쥐고 아이를 제 뒤에 세웠다. 덕분에 손은 허공만 할퀴고 다시 어둠 속으로 들어갔다. 곧 풍채 좋은 사내가 침을 퉤, 뱉으며 밖으로 나왔다.

"거, 곱게 자란 분들 같은데 가던 길이나 가쇼."

그 뒤로 삐쩍 마른 남자 하나가 더 나왔다.

"그래. 괜히 남의 일에 끼어들어서 험한 꼴 당하지 말고."

그는 낄낄거리며 아이를 향해 손을 뻗었다.

여란이 나서서 막으려던 찰나, 환라가 남자의 가슴을 발로 차 밀었다. 뒤로 벌러덩 넘어진 남자가 벌게진 얼굴로 벌떡 일어나며 험악하게 소리쳤다.

"이게, 미쳤나!"

남자 둘이 환라에게 달려들었다.

환라는 아이를 일으켜 세워 여란 쪽으로 부드럽게 밀어 놓고 능숙하게 채찍을 휘둘렀다. 채찍이 성난 뱀처럼 허공을 가로질러 마른 남자의 다리에 감겼다.

"어, 어?"

남자가 당황하는 사이 환라가 채찍을 끌어당겼다. 그녀는 넘어지는 남자의 허리에서 검을 뽑았다. 그리고 그 검으로 풍채 좋은 남자가 내리치는 검을 옆으로 흘려보내듯이 막았다.

등불에 검신의 윤곽이 붉게 물들었다. 여란은 그 모습을 보며 감탄하다가 저에게 달려드는 마른 남자를 보지 못했다. 남자가 당장이라도 여란의 머리채를 휘어잡을 것처럼 손을 뻗었다. 하지만 그 손이 여란에게 닿기도 전에 남자는 비명을 지르며 땅바닥에 나뒹굴었다.

"으아악!"

풍채 좋은 남자를 기절시킨 환라가 재빠르게 마른 남자의 등을 채찍으로 내리친 탓이었다.

여란은 정신을 잃은 남자를 발로 밀며 환라를 보았다. 채찍을 정리하며 다가온 그녀는 눈으로 여란의 안위를 살피고 아이의 앞으로 가서 허리를 숙였다. 아이가 어린 짐승처럼 떨다가 환라를 향해 툭 쓰러졌다. 반사적으로 작은 몸을 안아 든 환라가 고개를 치켜들었다.

늘어진 아이의 손끝으로 피가 뚝, 뚝, 흘렀다. 여란은 그제야 심각해진 표정을 지었다.

"내가 치료할 만한 곳을 알고 있소. 따라오시오!"

여란이 몸을 돌리는 순간, 마른 남자가 정신을 차리고 소리쳤다.

"당신들 후회할 거야! 그건 10년간 그 모습이었다고!"

여란은 콧방귀를 뀌며 들은 척도 하지 않았다. 환라는 아이를 고쳐 안았다. 돌아가야 한다는 생각이 머리를 스쳤으나 걸음은 이미 여란을 따르고 있었다.

여란은 빠르게 이 골목 저 골목을 가로질렀다. 그리고 '한월각'이라는 간판이 걸린 4층짜리 건물 앞에 도착하자마자 대문을 벌컥 열어젖혔다.

마당에서 바쁘게 짐을 나르던 사람들이 여란에게 인사를 건넸으나 그녀는 받아 줄 여유가 없었다. 여란은 곧장 2층으로 올라갔다. 환라 또한 바쁘게 내달리며 제 품 안에 있는 아이를 내려다보았다. 기절한 것인지 잠든 것인지, 아이의 몸은 불길할 정도로 축 늘어져 있었다.

환라가 여란을 붙잡으려는 찰나, 그녀가 문을 다급하게 열어젖혔다.

"정위!"

큰 소리에 정위가 놀란 표정을 지었다.

"여란 님?"

그의 의문 섞인 부름을 무시한 채, 여란이 환라가 안고 있는 아이를 손가락으로 가리키며 발을 동동 굴렀다.

"의원을 불러 주시오, 빨리! 그리고 물 양동이랑 깨끗한 천도!"

정위의 눈이 피투성이인 아이에게 닿았다. 그는 자리에서 일어나며 말했다.

"3층 5번 방에 가 계시면 하인과 의원을 보내겠습니다."

"고맙소!"

여란이 환라의 옷자락을 잡고 뛰다시피 3층으로 올라갔다. 방으로 들어와 아이를 눕히자마자 일꾼이 미지근한 물 한 동이와 천을 가져왔다. 여란은 천을 물에 적시고 환라는 아이의 옷고름을 풀었다. 아이의 저고리를 벗겨 낼 즈음 누군가가 방문을 열었다. 그 소리에 환라는 고개를 돌렸다.

한 남자가 문가에 서서 차갑고 모호한 얼굴로 피투성이인 아이를 보고 있었다.

환라는 잠시 그에게 시선을 주었다가 아이에게로 눈을 돌렸다. 남자, 장양야는 곰방대를 깊게 빨아들였다. 이내 붉은 입술 사이로 새하얀 연기가 흘러나왔다. 쓰고 매캐한 약초 냄새가 방 안에 퍼졌다. 환라는 아이의 옷을 마저 벗기며 양야를 힐끔거렸다. 그녀가 양야를 경계하는 듯하자 여란이 적신 천을 꾹 짜며 말했다.

"나와 가깝게 지내는 오라버니요."

양야가 천천히 걸어오며 환라를 보았다.

"장양야입니다."

환라가 가볍게 고개를 까닥이자 여란이 아이의 몸을 닦으며 환라 대신 입을 열었다.

"이쪽은 나씨 성을 가진 환이라고 하오."

양야는 가만히 환라를 바라보았다.

그녀는 여란이 하는 것을 따라 하며 아이의 몸을 닦고 있었다. 어설픈 손길이었으나 보는 것만으로도 간절한 마음이 느껴지는 듯했다. 양야는 신중하게 아이를 닦는 환라를 보다가 곰방대의 연기를 빨아들였다. 달뜬 숨을 색색 내뱉고 있는 아이의 발치에 서자 안 신은 것만 못한 짚신 틈으로 피가 고여 뚝뚝 떨어지는 것이 보였다.

양야는 조심스럽게 짚신을 벗겨 냈다. 드러난 맨발에는 상처가 가득했다. 짚신이 거칠어서 난 상처가 아니었다. 누군가 날카로운 것으로 아이의 발끝을 찔러 해를 입힌 것이다. 그제야 양야의 얼굴에 동정의 빛이 떠올랐다. 그는 가볍게 혀를 차며 상처를 살피다가 발목에 채워진 끈을 발견하였다.

'정기를 사용하지 못하게 하는 저주가 걸린 물건이군.'

요괴를 잡을 때나 쓰는 것이 아이의 발에 감겨 있었다. 입술 사이에서 피어난 새하얀 연기가 일그러진 양야의 얼굴을 가렸다. 그는 아이의 머리맡으로 다가가 곰방대를 물려 주려 하였다. 그것을 발견한 환라가 저도 모르게 양야의 손목을 붙들었다.

작은 소란에 여란이 고개를 들었다. 그녀는 환라와 양야를 번갈아 보다가 무심한 목소리로 말했다.

"괜찮소. 진통제요."

환라가 여란을 봤다. 여란이 더러워진 천을 물통에 넣으며 말을 덧붙였다.

"저 인간은 두통이 심해서 진통제를 입에 달고 산다오. 연기를 쐬거나 달여 마셔야 하는데, 달이는 것은 불편하니 장대에 넣어 피우는 거요."

그제야 환라가 양야의 손목을 놓아주었다.

그는 환라가 붙잡고 있던 곳을 보다가 요요한 미소를 머금으며 숨을 내뱉었다. 하얀 연기가 호수에 떨어진 먹물처럼 흩어지며 피어올랐다. 장막처럼 드리워진 연기 너머에서 양야의 눈동자가 짙은 호박

색으로 반짝였다.

사람의 눈이 광물처럼 빛나다니, 있을 수 없는 일이었다.

환라는 눈을 천천히 감았다가 떴다. 연기가 느리게 흩어지며 양야의 얼굴이 드러났다. 다시 마주한 그의 눈은 검은색이었다. 환라는 자신이 잘못 본 것이라 여기고 고개를 숙였다.

아이의 몸이 보였다. 드러난 맨살에는 상처와 흉터가 빼곡했다. 어떤 상처는 벌어진 채 붉은 피를 뚝뚝 흘리고 있었고, 또 어떤 상처는 제때 치료를 받지 못한 것인지 곪아 있었다. 그 옆으로 울퉁불퉁하게 흉이 진 살가죽과 오래된 화상 자국이 보였다.

하지만 환라의 시선을 사로잡는 것은 따로 있었다. 환라는 아이의 빗장뼈 아래에 찍힌 낙인을 바라보았다.

생소한 무늬였다. 순간 불길한 느낌이 그녀의 뒷덜미를 스쳤다.

'설마 이 아이를 노예로 쓴 것인가?'

노예를 잔혹하게 학대하는 이와 돈을 위해 어린아이와 여행객을 납치해 노예로 파는 일이 성행하자, 이 폐단을 보다 못한 선황 광예제는 법을 제정했다. 사람을 매매하는 것은 물론, 소유한 이에게도 벌금을 내게 하였다.

뒤이어 즉위한 이백 또한 노예제를 혐오하였기에 인신매매를 형벌로 다스렸다. 귀족들의 반발이 심하였으나 이백은 굳건했고 노예제는 사라졌다. 그러니 이 아이는 노예가 아닐 것이다. 노예로 쓰기엔 너무 어리고 노예에게 새기는 노(奴)자도 보이지 않았다.

'이상한 문장이 보이긴 하나 노예의 인장은 아닐 것이다. 아니어야 한다.'

환라는 애써 불길한 생각을 떨쳐 내며 다시 아이의 몸을 닦았다. 옆에서 아이의 발을 닦던 여란이 낮게 욕설을 중얼거렸다. 그러더니 물 양동이에 천을 팽개치듯 내려놓았다.

"의원은 뭐 하는데 아직 안 오는 것이오?"

여란이 짜증스러운 어투로 말하자 양야가 입을 열었다. 목소리대신 하얀 연기가 흘러나와 그의 앞에서 고였다. 양야는 숨을 불어뭉친 연기를 흐트러뜨렸다.

"부르지 말라 했어."

"뭐요?"

여란이 양야의 멱살이라도 잡을 기세로 고개를 치켜들었다. 그런 일이 비일비재한지 양야는 설핏 미소를 지었다. 그리고 느긋한 손으로 곰방대에 약초를 채워 넣으며 아이를 봤다.

"내가 있으니 필요 없지."

여란이 금세 표정을 풀고 고개를 끄덕였다. 오랫동안 통증 속에서 산 탓인지, 양야가 어지간한 의원보다 약초와 병에 대해 더 해박하다는 사실을 알기 때문이었다.

"그럼 나는 약하고 붕대를 가져오겠소."

"그래."

양야의 말이 끝나기가 무섭게 여란이 방을 나섰다. 뒤늦게 정신을 차린 아이가 몸을 비틀며 고통스러운 신음을 흘렸다. 양야는 곰방대를 아이의 입에 물려 주었다.

"깊게 들이마시거라. 통증을 가라앉혀 줄 터이니."

아이가 눈을 떴다가 양야를 보고는 화들짝 놀랐다. 하지만 다른 사람을 봤을 때와는 달리 눈에 두려움이 없었다. 대신 당장이라도 뭔가를 말할 것처럼 입을 벌렸다. 환라가 그들 쪽으로 시선을 돌리자 양야가 작게 혀를 찼다. 그러자 아이가 입을 딱 다물고 고분고분 연기를 들이마셨다.

처음 만난 사이일 텐데 제법 친해 보이는 둘을 보며 환라가 고개를 기울였다. 그러나 이내 신경 쓰지 않고 자신이 들고 있던 천을 양동이에 넣었다.

피와 고름, 오물로 더러워진 물에 손이 잠겼으나 그녀는 담담했다. 아이에게서 곰방대를 떼어 낸 양야가 그런 환라를 보고는 야릇한 미소를 입에 머금었다. 마침 돌아온 여란이 그 미소와 정면으로 마주쳤다. 그녀는 소름이 돋아 몸을 떨었다.

"왜 그렇게……."

불길하게 웃느냐고 한마디 하려던 여란은 깨어난 아이를 보고 가져온 것들은 침대에 내려놓았다. 그리고 마음이 급해졌는지 바쁜 걸음으로 물동이를 들고 나갔다. 통증이 잠잠해져서인지 여란이 돌아오기도 전에 아이는 다시 잠이 들었다. 옷을 입혀야 했지만 아픈 아이를 다시 깨울 수도 없는 노릇이라 환라는 난감한 표정을 지었다.

고민하던 환라가 손을 마른 천에 닦고 옷을 집어 들었다. 환복을 돕던 손길을 떠올리며 아이에게 옷을 입히려 했지만 어설픈 탓인지 상처를 계속 건드렸다.

아이가 신음하며 움찔거렸지만 양야는 연기만 들이마실 뿐 환라를 도와주지 않았다.

그는 그 자리에 서서 환라를 보고 있었다. 일이라고는 한 번도 해 본 적 없는 것 같은 섬섬옥수. 꼿꼿한 허리와 백로의 날개처럼 우아한 손짓을 보며, 양야는 환라가 필시 귀족일 것이라 여겼다.

'물과 환부가 더러운데 망설이지 않는군.'

양야는 환라의 행동이 퍽 마음에 들었다. 하지만 그렇다고 아이의 상처를 덧나게 둘 순 없는 노릇이었다. 그가 막 나서려는데 여란이 방으로 들어왔다. 그녀는 깨끗한 물동이를 침대 근처에 내려놓고 환라에게 다가갔다.

"내가 하겠소."

환라가 비켜서자 여란이 능숙한 손놀림으로 아이의 옷을 갈아입혔다. 그리고 양야의 지시에 따라 약을 발랐다. 여란의 옆에서 양야 또한 무심한 손길로 아이에게 붕대를 감았다. 환라는 두 사람의 움직임에 조용히 감탄하다가 인기척을 느끼고 고개를 돌렸다. 조용히 들어와 방 한쪽 구석에 서 있던 윤정위가 환라를 보며 고갯짓으로 인사했다.

환라는 눈짓으로 그 인사를 받고 다시 여란과 양야를 보았다. 치료를 끝낸 여란이 뒷걸음질로 물러나 의자에 털썩 주저앉았다. 그 뒤로 정위가 소리 없이 다가갔다. 여란이 안도의 한숨을 내쉬는 순간, 정위가 불쑥 입을 열었다.

"끝나셨습니까?"

"으악!"

완전히 풀어져 있던 여란이 소스라치게 놀라며 벌떡 일어났다.

"거, 거, 기척 좀 내라니까!"

정위는 들은 척도 안 하며 환라에게 말을 걸었다.

"하하하. 다과 드시겠습니까?"

뜬금없는 질문이었다. 환라가 막 고개를 저으려던 찰나, 여란이 버럭 소리 질렀다.

"아니, 그놈의 다과는! 전생에 다과를 못 줘서 죽기라도 했소?!"

"여란 님께 물은 게 아닙니다."

정위가 웃는 낯으로 얄밉게 대꾸하자 여란이 그에게 달려들었다.

순식간에 정위의 목을 감싸 옆구리에 낀 여란은 주먹으로 그의 정수리를 콩콩 내리찍었다. 그 모습이 퍽 유쾌했다. 환라는 흐뭇하게 미소 짓다가 기침 소리에 고개를 돌렸다. 소란스러워 잠이 깼는지 아이가 몽롱한 눈을 깜빡였다. 그리고 정위를 보자마자 벌벌 떨었다.

환라가 침대에 걸터앉아 아이를 달래는 사이 양야가 정위에게 나가라고 눈짓했다.

하지만 정위가 사라진 뒤에도 아이의 떨림은 멈추지 않았다. 한참이 지나고 나서야 아이는 고개를 들어 환라를 봤다. 환라는 아이의 손을 꼭 잡았다. 위로해 주고 싶었으나 말을 못 하는 척하고 있었기에 괜히 입술만 달싹였다. 환라는 처음으로 제 결정을 후회했다. 그녀가 걱정스러운 표정으로 가만히 있자, 여란이 아이에게 다가왔다.

"무서워하지 마. 이제 안전하니까. 못된 아저씨들은 저 사람이 다 무찔렀어."

여란이 다정하게 말하며 환라를 가리켰다. 환라가 가만히 고개를 끄덕였다. 아이의 눈이 여란과 환라 사이를 오가다가 양야에게로 향했다. 그리고 갑작스레 눈물을 흘렸다.

양야는 아이를 가만히 내려다보다가 작게 숨을 내쉬었다.

"란아."

여란이 왜 그러냐는 눈으로 양야를 쳐다보았다. 그는 제 곰방대에 약초를 채워 불을 붙이고 그것을 깊게 한 모금 빨아들였다. 짜증과 슬픔, 착잡함이 양야의 얼굴에 떠올랐다가 연기와 함께 서서히 흩어졌다. 그는 이내 평소처럼 권태로운 표정으로 돌아왔다.

"나가서 손님께 차라도 대접해 드려. 나는 아이의 상태를 더 살피다 갈 테니."

의도가 명백한 부탁이었다. 아이와 둘이서 대화를 나누려는 것이다. 처음 보는 아이와 무슨 말을 하려고 저러나 싶어 여란은 잠시 의아한 표정을 지었다. 그러나 곧 고개를 끄덕였다. 양야가 아이에게 나쁜 짓을 할 사람이 아니며 아이 또한 양야를 경계하지 않기 때문이었다.

여란이 환라에게 다가가 그녀의 등에 손을 얹었다. 여란은 잠시 남장 여자인 환라의 호칭을 고민하다가 입은 대로 불러 주기로 했다.

"공자, 가십시다."

하지만 환라는 움직이지 않았다. 그녀에게는 여란도 양야도 낯선 사람일 뿐이었다. 그렇기에 아이가 원한다면 함께 있을 생각이었다. 그러나 아이는 환라의 손을 놓고 양야의 옷소매를 붙잡았다. 그래도 환라가 나가는 것을 망설이자 가만히 서서 기다리던 양야가 아이의 머리에 손을 올렸다.

"안면이 있는 사이입니다."

아이가 고개를 끄덕였다. 여란이 깜짝 놀라 양야를 바라보았다. 어떻게 안면이 있는지 물어보고 싶었으나 그녀는 다음을 기약하기로 했다. 자리를 비켜 주는 것이 우선이라고 생각한 까닭이었다.

"나갑시다."

여란은 환라를 이끌고 걸음을 옮겼다. 문이 닫히고 방 안에 둘만 남게 되자 골골거리던 아이가 몸을 벌떡 일으켰다. 그리고 제 발목에 채워진 끈을 풀기 끊기 위해 안간힘을 쓰며 끙끙거렸다.

연기를 내뿜으며 지켜보던 양야가 손을 뻗었다. 그러자 끈에서 작은 불길이 일었다. 손끝이 살짝 그을렸으나 양야는 망설임 없이 끈을 잡았다. 그의 손이 닿자 끈이 한 줌의 재로 변해 우수수 떨어졌다.

아이가 매끈해진 제 발목을 만지며 감탄했다.

"역시 양야 님이십니다!"

양야는 차갑게 고개를 돌렸다. 냉담한 행동에 아이의 어깨가 축 처졌다. 아이는 힐끔힐끔 양야의 눈치를 보다가 조심스럽게 몸을 웅크렸다.

그러자 상처가 빠르게 아물며 골격이 바뀌고 피부에 털이 올라왔다. 순식간에 삵의 모습으로 변한 아이가 앞발을 쭉 내밀며 기지개를 켰다. 그리고 홀린 듯이 털 고르기를 하다가, 양야가 의자를 끌어당겨 앉는 소리에 놀라 폴짝 뛰어올랐다.

아이는 민망함을 지우기 위해 앞발을 공손하게 모으고 앉아서 괜히 목을 가다듬었다.

"크흠, 흠! 양야 님. 이렇게 뵙게 되어 정말 다행입니다."

양야는 두통이 심해져 인상을 찌푸리며 곰방대를 입에 물었다. 길게 숨을 내뿜자 선홍빛 입술 사이로 새하얀 연기가 혼백처럼 흘러나왔다.

"너는 호선을 모시는 묘은이가 아니더냐."

"맞사옵니다."

아이의 모습으로 있던 삵, 묘은이 울먹이는 목소리로 대답했다. 곧 유리알 같은 황금색 눈동자에 물기가 어렸다. 그러나 양야는 얼음장 같은 낯을 하고 미간을 찌푸렸다.

"네가 왜 여기 있는 것이냐."

날 선 목소리에 묘은이 큼지막한 눈물을 뚝뚝 흘렸다.

"냐앙…… 냥……."

자그마한 입에서 나는 소리가 제법 서러웠다. 하지만 양야의 눈은 여전히 차갑기만 했다. 그는 서늘하고 권태로운 목소리로 독촉했다.

"어서 말하거라."

그의 냉랭한 태도에 놀란 묘은이 울음을 뚝 그쳤다. 그녀는 양야의 눈치를 보다가 작은 앞발에 얼굴을 스윽스윽 문질러 눈물을 닦았다.

"백호선 님께서 양야 님을 설득해 오라 하셨습니다."

양야의 얼굴이 만년설처럼 굳었다. 묘은은 찔끔하며 몸을 웅크렸다. 하지만 그녀는 양야를 설득해야만 했다.

"양야 님. 이제 그만 산으로 돌아와 백호선 님의 마음을……."

양야의 얼굴에 미소가 피어올랐다. 묘은은 화색을 지으려다 칼날처럼 예리한 기운에 흠칫 몸을 떨었다. 그녀는 그제야 유려하게 휘어진 양야의 입술이 분노를 담고 있다는 것을 알아차렸다. 아니나 다를까, 양야의 목소리는 폭우보다 매서웠다.

"주제넘은 말을 지껄이는구나."

묘은이 "야옹." 짧은 울음소리를 내었다. 그녀는 눈을 질끈 감고 자신의 처지가 어찌하다 이렇게 되었는지 떠올렸다.

그건 아주 먼 옛날의 일이었다.

백호선이 다스리는 뇌동산에서 검은 여우 하나가 오래도록 정기를 받아 지성과 도술을 얻었다. 백호선은 정괴가 된 여우를 마음에 품었다. 여우에게 양야(良夜: 달이 밝고 아름다운 밤)라는 이름을 지어 주고 귀애하였다.

"양야. 네 머릿결은 밤하늘처럼 곱고 눈은 달처럼 빛나는구나. 이리 오렴. 가장 가까운 곳에서 나를 섬길 수 있는 영광을 네게 주마."

양야는 백호선의 구애를 거절하였으나 그녀는 어떻게든 양야를 취하고 싶었다. 결국 백호선은 양야를 욕보이려 했고 양야는 뇌동산을 떠나 인간들 틈에 몸을 숨겼다.

정괴는 태어난 산의 정기를 마셔야 하지만 양야는 뇌동산으로 돌아갈 수 없었다. 어쩔 수 없이 인간 세상에 적응해야만 했다. 그러나 인간들이 많은 곳에는 어김없이 사기(邪氣)가 고였다. 깨끗한 기운을 가진 정괴에게 사기는 독이었다. 양야는 서서히 병들어 갔다.

시간이 지나자 정기마저 몸에서 빠져나갔다. 도술을 마음대로 쓸 수 없게 되었고 나날이 쇠약해져 갔다. 극심한 통증과 불면이 그를 괴롭혔다.

'약초를 쉽게 구하려면 돈을 벌어야겠군.'

양야는 아이의 모습으로 변해 자식이 없는 상인의 양아들로 들어갔다. 상단을 물려받아 키우고 단영 제국 곳곳에 객잔을 만들었다. 객주가 되자 상단으로 들어오는 약초를 양껏 쓸 수 있었다. 다행스럽게도 고통을 약으로나마 다스릴 수 있었다. 하지만 그뿐이었다.

백호선 또한 산을 떠난 정괴가 어찌 되는지 잘 알고 있었기에 애가 닳았다. 당장에라도 그를 데려오고 싶었으나 자리를 비우면 다른 호선이 침략할까 봐 그러지도 못했다.

백호선은 고민 끝에 묘은을 불러들였다.

"내려가서 양야를 데려오너라. 만약 온다고 하거든 그 아이가 버틸 수 있게 구슬을 전해 주고, 돌아오지 않는다 하거든……. 네 목숨을 걸고 설득해 와라. 빨리 움직여야 할 것이야. 알다시피 나는 인내심이 길지 않으니."

묘은은 몇 년에 걸쳐 가까스로 양야가 있는 곳을 알아냈다. 그러나 양야와 만나기 전, 요괴에게 속아 힘의 일부를 빼앗겼다. 그리고 남은 힘마저 봉인 당한 뒤 인간에게 팔려 갔다. 묘은은 오랫동안 골방에 갇혀 형용할 수 없을 정도로 모진 일을 겪었다. 그러던 중 겨우 기회를 잡아 도망쳤다. 하지만 체력이 부족해 멀리 가지 못했고, 막 붙잡히려던 차에 환라가 묘은을 구해 준 것이다.

묘은은 재빨리 고개를 저어 끔찍한 기억을 떨쳐 냈다. 그녀는 자신이 해야 할 일을 떠올리고는 애처로운 목소리를 내었다.

"하오나 양야 님. 잘 생각해 보시어요. 계속 이렇게 정기를 받지 못하시면 정말 위험하십니다. 구중천을 떠돌게 될지도 모르셔요."

앓는 듯한 목소리에도 양야는 요지부동이었다.

"죽는다는 말을 고상하게도 하는구나."

그는 여전히 돌아갈 생각이 없었다. 묘은은 양야의 의중을 알아차리고 입을 다물었다. 백호선과 양야 사이에 무슨 일이 있었는지 알기에 차마 백호선을 모시라고 거듭 청할 수 없었다. 묘은은 이도 저도 못 하고 고개를 푹 숙인 채 수염만 들썩였다.

양야는 그 모습을 곁눈으로 보고 흰 연기를 내뿜었다.

"너는 어찌할 것이냐."

묘은이 고개를 들었다. 그녀의 눈에 두려움이 서렸다. 백호선은 제 명령을 어긴 자를 그냥 둘 정도로 무른 성격이 아니었다. 양야는 묘은이 괜히 자신 때문에 인간 세상에 내려와 모진 일을 당한 것 같아 마음이 불편했다.

"원한다면 이곳에 머물 수 있게 해 주마."

"아니어요. 저는 이제 인간이라면 신물이 납니다."

"허나 돌아가면 백호선이 너를 가만두지 않을 것이다."

그 말이 옳다. 백호선이 빨리 돌아오라고 하였으니 양야를 설득하지 못했더라도 빨리 돌아가 그 사실을 백호선에게 알려야 했다. 그러나 본의 아니게 너무 오랜 시간을 허비해 버렸다.

"야옹…… 야옹……."

그녀는 다시 구슬프게 울었다.

묘은은 양야처럼 강한 정괴가 아니라 산을 떠나서 오래 살 수 없었다. 돌아간다면 백호선의 손에 죽겠지만 남으면 역겨운 인간들과 함께 지내야 한다.

'인간들과 함께 사느니 백호선 님 손에 죽는 것이 나아.'

사실 아무리 늦었다지만 충직한 심복을 죽이기야 하겠느냐는 믿음도 있었다.

'사정을 잘 말하면 이해해 주실 거야.'

묘은은 결국 뇌동산으로 돌아가기로 했다. 그 전에 보은이라도 제대로 하고 싶었지만 마땅히 떠오르는 게 없었다. 뭔가를 주고 싶어도 지금 그녀가 가진 것은 구슬…….

'그래! 구슬!'

그 구슬은 산의 정기를 뭉쳐서 만들었기 때문에 가지고 있으면 정기가 회복된다. 정기가 회복되면 당연히 통증도 사라질 것이다. 묘은은 보은을 할 수 있다는 생각에 신났다. 그녀는 귀를 쫑긋 세우고 꼬리를 살랑살랑 흔들었다. 그러다 백호선이 떠올라 꼬리를 바닥에 탁 내리쳤다.

'양야 님이 돌아온다고 하면 주라고 하셨는데……. 그래도 환이라는 여자와 양야 님께 보은을 하고 싶어. 그냥 구슬을 드릴까? 백호선 님께는 잃어버렸다고 하고…….'

묘은은 고민하다가 고개를 저었다. 양야도 설득 못 하고, 늦었고, 게다가 구슬까지 잃어버렸다고 하면 정말 사달이 날 것이다.

'날 잡아먹을지도 몰라.'

그녀가 벌벌 떠는 사이 양야는 문을 바라봤다. 복도에서 인기척이 들렸다. 양야는 잠시 고민했다. 묘은이 이대로 떠난다면 환라와 여란에게 할 말이 없다. 삵이 되어 도망쳤다고 말해 봤자 미친 사람 취급만 당할 것이다.

그는 점점 가까워지는 발소리를 듣다가 묘은에게 말했다.

"사람의 모습으로 변해라."

갑작스러운 명령에 묘은은 고개를 기울였다. 그러나 곧 군말 없이 사람의 모습으로 둔갑했다.

"문이 열리거든 다시 삵으로 변해 창밖으로 도망쳐라."

"양야 님께 도움이 되는 일입니까? 제가 보은을 하는 것이어요?"

양야가 가만히 고개를 끄덕이며 곰방대를 입에 물었다. 묘은이 활짝 웃으며 공손하게 손을 포개어 양야에게 절을 올렸다.

"그럼 미리 인사 올리겠습니다. 도와주셔서 감사합니다, 양야 님. 부디 옥체 만강하시어요."

그리고 문이 열리는 소리를 듣자마자 몸을 일으켰다. 그녀는 환라를 보고 재빨리 삵으로 변해 창틀에 앉았다.

여란이 넋이 나간 표정으로 굳은 사이, 묘은은 환라를 향해 "야옹……." 하고 울고는 그대로 창문을 넘어 사라졌다. 뒤늦게 정신을 차린 여란이 후다닥 달려가 창밖으로 상체를 내밀었다. 하지만 삵은 어디 갔는지 보이지 않았다.

여란이 눈을 비비다가 양야를 향해 고개를 확 돌렸다.

"이, 이게, 이게 어찌 된 일이오?"

양야는 여상스럽게 연기를 내뿜었다.

"내가 아는 아이인 줄 알고 말을 걸었는데 모르는 것이 많았어.

추궁하였더니 본 것처럼 삵으로 변해 도망가 버렸구나."

참으로 뻔뻔한 말이었다. 하지만 제 눈으로 묘은이 변하는 것을 목격한 여란과 환라는 그 말을 믿을 수밖에 없었다. 헛것을 봤나 싶었는데 침대에는 짐승의 털이 수북했다. 여란은 기가 찬 듯 '허! 허!' 하고 헛웃음을 터트렸다. 환라 또한 멍하니 창틀로 다가가 밖을 내다봤다.

양야는 어쩔 줄 모르는 둘을 보며 슬쩍 미소 지었다. 재미있는 광경이었으나 이제 슬슬 저녁을 먹어야 할 때였다.

"그만 정신 차리고 내려가자. 곧 저녁 시간인데 식사라도 해야지."

양야가 느긋한 목소리로 여란의 정신을 일깨웠다. 그녀는 고개를 흔들고 잠시 정신을 차렸다가 다시 헛웃음을 흘리며 넋을 놓았다.

환라는 얼떨떨한 기분을 털어 내지 못한 채 창에서 떨어져 몸을 돌렸다. 그리고 양야와 눈이 마주쳤다. 그는 환라에게도 식사를 권하려 입을 다물었다.

낭자라고 불러도 되는 걸까?

여인인 것이 분명한데 환라는 도포에 허리끈, 관까지 완벽하게 갖춰 입었다. 여란처럼 남자 옷이 편해서 입은 게 아니라 사정이 있어서 남장을 한 것처럼 보였다.

"공자께서도 함께 내려가시지요. 예까지 찾아 주었으니 식사를 대접하겠습니다."

환라는 묘한 느낌이 들어 양야를 가만히 바라보았다. 양야가 요요한 미소를 입에 물었다. 환라는 일단 고개를 끄덕였다. 그러자 양야가 여란을 이끌고 방 밖으로 향했다.

여란은 떠밀려 나가면서도 좀 전의 일이 믿기지 않는지 홀린 사람처럼 방 안을 돌아보았다. 놀라서 아무 생각도 없는 여란과 달리, 환라는 그제야 양야가 지나치게 평온하다는 것을 깨달았다. 그녀는 자신의 가슴께에 손을 얹었다. 지나치게 놀란 탓에 심장이 아직도 두근거렸다. 그런데 양야는 묘은이 삵이었다는 것을 이미 알고 있던 사람처럼 동요가 없었다.

'알고도 모른 척한 건가? 어째서?'

환라가 양야의 뒷모습을 훑었다. 하지만 묘은이 삵으로 변하는 것이 떠오르자마자 날카롭게 벼려졌던 생각이 허무하게 녹아 버렸다.

여우…… 아니, 삵에게 홀린 기분이었다.

환라는 눈을 지그시 감는 것으로 몽롱함을 털어 냈다. 그사이 양야가 다른 방으로 들어가려는 여란의 뒷덜미를 잡아챘다. 그리고 걱정스러운 마음에 환라를 돌아보았다.

다행히 환라는 제법 멀쩡한 표정으로 따라오고 있었다. 그러나 사실 그녀의 상태도 그리 좋지는 않았다. 그녀는 반쯤 정신이 빠진 상태였다. 제정신이었다면 식사를 거절하고 궁으로 돌아갔을 터였다. 그러나 환라는 4층으로 올라와 식탁 앞에 앉았고, 양야는 자연스럽게 네 명이 먹을 음식을 준비하라 일렀다.

얼마 지나지 않아 하인이 음식을 내왔다. 환라는 식기를 내려놓는 소리에 정신을 차렸다.

'지금이라도 돌아가야겠다.'

그런데 막상 음식을 보니 배가 고팠다. 환라는 어찌할까 고민하며 양야와 정위, 여란을 바라보았다.

손바닥으로 이마를 짚고 있는 여란과 젓가락으로 국수를 휘젓는 정위를 지나친 환라의 시선이 양야에게 닿았다. 의자에 나른하게 기대어 정위에게 사정을 설명하던 양야가 환라의 시선을 느끼고 고개를 돌렸다.

눈이 마주치자 양야가 야살스러운 미소를 머금었다. 아름다운 미소였으나 환라의 눈에는 의심이 깃들었다. 멍한 정신에 가려져 있던 의문이 다시 떠오른 탓이었다.

여란이 눈만 들어 환라를 보았다. 그녀는 환라의 표정을 보고 동질감을 느꼈다.

"공자. 저 오라비가 무엇을 숨긴다고 생각하시오?"

환라는 고개를 끄덕였다. 지나치게 솔직해 순진해 보이기까지 했다. 양야가 저도 모르게 웃음을 흘리자 여란이 그를 힐끗 보고는 불퉁한 목소리를 내었다.

"원래 저렇소. 내 알고 지낸 지 10년이 지났는데 아직 놀란 표정을 한 번도 본 적이 없소. 뭐든 다 알고 있었다는 것처럼……."

놀라 나자빠질 뻔한 여란이 그런 말을 하자 환라는 쉽게 의심을 거뒀다. 지나치게 빠른 태세 전환에 여란과 정위는 맥이 빠져 버렸다. 얼빠진 표정을 보며 양야가 크게 웃음을 터트렸다. 맑은 웃음소리가 울리자 정위가 놀란 얼굴로 양야를 보았다.

여란도 내심 놀라다가 눈을 가늘게 떴다. 혼자만 멀쩡했던 양야가 얄미워 보인 탓이었다.

"웃지 마시오. 재수 없소."

여란의 말이 끝나기가 무섭게 양야가 입을 다물었다. 그의 얼굴에서 표정이 사라지자 이번엔 정위가 웃음을 터트렸다. 그는 진심으로 즐거워하며 한참 동안 크게 웃고 나서야 겨우 숨을 골랐다.

"내가 이래서 여란 님을 좋아합니다. 여란 님이 아니면 누가 저 재수 없는 분께 재수 없다는 말을 해 주겠습니까?"

여란이 콧방귀를 끼었다.

"자기도 하고 싶은 말은 다 하면서 아닌 척하기는."

여란의 말이 끝나자마자 양야가 정위를 짧게 비웃었다. 서글서글한 미소를 짓고 있던 정위가 양야를 보며 정색했다.

"웃지 마십시오. 재수 없습니다."

양야는 놀리기라도 하듯, 보란 듯이 더 짙게 미소 지었다.

정위가 못 볼 꼴을 보았다는 듯 눈살을 찌푸리며 고개를 돌렸다. 그리고 곧 언제 그런 표정을 지었냐는 듯, 시원한 미소를 입에 물고 환라에게 말을 걸었다.

"왜 드시지 않으십니까?"

환라는 무심결에 향낭을 매만졌다. 혹 중독되거든 사용하라며 파영로가 해독에 도움이 되는 약초로 만들어 준 것이었다.

'여차하면 이것을 쓰면 될 것이다.'

그렇게 생각하였으나 독을 확인하고 먹던 습관 때문인지 여전히 꺼림칙했다.

순간, 환라는 아까 산 보요가 은으로 도금되어 있다는 사실을 깨달았다. 그녀는 지체하지 않고 허리춤에 묶어 둔 작은 보자기에서 보요를 꺼냈다. 여란은 밥을 시켜 놓고 고사 지내다가 갑자기 장신구를 꺼내 드는 환라를 이해할 수 없었다. 그러거나 말거나 환라는 뜨거운 찻물로 보요를 한 번 씻어 냈다. 그리고 그것을 소면 국물에 담갔다.

여란이 두 발로 선 사슴이라도 본 것처럼 그 자리에서 펄쩍 뛰었다.

"아니, 그, 그 비싼 것을!"

그리고 반사적으로 손을 뻗었다.

하지만 그녀의 손이 채 닿기도 전에, 환라는 보요에 면발이 둘둘 감길 정도로 국수를 휘저었다. 환라는 은에 변색이 없음을 확인하고 젓가락을 들었다. 동시에 여란의 팔이 툭 떨어졌다. 그녀는 황당하다 못해 뒤로 넘어갈 지경이었다.

'아니, 한두 푼도 아니고, 무려 대청동 3전짜리 보요를 고작 국수 쑤시개로 쓴단 말이야? ……그냥 바가지 쓰게 내버려 둘 걸 그랬나?'

대청동 3전이면 변두리의 셋방 하나를 한 달 동안 빌릴 수 있는 돈이었다. 환라는 방금 월세방 하나로 국수를 쑤신 것이다. 그런 미친 짓을 하고도 국수를 먹는 환라의 손놀림은 우아하기만 했다. 그것이 너무 어이없고 이상해 여란은 헛웃음이 절로 나왔다. 계속 생각하다 보니 유쾌하기도 했다.

작게 시작한 웃음은 점점 커졌다. 여란은 고개를 들고 목청이 보일 정도로 크게 웃었다. 정위 또한 고개를 돌리고 어깨가 들썩일 정도로 웃고 있었다.

어딘지 어리숙하나 행동거지는 우아한, 조금 괴이한 환라가 두 사람은 마음에 들었다. 다만 양야만이 묘한 눈으로 환라를 보며 곰방대를 깊게 빨아들였다. 그는 허공으로 새하얀 연기를 날려 보내며 환라의 이름을 되짚었다.

'나환. 나환이라.'

어떤 글자를 쓰는지 궁금하던 차에 마침 정위가 환라의 이름을 물었다. 환라는 아직 물기가 있는 보요의 끝으로 탁자에 '붙잡을 나'와 '기쁠 환' 자를 썼다. 양야는 그 두 글자를 가만히 쳐다보았다. 양야의 얼굴에서 잠시나마 권태로움이 지워졌다. 곧 그의 입이 고운 호선을 그렸다.

뒷골이 서늘해 고개를 돌렸던 여란이 미소를 발견하고 몸서리를 쳤다.

"왜 또 그렇게 웃으시오?"

양야가 영문을 모르겠다는 얼굴을 하자 여란이 됐다는 듯 고개를 저었다. 그리고 곧장 환라 쪽으로 몸을 틀어 앉았다.

"나와 정위는 열일곱, 오라버니는 스물둘이오. 공자는 나이가 어떻게 되시오?"

환라는 탁자 위에다 열여덟을 썼다. 그러자 여란이 눈을 빛내며 상기된 목소리를 내었다.

"내 형님이라고 불러도 되겠소?"

환라는 잠시 고개를 기울였다. 양야는 오라버니인데 왜 자신에게는 형님이라고 하겠다는 건지 모를 일이었다. 하지만 곧 신경 쓰지 않고 고개를 끄덕였다. 여란이 눈에 띄게 기뻐하며 미소 지었다.

그사이 식사를 마친 정위가 젓가락을 내려놓았다. 그제야 여란도

단 두 번 만에 면발을 다 빨아들이고 그릇째로 국물을 꿀꺽꿀꺽 마셨다. 환라는 천천히 면을 먹다가 문득 시선이 느껴져 고개를 돌렸다.

환라를 보고 있던 양야가 고개를 돌려 길게 연기를 뿜었다.

환라는 그의 그릇을 보았다. 고명으로 얹은 고기만 몇 점 사라졌을 뿐 처음 내왔을 때와 별반 다르지 않았다.

'두통이 심해 진통제를 피운다고 했던가?'

환라는 제 앞에 있는 접시에 무언가를 덜어 양야 쪽으로 쭉 밀었다. 양야가 고개를 숙여 접시 안에 든 것을 확인했다. 두통에 좋다고 알려진 미나리였다. 양야는 저도 모르게 웃음을 터트리고 말았다. 평소라면 초록색 음식 따위는 쳐다보지도 않았을 양야가 미나리를 한 젓가락 먹었다.

그 모습을 발견한 정위가 놀란 얼굴로 물었다.

"웬일입니까? 풀떼기를 다 드시고?"

"형님의 성의를 무시할 수 없으니 그런 것 아니오."

여란은 제 말이 맞지 않냐는 눈으로 양야를 보았다. 양야는 그 말을 웃어넘겼다. 여란은 그것을 긍정으로 받아들이고 뿌듯한 얼굴을 하며 등받이에 몸을 기댔다. 하지만 정위의 눈은 그 뒤로 꽤 오래간 환라와 양야의 사이를 오갔다. 그리고 환라가 젓가락을 내려놓는 순간을 놓치지 않고 물었다.

"다과라도 하고 가시겠습니까?"

말끝이 해시 반 각(오후 10시)을 알리는 목소리에 묻혔다.

환라의 미소가 서서히 가라앉았다. 그녀는 그제야 향옥이 이상할 정도로 조용하다는 것을 깨달았다. 환라는 고개를 젓고 몸을 일으켰다. 여란이 그녀의 옷자락을 붙들었다.

"형님, 벌써 가시오?"

환라는 미안하다는 얼굴로 고개를 끄덕였다. 그녀는 여란의 손등을 토닥여 주고 정위와 양아에게 눈짓으로 인사했다. 그러고는 뒤도 돌아보지 않고 밖으로 나왔다.

야시장은 끝이 났는지 거리는 어둠에 잠겨 있었다.

들어가서 호롱을 빌려야 하나 고민하는 그녀에게 작은 불빛 하나가 다가왔다. 환라는 고개를 돌렸다. 그 자리에는 향옥이 서 있었다. 눈이 마주치자 향옥이 안도의 한숨을 내쉬며 환라에게 다가왔다.

"자시(오후 11시)까지 나오지 않으시면 제가 들어가려 했습니다."

입을 열어 대답하려던 환라는 여란이 나오는 것을 발견하고는 입을 다물었다. 그녀가 애매한 미소를 입에 물자 향옥이 허리를 깊게 숙였다.

"모시겠습니다, 도련님."

환라는 고개를 끄덕이며 여란을 보았다.

여란은 양손에 쥐고 있던 호롱을 한쪽에 몰아 쥐고 손을 크게 흔들었다.

환라는 미소로 화답하고 향옥의 뒤를 따랐다.

* * *

환라가 돌아가고 난 뒤에 여란은 다시 한월각으로 들어왔다.

배를 두드리는 그녀에게 정위가 다과를 권했다. 여란은 거부하지 않고 고개를 끄덕인 뒤 양야의 방으로 올라갔다.

양야는 침대에 비스듬히 누워서 판을 깔고 바둑을 두는 정위와 여란을 쳐다보았다. 많고 많은 방을 두고 제 방에 와서 노닥거리는 것이 조금 귀찮았으나 제법 귀엽기도 했다. 그는 정위에게 지고 있는 여란을 보다가 입을 열었다.

"못 보던 비녀구나."

양야가 길게 연기를 뿜으며 여란에게 말했다. 여란은 힐끗 양야를 보았다.

"아! 아까 형님께 답례로 받은 것이오."

"답례라니?"

"아니, 장신구 가게 내외가 바가지를 씌우려 하지 뭐요? 그래서 내가 도와주었소."

정위가 흰 돌을 내려놓으며 여란에게 물었다.

"나환 님 말입니까?"

"맞소. 아무것도 모르는 것처럼 어리벙벙해서는 무예에 능통하질 않나, 세상 의심 없는 것처럼 속더니 국수를 값비싼 보요로 휘저어 독을 확인하질 않나. 참 이상한 사람이오."

그렇게 말하면서도 여란의 얼굴은 즐거워 보였다. 정위도 보요를 휘젓던 환라가 생각났는지 고개를 끄덕이며 작게 웃었다. 그러나 양야의 얼굴에는 미소가 없었다. 그는 묘한 침음을 내었다. 바둑판을 가만히 들여다보던 정위가 그 소리에 고개를 돌렸다.

"왜 그러십니까?"

"뭐가?"

"방금 '흐음…….' 하고 묘한 비음을 내지 않으셨습니까."

이번엔 여란이 고개를 들었다. 그녀는 검은 돌을 아무렇게나 내려 놓았다. 가늘게 뜬 눈초리에 의심이 담겼다. 그녀는 양야를 쏘아보느라 정위가 몰래 흰 돌을 밀어 집을 넓히는 것을 보지 못했다.

"그러고 보니 아까도 소름 끼치게 웃었소."

"소름 끼치게 말입니까?"

정위가 질문으로 여란의 주의를 끌며 흰 돌의 집을 더 늘렸다. 여란이 냉큼 고개를 끄덕이다 고개를 돌리자 정위가 손을 떼고 여상스럽게 웃었다. 여란은 바둑판에는 관심도 두지 않은 채 검은 돌을 다시 한번 아무렇게나 두었다.

"형님을 보며 씩 웃었단 말이오. 왜, 그 미소 있잖소. 그, 저번에 1층에서 무뢰배의 바지를 벗겼을 때 지었던 그 미소."

"아! 어떤 것인지 알겠습니다."

정위가 고개를 끄덕이며 양야를 보았다.

그는 약초 연기를 구름처럼 두르고 있었다. 권태로운 시선과 마주치자 정위는 문득 산을 눈앞에 둔 것 같은 거대한 중압감을 느꼈다. 간혹 그럴 때가 있었다. 장난스럽게 어울리다가도 위화감이 들었다. 양야의 윤곽을 희미하게 만드는 연기 때문에 더욱 그러했다.

그는 긴장을 지우고 애써 바둑판을 보며 물었다.

"혹 뭘 알고 계십니까?"

"그래. 말 좀 해 보시오. 중경에 오라버니가 모르는 자는 없다고 항상 자부하지 않았소?"

"나환이라는 자는 들어 본 적은 없지만……."

신흥 세력 중에 붙잡을 나 자를 성으로 쓰는 가문이 있었다. 변방의 세력이긴 하나 학식이 뛰어나고 가문의 자산도 막대하였다. 그 때문인지 황후의 악행을 아는 이들은 그녀를 견제할 세력으로 나씨 가문이 적격이라 여겼다.

하지만 나씨 가문은 품계를 받기도 전에 황금 독개구리가 빠진 우물물을 길어 마시고 멸문하였다. 그 일은 아는 사람들은 하나같이 입을 모아 이를 황후의 소행이라 말했다. 황금 독개구리는 사람들이 사는 곳에 터를 잡지 않을뿐더러, 황족이 아니면 구하기 힘들 정도로 희귀했다. 게다가 나씨의 멸문으로 득을 볼 자가 뚜렷하니, 합리적인 의심이었다.

그는 길게 숨을 내뿜었다. 새한 연기가 그물에 잡힌 뱀장어처럼 뒤엉켰다. 양야는 드물게 손을 휘저어 연기를 흐트러트리고 다시 입을 열었다.

"신흥 세력 중에 붙잡을 나 자를 성으로 쓰는 가문이 있었는데, 황금 독개구리가 빠진 우물물을 길어 먹고 멸문하였다지."

정위가 안타까운 기색이 역력한 얼굴을 했다.

"그래서 은도금 된 보요로 독을 검사했던 거군요. 나환 님께서도 황후에게 원한이 많으시겠습니다."

여란은 고개를 끄덕이다가 갑작스럽게 탄식했다.

"아! 계속 말을 하려고 입술을 달싹이기에 왜 그런가 했더니……. 독 때문에 목소리를 잃은 지 얼마 안 되어 말하던 습관이 남은 모양이오."

그녀는 침통한 표정을 지으며 바둑돌을 만지작거렸다. 돌끼리 부딪치는 소리가 그녀의 마음처럼 달그락거렸다. 그녀는 '어휴.' 한 숨을 내쉬었다가 별안간 탁자에 머리를 쿵쿵 박았다.

"이 바보 같은! 그런 것도 모르고 형님을 미친 사람 보듯 하고 크게 웃었으니! 얼마나 상처가 크셨겠소!"

"여란 님, 여란 님! 진정하십시오. 바둑판 엎어집니다!"

자신이 조작해 놓은 판이 흔들리자 정위가 지푸라기라도 잡는 심정으로 바둑판을 붙들었다.

하지만 돌은 이미 다 흐트러지고 난 뒤였다.

장부 정리를 두고 내기했던 판이 엉망이 되자 정위는 애가 탔다. 하지만 여란은 그런 것은 안중에도 없었다.

"지금 그놈의 바둑이 문제요? 우리 형님이 상처를 받으셨을 텐데! 정위도 만나거든 꼭 사과하시오!"

"알겠습니다. 제가 사정도 모르고 경박스럽게 웃은 것, 꼭 사과하겠습니다. 그러니 여란 님도 다시 앉으시고……. 어떻게, 다시 둘까요?"

정위가 능숙한 솜씨로 여란의 다혈질을 달래고 바둑돌을 내밀었다. 여란이 그 바둑돌을 받아 들었다. 멀리서 축시(오전 1시)를 알리는 소리가 들렸다.

"너무 늦지 않았소?"

"하지만 내기 바둑이지 않습니까. 여기서 멈추시면 내일 장부 정리를 도와주시기로 한 건 어찌하고요."

정위의 말에 여란의 눈초리가 날카로워졌다.

"나는 분명 '바둑에서 지면' 도와준다고 하였는데? 어째 내가 반드시 질 거라는 뜻처럼 들리오."

정위가 뜨끔한 표정을 지었다. 여란의 낯 색이 서서히 변했다. 정위가 아무것도 모르겠다는 듯 웃었지만 여란은 이미 먹이를 노리는 호랑이처럼 매서운 표정을 하고 있었다.

그걸 본 양야는 여란이 정위와 술래잡기를 하느라 제 방을 다 뒤집어 놓기 전에 곰방대를 재떨이에 탁 털어 냈다.

제법 큰 소리가 울리자 정위와 여란이 양야를 돌아봤다.

"늦었으니 소란은 나가서 피워."

여란이 맥 빠진 표정으로 의자에 털썩 주저앉았다. 정위는 여란의 눈치를 보며 바둑돌을 정리했다. 눈이 마주치자 여란이 검지로 조용히 방문을 가리켰다가 그대로 목을 긋는 시늉을 했다. 방 밖으로 나가면 죽이겠다는 뜻이었다.

정위는 도움을 요청하는 눈으로 양야를 보았다.

하지만 양야는 제 의남매가 정위를 협박하는 것을 목도하고도 옅게 웃으며 긴 연기를 내뿜을 뿐이었다.

* * *

깊은 밤, 환라의 침실 창문이 열렸다. 빛을 막기 위해 가려 두었던 두꺼운 장막이 저절로 걷어지고, 그 사이로 작은 짐승이 얼굴을 들이밀었다.

노란 안광을 빛내며 들어온 짐승은 바로 묘은이었다.

그녀는 뇌동산으로 돌아가려다 환라에게도 보은을 해야겠다는 생각에 결국 환라의 향낭 냄새를 따라왔다. 하지만 냄새는 커다란 바위 끝에서 끊겨 버렸다. 묘은이 잠시 눈을 붙이고 다시 출발하려던 그때, 마침 향옥과 환라가 돌아가기 위해 문을 열었다.

'마침 잘 되었다. 몰래 따라가면 되겠어!'

묘은은 둘을 따라가다가 마지막에 놓쳐 버리고 말았다.

그녀는 통풍을 위해 뚫어 놓은 구멍으로 나와 다시 향낭 냄새를 따라갔다. 그리고 모두 잠들 때까지 숨어 있다가 깊은 새벽이 되어서야 몸을 드러낸 것이다.

각고의 노력 끝에 묘은은 창문을 통해 방으로 들어왔다.

백호선이 준 구슬을 입에 문 묘은이 환라의 침대 위로 폴짝 뛰어올랐다. 그리고 깊이 잠든 환라의 얼굴을 내려다보았다. 잠시 망설이던 묘은은 코로 힘찬 숨을 내뿜고 환라의 턱에 작은 앞발을 올려놓았다.

지그시 힘을 주자 환라의 입이 벌어졌다. 묘은은 그 틈으로 구슬을 떨어트렸다. 백호선이 양야에게 전해 주라고 하였던, 산의 정기를 뭉쳐 놓은 구슬이었다.

'이래도 되나?'

걱정이 울컥 치밀었지만 묘은은 마음을 굳게 다잡았다. 산의 정기는 인간에게 이롭다. 회복을 돕고 저주와 액운을 막아 준다. 오랫동안 몸에 품고 있으면 수명 또한 늘어난다. 게다가 살아 있는 것과 결합하면 정기는 계속해서 생겨난다.

그러면 양야의 두통도 사라질 것이다.

물론 양야에게는 삵으로 변해 도망치는 것으로 보은을 하였지만 묘은이 생각하기에는 부족했다. 그녀는 양야에게 확실하게 은혜를 갚고 싶었다.

'두 사람에게 한꺼번에 보은하려면 이러는 수밖에 없어! 어차피 정기를 뭉쳐 구슬로 만드는 것 따윈 백호선 님께는 식은 죽 먹기이니 대충 둘러대도 괜찮을 거야.'

양야와 환라는 오늘 처음 만난 사이였지만 묘은이 그 사실을 알 리 없었다. 뇌동산에서는 항상 혼자 다니던 양야가 환라와 같이 있는 것을 보았으니 묘은은 자연스럽게 둘이 절친한 사이라 여겼다. 묘은은 자신의 기지에 만족하며 보송보송한 앞발로 미련 없이 환라의 입을 닫았다.

곧 환라의 몸에서 청량한 기운이 뿜어져 나왔다.

그 기운은 한참이나 환라의 곁을 맴돌다 서서히 흡수되었다. 기운이 다 가라앉자 묘은은 정기가 잘 흡수되었나 확인하기 위해 환라의 주변을 돌며 코를 킁킁거렸다.

환라가 가지고 다니는 향낭의 쌉싸름한 장미 향기와 산의 맑은 기운이 황홀하게 어우러졌다.

묘은은 넋을 잃고 그 냄새를 몇 번 더 킁킁거리다가 화들짝 놀라며 귀를 쫑긋거렸다. 그리고 환라의 입에서 떼어 낸 앞발로 코를 막고 꼬리를 흔들었다.

'생각보다 이 인간과 뇌동산의 정기가 상성이 잘 맞는 모양이야. 향이 독하지만 양야 님은 강한 정괴이시니 괜찮겠지!'

묘은은 고개를 끄덕이고 말랑한 발바닥으로 환라의 어깨를 톡톡 두드렸다.

"고마웠다, 인간."

그녀는 작게 속삭인 뒤에 침대에서 폴짝 뛰어내렸다.

사뿐하게 바닥에 착지한 묘은은 조심스럽게 걸어 창문 너머로 사라졌다.

아무도 묘은의 방문을 눈치채지 못한 채, 시간은 흘러 동이 텄다.

환라는 평소보다 일찍 잠에서 깨어났다. 평소와 달리 이상할 정도로 몸이 상쾌하였다. 그녀는 침대에서 나와 제 몸을 살폈다. 그 기척을 눈치챈 칠각이 문밖에서 물었다.

"공주님, 기침하셨사옵니까?"

"그렇다."

문이 열리고 칠각이 들어왔다. 환라는 칠각의 시중을 받으며 세안을 하고 면포를 썼다. 얼굴을 가리자 궁인들이 환라의 방 안으로 들어왔다. 옷을 갈아입고 아침 식사를 마친 뒤, 정무 회의까지 다녀온 환라의 앞으로 향옥이 다가왔다.

침통해 보이는 얼굴에 환라가 궁인들을 물렸다. 그러자마자 향옥이 덜컥 무릎을 꿇고 앉았다.

"실은 어제 한눈을 팔다 공주님을 놓치고 말았습니다. 사람들에게 물어 한월각에 들어가셨다는 말을 듣고 기다리던 것이었습니다. 소신의 불충을 벌하여 주시옵소서."

환라는 그제야 어제 향옥이 지나치게 조용했던 이유를 깨달았다. 하지만 먼저 떨어져서 구경하라고 한 것은 자신이었기에 탓할 마음은 들지 않았다.

"내 불찰도 있으니 자책하지 말라."

환라는 그리 말했지만 칠각은 영 못마땅한 눈빛이었다.

곧 잔소리가 폭우처럼 쏟아질 것 같은 분위기에 환라는 안타까운 눈으로 향옥을 보았다. 평소라면 칠각에게 콧방귀를 뀌었을 테지만 이번에는 지은 죄가 있기에 향옥은 고개를 숙였다. 환라는 저라도 나서서 향옥을 구해 주어야겠다고 생각했다.

"여사는 가서 소해를 데려오라."

"예, 공주님."

명령이 떨어지기가 무섭게 향옥이 후다닥 밖으로 나갔다. 그러자 칠각이 공손히 아뢰었다.

"공주님, 또 나가실 생각이시옵니까?"

"어제 한월각에서 마음에 드는 이들을 보았다. 벗이 될 수 있을 듯하여 나가 볼 생각이다."

당장이라도 뜯어말리며 잔소리를 할 줄 알았던 칠각은 가만히 고개를 숙이고 있었다. 환라가 그를 부르자 칠각이 뒤늦게 고개를 들었다.

복잡한 표정의 칠각을 보며 환라가 걱정스러운 목소리로 물었다.

"안색이 좋지 않다."

"아무것도 아니옵니다, 공주님."

칠각은 잠시 침묵하다가 말을 돌렸다.

"궁에서 환복하시면 발각될 위험이 있으니 제가 출구 근처에 따로 처소를 준비해 두겠나이다."

"눈에 띄지 않는 곳으로 하라."

환라는 머리를 조아리는 칠각에게 잠시 시선을 두었다가 책상으로 다가갔다.

문득 어제 보았던 일이 떠올랐다. 그녀는 사실 아직도 꿈을 꾼 것만 같았다. 요괴이니 귀신이니 하는 것은 전부 미신이라 여겼는데 직접 목격하게 되다니……. 혹시 상소문에 그와 비슷한 일이 있으려나 싶어 쌓여 있는 두루마리를 펼쳤다.

하지만 상소에는 황제의 은덕을 찬양하는 글밖에 없었다.

환라는 상소문 몇 개를 더 열어 보았다. 그러고 난 뒤에야 소해가 안으로 들어왔다.

"궁인 정소해, 공주님께 인사 올리옵니다."

떨리는 목소리였으나 어제처럼 말을 더듬지는 않았다.

환라는 상소문을 말아 제자리에 두고 소해에게 다가갔다. 그리고 허리를 숙인 소해를 손수 일으켜 주었다.

"어제는 내가 경황이 없어 묻지 못했다. 잘 지냈는가?"

"예, 공주님! 덕분에 맛난 것도 많이 먹고 편히 있었사옵니다."

소해가 상기된 목소리로 말했다. 안 그래도 소해에게 싫어하는 일을 억지로 시킨 것 같아 신경이 쓰였던 차인데 칠각이 잘 대해 준 모양이었다. 환라는 만족스러운 미소를 짓고 눈짓으로 칠각을 칭찬했다. 칠각이 공손히 머리를 조아렸다. 환라는 미소를 지우지 않은 채 소해를 끌어 침대에 앉혔다.

"오늘도 나를 도와주어야겠다."

맑기만 하던 소해의 눈에 미약한 두려움이 어렸다.

"정말 황후 폐하께서는 사흘 뒤에나 오시는 것이지요, 공주님?"

"그렇다."

"그, 그렇다면 하겠습니다."

"잘 생각하였다."

환라의 칭찬에 소해가 볼을 붉혔다. 향옥이 소해에게 비단옷을 입혀 주고 면포로 얼굴을 가리게 했다. 환라는 그 모습을 지켜보다가 소해가 이불을 뒤집어쓰자마자 비밀 통로로 궁을 빠져나와 곧장 저잣거리로 향했다.

밝을 때 궁 밖에 나온 것은 처음이라 조금 생소하였다.

그녀는 어제 여란과 다녔던 길을 떠올리며 걷다가 국숫집을 발견했다. 그 근처 장의자에 여란이 앉아 있었다. 그녀는 환라를 발견하고 크게 손을 흔들었다.

"형님!"

날아갈 듯 가벼운 목소리였다. 눈이 마주치자 여란이 한걸음에 달려왔다.

"정말 나오실 줄은 몰랐소!"

여란의 반가움이 여실히 느껴져, 환라는 미소 지었다. 여란은 환라의 옆에 서며 물었다.

"밥은 드셨소?"

환라는 고개를 저었다.

"그럼 한월각으로 가시겠소? 안 그래도 양야 오라버니가 형님을 보거든 꼭 초대하라고 하더이다."

환라가 고개를 끄덕이자 여란이 손을 덥석 잡고 앞장섰다.

"잘 되었소. 가십시다!"

둘은 금세 거대한 4층짜리 건물 앞에 섰다.

여란이 문을 열고 들어가자 여기저기에서 친근한 인사가 쏟아졌다. 환라는 능숙하게 인사를 받아치는 여란을 흐뭇하게 보았다. 그러다가 위층에서 뛰어 내려오는 정위를 발견하였다.

"여란 님 오셨습니까? 나환 님도 계셨군요. 어서 오십시오."

큰 걸음으로 다가온 정위는 서글서글한 미소로 둘을 맞이하며 천을 내밀었다. 여란은 능숙하게 그 천을 받아 코와 입을 가렸다. 환라는 정위가 내밀기에 천을 받긴 하였으나 왜 주는지 몰라 가만히 있었다.

정위는 여란이 대충 묶은 끈을 풀러 나비 모양으로 매듭짓다가 환라를 향해 입을 열었다.

"어제 보셨죠? 아주 너구리굴이 따로 없습니다. 그러니 들어가기 전에 꼭 두르십시오."

환라는 그제야 양야가 곰방대로 피우던 향을 떠올렸다. 넓은 공간에서도 그의 주변은 안개가 낀 것처럼 뿌옜다. 그러니 그의 방은 정위의 말 대로 정말 너구리굴 같을 것이다.

환라는 고개를 끄덕이며 코와 입이 가려지도록 천을 두르고 머리 뒤에서 매듭지었다. 그 뒤로 정위가 눈을 빛내며 다가왔다. 환라는 경계하며 정위를 정면으로 바라봤다. 그러자 여란이 뒤돌아 제 매듭을 가리켰다. 완벽한 대칭으로 묶인 나비 모양의 매듭이 보였다.

환라가 몸에 힘을 풀자 멈춰 있던 정위가 신이 난 듯 재빠르게 움직였다. 그는 끈을 풀어 다시 묶고, 대칭이 되도록 매만지고 나서야 만족스러운 얼굴로 물러났다.

환라가 웃는 듯 마는 듯 한 표정을 지었다.

여란은 그 얼굴을 보고 한번 호탕하게 웃고는 정위를 향해 고개를 내저었다.

"취미 한번 괴상하기는."

그러거나 말거나 정위는 용건이 끝났다는 듯 손을 털었다.

여란이 다시 한번 고개를 내젓고 걸음을 옮겼다. 환라가 그 뒤를 따랐다.

4층으로 올라오자 연기가 가득 찬 복도가 나왔다. 빛이 없어 앞도 제대로 보이지 않았다. 환라는 그제야 왜 정위가 천으로 입과 코를 가리라고 했는지 실감했다. 무엇이든 과유불급이라 하였다. 무릇 약이 과하면 독이 되는 법이었다. 환라는 더 앞으로 가지 못하고 멈췄다.

가위로 잘라 낸 듯 뚝 끊긴 발걸음 소리에 여란이 뒤를 돌아봤다. 그녀는 곧 시뻘게진 얼굴로 쿵쾅거리며 연기를 헤치고 들어가 복도의 창문을 벌컥 열었다.

"연기를 피워 댈 거면 창문이라도 열어 두든가! 이게 사람 사는 곳인지 귀신 사는 곳인지……."

그리고 씩씩거리며 양아에게 잔소리를 했다.

환라는 제 일처럼 부끄러워하는 여란이 귀여워 작게 웃었다. 그러는 사이 여란은 모든 창을 열었다. 복도 안이 훤해지자 방문이 보였다. 여란은 성큼성큼 걸어서 가장 안쪽에 있는 방문을 열어젖혔다. 그러자 희뿌연 연기가 우르르 쏟아졌다.

환라는 저도 모르게 눈을 질끈 감았다. 여란은 한량처럼 빈둥거리기만 하는 자식을 들킨 사람처럼 낯이 뜨거웠다.

그녀는 냉큼 손을 휘저어 환라의 앞에 있는 연기를 쫓았다. 그리고 일단 환라의 앞을 가렸다. 양야는 툭하면 옷도 제대로 걸치지 않고 맨 가슴을 훤히 드러내 놓고 있기 일쑤였기 때문이다. 괜히 환라가 그 모습을 보았다가 기겁을 하면 어쩌나 걱정스러웠다.

다행스럽게도 오늘은 옷을 제대로 입고 있었지만 말이다.

그러나 권태롭게 침대에 기대 있는 것은 옷을 갖춰 입지 않았을 때와 별반 다르지 않았다.

"손님을 불러 놓고 방을 이렇게 만들어 놓는 주인이 세상천지에 어디 있소? 자세도 좀 바로 하고 오는 기척이 들렸으면 창문도 좀 열고 그럴 것이지!"

여란이 창문을 열었다. 바람이 들이닥쳐 독한 약초 냄새를 밀어냈다. 양야는 곰방대의 재를 털고 품에서 약초를 꺼내 다시 불을 붙였다. 하지만 그가 약초 연기를 들이켜기도 전에 다른 향이 방 안에 퍼졌다.

양야는 비로소 고개를 돌렸다.

얼굴을 가리고 있던 하얀 천이 떨어지며 아담하고 오뚝한 코와 우아한 입매가 드러났다. 환라의 흑요석 같은 눈이 데구르르 굴러 양야에게 닿았다. 눈이 마주치자, 양야의 머리가 맑아졌다. 두통 또한 말끔하게 가셨다. 넋을 놓은 그의 손에서 곰방대가 미끄러졌다.

여란이 화들짝 놀라며 떨어지는 곰방대를 낚아챘다.

"이, 이, 미친!"

여란이 침대에 떨어진 작은 불씨를 손바닥으로 내리쳐 꺼트렸다.

그리고 남은 불씨가 없나 살피다가 몸을 홱 틀었다.

"오라버니! 곰방대가 미끄러지면 부리나케 잡아야지 넋을 놓고 있으면 어찌하오!"

하지만 양야는 대답이 없었다. 그는 환라를 향해 망부석처럼 굳어 있었다. 아무런 움직임이 없자 여란이 양야의 얼굴을 들여다보며 어깨를 툭툭 두드렸다.

"이보시오, 장 씨! 내 말 듣고 있소?!"

물론 듣고 있지 않았다. 양야는 숨을 들이켤 때마다 밀려들어 오는 뇌동산의 기운에 정신이 없었다.

그는 홀린 듯이 일어나 환라에게 다가갔다. 환라는 경계심 없는 얼굴로 다가오는 양야를 바라보았다.

양야의 손이 환라의 어깨 위에 내려앉았다. 환라는 그제야 양야가 감히 황족의 몸에 손을 대었다는 사실을 깨달았다. 하지만 불쾌하지 않아 일단 가만히 있었다. 그사이 양야는 묘한 향기에 완전히 매료되었다.

양야는 쌉싸름한 장미 향과 산의 정기가 섞인 공기를 깊게 들이마셨다. 환라에게서 흘러나온 산의 정기는 가문 땅에 쏟아진 소낙비처럼 양야에게 흡수되었다.

하지만 너무 오래 정기를 흡수하지 못해서인지 오히려 더 갈증이 났다.

'조금만 더……'

양야는 저도 모르게 환라의 목덜미를 향해 고개를 숙였다.

뒤에서 양야가 뭘 하는 건가 지켜보던 여란이 화살처럼 날아와 양야의 뒷덜미를 낚아챘다.

"지금 뭐 하는 짓이오?"

뾰족한 말에 양야가 막 꿈에서 깬 사람처럼 고개를 들었다.

그의 시야에 어리둥절한 표정의 환라가 가득 찼다.

양야는 그제야 자신이 하려던 일은 깨닫고 당황했다. 좀처럼 볼 수 없었던 표정이었다.

여란은 양야의 기행이 걱정스러웠으나 환라에게 무례한 행동을 하도록 둘 수 없었다. 그녀는 고개를 젓고 양야의 뒷덜미를 쭈욱 끌었다. 그의 몸이 뒤로 조금 딸려 갔다.

양야는 환라의 어깨에서 손을 떼고 제 발로 물러섰다. 하지만 눈빛은 아직 몽롱하였다. 여란은 눈을 가늘게 뜨고 양야를 응시하다가 그의 손에 곰방대를 쥐어 주고는 환라에게 팔짱을 꼈다.

"형님. 오늘은 이만 가십시다. 아무래도 저 양반, 지금 제정신이 아닌 것 같소."

여란이 양야를 힐끗거리며 환라에게 속닥거렸다. 귀가 밝은 양야에게는 그 말을 너무나 또렷하게 들렸다. 그는 흐릿한 정신을 바로잡기 위해 괜히 곰방대를 빨아들였다. 하지만 숨을 내뱉고 나자 환라의 향기가 코끝을 파고들어 다시 정신이 몽롱해졌다.

환라는 또렷해졌다가 흐리멍덩해지길 반복하는 양야의 눈을 보며 여란의 말처럼 그의 상태가 좋지 않다고 생각했다. 무엇 때문에 초대했는지는 모르겠으나 오늘은 날이 아닌 것 같았다. 그녀는 다음을 기약하며 여란을 따라 몸을 돌렸다.

그들의 뒷모습을 보며 양야는 고민했다. 사람이 많은 곳에는 사기(邪氣)가 고인다. 그 때문에 한월각이 자리 잡고 나서는 다른 사람에게 일을 맡기고 방 안에 틀어박혔다. 하지만 인간의 세월은 속절없이 흐르는 법. 한월각의 일을 봐 주던 자는 시간이 흐르자 죽고 말았다. 마침 객주로 오래 있었던 참이라 양야는 다시 방 밖으로 나올 수밖에 없었다.

'총명하며 기운이 맑고 입이 무거운 자를 찾아야 할 텐데.'

때마침 여란의 어머니가 눈에 띄었다.

양야는 그녀에게 자신을 객주의 아들이라고 소개하며 그녀를 한월각으로 데려왔다. 그는 제 장례를 성대하게 치르고 마치 객주의 아들이 자리를 이어받은 것처럼 위장한 뒤 다시 한월각 4층에 틀어박혔다.

여란이 열네 살일 때, 여란의 어머니는 병으로 세상을 등졌다. 하는 수 없이 2년간은 양야가 한월각을 운영하였다. 그사이 몸은 더 망가졌다. 사기를 버틸 수 없을 즈음에 여란이 정위를 데려왔다.

양야는 또다시 방에 틀어박혔다. 그 후로 몸을 정화하며 3년간 두문불출하였다. 그렇게 객주가 얼굴을 안 비추다 보니 한월각 사람들은 양야가 1층 계단을 밟기만 해도 소스라치게 놀라곤 했다. 몇몇 사람은 바다 건너 들어온 코끼리를 보는 것처럼 양야를 구경했다. 그러다 1층으로 완전히 내려온 날이면,

"세상에 객주님이 방 밖으로 나오셨어!"

"저분이 객주님이신가? 나는 예서 1년 동안 일 했는데 객주님 얼굴은 처음 보네!"

마주치는 사람마다 소스라치게 놀라곤 했다.

사람들의 반응이 그렇다 보니 양야는 몸이 조금 나아진 후에도 방 밖으로 잘 나가지 않게 되었다.

　'따라가야 할까, 말아야 할까?'

　그의 고민은 오래가지 않았다. 환라의 기척이 멀어지자마자 두통이 뱀처럼 기어 나와 그의 머리를 조였다. 양야는 그제야 곰방대로 제 머리를 대충 틀어 올리고 조용히 환라와 여란의 뒤를 따랐다.

　둘은 양야의 기척을 느끼지 못하고 밑으로 내려갔다. 그녀들을 발견한 인부가 여란에게 인사하려다 사색이 되었다. 환라가 그제야 고개를 돌렸다. 지척에 양야의 얼굴이 있었다. 환라는 자신이 말을 못 하는 척하고 있다는 것도 잊고 소리를 지를 뻔하였다.

　물론 말을 할 수 있는 여란은 진작 비명을 질렀다.

　"으악! 기척 좀 내시오, 기척 좀!"

　양야는 버럭 소리치는 여란에게 눈길을 주고는 환라의 옆에 섰다. 여란은 평소와 다른 양야가 혹여 아까처럼 돌발 행동을 할까 걱정되었다. 그러나 그녀는 이내 환라의 무예를 떠올렸다.

　'저 비실비실한 인간이 형님께 뭘 어쩌겠어. 그리고 어차피 한월각 밖으로는 나오지도 않을 텐데.'

　그런 생각에 양야를 내버려 두었다. 하지만 여란의 생각과 달리 양야는 저잣거리로 나오는 그녀들의 뒤를 따라왔다. 심지어 곰방대로는 여전히 머리를 틀어 올린 채였다.

　여란은 깜짝 놀라 우뚝 멈춰 섰다. 환라는 그런 것도 모르고 주변을 구경하며 걸음을 옮겼다. 양야는 그 옆에서 환라의 얼굴을 뚫어지게 쳐다보고 있었다. 여란은 두 사람의 뒷모습을 지켜보다가 가만히 입을 막았다.

'다른 사람에게 무관심하던 인간이! 저잣거리는커녕 방 밖으로도 안 나오던 인간이!'

환라를 따라 나온 거로도 모자라 시선을 떼지 못하고 있었다. 정작 양야는 어찌하여 인간에게서 뇌동산의 기운이 느껴지는 것인지 고민하는 중이었으나 그 사실을 여란이 알 턱이 없었다. 그녀는 드디어 양야의 인생에도 봄이 왔다고 생각했다.

뒤늦게 여란이 따라오지 않는다는 것을 알아차린 환라가 뒤를 돌아봤다. 양야도 그제야 고개를 돌렸다. 여란은 재빨리 환라를 따라잡았다.

생각 없이 걷던 그녀는 환라가 아직 점심을 먹지 않았다는 사실을 떠올렸다. 막 환라에게 먹고 싶은 것이 있는지 물으려던 차에, 누군가 여란을 불렀다.

"이보게, 홍 씨! 남장한 홍 씨!"

환라는 덩달아 뒤를 돌아보았다.

남자는 급하게 손을 휘젓다가 여란이 움직이지 않자 자신이 달려왔다. 값비싼 옷을 입은 양야와 귀족처럼 보이는 환라 때문에 남자는 쉽사리 입을 열지 못하고 눈치만 봤다.

그러자 여란이 앞으로 나섰다.

"무슨 일이오?"

"아니, 그게……. 방이 붙을 거라는 말이 있어서."

남자가 환라와 양야 쪽을 계속 힐끔거리며 작은 목소리로 말했다. 여란은 뒤를 돌아 나란히 서 있는 환라와 양야에게 말했다.

"잠시 가 봐야 할 것 같소."

"같이 가자."

양야의 말에 환라도 고개를 끄덕였다. 여란이 시원스럽게 웃으며 고개를 끄덕였다. 그리고 앞장서서 걷기 시작했다. 남자는 양야와 환라의 뒤에서 따라왔다. 소문이 이미 많이 퍼졌는지 방문 앞에는 사람들이 많이 모여 있었다.

여란은 조금 떨어진 곳에서 멈춰 섰다. 그리고 양야와 환라를 향해 말했다.

"예서 기다리시오."

환라가 고개를 끄덕이자 여란은 남자를 이끌고 군중들 틈을 파고들었다. 환라는 무슨 일이 생긴 것인지 알고 싶었으나 사람이 너무 몰린 탓인지 방문은 보이지 않았다. 그 모습을 유심히 보던 양야가 아리따운 미소를 입에 물었다.

"괜찮으시다면 저기로 가시겠습니까?"

환라는 양야의 손가락 끝이 가리킨 곳을 봤다. 한 고급 찻집의 2층 창가 자리가 빈 것이 보였다. 게다가 방문의 바로 위였다.

'저기라면 방문이 잘 보이겠군.'

하지만 여란이 기다리라고 했던 것이 마음에 걸렸다. 그녀는 고민하다가 양야의 손을 잡아 올렸다.

양야는 숨을 길게 내쉬었다. 향만 맡았을 때보다 많은 양의 정기가 양야의 몸으로 흘러들어 왔다. 아무래도 접촉을 하면 더 많은 양의 정기를 흡수할 수 있는 모양이었다.

그는 그 사실을 머릿속에 새기며 아래를 보았다.

환라의 손끝이 양야의 손등을 간질이듯 스치며 글자를 만들었다. 양야는 그 글자를 읽으며 잡힌 손을 보았다. 손끝이 환라의 손바닥에 닿아 있었다. 피부 밑으로 제법 단단한 굳은살이 느껴졌다. 무인의 손인가 싶었는데 검지에는 먹이 묻어 있었다. 중지 옆면이 움푹 들어간 것을 보아 불과 몇 시간 전에도 붓을 잡았던 듯했다.

'나씨 가문에 이런 인재가 있었다니. 대장군이 알면 안타까워하겠군.'

그런 생각을 하면서도 양야는 환라가 손등에 써 준 글자를 놓치지 않았다.

[기다림. 걱정.]

"우리가 말도 없이 가면 여란이 걱정할 것이란 뜻입니까?"

환라가 고개를 끄덕였다. 그 모습을 본 양야는 망설이지 않고 제 머리를 틀어 올리는 데 썼던 곰방대를 빼냈다. 긴 머리카락이 검은 폭포처럼 우수수 쏟아져 내렸다. 환라는 양야의 손을 놓아주는 것도 잊고 그 모습을 쳐다보았다.

옆에서 시선이 느껴졌으나 양야는 개의치 않고 옆에 있던 사람의 어깨를 툭 건드렸다. 놀란 여자가 뒤를 돌아보자 양야가 입을 열었다.

"홍여란을 아십니까?"

"남장한 홍 씨요? 예. 알고말고요."

"일행이 '기취'라는 찻집 2층에서 기다리고 있다고 전해 주십시오. 이 곰방대를 보면 믿을 것입니다."

그렇게 부탁하자 여자가 순순히 고개를 끄덕였다.

양야가 사례라며 소청동전 다섯 개를 건네자 여자가 화색을 띠며 사람들 사이를 파고들었다. 양야는 그녀의 모습이 보이지 않을 즈음 환라에게로 고개를 돌렸다.

"가시겠습니까?"

환라는 고개를 끄덕였다. 그녀가 손을 놓으려 하자 양야는 저도 모르게 탄식했다. 여전히 미미한 정기가 환라의 주변을 감싸고 있었으나 그것만으로는 부족했다.

양야는 다시 손을 내밀었다. 환라는 그 손을 가만히 내려다보았다. 단영 제국은 다른 나라들에 비하면 개방적인 편이었고 남녀가 유별하지도 않았다. 주변을 둘러보면 손을 잡고 다니는 남녀쯤이야 손쉽게 볼 수 있었다. 그러나 공주인 환라가 연인도 아닌 자의 손을, 이유도 없이 덥석 잡고 다닐 수는 없는 노릇이었다.

환라가 망설이자 양야가 변명했다.

"이상하게도 나환 님과 가까이 있으면 두통이 가십니다."

환라는 고민했다. 곰방대는 아까 여인에게 주었으니 만약 두통이 생기기라도 한다면 그는 속절없이 괴로워해야 할 것이다. 그리고 그녀는 괴로움에 몸부림치는 백성을 두고 볼 정도로 냉정한 성품이 못 되었다.

환라가 고개를 끄덕이며 양야의 손을 잡았다. 제 몸을 채우는 정기에 양야가 만족스러운 숨을 내쉬었다.

양야는 환라를 이끌어 찻집 2층에 자리를 잡았다.

"어서 오세요. 주문하시겠어요?"

점원이 나무판을 내밀며 물었다. 환라는 그것을 들여다봤다. 나무판에는 차의 이름과 꽃, 과일 등의 그림이 음각으로 새겨져 있었다.

환라가 백목련을 가리키며 양야를 보았다. 두통에 효과가 있다고 알려진 차였다. 양야는 작게 웃었다.

"알겠습니다. 저는 백목련 차를 마시겠습니다. 나환 님은 어찌하시겠습니까?"

환라는 고민하다가 백목련 차를 한 번 더 가리켰다. 양야가 고개를 끄덕이고 점원에게 백목련 차 두 잔과 약식을 가져다 달라고 말했다.

환라는 그의 말소리를 들으며 고개를 돌렸다. 창밖으로 환관과 군사 둘이 걸어오는 게 보였다. 그들은 방문 앞으로 오더니 방만 툭 붙이고 가 버렸다. 곧이어 웅성거리는 사람들 틈으로 여란이 나왔다. 그녀는 방을 제일 먼저 읽더니 좌중을 향해 큰 소리로 말했다.

"곧 나라에서 이앙법을 보급하고 세금을 올려 받을 것이라 하오!"

"이앙법이 뭐야?"

"세금을 올린다고? 지금도 허리가 휘는데?!"

여기저기에서 웅성거리는 소리가 들렸다. 환라는 그 모습을 가만히 보다가 양야의 손을 끌었다. 그러자 양야가 고개를 돌렸다. 환라는 그의 손등 위에 글을 적었다.

[왜 여란이 방을 읽는가?]

양야는 고개를 기울였다. 머리카락이 작은 소리를 내며 그의 등 뒤로 흘러내렸다. 문무를 가다듬은 것은 신하가 되기 위함일 텐데, 백성들의 사정을 잘 모르는 것이 이상했다. 하지만 그는 제 의문을 꺼내는 대신 환라의 말에 대답했다.

"중경에 사는 사람들 대부분이 글을 모르기 때문입니다."

환라는 미간을 좁혔다. 그사이 점원이 다가와 차 두 잔과 약식을 내려놓았다. 그러자 양야가 품에서 작은 나무통을 꺼냈다. 환라는 갑자기 웬 물건인가 싶어 나무통을 쳐다봤다.

양야가 나무통에서 은으로 만든 얇은 막대기를 꺼내 환라에게 내밀었다.

"확인하셔야 안심할 수 있을 듯하여 가져왔습니다."

환라 또한 은침을 가져왔으나 양야가 내민 것을 받아 들었다. 그녀가 은침을 찻물에 담그고 있을 때 여란이 막 계단 위로 모습을 드러냈다.

여란이 주변을 한 번 휙 둘러보다가 환라와 양야를 발견했다. 점원을 불러 국화차를 주문한 여란이 환라 옆에 앉으며 물었다.

"무슨 이야기들 하고 있었소?"

"네가 왜 방을 읽어 주는지 물어보셔서 대답했지."

환라가 여란에게 고개를 끄덕이고 은침을 빼내어 변색을 확인했다. 햇볕에 은침이 제 색으로 반짝이는 것을 본 환라가 우아한 몸짓으로 소리 없이 차를 마셨다. 여란은 환라의 고매한 몸짓에 감탄하다가 약식의 반을 젓가락으로 똑 떼어 제가 먼저 먹고 남은 부분을 환라 쪽으로 밀어 주었다.

환라가 웃으며 조그맣게 잘린 약식을 입에 넣었다.

그 모습을 보며 여란이 소탈하게 웃었다.

"내가 원래 오지랖이 넓소."

환라는 작게 웃으며 고개를 끄덕였다. 고작 이틀 본 것뿐인데도 그녀가 어떤 성격인지 훤하게 보였다.

물론 환라는 그 점이 마음에 들었다. 그녀는 기특하다는 눈으로 여란을 보다가 양야가 했던 말이 떠올랐다. 환라는 양야의 손등을 끌어 여란도 잘 볼 수 있도록 탁자 중앙에 놓고 글을 썼다.

[글자 모르는 사람 몇?]

"정확하지는 않으나 열 명 중 여섯 명은 글을 모를 겁니다."

"그래도 중경은 상황이 좀 나은 편이오. 작은 마을은 여섯이 뭐요, 마을에 글을 아는 자가 한 명이라도 있으면 다행이지."

환라는 충격에 빠졌다. 궁에는 글을 모르는 자가 없었기에 백성들 또한 당연히 글을 아는 줄 알았다. 제 생각이 안일했음을 깨달은 그녀가 입을 꾹 다물었다.

궁에 들어올 수 있는 사람들은 신분이 높았다. 여사나 환관의 시중을 드는 궁인들조차 변두리 귀족의 친자나 양자였다. 그들과 일반 백성들이 같을 수는 없는 법이었다. 하지만 환라는 몰랐다. 생각조차 하지 않았다. 황후인 영로를 따라 정무 회의에 참석하고 그녀가 자리를 비울 때 상소문을 대신 받아 읽었음에도 무지했다.

거기에 백성에 고충 따위는 없었기 때문이었다. 황제의 은덕을 찬양하고 나라가 얼마나 태평성대를 이루고 있는지 찬탄하는 글이 전부였다.

'새로운 법령이나 궁에서 내리는 구제 명령은 모두 방하여 붙인다. 그런데 글을 모르면 새로운 법은 어찌 지키고, 가뭄이나 수해 때 지원해 주는 곡식은 어떻게 받는단 말인가?'

환라의 표정이 심각해지자 양야가 걱정스러운 목소리로 물었다.

"왜 그러십니까?"

환라는 양야의 손등 위에다가 제 의문을 고스란히 적었다.

"보통 누군가에게 물어보거나, 새 법을 어긴 뒤 곤장을 맞은 뒤에야 알게 됩니다."

"아니면 잡혀 들어가는 사람을 보고서야 '아, 저러면 안 되는구나. 새로운 법이구나.' 하는 것이오. 예전에 가뭄이 들었을 때도 그랬소. 곡식을 준다는 방이 붙었는데 글을 읽을 줄 아는 놈들끼리 곡식을 나눠 가지려고 아무 말도 안 하더이다."

여란은 그때를 떠올리자 열이 뻗쳤다. 씩씩거리는 그녀를 보다가 환라는 인상을 찌푸렸다. 상황이 이런데 이 사실을 황후와 공주에게 고하는 이가 하나도 없다는 것이 이상했다.

환라는 돌아가서 상소문을 천천히 다시 읽어 봐야겠다고 생각하며 심각한 표정을 지었다. 그러자 양야가 잡힌 손을 빼내어 환라의 손등을 다독였다. 환라가 놀라 양야를 보았다. 그사이 분노를 식힌 여란이 양야에게 곰방대를 내밀며 앙큼한 미소를 지었다.

"그런데 둘은 왜 그렇게 손을 꼭 붙들고 계시오?"

놀리려는 의도가 다분한 질문이었지만 양야는 눈 하나 깜짝이지 않았다. 그는 자연스럽게 환라의 손을 놓으며 여란이 건네준 곰방대로 머리를 틀어 올렸다.

여란이 제멋대로 흘러내리는 양야의 머리카락을 보며 혀를 쯧쯧 찼다.

"관을 쓰래도."

그녀의 잔소리를 웃음으로 대충 넘기며 양야가 다시 환라의 손등 위로 제 손을 겹쳤다. 여란이 순간 눈을 빛냈으나 정작 환라의 표정에는 아무런 변화도 없었다.

그녀는 무심하나 고상하게 한 손으로 차를 마셨다.

"나환 님 근처에 있으면 두통이 없어."

여란은 놀란 얼굴로 양야를 보았다. 환라는 둘을 보다가 제 허리춤에 있는 향낭을 꺼내 탁자 위로 올렸다. 여란은 이게 뭔가 싶어 킁킁 냄새를 맡았다. 쌉싸름한 장미 향이 그의 코끝을 간지럽혔다.

"이게 무엇이오?"

환라는 탁자 위에 찻물 몇 방울을 떨어트렸다. 그리고 검지에 물을 묻혀 글자를 썼다. 나무가 물기를 흡수하며 진하게 물들었다.

[중독에 효과적.]

"이것 때문에 오라버니의 두통이 가셨다는 말이오?"

[아마.]

"그럼 이 배합법을 알려 주실 수 있소?"

[어머니.]

"어머니? 형님의 어머니가 만드셨소? 그래서 배합을 잘 모르오?"

환라가 고개를 끄덕이자 여란의 어깨가 축 늘어졌다. 양야는 신기하게 대화하는 두 사람을 지켜보았다. 그의 입가에는 어느새 작은 미소가 떠올라 있었다.

환라는 처진 여란의 어깨를 보며 고민하는 듯하다가 다시 찻물로 글을 썼다.

[묻겠다.]

그제야 여란의 얼굴이 다시 밝아졌다. 하지만 양야는 고개를 저었다.

"그러지 않으셔도 됩니다."

어차피 저 향낭은 자신에게 아무런 효과도 없을 것이다. 그에게 필요한 것은 약초가 아니라 환라의 몸에서 피어오르는 뇌동산의 정기였다. 어찌 된 영문인지 모르겠으나 그는 어렴풋이 묘은이 손을 썼다고 생각했다. 정기가 담긴 물건을 환라에게 흡수시켰을 가능성이 가장 컸다. 만약 제 생각이 옳다면 환라가 맑은 심성을 유지하는 한, 그녀의 몸에서 뇌동산의 정기가 끊임없이 쏟아져 나올 것이다.

"다만 자주 들러 주십시오."

환라는 손끝으로 최대한 노력하겠다고 썼다.

양야는 유독 쉽게 마르지 않는 글자를 보다가 고개를 들었다. 그리고 사람을 홀린다는 전설 속 요괴처럼 야염한 미소를 머금었다.

* * *

환라는 신시 반 각(오후 4시)쯤 궁으로 돌아와 비밀 통로의 문을 두드렸다.

위에서 부산스러운 소리가 들리고, 얼마 지나지 않아 향옥이 문을 열어 주었다. 환라는 위로 올라와 옷을 갈아입고 면포로 얼굴을 가렸다. 그녀가 병풍 뒤에서 나오자 이불을 뒤집어쓰고 있던 소해가 그제야 빼꼼 고개를 내밀었다.

"공주님!"

가슴 졸이는 임무가 끝났다는 생각에 소해의 입에서 절로 밝은 목소리가 나왔다. 환라는 저도 모르게 미소 지으며 인사를 올리는 소해를 보았다.

"아무도 오지 않았는가?"

"예, 공주님. 궁인들이 지나다니긴 했는데 침대에 가만히 있었사옵니다."

"잘하였다."

환라의 칭찬에 소해가 볼을 붉히며 기뻐하였다. 황후가 없다는 것을 확실하게 깨달은 뒤에는 두렵지도 않았다. 오히려 힘든 일을 하지 않게 되어 환라에게 감사할 지경이었다. 게다가,

"원하는 것이 있느냐?"

환라가 돌아올 때면 항상 이렇게 물어 주는 것도 좋았다.

그녀는 어제 먹었던 꿩고기를 생각하며 입맛을 다셨다. 고기를 하사해 달라고 하고 싶었으나 이미 점심을 너무 먹어 배가 부른 상태였다. 그녀는 곰곰이 생각하다가 머리를 조아렸다.

"아무것도 없사옵니다, 공주님."

"기특하구나."

환라는 웃으며 종이에 싼 약과를 내밀었다. 소해가 그것을 받아 들고 고개를 기울였다.

"공주님, 이것이 무엇이옵니까?"

"약과이다. 찻집에 갔다가 소해 네가 생각나서 사 왔다."

소해가 눈을 크게 떴다. 약과는 특별한 행사 때가 아니면 맛보지 못할 정도로 귀한 다과였다. 그런데 그것을 공주님께서 손수 사 오시다니. 소해는 이가 다 보이게 웃으며 꾸벅 고개를 숙였다.

"감사합니다, 공주님!"

향옥이 소해에게 눈짓하자 소해는 약과를 품에 넣고 환라에게 물러가겠다며 인사를 올렸다.

환라가 고개를 끄덕이자 소해는 방을 빠져나갔다. 혼자 남자마자 환라는 바로 상소문을 펼쳤다. 한 글자 한 글자 꼼꼼히 읽어 봐도 백성들의 생활이 어떻다는 소리는 없었다. 그저 찬양과 칭송뿐이었다.

그녀가 착잡한 마음에 이마를 짚고 있을 때, 밖에서 칠각이 고한 소리를 향옥이 환라에게 전달했다.

"공주님. 지사(중정대의 정 5품 관리) 이궐겸이 들었나이다."

"알겠다."

환라는 면포를 쓰고 자리에서 일어났다.

황제의 병이 깊어지고 모든 결정권이 황후에게 넘어간 마당에 정사를 논하기 위해 공주를 찾는 이는 아무도 없었다.

이궐겸을 제외하면 말이다.

탐관오리를 수색하고 법을 집행하는 기관인 중정대의 지사 궐겸만이 중대한 일이 있을 때 환라를 찾았다. 마침 새로운 사실에 골머리를 썩이고 있던 환라는 궐겸의 방문이 반가웠다.

환라는 바로 중문을 나섰다. 중문과 대문 사이에는 양옆으로 두 개의 방이 딸려 있었다. 오른쪽 방은 주인을 가까이서 보필하는 자가 쉬는 곳이었고, 왼쪽 방은 보통 접객실로 사용한다. 평상시에는 문을 닫아 놓으나 손님이 있을 때는 침소의 주인이 올 때까지 문을 열어 두었기에, 환라는 나오자마자 궐겸을 볼 수 있었다.

환라는 오래된 벗을 만난 마음으로 다가섰다. 창밖을 보며 서 있던 귈겸이 인기척에 몸을 돌렸다. 환라를 발견한 그가 두 손을 포개 이마까지 들어 올리고 허리를 깊이 숙였다.

"지사 이귈겸, 공주님을 뵙사옵니다."

"고개를 들라."

"황공하옵니다."

귈겸이 허리를 세웠다. 비록 환라의 얼굴은 면포에 가려져 보이지 않았으나 그는 가슴이 뛰었다. 면포에 가린 얼굴조차도 차마 똑바로 마주할 수 없어 시선을 피했다.

귈겸의 마음을 모르는 환라는 손짓으로 빈자리를 가리키며 물었다.

"그간 별고 없이 잘 지내었는가?"

귈겸은 고개를 깊게 숙여 감사를 표하고 환라의 맞은편에 앉았다. 그 모습을 보던 칠각은 궁인에게 차를 내오라 이른 뒤 접객실 안으로 들어와 문을 닫았다.

"공주님의 은덕으로 인해 무탈하였습니다."

두 사람 사이에 평화로운 침묵이 흘렀다. 환라는 말을 어떻게 꺼내야 할지 고민하며 창밖으로 시선을 두었다.

하늘이 높고 맑았다. 그러나 쾌청한 날과 별개로 그녀는 속이 답답했다. 자유를 맛보았기 때문일까? 넓디넓은 궁이건만 갇혀 있다는 생각을 지울 수가 없었다. 그 마음이 귈겸에게도 느껴졌다. 그는 환라를 보며 쓰게 웃었다.

'태어나서 한 번도 궁을 나가 본 적 없다고 하셨었나.'

궐겸은 20년 전에 있었던 양각의 난을 떠올렸다.

은밀하게 일어난 반역자 무리가 황궁까지 들이닥쳤다. 반란은 진압되었으나 황제 이백은 목숨보다 사랑했던 황후 소능화를 잃었다. 소능화에게 연려황후라는 시호를 내리고 귀비였던 파영로를 황후에 책봉했으나 이백의 불안과 슬픔은 가시지 않았다.

몇 날 며칠을 슬픔에 빠져 미친 사람처럼 지내던 그는 별안간 하나뿐인 적통을 지키겠다는 명목으로 북쪽 끄트머리에 별궁을 지었다. 이백은 장정 네 명이 수직으로 서도 넘지 못할 만큼 높은 담을 세우고 그 주변의 나무들을 모두 뿌리 뽑았다. 주변에는 병사를 4중으로 둘러 침입자가 없도록 하였다. 마치 요새와도 같은 별궁에 드나들 수 있는 사람은 오직 황제와 황후뿐이었다.

환라는 갓난아이일 때부터 그곳에서 자랐다.

별궁은 완벽하게 안전하였으나 그만큼 적막하였다. 환라가 의지할 곳이라고는 칠각과 향옥뿐이었다. 그리고 그들은 성심성의껏 환라를 돌봤다.

그러다 환라가 16세가 되었을 때, 황제의 병이 깊어졌다. 후계자가 필요해지자 환라는 별궁 밖으로 나와 비원궁으로 거처를 옮기게 되었다. 하지만 그 뒤로도 집요하게 감시하는 황후 때문에 환라에게는 자유가 없었다. 그래서 궐겸은 그녀가 높은 담장을 올려다볼 때면 애처롭고 마음이 쓰였다. 뭐라도 해 주고 싶어 안달이 나곤 했다.

"날이 좋습니다. 시간이 괜찮으시다면 저와 잠시 걸으시겠습니까?"

하지만 궐겸이 할 수 있는 것은 이렇게 산책을 권하는 것뿐이었다.

아직은…… 그뿐이었다.

"좋은 생각이다."

환라가 자리에서 일어나자 귈겸도 몸을 일으켰다.

둘이 대문을 나서자 궁인 수십 명이 그들을 따라왔다. 그들은 모두 황후의 눈과 귀나 마찬가지이다. 그 사실을 환라와 귈겸 또한 알고 있었다. 귈겸은 혹여나 제 말이 황후의 귀에 들어갈까 염려해 입을 다물었다.

환라는 그 기색을 눈치챘기에 구태여 귈겸에게 찾아온 이유를 채근하지 않았다.

비원궁을 벗어나 한참을 걷자 자색 목련과 흰 매화가 흐드러지게 핀 정원이 나왔다. 그 가운데에는 연꽃이 난만한 호수가 있었다. 환라는 호수 위의 연연정을 바라보다 귈겸에게 물었다.

"잠시 쉬었다 가겠는가?"

"예, 공주님."

그들은 정자로 이어지는 다리 위로 올라섰다. 뒤따라오는 칠각에게 환라가 조용히 눈짓했다. 사람을 물리라는 의미였다. 귀신같이 알아들은 칠각이 궁인들을 멈춰 세우고 홀로 환라와 귈겸의 뒤를 따랐다.

제일 먼저 연연정에 도착한 환라는 너른 호수를 바라보며 난간 앞에 섰다. 제법 따뜻해진 바람이 환라의 얼굴을 가린 면포를 흔들며 지나갔다. 그녀는 깊게 숨을 들이마셨다. 같은 공기이건만 어젯밤 궐 밖에서 마셨던 것만큼 상쾌하지 않았다.

거리에서 풍겨 오던 온갖 냄새들. 웃음소리. 사람들이 떠들며 살아가는 소리. 거기에 양야와 여란, 정위의 얼굴까지 떠올랐다.

환라의 얼굴에 희미한 미소가 번졌다. 그녀의 숨결이 부드럽게 풀리자 궐겸이 조용히 물었다.

"답답하진 않으십니까."

환라가 고개를 돌렸다. 면포 아래로 붉은 입술이 드러났다가 사라졌다. 그녀는 궐겸과 얼굴을 마주하고는 면포 밑으로 제 볼을 쓸었다. 그의 질문 탓인지, 환라는 갑자기 제 얼굴을 가린 천이 답답하게 느껴졌다. 온화한 봄바람을 맨 살갗으로 온전히 느끼고 싶었다.

'단 한 번도 답답하다 생각하지 않았는데.'

잠행을 나선 이후로 궁에서의 생활이 몸을 조이는 옷처럼 느껴졌다. 당장이라도 면포를 벗어 던지고 싶었다. 밖으로 나가 아무도 대동하지 않고 마음껏 돌아다니고 싶었다.

하지만 환라는 그럴 수 없다는 것을 누구보다도 잘 알고 있었다. 그녀는 애써 충동을 삼키기 위해 침묵했다.

그러자 궐겸이 다시 한번 물었다.

"궁 밖으로 나가고 싶은 적은 없으셨습니까?"

환라가 고개를 돌렸다.

"왜 없었겠는가."

바람이 그녀의 머리 장식을 훑었다. 얇은 금속들이 부대끼며 맑은 소리를 내었다. 궐겸은 물끄러미 그 모습을 바라보았다. 환라가 낮고 어슴푸레한 목소리를 내었다.

"매일, 그런 생각을 하였다."

하였다 뿐인가, 어제와 오늘은 직접 밖으로 나가 몇 시간 동안 자유롭게 돌아다니기도 했다. 하지만 그렇다고 하여 그녀가 제 본분을 잊은 것은 아니었다.

"허나 나는 공주다. 그리고 이 나라를 돌보아야 할 사람이다."

환라의 목소리에 궐겸은 눈을 감았다. 그의 얼굴에 언뜻 애통함이 스쳐 지나갔다.

"만약 공주가 아니셨다면……."

궐겸의 목소리가 맑은 장신구 소리에 묻혔다.

그의 말을 제대로 듣지 못한 환라가 고개를 돌렸다. 그 위로 하얀 매화 꽃잎이 흩날렸다. 궐겸은 그 모습을 꿈결처럼 보다가 눈을 질끈 감았다.

환라가 그에게 말했다.

"듣지 못하였다."

"아닙니다, 공주님."

그는 부정했고 환라는 되묻지 않았다.

하지만 칠각은 그들의 옆에서 궐겸이 삼킨 말을 똑똑히 들었다. 그는 인상을 찌푸린 채 궐겸을 응시하다가 환라가 제 쪽으로 고개를 돌리자 고개를 숙여 표정을 가렸다.

잠시 침묵이 흘렀다.

땅만 바라보던 궐겸은 한참 뒤에야 고개를 들었다. 그는 환라의 머리카락에 붙은 꽃잎을 발견하였다. 궐겸이 저도 모르게 앞으로 한 걸음 나아갔다. 지나치게 가깝진 않으나 손을 쭉 뻗는다면 간신히 닿을 거리였다.

칠각은 혹시 모를 사태를 대비해 조용히 검 손잡이를 잡았다.

하지만 궐겸의 시야에는 오직 환라만이 가득했다.

"공주님. 제가 잠시 결례를 범해도 되겠습니까?"

"윤허한다."

환라의 말이 떨어지기가 무섭게 궐겸이 한 걸음 더 다가가 손을 뻗었다. 환라는 몸을 물리지 않고 그가 하는 것을 가만히 지켜보았다. 거리가 가까워지자 궐겸은 얇은 면포 너머로 환라의 윤곽이 흐릿하게나마 보였다. 동시에 환라가 항상 차고 다니는 향낭의 향기가 그의 코끝을 간질였다.

은은하던 쌉쌀한 장미 향이 궐겸의 가슴에 가득히 들어찼다. 그는 환라의 머리 위에 앉은 꽃잎을 잘게 떨리는 손으로 떼어 냈다.

서서히 손을 내렸다. 환라의 시선이 그의 손을 따라가다가 다시 올라왔다. 궐겸은 넋을 놓은 사람처럼 그 움직임을 멍하니 바라보고 있었다. 환라가 완전히 고개를 들자 눈이 마주쳤다. 얇은 천으로 가려져 있어 잘 보이진 않았으나 궐겸은 그녀의 눈빛이 맑다고 생각했다.

궐겸은 저도 모르게 숨을 멈추고 말았다. 곧 그의 얼굴이 발갛게 물들었다.

"얼굴이 붉다."

환라의 목소리에 궐겸이 꿈에서 깬 사람처럼 놀랐다. 움켜쥔 꽃잎이 궐겸의 손바닥을 간질였다.

궐겸은 도둑질하다 들킨 사람처럼 손을 뒤로 숨기며 물러섰다. 그리고 고개를 돌렸다. 감히 품어선 안 될 감정이 얼굴에 드러났음을 깨달은 탓이었다.

"송구합니다."

갑작스러운 사과에 환라가 고개를 기울였다. '송구할 것이 있나?' 하는 의문이 떠올랐으나 그저 놀란 마음에 한 말이라 여겼다. 다만 여전히 붉은 듯한 그의 안색이 눈에 걸렸다.

혹시 열이 나는 것일까 하여 한 발자국 다가가자 궐겸이 괴한을 만난 것처럼 놀라며 뒤로 훌쩍 물러섰다.

"송구, 송구합니다."

궐겸이 다시 한번 사과했다. 환라는 도대체 궐겸이 무엇을 사과하는지 몰라 대답하지 않고 물끄러미 그의 얼굴을 보았다. 궐겸의 고개가 점점 더 아래로, 아래로 내려갔다. 드러난 귓가가 여전히 발갰다.

환라는 궐겸이 왜 이러는지를 묻는 표정으로 칠각을 보았다. 하지만 칠각은 모르는 척 고개를 깊게 숙였다. 환라의 시선이 다시 궐겸에게로 돌아왔다.

"몸이 좋지 않다면 돌아가도 좋다."

담백한 어조에 궐겸이 고개를 쳐들고 황급히 입을 열었다.

"그것이 아니옵고……."

그러다 입술을 반쯤 연 채 말을 멈췄다. 겨우 가라앉았던 볼이 호롱불을 켠 듯 서서히 달아올랐다. 볼에 닿는 바람이 차갑게 느껴지자 궐겸은 다시 고개를 푹 숙였다.

잠시 침묵하던 그는 어찌할 줄 모르다가 황급히 주제를 바꿨다.

"실은, 요즘 도성 내에서 사람을 사고파는 자들이 있다 하여 찾아뵈었습니다."

환라의 표정이 굳었다.

"귀족 중에는 색노를 들이는 자들도 있다고 하옵니다."

궐겸이 목소리를 낮춰 고했다.

환라는 눈을 질끈 감아 버리고 말았다. 색노를 들이는 것은 황족에게조차 금지된 것이었다. 발각되는 즉시 궁형에 처하는 대죄였다.

"국법이 지엄하거늘."

"송구합니다."

"확실한 증좌는 있는가?"

"발각된 지 얼마 되지 않아 아직 수사 중입니다."

환라가 긴 숨을 내쉬었다.

"황후 폐하께서도 이 사실을 아시는가."

"실은 그것이……."

"공주님."

칠각이 말을 끊고 환라를 불렀다.

평소라면 절대 하지 않을 행동이라 환라는 의문을 품고 고개를 돌렸다. 그러자 다리를 건너오는 좌사정(행정과 사법을 담당하는 정대성의 정3품 관리) 소능윤이 보였다.

환라를 따라 고개를 돌렸던 궐겸 또한 능윤을 발견했다.

'공주님이 사람을 물리셨는데 당당하게 들어오다니. 황후를 등에 업고 기고만장하는구나.'

궐겸이 인상을 찌푸리는 사이, 칠각도 불쾌한 얼굴로 능윤을 보았다. 그러거나 말거나 능윤은 뻔뻔한 낯으로 환라의 앞까지 당도하였다. 그는 손을 포개어 이마까지 들어 올린 채 허리를 깊게 숙였다.

"좌사정 소능윤, 공주님을 뵈옵나이다."

환라는 그의 머리를 가만히 내려다보았다.

소능윤은 황제의 첫 번째 황후였던 연려황후 소능화와 대장군인 소능현의 사촌 동생이다. 파영로와 껄끄러운 사이인 능현과 달리, 능윤은 황후의 궁에 자주 드나들었다. 그들이 각별한 사이라는 것은 공공연한 비밀이었다.

자세한 내용은 모르나 영로가 능윤을 가까이한다는 것쯤은 환라도 알고 있었다.

'혹시 노예 매매에 관한 것이 어머니께 알려지면 안 되는 건가?'

환라는 목 끝까지 올라온 의문을 삼켰다.

영로의 이야기가 나오자마자 궐겸이 곤란한 낯을 했던 것이 떠오른 탓이었다. 대신 칠각을 바라봤다. 눈이 마주치자 칠각이 소리 없이 긍정했다. 그 주제는 지금 꺼내지 않는 게 좋을 것이란 뜻이었다.

환라는 칠각의 눈빛을 알아듣고 노예 매매에 대한 것을 잠시 묻어 두었다.

"고개를 들라."

"황공하옵나이다."

"좌사정이 여긴 무슨 일인가?"

"목련이 탐스럽다 하여 지나가는 길에 들렀다가, 공주님께서 계시기에 인사를 올리러 왔습니다."

말은 그렇게 하였으나 능윤은 목련 따위에는 관심도 없어 보였다. 다리를 건너오면서 유난히도 보랏빛이 선명한 꽃잎에 잠깐 시선을 둔 것이 다였다. 그리고 환라의 앞에 설 때까지 꽃은커녕 주변도 둘러보지 않았다.

"공주님께서는 이 지사와 담소를 나누는 중이셨습니까?"

"그렇다."

능윤이 아리송한 미소를 지으며 환라와 궐겸을 번갈아 보았다.

"송구하오나, 공주님. 실은 소인이 지사에게 물을 것이 있습니다. 괜찮으시다면 이 지사와 먼저 자리를 뜨도록 윤허하여 주시겠습니까?"

환라는 궐겸 쪽으로 고개를 돌렸다.

"지사의 생각은 어떠한가?"

궐겸은 의아했다. 능윤이 속한 정대성과 궐겸이 속한 중정대는 법과 관련된 곳이기에 종종 함께 정사를 논하곤 했다. 하지만 정대성과 논의를 하는 일은 궐겸의 상관인 대중정(중정대의 최고관리. 정4품)이나 소정(중정대의 차관. 종4품)이 맡아 하는 일이었다. 개인적인 친분이 있는 게 아닌 이상 지사인 궐겸에게 정3품이나 되는 좌사정이 말을 걸 만한 일은 없었다.

궐겸은 쉽게 고개를 끄덕이지 못하고 환라를 보았다.

그러자 면포 너머의 눈동자가 떠올랐다. 다시 심장이 내려앉는 것만 같았다. 등 뒤로 숨긴 손에 힘이 들어갔다. 꽃잎의 부드러운 감촉이 손가락 사이에서 느껴지자, 궐겸은 어째서인지 부끄러워졌다. 딸꾹질처럼 올라오는 감정에 어디로든 도망치고 싶었다.

못 끝낸 이야기가 마음에 걸렸으나 어차피 능윤 앞에서는 할 수 없는 말이었다. 게다가 능윤은 떠날 생각도 없어 보였다. 궐겸은 제 마음이 드러나기 전에 차라리 도망치기라도 해야겠다 싶어 황급히 고개를 끄덕였다.

"그리 하겠습니다."

"뜻대로 하라."

환라가 능윤에게 말했다. 궐겸을 묘한 표정으로 보고 있던 능윤이 환라를 향해 고개를 숙였다.

환라는 둘이 떠나기 전에 입을 열었다.

"나는 마침 들어가려던 참이니 여기서 이야기하라."

"황공하옵니다."

"황공하옵니다."

능윤과 궐겸이 동시에 읍을 하고 세 발자국 물러섰다.

환라는 그들을 지나쳐 다리를 건넜다. 그녀의 발걸음 소리가 멀어지자 궐겸이 고개를 들었다.

그는 항상 품에 지니고 다니는 필첩을 펼쳤다. 그리고 낱장 사이에 조금 구겨진 꽃잎을 내려놓았다. 능윤이 앞에 있는 것도 잊고 꽃잎을 내려다보던 궐겸은 한참이 지나서야 필첩을 닫아 다시 품에 넣었다.

능윤은 그 모습을 주의 깊게 보다가 혀를 찼다.

그 소리에 궐겸이 표정을 갈무리하고 고개를 돌렸다.

"물으실 것이 무엇입니까?"

능윤은 서늘한 눈으로 궐겸의 품을 쳐다보았다. 필첩이 들어 있는 자리였다.

"품어선 안 될 것을 품었군."

궐겸은 가슴이 뜨끔해 입을 다물었다.

"요즘 노예 매매를 수사한다 들었네."

능윤이 말을 돌렸다. 하지만 그 주제 또한 달갑지 않았다.

궐겸은 자신이 노예 매매를 수사한다는 걸 아무에게도 말하지 않았다. 그의 직속상관인 소정과 대중정조차도 모르는 일이었다.

'그런데 그것을 이 자가 어찌 알고 있는 것일까?'

궐겸은 긴장감에 목이 탔다. 얼음송곳처럼 차갑고 날카로운 눈빛이 궐겸에게 겨눠졌다. 궐겸은 능윤이 어디까지 알고 있는지 가늠할 수 없었다. 이런 상태에서 괜히 입을 열어 봤자 능윤에게 확신을 심어 주는 꼴이 될 터였다. 궐겸은 결국 침묵을 택했다.

"어디까지 알아보았나?"

그러나 능윤은 그런 궐겸의 속을 꿰고 있는 것처럼 미소 지었다. 지극히 평범한 어조였다. 짐짓 부드럽기까지 했다. 하지만 그 속에는 비수가 숨겨져 있었다.

궐겸은 마른침을 삼켰다. 사실 색노를 들였다는 혐의를 받고 있는 주인공은 황후 파영로의 측근인 우상(右相) 박망의였다. 이 사실을 환라에게 알리려 하였는데 갑자기 능윤이 등장한 것이었다.

'혹시 내가 박망의의 뒤를 캔 것을 알고 찾아온 건가?'

궐겸은 능윤의 속내를 파헤치기 위해 그의 눈을 들여다보았다. 하지만 능윤은 여전히 예리한 눈빛을 미소로 감추고 있을 뿐이었다. 궐겸은 결국 아무것도 알아내지 못했다.

"아직 수사 중이기에 알려 드릴 수 없습니다."

"우상의 일은 아시는가?"

능윤이 비소를 머금었다. 궐겸은 이를 악물었다.

단순히 제 반응을 떠보기 위해 박망의 이름을 입에 올린 걸까? 궐겸은 고개를 저었다. 만약 궐겸이 수사의 갈피를 잡지 못 하는 중이었다면, 우상이 범인이라고 귀띔해 주는 것이 되기 때문이다. 능윤의 질문은 모든 것을 알고 물어보는, 대답이 필요 없는 것이었다.

역시나 대답을 듣기 위한 질문은 아니었는지, 능윤은 자색 목련을 향해 몸을 틀었다. 둘은 잠시 다른 심정으로 같은 풍경을 바라보았다. 그러다 문득, 능윤이 입을 열었다.

"지사는 이 나라가 누구의 것이라 생각하시는가?"

답은 정해져 있었다. 이 나라는 황제의 것이다.

그러나 그렇게 말하는 자는 없었다. 누구도 그리 생각하지 않았다.

팽팽한 긴장감이 돌았다. 궐겸이 대답하지 않자 능윤이 먼저 입을 열어 살얼음 같은 분위기를 깨트렸다.

"신중히 행동하시게."

절대 가볍지 않은 충고를 남긴 채, 능윤은 왔던 길을 돌아갔다. 궐겸은 시야에서 능윤이 사라지자마자 깊은숨을 내쉬었다. 그리고 꽃잎을 품은 가슴에 손을 얹었다.

* * *

쏟아지듯 들어온 바람에 침대의 휘장이 연기처럼 밀려났다. 그 너머로 얼굴이 드러났다가 다시 가려졌다. 간간이 괴로운 신음이 흘러나왔다.

양야는 몸을 고통스럽게 뒤척이다가 힘겹게 눈을 떴다. 감쪽같이 사라졌었던 고통이 다시 악몽처럼 찾아와 그를 괴롭혔다. 연기를 마시지 않아도 고통스럽지 않았던 때가 꿈결처럼 느껴졌다.

양야는 긴 숨을 내쉬며 이마를 짚었다. 몇 번 더 호흡했지만 가슴이 옥죄는 듯 답답했다. 그는 숨을 쉬려 노력하며 몸을 일으켰다. 탁자 위에 아무렇게나 올려 두었던 곰방대에 약초를 채우고 불을 붙였다. 불꽃이 튀는 소리와 함께 마른 약초가 타들어 갔다.

새하얀 연기를 보던 양야가 곰방대를 입에 물었다. 깊게 들이마시자 마른기침이 산발적으로 튀어나왔다. 잠시 피우지 않았을 뿐인데, 마치 몇 년은 입에 물지 않은 것처럼 낯설고 목이 쓰라렸다.

다시금 연기를 들이마셨다. 여전히 머리가 지끈거리고 목이 쓰라렸지만 움직일 수 있을 정도는 되었다. 그는 향로에 약초를 넣어 불을 붙이고 창문을 닫았다. 침대로 돌아오는 걸음이 천근 같았다.

그는 침대 위에 늘어져 새하얀 연기를 혼처럼 내뱉었다.

몇 번 반복하자 무난하게 숨이 쉬어졌다. 그러나 가슴이 답답한 것은 변함이 없었다. 그는 앞섶을 풀어 헤치고 고개를 돌려 창밖을 보았다.

달빛이 등처럼 환했다.

"나환……."

입술 사이로 환라의 이름과 함께 새하얀 연기가 흘러나왔다. 바람을 불어 연기를 흐트러뜨리자 코끝에 쌉싸름한 장미 향이 느껴지는 듯했다. 양야는 몸을 일으켜 세웠다. 본래의 모습으로 변하면 향을 따라갈 수 있을 것 같았다. 하지만 둔갑술을 쓰기엔 정기가 부족했다.

양야는 침대 옆에 있는 놋그릇에 재를 털어 내고 곰방대를 내려놨다.

어느새 방 안은 연기로 가득했다.

안개 속에 갇힌 것처럼 시야가 흐릿했다. 날카롭던 두통 또한 조금 흐려졌다. 잠들기 위해 옆으로 돌아누웠으나 정신은 도리어 또렷해졌다.

달은 점점 서쪽으로 넘어가고, 동쪽 하늘이 서서히 밝아지고 있을 때 정위가 양야의 방문을 두드렸다.

그리고 별다른 대답도 듣지 않은 채 문을 열었다.

"일어나……."

……셨느냐고 물으려던 그는 입을 다물었다.

연기가 훅 끼쳐 그의 얼굴을 덮은 탓이었다. 정위는 손을 휘저으며 기침했다. 그리고 연기를 더 들이마시기 전에 문을 닫아 버렸다. 문틈으로 빠져나온 연기가 발밑에 깔렸다. 정위는 진저리를 치며 뒤로 물러났다. 그리고 문을 열려다가 고개를 젓고 목소리를 높였다.

"혹시 안 주무셨습니까?"

안에서는 아무런 대답이 없었다. 그는 좀처럼 목소리를 높이는 일이 없었기에 대답을 한다고 해도 문 밖으로 흘러나오진 않았을 것이다. 정위는 양야가 밤을 지새웠다고 혼자 결론을 내렸다.

'오늘은 맨얼굴로 들어가나 싶었는데.'

정위가 혀를 차며 만일을 위해 준비해 온 천을 조용히 꺼내 입과 코를 가렸다.

그는 뒤통수에 완벽한 나비매듭을 만들고 결심한 표정으로 문을 열었다. 한결 숨쉬기 편했으나 독한 연기에 눈이 따가웠다. 정위가 인상을 찌푸리며 손을 내저었다.

"몇 년만 더 드나들면 눈이 멀겠습니다."

"걱정 마. 허파는 상해도 눈은 멀쩡할 테니."

"숨은 못 쉬어도 앞은 보일 거란 말씀이시군요. 그것 참 위안이 됩니다."

정위가 투덜거리며 창문을 열었다. 양야는 곰방대를 입에 물며 장난기 섞인 목소리로 말했다.

"그렇게 되려면 족히 몇십 년은 걸릴 거야."

"예. 그리되기 전에 반드시 떠나겠습니다."

정위가 팔을 휘둘러 연기를 창밖으로 몰아내며 양야에게 다가왔다. 양야가 연기를 훅 뿜자 정위가 고개를 절레절레 저었다.

"저는 이제 객주님 턱 위에 달린 것이 입술인지 굴뚝인지도 모르겠습니다."

"굴뚝이지."

"예 예 어려하시겠어요"

"빈정거리려고 꼭두새벽부터 4층까지 올라오다니 참 부지런하구나."

"약초 연기도 없이 일찍 주무신다기에 신기해서 와 봤습니다."

"걱정했느냐?"

정위가 뭘 그런 걸 묻느냐는 얼굴로 양야를 보았다. 그러고는 여상스럽게 긍정하며 침대 옆에 있는 의자에 앉았다.

"송장 치우는 줄 알고 걱정했죠."

양야는 녹진한 미소를 지으며 연기를 빨아들였다. 정위는 양야의 얼굴에서 웃음기가 사라질 때까지 쳐다보다가 다시 입을 열었다.

"잠깐이나마 괜찮아지신 게 나환 님 덕분이라면서요?"

"그래."

"의원들도 혀를 내두른 지병을……. 대단하십니다."

정위의 눈이 바쁘게 움직이며 양야의 몸 구석구석을 살폈다. 보석에 난 흠집을 찾는 감정사처럼 날카롭고 집요한 눈빛이었다. 양야가 불쾌함을 느끼려던 차에 정위가 눈길을 거두고 운을 띄웠다.

"나환 님 말입니다."

양야가 말해 보라는 듯 정위를 보았다. 정위는 민망한 듯 헛기침을 하다가 조심스럽게 말했다.

"아무래도 신선인 것 같습니다."

"하하하하!"

한껏 진지한 어조로 말했건만 돌아오는 것은 희뿌연 연기와 양야의 웃음뿐이었다.

정위는 저에게로 날아오는 연기를 손으로 쫓으며 인상을 찌푸렸다. 양야는 한참을 웃었다. 영락없이 얼토당토않은 것을 들었을 때 터져 나오는 웃음이었다.

하지만 정위는 포기하지 않았다. 그는 환라가 신선이라고 완벽히 믿고 있었다.

"나환 님이 오시자마자 신기한 일이 생기지 않았습니까. 양야

님의 두통이 씻은 듯이 나은 것도 그렇고요. 나씨 가문 사람이면 국사를 논하고 복수를 하고 싶어서 상경한 것일 텐데 백성들의 삶을 하나도 모르는 것도 수상합니다."

"그만 웃기거라. 머리 아프다."

"웃자고 하는 소리가 아닙니다. 요괴도 나타난 마당에 신선이 없으란 법 있습니까?"

묘은은 요괴가 아니라 정괴이며, 신선이 인간 세상에 관여하는 것은 하늘 법으로 금지되어 있었다. 양야는 괜히 말을 꺼냈다가 정위가 저에게도 신선이냐고 물을까 봐 재미있는 농을 들은 것처럼 웃어넘겼다.

양야가 믿지 않는 것 같아 보이자 정위가 불퉁한 목소리를 냈다.

"여란 님도 동의하셨습니다."

"그래. 재미있었겠구나."

양야는 심드렁하게 대답하며 늘어졌다.

정위는 양야의 관심이 끊어진 것을 깨달았다. 그는 속으로 투덜거리고는 조용히 밖으로 나갔다. 그리고 장부를 잔뜩 들고 돌아와 눈길도 주지 않는 양야에게 안겨 주었다. 양야는 아무렇지도 않게 정위의 심술을 받아 주며 침대에 기대 장부를 뒤적였다. 정위는 일하는 양야를 지켜보다가 지루해졌는지 하품을 하고 방을 나갔다.

혼자 남아 장부를 보던 양야의 귀에 오시(오전 11시)를 알리는 종소리가 들렸다. 양야는 저도 모르게 반응해 고개를 돌렸다. 반각만 더 있으면 여란이 환라를 데리고 올 시간이었다.

'일에 집중할 수가 없군.'

양야는 몸을 일으켜 창문을 열었다.

방 안을 가득 메운 연기가 우리에 갇혀 있다가 해방된 들짐승처럼 밖으로 사라졌다. 양야는 약초를 태우던 향을 껐다. 하지만 여전히 구석구석에 약초의 독한 향이 남아 있는 듯했다.

그는 망설이다가 아주 작은 바람을 일으켜 남은 냄새들을 몰아내 버렸다. 그러자 기다렸다는 듯 속이 울렁거리고 머리가 반으로 쪼개질 것처럼 아팠다.

양야는 떨리는 손으로 곰방대에 약초를 채우고 불을 붙였다. 깊게 들이마시자 통증이 조금 나아졌다. 양야는 침대에 늘어지는 대신 옷깃을 여미고 창가로 다가갔다. 그리고 자리를 잡고 서서 여란과 환라가 모습을 드러내길 기다렸다.

얼마 뒤, 어디선가 웅성거리는 소리가 들려 고개를 돌렸다. 한월각의 사람들이 양야의 방 창문이 열려 있는 것을 발견하고 구경하기 위해 모인 것이다. 거리를 지나다니던 사람들도 구경거리가 있나 싶어 걸음을 멈췄다. 그들은 영문도 모른 채 함께 양야가 있는 곳을 올려다보았다.

졸지에 구경거리가 된 양야는 하는 수 없이 창은 열어 둔 채 방으로 들어왔다. 하지만 청각은 곤두세우고 있었다. 혹시라도 익숙한 목소리가 들리면…….

'들리면 뭘 어쩔 생각이지?'

양야는 긴장을 풀고 고개를 기울였다. 생각해 보니 이상하다. 이렇게 기다리지 않아도 올 것. 굳이 인간들이 만드는 소음과 독한 냄새들을 참고 있을 필요가 있을까?

생각해 볼 필요도 없이 정답은 명확했다. 필요 없는 짓이었다. 양야는 창을 닫으려다가 긴 의자에 옆으로 몸을 뉘었다. 평소라면 소음과 냄새를 참느니 귀찮아도 창문을 닫는 게 낫다고 생각했을 테지만 이상하게도 그럴 마음이 들지 않았다.

그저 오늘따라 나태함이 심해진 것이라 자신에게 변명하며 시간을 죽였다.

양야는 연기를 내뱉고, 재를 털고, 약초를 채웠다.

그것을 몇 번 반복하니 창밖으로 익숙한 목소리가 들렸다. 동시에 쌉싸름하지만 청량한 기운을 품은 장미 향기가 방 안으로 흘러들어왔다.

청각이 곤두섰다. 그는 천천히 걸어 창밖을 내다보았다. 열린 창문을 구경하는 사람들이 아직 조금 남아 있었다. 양야는 그들을 무시한 채 조금 더 멀리 내다보았다. 얼마 지나지 않아 저잣거리에 들어서는 여란이 눈에 띄었다.

그리고 그 옆에는, 아니나 다를까 환라가 있었다.

양야는 기다리던 사람이 보이자마자 창문을 닫았다. 침대로 돌아와 습관적으로 곰방대에 약초를 채워 넣으려다가 그만두었다. 4층으로 올라오는 소리가 가까워질수록 두통이 서서히 가신 탓이었다.

양야가 빈 곰방대로 머리를 틀어 올리고 있을 때 방문이 열렸다. 동시에 뇌동산의 정기가 방 안으로 쏟아졌다. 양야는 잠시 정신이 아찔하였다. 뇌동산의 정기와 환라가 상성이 잘 맞는 것인지 날이 갈수록 기운이 강해지고 있었다.

'그냥 두면 위험할 수도 있겠어.'

애써 평정심을 유지하려고 노력하며 양야는 미소 지었다. 그리고 자연스럽게 환라에게 다가가 그녀의 손을 가볍게 잡고 안으로 이끌었다.

"기다리고 있었습니다."

여란은 기가 막힌다는 눈으로 양야를 보았다. 그러거나 말거나 양야는 환라를 앉히고 그 옆에 바짝 붙어 앉았다. 고개를 기울이자 새까만 머리가 어둠처럼 흘러내렸다. 그의 두 눈이 짐승의 눈과 같은 빛을 띠며 빛났다.

그 색을 마주한 환라가 고개를 기울였다.

자세히 보려 하니 저번처럼 사라져 버렸다. 환라는 말을 하려다 입을 다물고 탁자 위에 손가락을 올렸다. 그러자 양야가 냉큼 그녀의 손을 들어 제 손등 위에 내려놓았다.

"손에 써 주시는 게 더 읽기 편합니다."

환라는 모르는 듯했지만 누가 봐도 유혹하려는 자의 작태였다.

여란은 그 꼴을 봐 주기가 힘들어 고개를 젓고는 방 밖으로 나갔다. 환라는 잠시 여란을 보았다가 다시 양야에게로 시선을 돌렸다. 그리고 그의 손등에 글자를 적었다.

[눈 색이 변함]

양야는 가만히 그 글자를 보다가 고개를 틀며 요요히 웃었다.

"그럴 리가요."

그가 환라의 눈을 똑바로 바라봤다. 환라 역시 양야의 눈을 보았다. 조금 갈색을 띠긴 하지만 아까 본 것처럼 진한 주황색은 아니었다.

"빛이 깃든 것을 잘못 본 것이겠지요."

'그럼 그때에도 햇볕이 깃들어 그렇게 보인 것인가?'

그럴 수도 있겠다 싶었다. 환라는 별다른 의심 없이 고개를 끄덕였다.

"란이에게 상경하신 지 얼마 안 되었다고 들었습니다."

환라는 고개를 끄덕였다.

"혹 거취를 정하지 않으셨다면 저희 객잔에서 머무십시오. 방을 마련해 두겠습니다."

어떻게든 곁에 있으려는 수작이었다. 하지만 그 의도를 모르는 환라는 양야의 배려가 마냥 고맙기만 했다. 마음 같아서는 한월각에 머무르며 친분을 쌓고 싶었으나 궁으로 매번 돌아가야 하기에 수락할 수 없었다. 그녀는 아쉬운 마음으로 고개를 저었다.

"괜찮습니다. 혹 나중에 마음이 바뀌시거든 개의치 말고 말씀해 주십시오."

양야의 미소에 환라의 마음은 복잡해졌다. 내일이면 황후가 돌아온다. 그러면 다시 황궁 밖으로 한 발자국도 나가지 못하게 될 것이 뻔했다.

환라는 여란과 양야, 정위가 저를 잊지는 않을까 걱정스러웠다.

'궁 밖으로 나올 방도를 모색해야겠다.'

환라의 표정이 심각해지자 양야가 고개를 숙여 그녀와 눈을 맞췄다.

"근심이라도 있으십니까?"

환라는 고개를 저었다.

"근심이 생기거든 같이 나눠 주십시오. 힘이 되어 드리고 싶습니다."

양야의 고운 심성에 감동하며 환라가 고개를 끄덕였다.

양야는 환라의 기색을 눈치채고 만족스러운 미소를 지었다. 그가 더 말을 걸기 위해 입을 열려던 차에 방 밖에서 발소리가 들렸다.

"형님, 오라버니. 나 들어가오."

양야가 대답하기도 전에 문이 열렸다. 여란이 먼저 안으로 들어오고 쟁반을 든 정위가 그 뒤를 따라 왔다.

"다과입니다."

정위가 생글거리는 얼굴로 말하고 환라 앞에 다과를 내려놓았다. 그리고 과자 하나하나마다 은침을 꽂아 놓았다. 차는 여란이 기미를 하고 환라에게 주었다. 물 흐르듯 자연스러운 손놀림이었다.

그들은 며칠 사이에 환라에게 익숙해졌다. 그 모습을 보고 있자니 환라는 웃음이 나왔다.

여란이 따라 웃으며 환라의 옆에 앉았다. 그리고 환라에게서 눈을 떼지 못하는 양야를 보다가 탁자 밑으로 정위의 다리를 발끝으로 톡 건드렸다. 정위가 여란을 보았다. 여란은 눈짓으로 양야를 가리켰다. 정위가 양야를 보았다가 놀란 표정이 되었다.

그는 양야와 환라를 번갈아 보며 흥미진진한 표정으로 다과를 집어 먹었다.

평소라면 양야가 그 눈빛을 기민하게 알아차렸겠지만, 지금 그는 환라를 신경 쓰느라 정신이 없었다. 그는 약과를 한 입 베어 무는 환라를 지그시 보다가 은근한 어조로 말했다.

"약과를 좋아하시면 제가 챙겨 두라 하겠습니다."

환라는 고개를 끄덕이려다 다식을 보았다. 좋은 꿀을 쓰는 것인지 환라의 입에도 딱 맞았다. 소해에게 가져다주면 좋아할 것 같았다. 환라는 고민하다가 다식을 손으로 가리켰다.

"다식이 마음에 드십니까?"

환라는 고개를 끄덕이고 돈주머니를 풀었다. 다식의 값을 낼 생각이었다. 하지만 양야의 손이 더 빨랐다. 그는 환라의 손을 잡아 그녀의 행동을 저지했다.

"선물입니다."

환라의 얼굴에 백목련처럼 우아한 미소가 떠올랐다. 양야는 그녀의 얼굴을 흐뭇하게 보았다. 사람에게 좀처럼 마음을 주지 않는 양야였지만 뇌동산의 정기 탓인지 환라는 십년지기보다 친근하게 느껴졌다.

"차도 드셔 보십시오. 정위가 차를 참 잘 끓입니다."

양야는 환라가 손을 놓기 전에 차를 권했다. 환라는 잡혀 있는 왼손을 그대로 두고 차를 마셨다.

강한 수국 향이 코 안을 가득 메웠다. 녹차와 비슷한 맛이 났지만 쓰지도 떫지도 않았다. 환라는 차 맛에 감탄하며 정위에게 고개를 끄덕여 주었다. 정위가 생글거리는 얼굴로 감사하다고 인사했다.

화기애애한 대화가 이어지는 와중에 멀리서 미시(오후 1시)를 알리는 종소리가 들렸다. 여란이 창밖을 보더니 몸을 일으켰다.

"나는 슬슬 구빈촌에 가 봐야 할 것 같소."

환라는 놀란 눈으로 여란을 보았다.

빈민이 있다는 것은 막연히 알고 있었지만 마을을 형성할 정도로 많을 줄은 몰랐다. 환라는 마을의 규모가 어떤지 직접 눈으로 보고 싶었다. 그녀가 관심을 보이자 내심 환라가 함께 가 주길 바라고 있던 여란이 호탕한 웃음을 터트렸다.

"형님도 함께 가십시다."

환라가 고개를 끄덕였다. 여란을 따라나서기 위해 일어서자 환라의 손이 양야의 손아귀에서 미끄러지며 빠져나왔다. 양야는 저도 모르게 두 사람을 따라 일어났다. 그러자 정위가 해괴한 것을 다 보겠다는 눈으로 양야를 붙잡았다.

"어디 가십니까?"

"나도 오랜만에 구빈촌에 가 봐야 할 것 같구나."

"가 본 적도 없으면서 오랜만은 무슨. 누가 들으면 구빈촌에 다녀가신 적이 있는 줄 알겠습니다."

정위의 말을 가볍게 무시하며, 양야는 옷깃을 단정히 했다. 다녀오겠다 인사를 하려던 여란이 양야를 향해 고개를 저었다.

"가긴 어딜 가겠단 말이오. 조금 있으면 손이 올 것인데."

"게다가 할 일도 산더미입니다."

정위가 침대 옆에 쌓인 장부들을 손가락으로 가리켰다. 잠이 별로 없으니 일이야 밤에 하면 된다. 하지만 미시(오후 1시)쯤 이 지사와 만나기로 한 것은 미룰 수가 없었다.

"그럼 문 앞까지 마중이라도 하겠습니다."

미련이 뚝뚝 떨어지는 목소리였다.

정위와 여란은 제 귀를 의심했지만 환라는 양야가 원래 다정다

감한 성격이라고 생각할 뿐이었다. 뒤늦게 정신을 차린 여란이 어이없고 기가 찬다는 듯한 웃음을 흘리며 앞장섰다.

환라와 양야는 나란히 섰다. 정위는 주인 없는 방에 혼자 남을 수 없어 얼떨결에 따라나섰다. 내려가는 길에 양야의 말이 떠올랐다. 정위는 하인에게 일러 다식을 포장해 달라 부탁했다. 그리고 빠른 걸음으로 세 사람을 따라갔다.

여란이 막 1층에 도착했을 때, 건물 안으로 누군가 들어섰다. 그를 발견하자마자 여란이 반가운 얼굴로 손을 흔들었다.

"이 지사! 여기요!"

'이 지사?'

환라가 고개를 돌렸다. 그러자 익숙한 얼굴이 보였다.

지사 이궐겸이 막 문을 지나쳐 한월각 안으로 들어오고 있었다. 환라는 저도 모르게 시선을 회피하며 향낭을 품에 넣었다. 혹시라도 궐겸이 향낭의 냄새를 알아볼까 염려되었던 탓이다.

양야는 옆에서 그녀의 표정 변화를 보고 있었다.

빠르게 확장되었다가 되돌아오는 동공과 살짝 벌어진 입술. 다른 사람이라면 눈치채지 못할 정도로 미세한 차이였으나 양야의 눈에는 똑똑히 보였다.

"아는 사이입니까?"

양야가 소리를 낮춰 물었다. 환라는 태연하게 고개를 저었다. 양야는 일단 알겠다는 듯이 고개를 끄덕였다. 두 사람이 아는 사이라면 궐겸이 곧 환라를 알아보겠다고 생각했다.

하지만 그의 예상과 달리, 궐겸은 환라의 얼굴을 보고도 별다른 반응이 없었다.

그는 여란과 인사를 나누고 곧장 양야와 정위에게 안부를 물었다.

"오랜만입니다, 장 객주. 그리고 윤 회계."

"어서 오십시오."

"얼굴 까먹는 줄 알았습니다."

정위의 장난스러운 대답에 미소로 화답한 뒤에야 궐겸은 환라에게로 고개를 돌렸다.

순간, 쌉싸름한 장미 향이 그의 코끝을 스쳤다. 그는 자연스럽게 환라의 허리춤을 확인했으나 그녀가 차고 있는 것은 채찍뿐이었다.

궐겸은 혼란스러웠다. 비단 익숙한 향기 때문만은 아니었다. 눈앞에 있는 자는 복장만 보면 사내인데 얼굴을 보면 여인 같았다. 게다가 아주 익숙한 분위기를 풍겼다.

궐겸은 일단 판단을 미뤄 두었다. 그리고 환라를 정식으로 소개받기 위해 여란에게 넌지시 물었다.

"이 분은……?"

"요 근래에 친해진 형님이오. 나 환이라 하오."

"그렇습니까."

궐겸이 읊조리듯 대답했다.

환라는 궐겸의 기색을 살폈다. 그는 의심스러운 것은 끝까지 파고드는 집요한 사내였다. 그러니 아예 의심 같은 것이 생기지 않도록 처음부터 신경 써야 한다.

환라는 심상치 않은 기색을 내뿜는 궐겸을 향해 먼저 고개를 숙여 인사했다. 공주라면 하지 않을 행동이었다.

궐겸이 당황해 환라를 빤히 보았다. 그는 어렵게 의심을 감추며 고개를 숙여 환라의 인사를 받았다.

"이궐겸이라 합니다."

보통은 자신이 누구라고 한 번 더 밝히는 것이 예의였지만 환라는 고개만 끄덕였다.

궐겸이 당황한 눈으로 정위와 양야, 여란을 차례대로 보았다. 눈치 빠른 정위가 양야의 뒤에서 입술을 톡톡 가리키고 고개를 저었다. 그 의미를 알아차린 궐겸이 평소처럼 담담한 표정으로 돌아왔다.

여란이 환라에게 팔짱을 끼며 끌어당겼다.

"우리는 구빈촌에 가 봐야 하니 친분은 나중에 쌓읍시다. 이야기 나누다 가시오."

"알겠습니다. 그럼 다음에……."

궐겸이 환라를 향해 고개를 살짝 숙였다.

환라가 고개를 끄덕인 뒤 정위와 양야에게 눈짓으로 인사하고 여란에게 끌려가듯 걸음을 옮겼다.

환라가 막 궐겸의 곁을 스쳐 지나갈 때, 궐겸은 다시 한번 쌉쌀한 장미 향을 맡았다. 궐겸의 시선이 환라를 좇았다. 그는 자리에 서서 한참이나 환라의 행동을 되짚어 봤다. 그러다 돌연 몸을 틀어 정위에게 물었다.

"고개를 끄덕여 보시겠습니까?"

"예?"

정위가 당황스럽다는 듯 되물었다가 고개를 끄덕였다.

궐겸은 그의 턱을 주시했다. 보통은 끄덕이기 시작할 때 고개가 먼저 아래로 떨어진다. 하지만 '나 환'이라는 자는 고개를 먼저 치켜든 다음에 아래로 내리며 끄덕였다. 고개를 숙이지 않도록 교육받은 황족이나 권문세가의 사람들에게서 많이 나타나는 몸짓이었다.

궐겸의 얼굴에 의심이 깃들자 맞은편에 서 있던 양야가 물었다.

"갑자기 왜 그러십니까?"

"……아닙니다."

궐겸은 고개를 저었다. 그리고 잠시 정문 쪽을 바라보았다가 양야를 따라 안으로 들어갔다.

3. 너울에 가린

말굽이 땅을 박찰 때마다 뿌연 모래가 연기처럼 일어났다. 수도
의 중심부를 벗어나 한참 달리자 멀리서 빈촌의 지붕이 모습을 드
러내기 시작했다.

말고삐를 잡은 환라의 손에 새하얀 마디가 불거졌다. 멀리서도
느낄 수 있을 만큼 강한 악취가 뒤섞여 환라에게 선큼선큼 다가왔
다. 그녀는 인상을 찌푸리며 넓은 소매로 코를 가렸다. 그것을 본
여란이 환라에게 천을 내밀었다.

"처음에는 적응하기 힘들 것이오. 나도 그랬으니."

환라는 고개를 끄덕였다. 가까이 다가가자 여란을 알아본 아이
들이 손을 흔들었다.

더 다가가자 사람들이 하나둘 나오기 시작했다. 그들은 길가에서 환라와 여란이 들어오는 것을 지켜봤다. 그리고 여란과 환라가 말에서 내리자마자 기다렸다는 듯 구름처럼 몰려왔다.

"여란 님 오셨습니까?"

"저번에 주신 음식 잘 먹었습니다."

"옆에 분은 누구십니까?"

쏟아지는 질문에 환라는 정신이 없었다. 태어나서 이렇게 많은 사람에게 둘러싸여 본 적이 없었던 탓이었다. 반면에 여란은 능숙하게 대꾸해 주며 환라를 소개했다.

"이번에 친해진 형님이오."

"귀한 분이 이런 곳엘 다 와 주시고……."

남자가 말을 끝내기도 전에 아이 둘이 환라의 소매를 잡아끌었다.

"형! 우리랑 놀아요!"

"형 아니야! 누나야!"

환라가 정신을 못 차리고 휘둘리는 사이 한 여인이 아이들을 떼어 내고 정중한 어조로 말했다.

"저에게 차가 있습니다. 가서 차라도 끓여 오겠습니다."

"예끼, 이 사람! 그 곰팡이 핀 걸 누가 마신다고! 저희 집에 과일이 있습니다. 오늘 산에 가서 따 온 것들이라 싱싱합니다."

아이들은 옆에서 성별을 가지고 싸우고 어른들은 서로 대접을 하겠다고 다퉜다. 하지만 그 어디에도 뾰족한 목소리는 없었다. 동그란 구슬들이 굴러다니는 듯한 기분 좋은 소음만이 가득했다. 환라는 어느새 악취가 나는 것마저 잊고 미소 지었다.

여란은 그 모습을 흐뭇하게 보다가 근처에 서 있는 촌장에게 말했다.

"우물이 말랐다는 이야기가 있던데, 식수는 어떻게 해결하고 계십니까?"

여란의 목소리에 환라가 고개를 돌렸다.

"안 그래도 보여 드릴 참이었습니다. 일단 산 너머에 있는 계곡에서 떠 오고 있긴 한데……. 그것도 한두 번이어야 말입죠."

"형님. 같이 가시겠소?"

환라가 고개를 끄덕였다. 촌장이 지팡이를 휘둘러 사람들을 덩굴 헤치듯 가르며 앞으로 나아갔다.

그 뒤를 따르며 환라는 마을을 둘러봤다.

당장 쓰러져도 이상하지 않을 정도로 기울어진 집들이 가장 눈에 띄었다. 종종 벽은 없고 기둥 위에 볏짚을 지붕처럼 올려놓은 곳도 있었다. 하지만 얼굴에 그늘이 있는 자는 드물었다.

"빈촌은 처음이십니까?"

촌장의 말에 환라가 고개를 끄덕였다.

"예전에는 이보다 더했지요. 한월각 객주님과 여란 님이 아니었다면 아마 여기 있는 사람 중 반은 굶어 죽거나 얼어 죽었을 겝니다."

환라는 앞서가는 여란의 뒷모습을 보았다. 그녀는 여란의 호탕하고 정의로운 성격이 마음에 들었다. 신분이 어떤지는 모르나 궁 밖에 두기엔 아까운 인재였다. 당장에라도 궁으로 데려가 곁에 두고 싶은 마음이 굴뚝같았다.

어떻게하면 여란을 궁으로 데려갈수 있을까? 환라가 고민하는 사이 여란은 숲으로 들어갔다. 조금 걷자 나무가 없는 동그란 공터가 나왔다. 그 중앙에는 커다란 우물이 덩그러니 솟아 있었다.

"뚜껑을 닫아 놓으셨습니까?"

"예. 혹시나 물이 차오를까 하여 닫아 놓았습죠."

"형님. 뚜껑 좀 같이 열어 주시오."

여란이 뚜껑의 오른쪽 모서리를 잡으며 부탁했다. 환라가 고개를 끄덕이며 여란의 반대쪽으로 갔다. 촌장도 부랴부랴 거들려다가 괜히 나섰다가 다치시지 말라는 여란의 말에 다시 뒤로 물러났다.

"셋에 오른쪽으로 미는 것이오. 하나, 둘, 셋!"

우물 뚜껑이 옆으로 밀려나다가 쿵 하고 묵직한 소리를 내며 떨어졌다.

소름 끼치는 냉기가 환라의 얼굴에 달라붙었다. 뒤이어 물이끼의 비린 냄새가 훅 끼쳤다. 환라는 인상을 찌푸리면서도 우물 안을 들여다봤다.

빨려 들어갈 것처럼 깊고 어두운 구멍이 환라의 시선을 사로잡았다. 안에서 뭔가 쉭쉭거리는 소리가 들리는 것 같았다. 소리의 근원을 확인하기 위해 환라가 우물 안으로 고개를 집어넣으려던 때였다.

뒤에서 커다란 손이 나타나 그녀의 어깨를 붙잡았다.

"위험합니다."

환라가 화들짝 놀라 몸을 바로 세웠다. 함께 넋을 놓고 있던 여란은 이미 비명을 지르며 물러난 뒤였다. 환라가 여란을 보았다. 그녀는 놀란 가슴을 쓸어내리며 양야를 노려보고 있었다.

"아니, 왜 여기 있소? 이 지사는 어쩌고?"

"갑자기 급한 일이 생겼다면서 필요한 이야기만 듣더니 떠났어."

습관적으로 곰방대의 연기를 빨아들이며, 양야가 대답했다. 환라는 궐겸이 돌아갔다는 말에 잠시 고민했다.

'혹 내 정체를 눈치채고 궁으로 간 것인가? 나도 돌아가 봐야 하는 것인가?'

고민하는 환라의 눈에 촌장이 들어왔다. 아직 마을을 다 둘러보지 못한 게 마음에 걸렸다. 게다가 지금 급하게 떠나면 양야와 여란이 이상하게 여길 것 같았다. 환라는 이내 마음을 굳혔다. 궁에는 소해가 있으니 괜찮을 것이다.

환라가 생각에 잠긴 사이, 양야는 나른하게 연기를 내뱉으며 우물을 보았다.

무언가 우물 밑바닥에서 꿈틀거리고 있었다. 양야는 허리를 숙여 우물 안을 유심히 보았다. 몸에 희미한 빛을 내뿜으며 꿈틀거리는 것은 성인 남성의 허벅지만큼 두꺼운 몸통을 가진 구렁이였다. 양야를 보자마자 구렁이가 선한 눈을 빛내며 위로 올라오려 했다.

하지만 깊은 우물을 올라오지 못하고 바닥으로 툭 떨어져 버렸다. 구렁이는 우물 바닥을 한 바퀴 돌다가 혀를 날름거렸다.

바람 빠지는 소리와 비슷한 목소리가 양야에게만 또렷이 들렸다.

「정기가 느껴지는구나. 심상치 않은.」

구렁이의 눈빛이 돌변했다. 양야는 구렁이가 환라를 향해 튀어 오르는 것을 보고 그녀를 제 뒤로 보냈다.

하지만 그의 걱정과 달리 구렁이는 우물 입구에도 닿지 못했다. 구렁이가 분하다는 듯 쉭쉭거리며 우물 안을 빙글빙글 돌았다. 쉿

소리 섞인 목소리가 우물 안을 웅웅 울렸다. 양야는 고민했다.

사악한 기운이 느껴지지 않는 것을 보아하니 요괴는 아닌 것 같은데, 꺼내 주면 당장이라도 환라에게 달려들 것 같았다.

그는 고개를 옆으로 돌려 곁눈질로 환라의 기색을 살피고 여란을 향해 말했다.

"일단 우물을 닫아야겠어."

「무슨 소리야! 날 여기서 꺼내 줘야지! 이 여우 같은 놈!」

'여우 같은 것이 아니라 여우다'

그렇게 대답하고 싶은 것을 참으며 양야가 여란에게 눈짓했다. 여란이 고개를 기울였다.

"문은 왜 닫소?"

동시에 환라가 양야의 손등 위에 글자를 썼다.

[안을 봐야 이유를 알 수 있음.]

"안에서 팔뚝만 한 뱀을 보았습니다."

"으으. 뱀이라니."

여란이 질겁하며 우물 뚜껑을 잡았다.

양야는 여란과 함께 뚜껑을 들어 우물을 막았다. 안에서 뱀이 시끄럽게 떠들어 댔지만 양야는 못 들은 척 몸을 돌렸다. 그들은 서서히 우물에서 멀어졌다.

제일 뒤에서 따라오던 촌장이 양야를 힐끔거리다 여란에게 조심스럽게 물었다.

"저분은 누구십니까?"

"한월각 객주입니다."

"헙!"

촌장이 숨을 들이마시고는 부랴부랴 양야에게 다가왔다. 그리고 양손으로 양야의 손을 부여잡았다.

"항상 음식과 옷가지를 챙겨 주셔서 감사합니다! 얼마나 감사하던지……. 이렇게 뵙게 되어 정말 기쁩니다."

"별것 아닙니다."

양야의 겸양에도 촌장의 감사는 그칠 줄 몰랐다. 환라는 조금 떨어진 곳에서 양야의 표정을 유심히 살폈다. 그의 얼굴에는 특유의 권태로움이 묻어 있었다. 하지만 촌장의 말을 끊거나 무시하지 않았다.

보다 못한 여란이 촌장의 등을 떠밀 때까지도 양야는 겸손하게 대답했다.

저보다 낮은 자를 공손히 대하는 모습이 굉장히 새삼스러웠다. 환라가 제 얼굴을 빤히 바라보자 양야는 보란 듯이 미간을 찌푸렸다.

"머리가 아파서 그런데, 손 좀 잡아 주시겠습니까?"

환라는 고개를 끄덕였다. 그녀가 손을 잡아 주자 양야의 몸에 청량한 기운이 순식간에 들어찼다.

하지만 어제와는 조금 다른 느낌이었다. 산의 정기에 환라의 기운이 어제보다 더 많이 섞여 있었다. 양야는 혹여나 자신이 거부 반응을 보일까 걱정하였다. 다행스럽게도 몸은 뇌동산의 기운을 받을 때와 별반 차이가 없었다.

'그러고 보니 아까 그 구렁이도 이 자를 노렸지.'

정기를 다른 요괴에게 빼앗기지 않으려면 조금 더 신경을 써야 할 것 같았다.

'기운을 조금만 더 회복하면 원래의 모습으로 돌아갈 수 있을 덴데.'

그러면 몸을 조그맣게 만들 수 있었다. 환라를 좇아다니며 다른 요괴들로부터 그녀를 지킬 수도 있었다. 그러려면 더 긴 시간을 함께 보내야 했다.

"내일도 나오십니까?"

내일은 황후 파영로가 돌아오는 날이었다.

승하한 연려황후의 제사를 지내고 돌아올 때, 영로는 언제나 사람이 많은 시간을 피했다. 해도 뜨지 않은 이른 아침이 아니면 늦은 저녁에나 돌아왔다. 만약 영로가 늦은 저녁에 궁으로 돌아온다면 환라는 다시 한번 외출을 할 수 있었다. 그러나 이른 아침에 온다면 밖에 나오기 어려웠다.

문제는 영로가 오전에 올지 오후에 올지 모른다는 것이었다. 그렇기에 선뜻 나온다고 대답할 수가 없었다. 그녀는 고민하다가 마을로 들어서고 난 뒤에야 손가락을 움직였다.

[확답이 어려움.]

환라의 손끝이 양야의 손등 위에 아쉬운 글자를 새겼다. 양야는 손을 뒤집어 환라의 손을 제 손바닥 안에 가뒀다. 환라가 고개를 들어 양야를 보았다. 눈이 마주치자 양야가 요요한 미소를 머금고 속삭였다.

"기다릴 터이니, 언제든지 와 주십시오. 해가 뜨지 않은 시간도 괜찮습니다."

은밀한 속삭임에도 환라는 그저 양야의 마음 씀씀이가 곱다고 생각했다.

순진하게 고개를 끄덕이는 그녀를 보며, 양야는 맥이 빠져 웃어 버리고 말았다. 그는 환라의 손을 빈틈없이 맞잡으며 사람들이 있는 곳으로 갔다. 양야를 빤히 바라보던 환라의 귀에 사람들의 목소리가 들어찼다.

"우물을 살리기 위해선 뱀부터 꺼내야 하는 거 아닙니까?"

"뱀을 꺼내는 거야 그렇다 치고, 그 우물을 사용해도 되는 거요? 그 뱀이 독사면 우린 다 죽은 목숨 아니오?"

"그런데 뱀하고 우물이 마른 것하고 뭔 상관이람?"

사람들의 질문이 쏟아지자 촌장 옆에 서 있던 여란이 조용히 양야를 봤다.

양야는 나서기 싫은 표정을 짓다가 겨우 입을 열었다.

"그냥 뱀이 아니었습니다. 200년은 되어 보이는 구렁이였습니다."

다시 웅성거림이 커졌다. 왜 그동안 그렇게 큰 구렁이를 발견하지 못한 거냐는 소리부터 시작해 신령스러운 것이 아니냐는 목소리도 튀어나왔다. 곧이어 '구렁이를 쫓아내야 한다'와 '모셔야 한다'로 패가 갈려 언쟁이 벌어졌다. 양야는 정신이 하나도 없었다.

역시 사람이 많은 곳에서는 오래 버티기 힘들었다. 그는 한 발을 슬그머니 뒤로 뺐다. 손을 잡고 있던 환라가 그의 기척을 느끼고 고개를 돌렸다.

양야의 얼굴에 드물게 장난스러운 기색이 어렸다.

"마을을 소개해 드리겠습니다."

라고 말을 하긴 했지만 누가 봐도 도망가려는 사람의 몸짓이었다.

환라는 양야의 의도를 알아차렸다. 그리고 고민하지 않고 양야를 따라나섰다.

우물은 여란이 해결할 것 같으니 양야와 함께 마을이나 더 둘러볼 생각이었다. 그녀의 생각에 부응하기라도 하듯, 양야는 능숙하게 마을을 돌아다녔다. 처음 마을에 온 사람이라는 것이 믿기지 않을 정도로 양야는 마을 구석구석을 속속들이 알고 있었다. 이상하게 생각할 법도 하건만 환라는 충격에 휩싸여 알아차리지 못했다. 마을 안으로 들어갈수록 상황이 심각해진 탓이었다.

아이들의 울음소리가 메아리처럼 줄지어 들렸고, 집이 없는지 움막 같은 곳에서 배를 부여잡고 있는 이들도 있었다. 무언가를 태우는 냄새가 계속 코를 찔러 환라의 신경을 곤두서게 했다.

"여기는 이제 막 사람이 모인 곳입니다. 제 객잔에서 구빈촌을 관리한다는 이야기를 듣고 모여들었다더군요."

환라는 양야의 손등에 글을 썼다.

[관아에서 할 일.]

"맞습니다. 하지만 관심을 끊은 지 오래입니다."

구빈촌을 돌아볼수록 환라의 표정은 심각해졌다.

[이런 곳이 많은가?]

"스무 곳은 넘을 것입니다. 물론 변두리로 쫓겨나지 않고 성내에서 기근을 견디는 자도 있습니다."

[언제부터?]

"근 4년간 급격히 늘어났습니다."

4년이면 황제가 병상에 눕고 황후가 정사를 돌보기 시작했을 때이다.

환라의 표정이 심각해졌다.

그녀가 세상 물정을 모르긴 하나 모든 백성을 배불리 먹여 살릴 수 없다는 것 정도는 안다. 하지만 빈곤에 허덕이는 자들이 급격히 늘어난 것은 상황이 다르다. 국정을 제대로 돌보지 못했기에 굶주린 사람이 늘어난 것이다.

'어머니는 이 사실을 알고 계실까?'

머릿속에 떠오른 의문에 환라는 고개를 저었다.

'모르실 것이다. 알고 계셨다면 백성들이 굶도록 내버려 두셨을 리 없다.'

환라는 멍하니 생각하며 양야를 따라 걸었다.

눈길이 닿는 곳마다 낡고 삭은 건물과 굶주린 사람들이 있었다. 시야를 채우는 모든 것이 환라를 괴롭게 했다. 그럴수록 환라는 두 눈을 똑바로 떴다.

'나라를 이끌어 가려면 이 모습을 잊어선 안 된다.'

환라가 발에 못이 박힌 듯 서서 처참한 광경을 눈에 담는 사이, 소란 속에서 빠져나온 여란이 환라와 양야를 찾아왔다.

"처음 오는 사람들끼리 어딜 그렇게 다니시오. 길이라도 잃으면 어쩌려고."

'처음 오는 사람?'

환라가 그제야 이상한 점을 눈치채고 양야를 보았다. 그는 비밀스러운 미소를 머금고는 시치미를 뚝 떼었다.

"우물은?"

"일단 뱀만 확인하고 막아 두었소. 으으. 내 살아생전에 그렇게 큰 뱀을 볼 줄이야……."

환라는 여란의 손을 가져다가 글자를 썼다.

[물 해결?]

"물은 당분간 산 너머에서 떠 오기로 하였소. 만약 계속 해결이 안 된다면 수맥을 찾아 새 우물을 파는 수밖에 없는데……."

"걱정하지 말렴. 곧 해결될 터이니."

양야가 의미심장한 미소를 지었다. 여란은 진저리를 치며 환라를 제 옆으로 끌어당겼다.

"저 양반은 도사나 할 것이지 왜 객잔을 운영하고 있담? 형님 보이시오? 가끔 저렇게 소름 끼치게 군다오."

여란이 환라의 팔을 놓고 소름을 없애려는 듯 제 팔뚝을 마구 문질렀다.

"뭐, 그래도 틀린 말을 한 적은 없으니 촌장님께 새 우물을 파지 말고 조금 더 기다려 보라고 이르겠소."

"그래."

양야가 가볍게 대답하는 소리를 들으며 환라는 여란의 옆으로 갔다. 그녀는 여란과 함께 걷다가 따라오는 소리가 들리지 않아 뒤를 돌아보았다.

양야는 그 자리에 서서 우물이 있는 숲을 바라보고 있었다. 환라가 멀어져 두통이 도졌는지 양야가 인상을 찌푸렸다. 그는 곰방대에 약초를 채워 넣고 불을 붙였다. 곧 희뿌연 연기가 그의 주변에 휘장처럼 드리워졌다. 그 너머로 양야의 눈동자가 초승달처럼 휘어졌다. 환라는 여우에 홀린 것 같은 기분으로 양야를 보았다.

양야가 몸을 돌려 숲 쪽으로 걸어갔다. 환라는 걸음을 멈추고 여란의 팔을 끌어당겼다.

"응?"

여란이 고개를 돌렸다. 환라가 따라가자는 의미로 양야를 가리켰다. 여란은 고개를 저었다.

"그냥 두시오. 내가 저 양반 길 잃는 꼴을 본 적이 없소. 나온 김에 바람이라도 쐴 참이겠지. 우리는 나온 김에 다른 빈촌들도 돌아봅시다."

환라는 망설이는 표정으로 양야의 뒷모습을 보다가 다른 빈촌을 보자는 말에 발걸음을 돌렸다.

그들이 막 구빈촌을 떠났을 즈음, 양야는 우물 앞에 도착했다.

칠흑 같은 머릿결이 새파란 바람에 휘날렸다.

그럴 때마다 우물 안의 다리 없는 짐승이 땅 위에서 미끄러지는 소리가 들렸다. 양야는 두 사람이 들어도 버거운 우물 뚜껑을 한 손으로 가볍게 밀어 냈다.

「여우 같은 놈!」

뱀이 쉭쉭거리며 말했다. 양야는 우물에 걸터앉아 깊게 연기를 들이마셨다.

하늘을 향해 혼백 같은 연기를 뿜던 양야가 우물 안을 들여다보았다. 뱀의 몸 여기저기에는 상처가 가득했다.

"어찌하다 여기 빠졌지?"

「알아서 무엇 할 것이냐!」

"너를 도와줄지 말지 결정할 것이란다, 구렁아."

「구렁이? 구렁이라고?! 이 여우 같은 놈! 나는 구렁이가 아니라 낙양산의 산신을 모시는 정괴이다, 이놈아!」

"그래. 낙양산의 산신을 모시는 구렁이가 어찌하다 여기 빠졌느냐?"

뱀이 꼬리를 떨며 분한 듯 날카로운 이빨을 드러내고는 쉭쉭거렸다.

「하늘에서 잔치가 있어 술을 진탕 마시고 오는 도중 목이 말라 들어갔다가 못 나오게 되었다! 잔치에서 내기의 대가로 정기를 걸었다. 지는 바람에 산으로 돌아가기 전까지는 도술을 사용하지 못한다! 되었느냐?」

"흠……. 네놈의 기운 때문에 수맥이 막힌 거로군."

「그래. 인간들이 걱정하는 문제도 나만 나가면 해결될 것이다!」

"좋아. 나오게 해 주마. 대신 조건이 있다."

「조건? 감히 산신을 모시는 나에게 조건을 걸겠다고?」

뱀이 사나운 소리를 내며 우물을 기어오르려는 듯 요란을 떨었다. 양야는 뱀의 몸짓을 무시하며 제 용건을 꺼냈다.

"낙양산이면 뇌동산과 가깝겠지?"

「뇌동산은 왜 물어보느냐! 백호선에게 볼 일이 있는 놈이냐? 백호선과 내 주인은 사이가 좋지 않으니 부탁을 하려거든 다른 놈에게……. 아니, 아니다! 나를 꺼내 주면 내가 괜찮은 분을 소개해 주마. 묘은이라고, 백호선을 모시는 분이다!」

양야는 크게 웃음을 터트렸다.

울대뼈가 움직일 때마다 새까만 머리카락이 밤바다처럼 파도쳤고, 붉은 입술에서는 새하얀 연기가 물거품처럼 피어올랐다.

"네가 할 수 있는 일이다, 구렁아. 백호선이 자리를 비우거든 나에게 알려 주면 된다."

「그런 것이라면 어렵지 않지! 내가 태어난 산의 이름을 걸고 맹세하마, 여우 같은 인간! 백호선이 산을 비우면 최대한 빨리 너에게 알려 주겠다!」

"그리고 한 가지 더."

구렁이가 고개를 쳐들었다.

"뇌동산의 정기가 느껴지는 자를 건들지 말아라."

뱀은 쉭쉭거리는 소리만 낼 뿐 대답하지 않았다. 그토록 깨끗한 기운이 느껴지는 인간은 처음이었다. 산으로 데려가 잘 키운다면 종으로 부려먹기 좋을 것이고, 정기를 다 흡수한다면 몸보신을 톡톡히 할 수 있을 것이다. 뱀은 고민하며 혀만 날름거렸다.

오래도록 침묵이 지속되자 양야가 머리를 한쪽으로 넘기며 몸을 기울였다.

곧 하얀 연기가 우물 안에 들어찼다.

뱀은 눈이 따가워 고개를 흔들다가 역정을 내기 위해 고개를 들었다. 그리고 짐승의 눈과 마주쳤다. 그 밑으로 날카로운 이가 드러났다. 갑자기 느껴지는 강한 기운에 뱀이 똬리를 틀고 제 머리를 그

사이에 파묻으며 떨었다.

양야는 아랑곳하지 않고 짐승의 목소리로 사람의 말을 했다.

"뱀은 목만 남아도 며칠을 산다지. 그자를 건들면 네 몸은 산으로 돌아가지 못할 것이다."

「어찌, 어찌 정괴가 이곳에…….」

양야는 대답하지 않고 손가락을 까닥였다. 이내 뱀의 몸이 늘어진 동아줄처럼 떠올라 우물 밖으로 내동댕이쳐졌다.

뱀은 곧장 떠나지 않고 양야의 눈치를 보았다.

양야는 뱀을 차갑게 쳐다봤다. 갑작스럽게 기운을 쓴 탓에 머리가 어지러웠지만 티 내지 않았다. 뱀은 슬그머니 몸을 꼬아 똬리를 틀었다. 그리고 양야의 눈치를 보다가 조심스럽게 말했다.

「제가 건드리지 않아도 요괴들이 냄새를 맡을 것입니다.」

맞는 말이다. 시간이 지날수록 환라에게서 뿜어져 나오는 정기가 많아지고 있다. 요괴들은 맑은 기운보다는 탁한 기운을 좋아하지만 굶주리면 물불을 가리지 않는다. 기운이 강해지면 탐을 낼 것이 분명했다. 묘은도 그리하여 기운을 빼앗기고 노예살이를 하지 않았던가.

양야는 대책을 세워야겠다고 생각하면서도 무심한 목소리를 내었다.

"네놈이 걱정할 일이 아니다, 구렁아. 너는 단지 내 경고를 잊지 않으면 된다."

그는 턱 끝으로 낙양산이 있는 방향을 가리켰다.

「명심하겠습니다.」

구렁이가 새빨간 혓바닥을 날름거리다가 넙죽 인사를 하고 숲 너머로 사라져 버렸다.

양야는 어지러운 머리를 붙잡고 우물에 기댔다. 그리고 한참 곰방대를 피워 대다가 우물 안으로 하얀 숨을 불어넣었다. 동시에 막혔던 수맥이 서서히 흐르기 시작했다. 곧 우물에 물이 차올랐다.

* * *

궐겸은 양야에게 노예의 낙인만 전해 받고 곧장 황궁으로 달려갔다. 안 그래도 노예에 관한 일을 환라에게 알릴 생각이었으니 그것을 빌미로 환라가 궁에 있는지 확인할 참이었다. 그가 비원궁으로 들어가자 문 앞을 지키고 있던 향옥이 눈짓으로 인사했다.

궐겸이 고개를 꾸벅 숙여 인사를 받았다. 잠시 그를 바라보던 향옥이 안을 향해 고했다.

"공주님. 지사 이궐겸 들었사옵니다."

"오늘은 고단하니 내일 찾아오라 이르라."

평소보다 조금 작긴 했으나 안에서 들리는 목소리는 분명 공주의 것이었다.

궐겸은 혼란스러운 눈으로 문을 바라보았다. 이상한 낌새를 눈치챈 향옥이 그를 쳐다보다가 인자하게 웃었다.

"공주님께서 피곤하신 모양이네. 내일 다시 오시게."

"급한 일입니다."

"그럼 더욱이 내일 이야기하는 것이 낫지 않겠나? 자네도 알다시피 몸이 고단하면 자세히 듣기 힘든 법이네."

향옥의 말도 틀린 건 없었다. 하지만 안으로 들어가 직접 공주를 뵙지 않고서는 이 의심을 떨쳐 낼 수 없을 것 같았다. 완곡한 권유에도 궐겸이 망설이자 향옥이 대수롭지 않은 것을 예의상 묻는 사람처럼 말했다.

"혹시 무슨 일이 있었나?"

"……큰일은 아닙니다. 그저 밖에서 공주님과 같은 향을 지닌 사람을 만난 듯하여……."

"향낭의 향을 말하는 것이로군. 유명한 책에 나오는 배합법으로 만든 것이니 같은 향을 쓰는 자가 있어도 이상할 것 없지."

"그렇습니까?"

"황후 폐하께서 그 향낭을 만들 때 내가 직접 거들어 잘 알고 있네."

둘이 이야기를 나누는 사이 문이 열리며 칠각이 나왔다. 동시에 씁쓸한 장미 향이 문틈으로 빠져나왔다. 궐겸은 향을 따라 시선을 돌렸다. 문틈으로 머리를 풀고 침상에 누워 있는 공주가 보였다.

칠각은 궐겸이 한눈을 판 사이에 빠르게 향옥과 눈빛을 교환했다. 그리고 궐겸에게 말을 걸었다.

"공주님께서 두통이 있으시다 하시네. 급한 일이면 내가 대신 전해 드리겠네. 아니면 공주님께서 머리를 올리고 환복하실 때까지 기다리겠나?"

"아닙니다. 내일 다시 찾아오겠습니다."

궐겸은 문을 바라보다 몸을 돌렸다.

궁 밖으로 나왔으나 나환이라는 자에게서 풍기던 익숙한 향이 코끝을 맴도는 듯했다.

'마지막으로 한 번만 더 확인해 보자.'

궐겸은 결국 말머리를 틀어 한월각으로 향했다. 궐겸은 양야, 정위와 함께 이야기를 나누다 나갔으니 나환이라는 자가 구빈촌에 가지 않고 곧장 궁으로 돌아갔다면 궐겸보다 일찍 도착할 수도 있었다.

그렇다면 두통이 있다는 공주님을 억지로 만나는 것보다는 한월각으로 가서 나환이라는 자가 정말로 구빈촌에 갔는지를 확인하는 편이 나았다. 행방을 확인하고 나면 의심이 걷힐 것이다.

'공주님이 여란 낭자를 만나선 안 된다. 아직은 때가 아니야.'

궐겸은 입술을 깨물며 말을 몰았다.

서서히 한월각이 모습을 드러냈다. 궐겸은 말을 멈춰 세우고 안으로 들어갔다. 인부들에게 삯을 나눠 주고 있던 정위가 궐겸을 보며 의아하고도 반가운 표정을 지었다.

"두고 가신 물건이라도 있으십니까?"

"아닙니다. 그저 궁금한 것이 생겨서……. 혹 여란 님 오셨습니까?"

"아직이요. 다과를 준비해 드릴까요?"

"그리해 주십시오."

정위는 궐겸을 앉혀 놓고 흥얼거리며 다과를 준비하러 갔다.

정위가 사라지자마자 궐겸은 대문을 뚫어지게 바라보았다. 얼마 지나지 않아 문이 열렸다. 궐겸은 저도 모르게 마른침을 삼켰다. 하지만 그의 긴장은 오래 유지되지 않았다.

희뿌연 연기가 열린 문틈으로 사람보다 먼저 기어들어 온 탓이었다. 귈겸은 보지 않고도 문 안으로 돌아오는 사람이 양야인 것을 알아차렸다.

"장 객주."

양야가 긴 연기를 내뱉으며 왜 다시 돌아왔느냐는 표정을 지었다. 귈겸은 궁으로 돌아가 공주를 확인하고 왔다는 말을 할 수가 없어 웃음으로 얼버무렸다.

"장 객주께서 밖에 나가는 것은 처음 봅니다."

양야는 웃음기를 얹은 얼굴로 귈겸의 앞에 앉았다.

귈겸의 반대쪽으로 고개를 돌린 양야가 긴 연기를 내뿜었다. 새하얀 연기가 꿈틀거리며 스러졌다.

"란이가 혹 나환 님을 곤란하게 할까 봐 구빈촌에 다녀왔습니다."

"두 분이 같이 계셨습니까?"

양야가 고개를 끄덕였다. 권태롭게 피어오르는 연기를 보던 귈겸이 눈에 띄게 안심하며 긴장을 풀었다. 양야는 맑은 숨을 내뿜어 연기를 흐트러트리고 귈겸의 얼굴을 보았다.

"그 사람을 아십니까?"

"예?"

다른 생각에 빠져 있던 귈겸이 놀라며 되물었다.

양야는 지끈거리는 머리를 누르며 팔꿈치를 세우고 머리를 기댔다. 그 고갯짓에 따라 검은 머리카락이 비단 술처럼 흐트러졌다.

"나환 님 말입니다."

"아는 분인 줄 알았는데, 제가 사람을 착각한 모양입니다."

"누구와 착각하셨습니까?"

"그건 말씀드릴 수가 없습니다."

"흐음……."

양야가 부드럽지만 의미심장한 소리를 냈다.

궐겸이 고개를 돌렸다. 양야의 눈을 마주하자 궐겸은 숨이 턱 막혔다. 까마득한 절벽을 밑에서 올려다보고 있는 느낌이었다. 알 수 없는 위압감에 궐겸은 주먹을 말아 쥐었다. 그의 손가락 사이로 바짓단이 일그러지며 빠져나왔다.

정위가 두 사람의 묘한 대치를 보며 고개를 설레설레 저었다. 그는 다가오며 양야를 가볍게 타박했다.

"또 뭐가 마음에 안 드셨습니까?"

탁자 위에 다과를 내려놓는 가벼운 소리가 침묵을 깨트렸다. 양야는 머리를 쓸어 넘기고 별안간 현관을 바라보았다. 양야를 보고 있던 궐겸도 자연스레 그의 시선을 따라 고개를 돌렸다. 얼마 지나지 않아 여란과 환라가 들어왔다.

"응? 이 지사 아니오? 갔다고 하지 않았소?"

"못다 한 이야기가 생각나 다시 들렀습니다."

여란의 말에 답하면서도 궐겸의 눈은 환라에게 고정되어 있었다. 그는 무언가를 찾는 사람처럼 꼼꼼하게 환라의 얼굴을 살폈다. 환라는 그 시선을 피하지 않았다. 양야는 그런 두 사람을 보며 심기 불편한 미소를 입에 물고 있었다.

세 사람 사이에서 기묘한 기류가 흘렀다.

어설프게 끼어서 눈치를 보던 여란이 게걸음으로 빠져나와 정위에게 다가갔다. 그리고 정위의 옆에 앉으며 왜들 저러냐는 표정을 지었다.

정위는 세 사람을 유심히 바라보다가 엄지는 엄지끼리, 검지는 검지끼리 붙여 삼각형을 만들었다. 그리고 여란을 향해 소리 없이 말했다.

'삼각관계!'

여란이 깨달음을 얻은 사람처럼 작게 숨을 들이마시며 입을 가렸다. 뒤늦게 여란이 앉은 것을 발견한 환라가 걸음을 옮겼다. 일단 움직이면 궐겸의 관심이 사그라들 것으로 생각했다. 하지만 궐겸의 시선은 집요하게 환라의 뒤를 좇아왔다.

곰방대의 재를 털며 그 모습을 지켜보던 양야가 몸을 일으켰다. 그는 자연스럽게 환라와 궐겸의 사이에 끼어들어 시선을 차단했다.

겉으로는 아무런 티가 나지 않았으나 환라는 내심 안심했다. 그녀는 양야에게 고맙다고 눈짓했다. 양야가 요사스럽게 웃으며 환라의 손을 잡았다.

순간, 궐겸의 마음에 벼락이 내리쳤다.

뜨거운 불길이 가슴에 들어차는 거로도 모자라 목구멍까지 올라오는 듯했다. 그의 시선은 이제 환라가 아니라 양야와 맞잡은 손을 향해 있었다. 궐겸은 눈을 깜빡이는 것조차 잊고 그 손을 바라보았다.

'이 투기는 허상이다. 잠시 공주님과 저 남자를 같은 사람이라 착각하였기에 일어난 불길일 뿐이야.'

그렇게 자신을 다독였지만 한 번 일어난 불길은 가라앉을 기미를 보이지 않았다.

궐겸은 고개를 돌렸다.

그러자 양야의 입가에 희미한 미소가 떠올랐다. 그는 기묘한 만족감을 느끼다가 인상을 찌푸렸다. 환심을 사려고 시작한 연기에 지나치게 몰두해 버린 모양이다. 물론 환라가 지닌 뇌동산의 정기를 다른 것들과 나누고 싶지 않은 마음도 컸다. 제 마음을 깨닫자마자 양야가 인상을 찌푸렸다.

'아무리 정기가 궁핍하다지만 사람을 가지고 나눈다 만다 하다니.'

양야가 자괴감에 이마를 짚자 궐겸을 보던 환라가 고개를 돌렸다. 그녀는 양야의 손등 위에 글자를 적었다.

[머리 통증?]

"괜찮습니다."

[휴식.]

자괴감이 무색하게도, 환라의 시선이 닿자 양야는 그 눈을 사로잡고 싶었다. 그는 연기처럼 뿌옇고 희미한 미소를 지으며 환라의 어깨에 이마를 기댔다. 허리가 굽어진 불편한 자세였지만 그는 신경 쓰지 않았다.

물론 소름 돋는다는 듯 몸을 떠는 여란이나, 체한 사람처럼 가슴을 문지르는 정위의 행동도, 다시 불타오르기 시작한 궐겸의 시선도 신경 쓰지 않았다.

그는 오직 이마를 타고 흘러 들어오는 정기에 집중했다.

구렁이를 들어 올릴 때 사용했던 정기는 물론, 인간 세상에 오래 머무르며 잃었던 정기도 조금씩 채워졌다. 잠깐 환라의 시선만 끌 생각이었던 양야는 뱃속을 가득히 채우는 만족감에 고개를 들지 못했다.

그가 한참을 기대 있자 슬슬 주변 반응이 심상치 않아졌다. 정위와 여란, 궐겸이 걱정스러운 눈빛을 주고받았다. 그것을 본 환라가 양야의 손등에 제 손끝을 올려놓았다.

[방?]

"데려다주시겠습니까?"

양야가 환라에게만 겨우 들릴 정도로 작게 속삭였다.

유혹하는 듯한 목소리였으나 환라는 양야가 너무 아픈 나머지 목소리를 낼 힘조차 없는 모양이라고 생각했다. 그녀는 고개를 끄덕이고 양야를 부축하려 했다. 그러자 여란과 정위가 동시에 반응했다.

"어디 가십니까?"

"어디 가시오?"

환라는 손가락으로 계단을 가리켰다. 궐겸이 그녀의 손짓을 이해하고 자리에서 일어났다.

"제가 부축하겠습니다. 장 객주도 공자보다는 저에게 기대시는 게 더 편할 겁니다."

불순한 의도가 있는 것이면 거절하려 했건만, 궐겸의 얼굴에는 순수한 호의밖에 없었다. 양야가 마지못해 고개를 끄덕이자 환라가 자리를 비켰다. 그의 떨떠름한 얼굴을 본 여란이 불쑥 웃음을 터트렸다.

"푸핫! 크, 크흡!"

정위가 그녀의 옆구리를 팔꿈치로 쿡 찔렀다.

여란이 언제 웃었냐는 듯 시치미를 떼고 심각한 척 고개를 끄덕였다. 환라가 양야를 궐겸에게 넘기려 했다. 그 모습을 보며 여란이 아주 작게 속삭였다.

"그러니까 왜 안 하던 여우 짓을 해 가지고는……."

하는 행동이 전부 여우 짓일 수밖에 없는 양야가 듣기에는 억울한 말이었다. 그는 몸을 바로 세우고 머리를 틀어 올렸던 곰방대를 꺼내 약초를 채웠다. 불을 붙이고 몇 모금 들이마신 그는 궐겸을 부드럽게 돌려세웠다.

"약초를 피우니 조금 낫습니다. 신경 쓰지 않으셔도 되겠습니다."

목소리의 절반이 유시(오후 5시)를 알리는 종소리에 묻혔다.

환라가 자리에서 일어났다. 네 사람의 시선이 환라에게로 모여들었다. 그녀는 손가락으로 문을 가리켰다. 그 의미를 알아들은 여란이 냉큼 물었다.

"돌아가야 하오?"

환라는 고개를 끄덕이고 궐겸을 보았다. 우아한 눈매로 둘러싸인 따뜻한 눈동자가 오래도록 궐겸에게 머물렀다. 궐겸의 마음에 다시 묘한 감정이 피어오르려 할 때였다.

환라가 눈을 느리게 깜빡이는 것으로 인사를 대신하고 몸을 돌렸다.

궐겸은 그녀의 뒷모습을 한참 바라보다가 선잠에서 깨어나듯 머리를 털고 양야에게 물었다.

"아까 뭐라 하셨는지 제대로 듣지 못했습니다."

"약초를 피우니 두통이 조금 나아졌다 했습니다. 앉으시죠."

"아, 저는……."

궐겸이 말끝을 흐리며 힐끗 환라가 떠난 자리를 보았다. 사실 공주께 아뢸 것들은 전부 전해 들은 뒤였다. 지금 떠나도 내일 환라를 찾아뵙는 것에는 문제가 없었다. 환라의 뒤를 따를까, 말까 고민하던 궐겸은 문을 향해 반쯤 틀었던 몸을 바로 하고 자리에 앉으며 물었다.

"나환이라는 분과는 어찌 알게 되셨습니까?"

* * *

천장을 가득 메운 연보랏빛 연등 아래에 황후 파영로가 서 있었다. 앞에는 꽃 장식, 향로, 촛대로 장식된 제단이 보였다.

연려황후 소능화의 제단이었다. 그 위에는 소능화의 초상이 걸려 있었다.

관에 꿰어 놓은 옥같이 고운 얼굴, 공작처럼 우아한 눈. 입가에는 부처의 미소를 머금은 여인은 영로를 굽어살피는 듯 눈을 내리깔고 있었다. 그녀의 발밑에는 연등과 꼭 닮은 보랏빛의 연꽃이 활짝 피어 있었다.

그림 속 여인은 마치 이 세상 사람이 아닌 듯했다.

물론 실제로도 이 세상 사람이 아니었다.

영로는 건조한 목소리로 제 의자매인 소능화를 불렀다.

"언니."

하지만 죽은 자는 말이 없는 법. 대답은 돌아오지 않았다. 당연한 사실인데도 영로의 귀에는 고운 목소리가 들리는 듯했다. 영로가 홀로 주저앉아 치욕을 견디고 있을 때 내밀어 주었던, 백목단의 가지처럼 곧고 우아했던 그 손을 당장이라도 잡을 수 있을 것만 같았다.

"언니를 보낸 지 어언 18년이 되었습니다."

향을 태우고 남은 자취가 실처럼 피어올라 초상의 얼굴 앞에서 흩어졌다.

"저를 용서하지 마셨어야 했습니다. 미련하게 자비를 베푸니 이런 꼴이 되신 게 아닙니까."

이른 봄에 찾아오는 추위만큼이나 변덕스러운 목소리였다. 이를 악물며 끌어올린 입꼬리는 미소라기보다는 치받는 악을 억누르는 것에 가까웠다. 기다란 손톱을 손바닥에 박아 넣으며 참는 것이 슬픔인지 분노인지는, 영로 본인조차도 알지 못했다.

그녀는 그저 능화의 초상을 하염없이 올려다보았다.

그러다 걷잡을 수 없는 원망을 참지 못하고 거친 손길로 향을 잡아 뽑았다. 타들어 가는 향을 손아귀에 움켜쥔 채 영로는 초상화를 노려보았다. 그러다 제 분을 이기지 못하고 향을 바닥에 내팽개쳤다.

그녀는 손등에 얼굴을 묻고 거친 숨을 몰아쉬었다. 그 숨소리가 벽에 부딪혀 다시 돌아올 정도로, 사방은 고요했다.

영로는 숨이 막히는 것 같아 주저앉았다. 널따란 소매에 얼굴을 숨겼으나 대상을 잃은 감정은 그녀의 빈 가슴 속에서 광포하게 휘몰아쳤다. 그녀가 괴로움에 가슴을 쥐어뜯고 있을 때, 문밖에서 비단이 스치는 소리가 났다.

영로가 팔을 늘어트리고 문밖을 바라봤다. 창호지 너머로 사람의 그림자가 일렁였다. 영로는 그 그림자를 잘 알고 있었다.

그녀는 성큼성큼 걸어 망설임 없이 문을 벌컥 열었다. 그림자만으로도 알아볼 수 있을 정도로 익숙한 사람, 소능윤이 문을 등지고 서 있었다. 그는 산 너머로 스러져 가는 해를 보다가 고개를 돌렸다.

그의 시선이 제 사촌 누이의 초상에 잠시 닿았다.

하지만 그뿐이었다. 능윤은 죽은 누이에게 꽃이나 향을 바칠 생각은 않고 오롯이 영로만을 바라보며 목화처럼 미소 지었다.

"또 혼자 계셨습니까?"

영로는 다정한 낯을 빤히 보다가 몸을 확 돌렸다. 능윤이 주변을 살핀 뒤 문을 닫았다. 그가 누이의 초상 앞에 다다랐을 즈음 영로는 제단 옆에 딸린 방의 문턱을 막 넘어가고 있었다. 능윤은 제 사촌누이의 초상에 다시 눈길을 두었다가 빈 향로를 보았다.

고개를 숙였다. 타다 만 향이 여기저기 나뒹굴고 있었다.

능윤은 한숨을 삼키며 영로를 따랐다. 그는 휘장조차 없는 침대, 긴 의자, 거울 하나가 고작인 좁고 소박한 방으로 들어섰다. 황후에게는 어울리지 않는 곳이었으나 능화의 제사를 지내러 올 때면 영로는 항상 이 방에 머물렀다. 시종 하나 들이지 않고 말이다.

능윤은 엷은 입 안을 혀로 문지르며 영로를 보았다.

그녀는 기다란 의자 위에 반쯤 누워 눈을 감고 있었다. 높이 올려 화려한 장신구로 고정한 머리가 평소보다 더 무거워 보였다. 능윤은 영로의 머리맡에 섰다. 그리고 말간 눈동자가 천천히 드러나는 것을 바라봤다.

영로가 완전히 눈을 뜰 때 쯤 능윤이 천천히 무릎을 굽혔다. 그는 양 무릎을 세우고 앉아 옷자락을 앞으로 길게 펼쳤다.

"시중은 물리지 마시래도요."

"시끄럽구나."

능윤은 혀끝까지 차오른 말을 한숨과 함께 삼켰다. 더 잔소리해 봤자 귓등으로도 듣지 않을 것이 뻔했다. 그는 입을 다물고 조심스러운 손길로 영로의 머리 장식을 빼내어 제 옷 위에 올려 두었다.

장식이 하나씩 사라질 때마다 검고 풍성한 머리카락이 탐스럽게 흘러내렸다. 비단뱀이 미끄러지는 듯한 소리를 들으며 능윤은 마지막 장식을 빼냈다.

그는 제 옷자락 위에 있는 장식의 개수를 세다가 다시 손을 들었다. 능윤의 손끝이 머리카락 사이를 깊숙이 헤집으며 남은 장식이 없는지 살폈다.

두피를 뭉근히 어루만지는 손길에 날 선 신경이 무뎌졌다.

영로는 몸에 힘을 빼고 눈을 완전히 감았다. 그때 능윤이 작은 장식 하나를 더 빼냈다. 그리고 영로의 얼굴을 살폈다. 평온해 보이는 표정이었다. 능윤의 입가에 애정이 맺혔다. 그는 영로의 짙고 풍성한 머리칼을 그러모아 느슨하게 땋기 시작했다.

영로가 나른한 목소리로 물었다.

"여긴 왜 왔느냐?"

능윤은 제 머리를 묶고 있던 끈을 풀러 다 땋은 영로의 머리카락을 동여매었다.

"박망의가 또 노예를 사들였다 합니다."

"안다."

"그리고 그것을 이궐겸이 눈치챈 듯합니다."

"이궐겸? 공주에게 드나드는 지사 말이냐?"

"맞습니다."

영로가 두껍게 땋은 머리를 옆으로 넘기며 몸을 일으켰다. 능윤은 제 옷가지에 올려놓은 장신구를 정리해 화장대 앞에 내려놓았다. 돌아서자 그를 보고 있던 영로와 눈이 마주쳤다.

능윤은 영로에게 다가가 그녀의 발치에 꿇어앉았다. 그의 시야에 영로의 손이 보였다. 습관처럼 영로의 손을 들어 올리던 능윤은 그녀의 손끝이 작게 움찔거리는 것을 보았다.

능윤은 고개를 들었다. 영로의 눈썹이 미세하게 찌푸려져 있었다. 그는 당장에 영로의 손을 뒤집었다. 영로가 손을 빼냈지만 능윤이 작은 화상 몇 개를 발견한 뒤였다. 그가 사색이 되어 몸을 일으켰다.

"다치셨습니까?"

영로가 손바닥을 뒤집어서 제 무릎 위에 올려놓으며 대수롭지 않게 말했다.

"별것 아니다."

"또 향에 성질을 부리셨습니까."

영로의 미간이 종잇장처럼 구겨졌다. 능윤은 이를 악물었다가 몸을 돌렸다.

"약을 가져오겠습니다."

"별것 아니래도."

영로가 능윤을 붙잡아 세웠다. 돌아선 그의 얼굴은 당장이라도 무너질 것처럼 위태로워 보였다.

영로는 저를 귀애하는 그의 마음이 애달프고 짐스러웠다. 놓아

주지 않으면 눈물이라도 흘릴 기세였기에, 영로는 어쩔 수 없이 손아귀에 힘을 풀었다. 능윤이 나가자마자 영로는 손끝에 관자놀이를 기대며 한숨을 내쉬었다.

오래 지나지 않아 능윤이 약을 들고 들어왔다. 영로는 다시 제 발치에 꿇어앉는 그에게 손을 내밀며 말했다.

"옷이 더러워지니 올라와 앉으렴."

한층 누그러진 목소리였다. 능윤이 영로를 올려다보았다가 영로가 내민 손을 조심스럽게 감싸 들며 고분고분 그녀의 옆에 앉았다.

"이궐겸이라는 자는 만나 보았느냐?"

"예."

능윤은 영로의 고운 손에 난 상처를 보며 마치 자신이 다치기라도 한 것처럼 얼굴을 찡그렸다. 그러면서도 영로가 던진 질문의 본질을 놓치지 않았다.

"청렴하고 강직한 성품이라 합니다. 실제로도 그리 달라 보이진 않았습니다. 그리고……."

"그리고?"

"공주님께 연정을 품은 것 같습니다. ……잘 쓰면 좋은 신하가 될 것입니다."

영로는 말이 없었다. 능윤 또한 말없이 영로의 상처를 유심히 들여다보았다. 약을 바르는 손길은 깃털이 스치는 것처럼 간지럽기만 할 뿐, 영로를 아프게 하지 않았다.

그녀는 집중하는 능윤의 얼굴을 빤히 바라보며 중얼거렸다.

"독이 될 감정을 품었군."

능윤은 아무 소리도 듣지 못한 것처럼 치료를 마쳤다. 그리고 고개를 들어 영로의 눈을 마주하고 보란 듯이 웃어 보였다. 쓸개를 내어 달라고 하면 당장이라도 배를 가를 것 같은 미소였다.

"거슬리신다면 제가 처리하겠습니다."

"되었다."

영로는 다치지 않은 손으로 능윤의 볼을 어루만졌다.

"내가 하마."

* * *

환라는 의자에 앉아 문만 바라보고 있었다. 어제 있었던 일은 모두 전해 들은 뒤였다. 칠각과 향옥의 말대로라면 궐겸은 오늘 다시 올 것이다. 소해가 변명해 놓은 대로 말해야 의심을 피할 수 있다.

'그러고 보니 향기 덕에 알아봤다고 했던가?'

그것을 덕이라 해야 할지 탓이라고 해야 할지는 모르겠지만 말이다. 기쁘고도 곤란한, 미묘한 감정에 환라가 잔잔한 미소를 머금었다. 알아봐 준 것이 고맙긴 하지만 들켜서는 안 될 일이었다. 적어도 지금은 말이다. 환라는 나환으로도 궐겸과 가까워진 뒤에 정체를 밝히고 싶었다.

"칠각아."

"예, 공주님."

"향낭을 두고 다녀야겠다."

"아니 되옵니다."

환라가 여전히 고민하는 듯하자 옆에서 향옥이 거들었다.

"향낭에는 수십 개의 독을 해독할 수 있는 약초가 들어 있습니다. 게다가 공주님께 무슨 일이 생겼을 때 개에게 향낭 냄새를 추적하도록 훈련해 놓았으니 반드시 가지고 계셔야 합니다."

세 사람 사이에 잠시 침묵이 내려앉았다. 환라는 반듯이 앉아 두 사람을 보다가 떠오르는 의문을 소리 내어 말했다.

"그 말인즉, 내가 출궁을 하였을 때 훈련받은 개가 향낭 냄새를 따라오면 비밀 통로의 입구를 발견할 수도 있다는 뜻이로군."

맞는 말이었다. 궁 안에 있는 개가 할 수 있는 것을 궁 밖의 개가 못 하리라는 법은 없었다. 미처 생각하지 못하고 있던 향옥과 칠각이 서로를 마주 보았다. 칠각이 먼저 환라에게 머리를 조아리며 말했다.

"……곧 황후 폐하께서 돌아오시니 외출을 금하심이 어떠하십니까?"

"그럴 수 없다."

환라는 창밖을 보았다. 멀리 높은 담이 보였다. 같은 풍경이지만 환라의 시야에는 전보다 더 많은 것이 보였다. 그녀는 이제 궁 밖의 모습이 어떤지 생생하게 그릴 수 있었다.

"나는 장차 황제 폐하께 위를 이어받아 백성들을 통치해야 한다. 백성들의 삶조차 모르면서 어찌 나라를 통치할 수 있겠는가? 그러니 직접 확인할 것이다."

"하오나 이궐겸처럼 의심을 품는 자가 많아지면 공주님의 신변이 위태로워질 수도 있습니다."

향옥의 말이 옳다. 하지만 환라는 외출을 포기할 수 없었다. 고심하던 차에 그녀의 머릿속에 묘안이 떠올랐다.

"거취를 마련해 놓은 숲 곳곳에 천리향과 백리향을 최대한 많이 심어라. 그러면 잘 훈련받은 개라도 통로의 입구를 찾진 못할 것이다."

"분부대로 하겠습니다."

칠각이 고개를 숙이고 환라의 명령을 이행하기 위해 밖으로 나갔다. 환라는 곧 자리에서 일어나 책상 앞으로 갔다. 많지 않은 양의 두루마리가 책상 위에 쌓여 있었다.

"황후 폐하께서 보시는 상소는 이것이 다인가?"

"아니옵니다."

"나머지는 어디에 있는가?"

"황제 폐하께서 보고 계십니다."

환라가 고개를 돌려 향옥을 보았다. 면포에 가려져 있었으나 그 너머로 놀란 기색이 떠올랐음을 어렵지 않게 눈치챌 수 있었다.

"옥체에 무리가 가지 않도록 좌사정이 돕고 있다고 하옵니다."

"좌사정이라면 소능윤을 말하는 건가?"

"예, 공주님."

"내가 아버지를 며칠간 찾아뵙지 않았던가?"

"오늘로 나흘째이옵니다."

"……오늘은 문안을 드려야겠다."

밖을 돌아다닌다고 병중에 계신 아버지를 잊다니. 환라는 자신의 무심함을 탓하며 항룡궁으로 향했다.

정당을 지나자 2만 명은 거뜬히 들어갈 법한 대정전이 나타났다. 환라는 한참을 걸어 궁 안으로 들어갔다. 수십 개의 문을 지나자 비로소 황제의 침소가 보였다. 환라가 다가가자 환관이 황제에게 공주가 왔음을 알렸다.

"어서 문을 열어라!"

안에서 황제, 이백의 목소리가 들렸다. 동시에 바로 문이 열렸다. 이백은 병색이 완연한 얼굴 위로 반가운 기색을 띠며 침상에서 일어났다. 환라는 환관 대신 제 아버지를 부축했다.

이백이 환라의 손을 꼭 잡으며 의자가 있는 곳으로 천천히 걸었다. 상소를 든 환관이 그 뒤를 따랐다.

환라는 사슴뿔로 만든 의자에 제 아버지를 앉혔다. 몇 발자국 걷지 않았건만 이백의 숨은 거칠어져 있었다. 환라는 걱정스럽게 제 아버지를 보았다. 이백은 괜찮다는 듯 웃어 보였지만 그의 얼굴은 하얗게 질려 있었다.

그는 환라와 마주 보다가 환관을 향해 손을 내저었다.

환관은 허리를 깊게 숙이고 궁인들을 모두 대동해 밖으로 나갔다. 문이 닫히자 이백이 환라와 완전히 마주 앉았다.

"환라야. 오랜만에 얼굴 좀 보자꾸나."

환라는 제 얼굴을 덮고 있던 답답한 면포를 벗었다. 원하던 대로 말간 얼굴을 보았지만 이백의 얼굴에는 기쁨보다는 그리움이 떠올랐다. 환라에게는 익숙한 표정이었다.

유독 단둘이 있을 때 이백은 환라의 얼굴을 보며 그리운 낯을 했다. 그럴 때마다 환라는 이백이 영로를 그리워한다는 생각에 미소를 감출 수 없었다.

"어머니가 그토록 그리우십니까?"

환라가 고개를 숙여 웃는 사이, 이백의 얼굴에는 그들이 스쳐 지나갔다. 그는 쓸개를 입에 문 것처럼 인상을 찌푸리다가 겨우 미소지었다.

"그래. 말로 어찌 표현해야 할지 모를 정도로 그립구나."

"고작 나흘입니다."

환라와 이백의 얼굴에 서로 다른 미소가 어렸다. 이백은 환라가 그 사실을 눈치채기 전에 낯빛을 바꾸며 말을 돌렸다.

"내 탓에 공주도 황후도 고생이 많다."

"그런 말씀 마소서."

이백이 환라의 손을 꼭 잡았다. 환라의 얼굴을 들여다보자 그 위로 환라와 꼭 닮은 여인의 얼굴이 떠올랐다.

목단처럼 웃던 고운 얼굴은 꽃잎처럼 스러지고, 무슨 일이 있더라도 곁에 있겠다고 결심하던 목소리가 멀리서 울리는 종만큼이나 아득해졌다. 이백은 하루라도 빨리 그녀의 곁에 몸을 누이고 싶었다. 피로가 죽음처럼 몰려왔다.

이백은 감기려는 눈을 치켜뜨며 거칠고 커다란 손으로 환라의 손등을 다정히 쓸었다.

"나흘간 무얼 하며 지냈느냐?"

진실을 고할 수 없는 질문이었다.

이백은 환라의 안전에 유난스러울 정도로 예민하였기에 환라가 궁 밖으로 나갔다는 사실을 알면 쓰러지고 말 것이다.

"궁에 별다를 것이 있겠사옵니까."

궁에는 별다를 것이 없어 나갔다 왔다는 말이었다. 속내를 알 길 없는 이백은 만족스럽다는 듯 고개를 끄덕였다. 환라는 미약한 죄 책감이 느껴져 면포로 다시 얼굴을 가렸다.

마침 밖에서 환관의 목소리가 들렸다.

"폐하. 탕약을 드실 시간이옵니다."

이백이 들어오라 이르자 환관이 옥쟁반에 탕약을 들여왔다. 새 하얀 그릇 옆에는 작은 옥춘 몇 개가 놓여 있었다.

이백은 연려황후를 잃은 뒤, 나날이 기력이 쇠약해졌다. 조금만 걸어도 힘이 들었으나 시간이 날 때마다 환라를 만나러 갔다. 어린 딸을 무릎 위에 앉히고 옥춘을 나눠 먹는 것은 이백의 유일한 기쁨 이었다.

그건 환라 역시 마찬가지였다. 환라는 어릴 적을 떠올리며 옥춘 을 가만히 들여다보았다.

이백이 부드러운 소리를 내며 웃었다. 그리고는 환라의 손바닥 에 옥춘 하나를 놓아 주었다.

환라가 생긋 웃으며 옥춘을 입에 넣었다.

"이제 이 아비의 무릎에는 앉지 못하겠구나."

"그래도 옥춘은 먹을 수 있사옵니다."

이백이 커다랗게 웃으며 환라의 손에 옥춘 하나를 더 쥐여 주고 쓰디쓴 탕약을 천천히 마셨다.

환라는 이백이 탕약을 내려놓자마자 옥춘을 내밀었다. 이백이 웃 으며 옥춘을 받아먹었다. 마주 웃던 환라가 고개를 돌렸다. 그녀의 눈에 산더미처럼 쌓인 상소문이 보였다. 자신이 보는 것의 몇 곱절은 되어 보였다.

환라의 시선을 따라 고개를 돌린 이백이 웃음기 어린 목소리를 내었다.

"보고 싶으면 말하라."

"그래도 되겠사옵니까?"

이백이 고개를 끄덕이며 손짓하자 환관이 상소를 쌓아 가져왔다. 환라는 상소를 펼쳐 하나하나씩 읽어 나갔다. 이백은 집중하는 환라를 위해 다시 사람을 물렸다.

혹시나 노예나 빈민에 관한 글이 있을까 기대했지만 그런 것은 보이지 않았다. 환라는 저도 모르게 표정을 굳혔다.

"상소는 이게 다이옵니까?"

"그렇다. 찾는 것이라도 있는가?"

"아닙니다."

환라는 작게 대답하며 상소를 내려놓았다. 면포에 가려 얼굴은 보이지 않았으나 이백은 환라의 기분이 가라앉았음을 느꼈다.

"무슨 근심이라도 있느냐?"

환라는 이백을 보았다. 조금씩 깊어지기 시작한 주름은 병색을 더 짙게 만들었다. 하지만 입가에 맺힌 미소만큼은 평화로웠다. 노예 매매와 굶주린 백성들이 늘어난 것을 알고 있다면 절대 지을 수 없는 표정이었다.

환라는 차마 말할 수 없었다. 안 그래도 좋지 않은 건강이 더 나빠질까 걱정스러웠기 때문이었다.

그녀는 이백에게 알리기 전에 영로와 이야기해 보는 편이 낫겠다고 생각했다.

"상소가 너무 많아 폐하의 건강을 해칠까 염려되옵니다."

"좌사정이 도와주고 있으니 걱정하지 말거라. 그러고 보니 좌사정이 오늘 좀 늦는군."

이백의 말이 끝나기가 무섭게 환관이 밖에서 소리쳤다.

"폐하. 좌사정 소능윤 들었사옵니다."

"호랑이가 따로 없구나."

가벼운 농에 환라가 작게 웃으며 일어나려는 이백을 부축했다. 단상 위에 있는 보좌에 이백을 앉히고, 환라는 단을 내려와 오른편에 앉았다. 그녀가 앉은 것을 확인한 이백이 밖을 향해 들어오라 일렀다.

문이 열렸다. 관복을 입은 능윤이 환라를 빤히 바라보며 안으로 들어왔다. 그러다 황제의 앞에 다다라서야 시선을 돌렸다.

"좌사정 소능윤, 황제 폐하를 뵙사옵니다."

"오늘은 조금 늦었구나."

"송구하옵니다, 폐하. 어젯밤 약암사에 급히 다녀오느라 늦었사옵니다."

약암사는 영로가 연려황후의 제를 지내는 곳이었다.

야밤에 홀로 있는 황후에게 다녀왔다니. 그건 두 사람이 각별한 사이라는 소문을 인정하는 것이나 마찬가지였다. 그것도 황제의 앞에서 말이다. 환라는 당연히 황제가 진노하여 능윤과 황후에게 큰 벌을 내릴 것이라 생각했다.

그녀는 제 어머니를 변호하기 위해 재빨리 몸을 틀었다. 하지만 올려다본 이백의 얼굴은 평온하기 그지없었다.

"노고가 많다."

"황후 폐하를 모시는 것은 제 기쁨이옵니다, 폐하."

'모신다'라는 말이 매우 의미심장하게 들렸다. 단순히 시중을 든다는 뜻은 아닌 것 같았다. 하지만 그런 것 치고는 두 남자의 분위기가 지나치게 화기애애했다. 혼란스러운 것은 환라 혼자뿐이었다.

능윤은 이백의 곁에 서서 국정을 논의하며 상소를 살폈다. 고개를 끄덕이며 칙령서에 옥새를 찍던 이백이 손짓으로 환라를 불렀다.

"환아. 가까이 오너라."

상소가 줄어드는 것도 모를 정도로 넋을 놓고 있던 환라는 그제야 정신을 차리고 이백의 곁으로 갔다.

"기특하게도 공주가 정사에 관심이 많다. 좌사정은 공주가 묻는 것에 자세히 답하라. 환아. 궁금한 것이 생기거든 언제든 물어보거라."

이백이 환라에게 다정히 말했다. 환라는 공손히 대답하고 이백의 옆으로 갔지만 입을 열진 않았다. 궁 밖에 나갔다 온 사실이 드러나지 않도록 조심하기 위해서였다.

대신 그녀는 두 사람의 대화에 귀를 기울였다. 마냥 황제를 찬양할 것이라는 환라의 생각과 달리 능윤은 굶주리는 백성들을 입에 올렸다. 대신들의 악행을 고하는 것에도 거리낌이 없었다.

이백은 그의 이야기를 귀담아듣고 조사가 필요한 것에는 더 조사하라 이르고, 중대한 죄인을 신문하는 것은 영로에게 맡겼다.

"분부대로 거행하겠사옵니다, 폐하."

능윤은 이백을 향해 읍을 하고 밖으로 나갔다. 방에 둘만 남자 이백이 피곤한 음색으로 환라를 불렀다.

"환아."

"예, 폐하."

"침상으로 데려다 다오."

환라는 묵묵히 이백을 부축했다. 하지만 머릿속은 여전히 복잡했다. 이백은 기민하게 제 딸의 기색을 눈치챘다.

"궁금한 것이 생기거든 언제든지 물어보라 하지 않았느냐."

"송구합니다."

"송구할 것 없다. 눈에 넣어도 아프지 않은 너에게 무엇을 숨기겠느냐."

"어머니와 좌사정은······."

차마 제 입으로 부덕의한 관계이냐고 물을 수 없었다. 환라는 이백의 시선을 피하며 입을 다물었다. 이백은 조용히 미소 지었다.

"환아. 나와 부인 사이에는 아주 오랫동안 아이가 없었다."

"부인이라 하심은, 연려황후를 일컫는 것이옵니까?"

환라가 입에 연려황후라는 단어를 올리자마자 이백은 두 눈을 질끈 감았다.

그의 마음은 파도 앞의 모래성처럼 쉽게 무너져 내렸다. 추스를 새도 없이 돌연 기침이 터져 나왔다. 놀란 환라가 환관을 부르려 하자 이백이 환라의 팔에 손을 얹었다. 힘 빠진 손으로 환라를 제 옆에 앉힌 이백이 잔기침을 몇 번 한 뒤에 말을 이었다.

"그래. 짐의 부인은 능화, 그녀뿐이다."

잠시 불편한 침묵이 흘렀다.

"우리는 무려 3년이나 아이가 없었다. 부인의 말에 따라 후궁을 셋이나 들였으나 마찬가지였다. 그러다 동짓달 보름에 태어난 여인과 밤을 보내면 후사가 생길 것이라는 예언을 들었다."

"어머니의 생일이 동짓달 보름이 아니옵니까?"

"맞다. 과인과 황후는 그런 관계이다. 황후는 나라를 위해 많은 것을 포기하고 후궁이 되었지. 그러니 좌사정과 황후의 관계는 부덕의한 것이 아니다. 좌사정을 곁에 두어 황후가 기쁘다면 잘된 일이 아니겠느냐."

아무리 혼인한 자와 연정이 없다 한들, 다른 사람과 정을 나누는 것은 책잡힐 만한 일이었다. 지금은 이백이 눈감아주고 있기에 다들 쉬쉬하지만 이백이 죽고 나서는 일이 어떻게 흘러갈지 모른다.

"탐탁지 않은 표정이구나."

"좌사정이 어머니에게 해가 될 인물일지 아닐지 모르겠습니다."

"괜한 걱정이구나."

"폐하께옵선 그를 믿으십니까?"

"그가 아니라 황후를 믿는다."

부드러운 목소리 끝에 쇳소리가 섞여 나왔다. 이백은 몹시 피곤한 안색으로 눈을 깊게 감았다가 떴다. 그는 저를 보는 환라를 향해 힘겹게 미소 지었다.

"황후는 누군가가 자신에게 해를 끼치게 둘 성정이 못 된다."

맞는 말이었다. 영로가 그렇게 호락호락한 성격이었다면 황후의 자리에 앉지도 못했을 것이다. 환라가 조용히 긍정하는 것을 보며 이백이 몸을 기울였다.

"……쉬고 싶구나."

환라는 몸을 일으켜 이백이 눕는 것을 도왔다. 그리고 이백의 창백한 낯을 눈에 담은 채 밖으로 나왔다.

수십 개의 문을 지나 밖으로 나오자 기다렸다는 듯 능윤과 마주쳤다. 환라는 제 어머니의 정부를 어떻게 대해야 할지 알 수 없었다. 그녀는 자신에게 허리를 숙이는 능윤을 말없이 응시하다 발걸음을 돌렸다.

등 뒤로 노골적인 시선이 따라붙었다. 환라는 뒤돌아보지 않고 곧장 자신의 궁으로 향했다.

비원궁 앞뜰에 들어서니 마중 나온 칠각이 보였다. 칠각은 환라가 보이자마자 다가와 허리를 깊게 숙였다.

"공주님, 지사 이궐겸이 기다리고 있사옵니다."

"바로 만나겠다."

환라는 안으로 들어갔다. 궐겸은 항상 있던 자리에서 창밖을 보고 있었다. 익숙한 풍경이 보이자 긴장과 충격으로 굳어 있던 마음이 조금 풀리는 듯했다. 언제나 그렇듯, 환라의 인기척을 눈치챈 궐겸이 몸을 틀어 인사를 올렸다.

환라는 그에게 인사를 거두라 명하며 자리에 앉았다. 곧 궁인이 차를 내왔다.

"몸은 좀 괜찮으십니까?"

"자고 일어나니 괜찮아졌다. 어제는 무슨 일이 있어 찾아왔는가?"

"궁 밖에서 공주님을 만난 듯하여 찾아뵈었사온데, 저의 착각이 었습니다."

환라가 뭐라 둘러댈 필요도 없이, 궐겸의 의심은 이미 걷힌 뒤였다.

환라는 흡족하게 미소 지으며 면포를 살짝 걷어 차를 마셨다. 궐겸은 환라의 턱 끝을 바라보았다. 붉은 입술이 열리며 찻잔에 닿았다. 궐겸은 얼굴이 뜨거워 고개를 돌렸다. 그는 품에서 필첩을 꺼내 괜히 뒤적이며 딴청을 부렸다.

환라가 찻잔을 내려놓음과 동시에 필첩에 그려 두었던 문양이 궐겸의 눈에 들어왔다. 그는 그제야 자신이 처음 환라를 찾아왔던 이유를 상기해 냈다.

"보여 드릴 게 있습니다."

환라가 궐겸에게 시선을 던졌다. 궐겸은 필첩을 환라 쪽으로 돌려 내밀었다. 종이 위에는 어디서 본 듯한 문양이 그려져 있었다. 환라는 생각이 날 듯 말 듯 하여 그 문양을 자세히 들여다보았다. 순간 어린아이의 몸뚱이에 잔혹한 상처와 함께 새겨져 있던 문양이 머릿속에 떠올랐다.

그 문양이다. 삶으로 변해 사라져 버린 아이의 몸에 새겨져 있던 그 문양이었다. 환라는 벌어지려는 입을 다물고 잠시 침묵하다가 모르는 척 물었다.

"이것이 무엇인가?"

"색노에게 찍는 낙인이옵니다."

"색노라."

목소리에 차분한 노기가 깃들었다. 자신이 잘못한 것도 아니건만 궐겸은 괜히 목이 바싹 말랐다. 그는 미지근해진 차로 입을 축이고 답했다.

"그러하옵니다. 알아본 바로는 최근에도 거래가 있었다고 합니다."

"자세히 말하라."

"노예를 파는 자에게 기별을 넣으면 은밀한 시간에 방문하는 것 같습니다. 그리고 며칠 전, 천으로 가린 커다란 철장이 우상 박망의의 집으로 줄지어 들어가는 것을 목격한 이가 있다고 하옵니다."

"박망의면 어머니의 측근이 아닌가."

"그러하옵니다."

우상은 색노를 들이고 관리들은 빈촌을 내버려 뒀다.

막연히 영로가 몰랐을 뿐이라 변호하던 환라도 의심할 수밖에 없었다. 일개 지사인 궐겸이 노예 매매 사실을 알아챌 정도면 분명 오래되었을 것이다. 혹은 세간의 눈을 신경 쓰지 않아도 될 만큼 대단한 사람이 박망의의 뒤를 봐주고 있거나.

어떤 식으로 생각해도 파영로의 이름은 지워지지 않았다.

제 사람들에게 엄격한 영로가 박망의의 탈선을 눈치채지 못했을 리 없다. 노예 매매가 드러난 이유가 후자라 하더라도 마찬가지였다. 우상의 뒤를 봐줄 만큼 강력한 권력을 가지고 있는 사람은 영로뿐이었다.

'도성에서 자행되는 불법 행위들과 태만이 어머니와 관련되어 있다.'

모든 정황이 그렇게 소리치는 듯했다. 머리로는 알지만 환라는 그 사실을 부정하고 싶었다. 그녀는 제 어머니가 아무것도 모를 것이라고 자신을 다독였다. 그것도 아니면 박망의가 노예 매매를 하지 않았을 수도 있다.

환라는 혼란스러운 숨을 내쉬며 눈을 느리게 깜빡였다. 면포로 가려져 있었지만 궐겸은 그녀의 심기가 불편해졌다는 것을 쉽게 눈치챌 수 있었다.

그는 자신의 경솔함을 탓했다.

영로가 환라를 구속하긴 하나 두 사람의 사이는 꽤 돈독했다. 궐겸은 그 유대가 그저 보여지는 것에 그치는, 대외적인 것이라고만 생각했다. 잔혹하고 냉철한 황후와 관대하고 우아한 성품의 공주는 도무지 어울릴 수 없다고 여겼던 탓이었다.

그는 자신의 경솔함을 다시 한번 탓했다. 그리고 환라의 무거운 마음을 조금이나마 덜어 주고 싶었다.

"어쩌면 그저 소문일지도 모릅니다."

당연히 아니었다. 그는 여란과 양야에게서 삶으로 변해 사라져 버린 소녀에 관한 이야기를 전해 들었다. 박망의의 집에서 실려 나온 시체에 찍혀 있던 문양이 그 소녀에게도 찍혀 있던 것 또한 확인했다. 여란에게서 소녀를 쫓던 자들의 인상착의를 확인받고 그들이 박망의의 아들 박오탁을 따르는 것도 확인하였다.

궐겸은 확신하고 있었다. 박망의는 노예를, 그것도 색노를 제법 여러 번 사들였다. 그러나 그의 입은 정반대의 사실을 읊었다.

"우상이 노예를 사지 않았다면 황후 폐하께서도 모르셨을 수 있습니다."

듣기 좋은 말이었으나 환라의 분위기는 나아지지 않았다. 궐겸은 환라를 바라보다가 이런 입 발린 소리는 자신과 어울리지 않는다는 것을 알아차렸다.

"제가 더 알아보겠습니다."

"믿겠다."

별것 아닌 말에도 궐겸은 환라의 총애를 얻은 것처럼 기뻤다. 그러나 곧 자신의 기쁨이 지나치게 사소한 것이라 부끄러워졌다. 궐겸은 시선을 내리깔고 공손히 답했다.

"예, 공주님."

환라는 차를 마시며 창밖을 보았다. 멀리서 오시(오전 11시)를 알리는 종소리가 들렸다.

'이 시간까지 환궁 행렬이 없는 걸 보면 밤늦게나 돌아오실 모양인가 보군.'

환라는 궐겸을 봤다. 그와 산책이라도 하면서 이야기를 더 나누고 싶지만 어쩌면 오늘이 마지막 외출이 될지도 모른다. 그러니 오늘 나가야 했다. 환라가 일어나자 궐겸도 표정을 갈무리하며 따라 일어났다. 그는 환라가 입을 열기도 전에 그녀의 의중을 알아차렸다. 이야기가 끝나자마자 자신을 보내려는 환라가 내심 야속했지만 그는 감히 티 내지 못했다. 궐겸은 공손히 읍을 하고 그녀의 뜻을 따랐다.

"그럼 이만 물러가 보겠습니다."

환라는 궐겸에게 오늘도 한월각에 가느냐고 묻고 싶은 것을 참으며 고개를 끄덕였다. 귈겸이 나가자마자 환라는 방으로 돌아와 궁인의 옷으로 갈아입었다. 눈치 빠른 향옥은 소해를 부르기 위해 나갔고 칠각은 걱정스러운 얼굴로 환라에게 다가왔다.

"또 출궁하려 하시옵니까?"

"그렇다."

"백성들과 너무 가깝게 어울리진 마소서."

혹여 백성들과 너무 깊이 사귀어 궁을 벗어나고 싶어 하거나 위엄을 잃어버릴까 염려하는 말이었다. 그의 의중을 아는 환라는 며칠 사이에 친해진 얼굴들을 떠올리며 쓰게 웃었다.

"걱정하지 말라. 황후 폐하께서 돌아오시면 지금처럼 자주 나가지 못할 것이다."

칠각이 머리를 조아리는 사이 향옥이 소해가 왔음을 알렸다. 환라는 소해가 들어오기 전에 비밀 통로의 문을 열었다. 칠각이 뒷정리하는 동안 환라는 횃불을 밝히고 칠각이 마련해 둔 처소로 가서 면포를 벗어 던지고 남장을 하였다.

세상이 또렷하게 보여서인지 숨통이 트이는 기분이었다.

그녀는 가볍고도 우아한 걸음으로 숲을 빠져나왔다. 곧 있으면 여란이 국숫집 앞에 있을 시간이었다. 며칠 안 되었는데도 여란을 만나러 가는 길은 몇 년 동안 다닌 길처럼 익숙했다.

'허나 이것도 오늘부로 마지막이다.'

환라는 아쉬움을 느꼈다. 숲을 벗어나 시내로 들어서자 아쉬움은 더 진해졌다. 마음 같아서는 이대로 멀리 떠나고 싶었다. 하지만 그건 어디까지나 아주 작고 충동적인 바람일 뿐이었다.

'나는 제국의 유일한 적통 후계자다.'

환라는 그 사실을 마음에 새기며 걸음을 옮겼다. 멀리서 사람들과 이야기를 나누는 여란이 보였다. 환라가 다가가자 여란이 눈에 띄게 반색하며 환라에게 달려왔다.

"형님! 오늘은 왜 이리 일찍 오셨소?"

여란이 환라에게 어깨동무를 하며 해사하게 미소 지었다.

"물론 싫다는 뜻은 아니오. 일찍 보니 배로 반가워서 그렇소."

환라가 웃으며 고개를 끄덕이다가 우뚝 멈춰 섰다. 한월각으로 향하던 여란도 환라를 따라 걸음을 멈췄다. 환라의 얼굴에 잠시 곤란한 기색이 어렸다. 여란이 글씨를 쓰라는 듯 제 손바닥을 내밀며 물었다.

"무슨 일 있소?"

환라는 그녀의 손바닥에 글을 썼다.

[앞으로 기다리지 말 것.]

"정말 무슨 일 있는 것이오?"

설명할 수 있는 일이 아니었다. 마땅한 핑계도 없었다. 환라는 곤란한 얼굴로 고개를 젓고 다시 여란의 손을 붙잡았다. 그리고 고민하다가 다시 글자를 적었다.

[어머니.]

"형님 어머니와 관련된 일이오? 어머니가 어디 아프시오? 아니면 어머니께 무슨 일이라도 생겼소? 아니면 어머니가 찾아와 형님이 어머니를 모셔야 하오?"

우수수 쏟아지는 질문에 환라는 잠시 정신이 없었지만 침착하게 손가락 네 개를 펴 보였다. 여란이 제시한 예시 중 네 번째 것이 환라의 상황과 그나마 비슷했다.

"위중한 일은 아닌 거, 맞소?"

환라가 고개를 끄덕이자 여란이 그제야 안도의 한숨을 내쉬었다.

"그럼 되었소. 형님 말대로 여기서 기다리지 않을 것이니 나올 일이 생기면 꼭 한월각으로 와 주시오."

여란은 환라가 끄덕이는 것을 보고 다시 걸음을 옮겼다.

두 사람은 한월각에 도착하기도 전에, 골목 어귀에서 곰방대를 물고 서성이는 양야를 발견하였다. 그의 칩거 생활에 대해 잘 모르는 환라는 그저 반가운 얼굴을 했지만 여란은 기절할 것처럼 놀라며 양야에게 달려갔다.

"여기서 뭐 하시오?"

"나환 님이 오실 것 같아 나왔어."

"기다렸다고? 오라버니가? 사람을?"

양야는 경악하는 여란을 내버려 두고 곰방대를 털어 머리를 틀어 올렸다. 그리고 환라의 오른손을 꿰차며 여우 같은 미소를 머금었다.

"안으로 모시겠습니다."

"모셔?"

여란이 믿을 수 없다는 듯 양야의 말을 되풀이하며 두 사람의 뒤를 졸졸 따라갔다.

세 사람이 한월각 안으로 들어가자마자 정렬된 탁자 사이를 돌아다니던 정위가 달려 나왔다. 그는 환라와 여란, 양야를 번갈아 보다가 어이없다는 표정으로 언성을 높였다.

"갑자기 나가 버리셔서 제가 얼마나 놀랐는지 아십니까?"

양야는 한 손으로 정위를 밀어 내고 환라를 안으로 이끌었다. 뒤에서 여란이 작은 목소리로 수군거렸다.

"미친 것 같소."

"제가 보기에도 그렇습니다."

"연심인 것 같소?"

"그렇지 않고서야 저러시겠습니까?"

두 사람의 잡담이 또렷하게 들렸으나 양야는 반박하지 않았다. 그들이 착각하고 있는 게 환라에게 들러붙기 편하리라 판단했기 때문이었다. 그는 모르는 척 계단 쪽으로 환라를 데려갔지만 올라서진 못했다.

환라가 중간쯤에서 멈춰 양야의 손을 들어 올린 탓이었다.

[가야 할 곳이 있음.]

"모셔다드리겠습니다."

[우상의 집.]

양야는 검지 끝으로 제 입술을 문지르며 침음했다. 우상의 집은 한월각과 그리 멀지 않았다. 하지만 그것과는 별개로 양야는 그다지 가고 싶지 않았다. 우상의 집은 주인의 악행으로 인해 사기가 넘쳐흘렀다. 이따금 흐린 비명이 새벽 공기에 섞여 양야의 귓가에 닿기도 했다.

'어찌한담.'

마음 같아서는 못 가게 막고 싶었다. 만약 그녀가 우상과 어울려 맑은 정기를 탁하게 만든다면 그 정기를 마시는 양야도 요괴가 되고 말 것이다.

요괴는 욕망에 눈이 멀어 어리석은 판단을 하며, 힘을 채우기 위해서라면 식인도 마다하지 않는 끔찍한 족속들이었다. 양야는 차라리 죽으면 죽었지 그런 존재가 되고 싶지는 않았다.

"어떤 연유로 그곳에 가려 하십니까?"

[알아볼 것.]

"어떤 것을 알아보려 하십니까?"

환라는 글자를 쓰지 않고 고개를 들었다. 박망의가 진짜 노예를 들였는지 알아보러 가겠다고 하면 왜 그것을 알아보는지, 박망의가 노예를 들인 것은 어찌 알았는지 물어볼 것만 같았다.

'신분을 밝히면 지금처럼 가깝게 지내진 못할 것이다. 나를 불편해하겠지.'

환라는 잠시 고민하다가 삵으로 변했던 아이를 떠올렸다. 거짓말을 하는 건 내키지 않았지만 어쩔 수 없는 일이었다. 환라는 다시 양야의 손등에 글을 썼다.

[삵이 우상 집에 들어감.]

"그 아이가 저번에 보았던 아이라 생각하십니까?"

환라가 고개를 끄덕였다.

[노예. 고발.]

노예가 있으면 고발한다는 것인지, 노예가 있으니 고발하겠다는 것인지, 정확한 의미는 알 수 없었다. 하지만 환라가 친분을 쌓기 위해 박망의를 찾는 것이 아니면 상관없었다.

양야는 야살스럽게 웃으며 몸을 돌렸다. 당장이라도 환라를 끌고 위로 올라갈 것처럼 굴던 양야가 되돌아오자 여란과 정위가 수군거리림을 멈추고 양옆으로 갈라졌다. 양야는 그들을 지나치며 정위에게 말했다.

"말을 준비해 줘."

정위의 눈이 앙큼하게 빛났다. 그는 환라와 양야가 밖으로 나가는 동안 인부에게 귓속말을 속닥거린 뒤 냉큼 그들의 뒤를 따랐다. 여란이 뒤늦게 제 옆으로 온 정위에게 물었다.

"인부에게 뭐라 하였소?"

"뭘 말입니까?"

정위가 시치미를 뚝 뗐다. 여란이 불퉁한 표정으로 수작 부리지 말라는 듯 정위의 옆구리를 쿡 쑤셨다. 정위가 아야야, 하며 엄살을 피웠지만 여란은 보란 듯이 그의 옆구리를 한 번 더 쑤셨다.

"빨리 말해 보시오."

"보시면 압니다."

장난스럽게 키득거리며 정위가 걸음을 빨리했다. 여란은 궁시렁거리며 그의 뒤를 따라갔다.

문을 나서자 나란히 서 있는 양야와 환라가 보였다. 곧 그들 앞으로 인부가 말 한 마리를 끌고 다가왔다. 양야가 정위를 돌아봤다. 악동 같은 미소를 짓고 있던 정위가 환라의 옆으로 가서 능청을 떨었다.

"두 필을 준비해야 하는데 물자를 가져오는 마차에 쓰려고 말을 다 데려가서 남은 건 이 한 놈뿐이라지 뭡니까? 튼튼한 말이니 두 분이 함께 타셔도 괜찮을 겁니다."

마차에 쓰기 위해 말을 대량으로 데려간 것은 사실이지만 한 마리만 남았다는 것은 거짓이었다. 마구간에는 아직 다섯 마리의 말이 남아 있었다. 양야도 알고 있었다. 자신을 골탕 먹이기 위해 말을 한 마리만 꺼내 오라고 속닥거리는 것도 전부 들었다.

하지만 그는 아무런 말도 하지 않았다. 환라와 최대한 가까이, 오래 붙어 있어야 하는 양야로서는 정위의 장난이 달갑기만 했다. 오히려 여란이 화들짝 놀라며 정위의 옷깃을 끌어당겼다.

"미쳤소? 말 하나에 남……, 남자 행색을 한 사람 둘이 딱 붙어서 타다니, 분명 난잡한 소문이 날 것이오."

난잡한 소문이라는 단어에 환라의 시선이 양야에게로 향했다. 저야 이름도 성별도 신분도 가짜이고 오늘이 지나면 언제 또 나올지 모르니 상관없다지만 양야는 제국에서 가장 큰 상단을 운영하는 사람이었다. 안 좋은 소문이 돌면 분명 타격이 있을 것이다.

정위가 아차 하는 표정으로 여란의 손을 털어 냈다. 그가 농이었다고 말하려는 찰나, 양야가 정위의 말문을 막으며 끼어들었다.

"저는 상관없습니다."

"미친……."

여란이 욕설로 감탄했다. 환라는 여란의 욕설을 믿어야 할지 양야의 미소를 믿어야 할지 갈피를 잡을 수 없었다. 그녀는 고민하다가 말고삐를 잡고 올라탔다. 그리고 양야에게 뒤에 타라고 눈짓했다. 양야는 고개를 끄덕이고 정위에게 속삭였다.

"사막 건너에서 온 단과는 네 것이다. 혼자 다 먹거라."

정위는 뛸 듯이 기뻐하며 당장 안으로 뛰어 들어갔다. 순식간에 사라진 정위를 보며 여란은 상황이 어떻게 돌아가는 것인지 알 수가 없었다. 그러거나 말거나 양야는 환라의 뒤에 올라탔다. 그리고 얼빠진 표정의 여란에게 말했다.

"말이 한 필이라 같이 갈 수 없으니 따라오지 말렴."

"어딜 가는지 알려 줘야 따라갈지 말지 결정이라도 하지."

여란은 궁시렁거리다가 환라의 소매를 붙잡았다.

"조금만 기다리면 나도 말을 빌려 오겠소, 형님. 저 음흉한 양반만 데려가지 말고 나도 데려가시오."

양야가 환라를 품에 안듯 손을 뻗어 말고삐를 쥐었다. 폭포처럼 쏟아지는 정기에 가슴이 탁 트이는 것 같았다. 숨을 크게 들이마시며 해방감을 맛보던 양야는 환라가 여란의 손을 들어 올리자 고개를 숙였다. 부드러운 머리카락이 환라의 귓가를 스쳤다.

환라가 흠칫 놀라 움직임을 멈춘 사이 양야가 환라의 귓가에 자그맣게 속삭였다.

"란이는 간혹 정의감이 지나쳐 은밀한 일에는 맞지 않습니다."

환라는 소리가 들리는 쪽으로 고개를 돌렸다.

지척에서 선명한 턱선과 창백하다 싶을 정도로 하얀 피부가 보였다. 붉은 입술이 야릇하게 휘며 환라의 시선을 사로잡았다. 환라는 눈을 깜빡이며 천천히 숨을 내쉬다가 고개를 돌렸다. 그리고 애써 다른 생각을 했다.

'우상이 정말 노예를 소유하고 있는지 확인만 하고 올 것이니 사람이 많을 필요는 없다.'

환라는 여란의 손바닥 위에 노예를 확인하러 간다는 말 대신 다른 것을 적었다.

[곧 돌아옴.]

여란은 양야를 빤히 보다가 의외로 순순히 물러났다.

"알겠소. 내 여기서 정위와 함께 기다리고 있으리다."

그녀의 인사가 끝나자마자 양야가 말을 몰았다. 그는 여란이 들어간 것을 확인하자마자 환라에게 말을 걸었다.

"제게 기대셔도 됩니다."

환라는 고개를 저었다. 안장 앞에 손잡이가 달려서 굳이 기대지 않아도 중심을 잡을 수 있었다. 양야의 눈에도 그것이 보였다. 그는 정위에게 귀한 단과를 내어 준 것을 후회하며 속도를 올렸다.

얼마 지나지 않아 두 사람은 대궐 같은 집에 도착했다. 담은 성인 남자의 키를 훌쩍 넘을 정도로 높았으며, 안으로 들어갈 수 있는 문은 무려 세 개나 되었다.

환라가 먼저 말에서 내렸다. 양야는 근처 나무에 말고삐를 묶어 놓고 환라의 옆에 섰다. 오는 길에 환라에게서 뇌동산의 정기를 충분히 흡수한 덕인지 땅 밑에서 아지랑이처럼 기어 올라오는 사기를 딛고도 그럭저럭 버틸 만했다. 그는 고개를 들어 환라를 봤다. 수심에 잠겨 있는 표정마저 고아하기만 했다. 양야는 그녀의 뺨을 바라보다가 입을 열었다.

"안으로 들어가실 생각입니까?"

환라가 고개를 끄덕이고는 문을 보았다. 정문은 열려 있으나 사람이 지키고 있었고, 쪽문은 하인들이 쉴 없이 드나들어 보는 눈이 많았다. 그나마 뒷문이 가장 인적이 드물었다.

환라와 양야는 사람들의 눈을 피해 뒷문으로 갔다. 워낙 일하는 사람이 많은 곳이라 그런지 드문드문 사람들이 지나다니고 있었다. 어두운 밤이라면 사람들을 피해 안으로 잠입할 수 있었겠지만 유감스럽게도 지금은 훤한 대낮이었다. 게다가 소리 없이 넘기엔 담장이 지나치게 높았다.

'들어갈 방도를 찾아야 한다.'

문 안의 기척에 귀를 기울이고 있던 환라가 들어갈 방법을 의논하기 위해 몸을 돌렸다. 하지만 그녀를 반기는 건 텅 빈 담벼락이었다. 환라는 양야를 찾아 두리번거렸다. 땅으로 꺼졌거나 하늘로 솟은 게 아니라면 사람이 이토록 갑작스럽게 사라질 수는 없는 일이었다.

그녀가 당혹스러움을 감추지 못하고 있을 때, 돌연 뒷문이 덜커덩거리며 열렸다. 열린 문틈으로 양야가 모습을 드러냈다. 그는 매끄럽게 웃으며 환라의 손을 잡아끌었다.

환라가 잰걸음으로 딸려 들어오자 양야가 문을 닫고 벽에 붙었다. 담장의 그림자가 환라와 양야를 덮었다. 그림자에 가려져 있긴 하지만 눈에 안 띌 만한 위치는 아니었다. 설상가상으로 멀리서 하인이 다가오고 있었다. 환라는 발각될 것이라 예상하면서도 벽 쪽으로 더 바짝 붙었다.

하지만 그녀의 예상과 달리 하인은 아무것도 보지 못한 사람처럼 그들을 지나쳐 갔다.

'참으로 신묘한 일이다.'

생각하며 환라가 고개를 돌렸다. 양야가 어린 여우처럼 장난스럽고 요염하게 웃더니 그림자 밑으로 앞서 걸었다. 환라도 그를 따라 걸음을 옮겼다. 가끔 사람과 마주칠 뻔하였지만 그들은 환라와 양야를 미처 발견하지 못한 채 제 갈 길을 갔다. 양야와 환라를 담장의 그림자쯤으로 여기는 것 같았다.

환라는 양야가 무슨 짓을 했다고 생각했다. 눈이 마주치자 양야가 비밀을 알려 줄 것 같은 표정으로 몸을 숙였다. 환라는 양야가 하는 말을 한 음절도 놓치지 않으려는 듯 귀를 기울였다.

"밝은 곳에서는 어두운 곳에 숨어 있는 게 잘 보이지 않습니다."

옳은 말이지만 그건 빛과 어둠이 명확하게 대비될 때의 일이었다. 대낮에 담벼락 밑에 숨어 있는 사람조차 눈치채지 못할 정도로 특별히 둔한 사람들만 환라와 양야의 앞을 지나쳐 간 것이 아니라면 말이다.

환라는 속아 주겠다는 듯 웃다가 멀리서 익숙한 사내 둘을 발견했다.

묘은을 쫓던 사내들이다.

환라의 곧은 손가락이 그들을 가리켰다. 양야가 고개를 끄덕이고 담벼락을 따라 그들에게로 향했다. 지척까지 다가가자 얼핏 말소리가 들렸다.

"젠장. 남장한 홍 씨가 빼 간 걸 어떻게 되찾느냐고."

"곤죽이 되지나 않으면 다행이지."

"하나가 비는 걸 도련님이 눈치채시면 사달이 날 거야. 그럴 바에야 남장한 홍 씨를 잡다가⋯⋯."

"큰일 날 소리! 그 뒤에 누가 있는지 몰라서 하는 말이야? 한월각 때문에 아무도 손을 못 대는 거잖아. 그냥 이참에 도망치는 게 어때?"

"아니면 어디서 비슷한 걸 잡아다가 넣어 놓자고. 도련님이 신경이나 쓰시겠어?"

작당 모의하는 소리가 환라의 귀에까지 들렸다. 그녀는 당장이라도 뛰쳐나가 두 사람의 몸을 오랏줄로 묶고 궐겸에게 넘기고 싶었지만 참았다.

'저 두 놈 말고 더 확실한 증거가 필요하다.'

환라의 생각을 듣기라도 한 듯 낄낄거리던 사내들이 허름한 곳간으로 들어갔다. 이내 안에서 쇠와 쇠가 마찰하는 소리가 소름 끼치게 울렸다.

곳간 안이 다시 잠잠해지자 환라는 주변을 살피며 앞장섰다. 양야는 환라가 놓은 손을 아쉽게 바라보다가 도술로 그녀의 모습을 가려 주었다.

환라는 작은 창으로 곳간 안을 들여다봤다. 두 사내의 모습은 어디에도 보이지 않았다.

'곳간 안에 다른 곳으로 이어진 통로가 있을 것이다.'

환라는 고개를 돌려 양야가 따라오는 것을 확인한 뒤 곳간 안으로 들어갔다. 허름한 외관과 달리 내부는 사람의 손을 탄 것처럼 제법 깔끔했다. 아무렇게 쌓인 물건이나 그 위를 덮고 있는 해진 멍석이 인위적으로 느껴질 정도였다.

환라는 발로 땅을 두드리며 이곳저곳 돌아다녔다. 밑이 비어 있으면 소리가 울리기 마련이다. 환라는 그 소리를 찾고 있었다.

양야는 환라를 보다가 숨을 깊게 들이마셨다. 쌉쌀한 약초와 장미향, 먼지, 지푸라기와 가죽 냄새. 그 가운데에 표면이 닳은 무쇠의 냄새와 이질적인 악취가 섞여 있었다. 양야는 그 냄새를 따라갔다. 모래로 채워 놓은 포대를 치우고, 가죽을 여러 겹 덧대어 두껍게 만든 장막을 걷어 내자 쇠로 된 도르래 장치가 나타났다.

"여깁니다."

환라가 양야에게 다가왔다. 그녀가 멍석 위로 걸어오자 발밑이 다른 소리를 내며 울렸다. 환라는 밑을 보다가 멍석을 벗어났다.

양야가 힘주어 도르래를 돌렸다. 쇠사슬이 비명 같은 소리를 내며 감겼다. 동시에 환라가 지나왔던 바닥이 천천히 밑으로 내려갔다. 그 자리에 계단이 드러나자마자 환라와 양야는 동시에 소매로 코를 막고 인상을 찌푸렸다. 계단에서 흘러나온 독한 냄새가 악귀처럼 허공을 떠다녔다. 구빈촌에서 맡았던 냄새와는 차원이 다른 악취였다.

환라는 안 그래도 몸이 약한 양야가 걱정스러웠다. 아니나 다를까, 양야가 커다랗게 휘청였다.

냄새 때문만은 아니었다. 계단 밑에서 올라온 사기가 우리에서 풀려난 짐승처럼 양야의 살갗을 파고들었다. 양야는 치미는 구토감을 참으며 비틀거렸다. 환라가 재빨리 다가가 그의 몸을 부축했다. 그녀의 향기는 사막에서 찾은 샘물만큼이나 달았다. 그는 갈급한 사람처럼 환라의 목덜미에 얼굴을 묻었다.

여린 살덩이와 뜨거운 숨이 환라의 살결을 간질였다. 환라는 생소한 접촉에 놀라 딱딱하게 굳었다. 하지만 그녀의 감상은 오래가지 않았다.

괴물의 아가리처럼 시꺼멓게 드러난 통로 안에서 비명과 웃음소리가 기괴하게 뒤섞여 흘러나왔기 때문이었다.

환라는 양야를 밀어 내며 계단을 내려다봤다. 가슴에 바위를 올려놓은 것처럼 숨이 무겁고 뻐근했다. 계단으로 향하는 걸음은 평소보다 느렸다. 혼자 가려니 두려웠던 탓이다. 하지만 아픈 사람을 위험한 곳으로 데려갈 수도 없는 노릇이었다. 환라가 걸음을 멈춘 사이 양야의 손끝이 환라의 손가락 사이를 파고들었다. 환라가 뒤늦게 깍지 낀 손을 깨달았다.

환라가 놀란 눈으로 바라보았으나 양야는 손을 놓을 생각이 없었다. 환라가 움직이면 오히려 더 단단하게 움켜쥐었다. 환라는 그의 손을 빤히 내려다보다가 손등에 글을 썼다.

[아래 위험.]

"그러니 함께 가야 합니다."

금방이라도 기절할 것 같더니, 지금은 제법 멀쩡해 보였다. 환라는 그의 얼굴을 유심히 바라보았다. 그녀의 얼굴에서 걱정을 읽은 양야가 안심하라는 듯 미소 지었다.

"몸이 안 좋아 방해될 것 같으면 즉시 나오겠습니다."

방해될 것을 걱정한 건 아니었지만 환라는 일단 고개를 끄덕였다.

계단 앞에 서자 또다시 지독한 악취가 느껴졌다. 환라는 인상을 찌푸리며 계단에 발을 디뎠다. 무게가 실리자 오래된 나무 계단이 소름 끼치는 비명을 내질렀다. 환라는 저도 모르게 걸음을 멈추고 어두운 계단 아래를 바라봤다. 다행이라고 해야 할지, 안은 여전히 소란스러웠다. 아무도 환라와 양야의 침입을 눈치채지 못한 것이다.

환라는 숨을 가다듬고 다시 밑으로 내려갔다. 간간이 삐걱거리는 소리가 났다. 그럴 때마다 환라는 숨을 멈추고 뻣뻣하게 굳었다.

뒤에서 그 모습을 지켜보던 양야가 환라의 손을 고쳐 잡으며 부드러운 목소리를 냈다.

"사특한 것들은 두려움의 냄새를 맡습니다."

환라의 시선이 양야에게 닿았다. 그는 미소를 한가득 머금고 환라를 지나쳐 갔다. 앞장선 그가 환라를 천천히 아래로 이끌었다.

"무슨 일이 생기면 제가 지켜 드리겠습니다."

양야의 온기가 환라의 손바닥을 물들였다. 한기처럼 몰려오던 두려움이 서서히 물러났다.

환라는 양야의 손을 맞잡으며 그를 따라 어둠 속으로 들어갔다.

서서히 짙어지던 어둠이 이내 두 사람을 완전히 둘러쌌다. 보이는 것이라고는 멀리 희미하게 보이는 불빛뿐이었다. 내려가면 내려갈수록 공기가 차갑고 습해졌다. 오물의 지린내와 살이 타는 것 같은 누린내가 축축한 공기에 끈적하게 붙어 있었다. 환라는 역겨움을 참지 못하고 소매로 입을 가렸다. 하지만 독한 냄새는 바늘처럼 천을 뚫고 들어와 기어이 환라의 코를 찔렀다.

"으아아악! 모름…… 살려 주……!"

멀리서 처절한 비명이 들렸다. 끔찍한 소리에 환라의 몸이 굳었다. 계단을 내려오던 몸이 중심을 잃고 휘청거렸다. 양야가 맞잡은 손을 당겨 환라를 품에 안았다. 환라는 반사적으로 양야의 어깨를 손으로 짚어 중심을 잡았다.

지척에서 두 사람의 숨이 뒤엉켰다. 앞이 잘 보이지 않아서인지 허리를 감싼 커다란 손과 넓고 단단한 어깨가 더 선명하게 느껴졌다.

"괜찮으십니까?"

낮게 속삭이는 목소리 또한 마찬가지였다. 숨결이 귓가를 간질이자 심장이 당혹스러울 정도로 거칠게 뛰었다. 환라의 얼굴에서 두려움이 서서히 걷히고 오색 빛의 감정이 떠올랐다. 밤에도 대낮처럼 시야가 밝은 양야의 눈에 그 변화가 선명하게 보였다. 손바닥 밑으로 느껴지는 심장 박동이 꼭 제 것인 것 같았다.

양야는 환라의 몸을 놓아주며 잠긴 목소리로 나지막이 말했다.

"발밑을 조심하셔야 합니다."

환라는 어두워서 안 보인다는 것조차 잊고 고개를 끄덕였다. 두 사람은 다시 천천히 걸었다. 멀리서 사내들의 목소리가 메아리치며 뭉개졌다. 무슨 뜻인지 알아들을 수는 없었다. 안으로 들어갈수록 불빛이 더 가까워졌다. 이제 근처에 있는 것들을 구별할 수 있었다. 환라가 조심스럽게 주변을 살폈다.

양쪽에는 벽 대신 촘촘한 철장이 있었다. 방 대신 감옥이 늘어선 것이었다. 철장 안에서 작게 흐느끼거나 고통스럽게 신음하는 소리가 들렸다.

'사람……'

환라는 차마 생각을 끝맺지 못했다. 철장 안에 있던 아이와 눈이 마주친 탓이었다.

열세 살 정도 되어 보이는 아이는 눈이 마주치자마자 벌벌 떨며 몸을 웅크렸다. 환라의 걸음이 우뚝 멈췄다. 양야가 고개를 돌려 그녀를 보았다. 멀리서는 여전히 비명이 메아리치고 있었다.

환라는 그만 눈을 질끈 감아 버리고 말았다. 처음에는 그저 확인만 하고 나갈 생각이었다. 자신보다는 궐겸이 현장을 잡고 갇힌 이들을 구출해 내는 것이 훨씬 안전하다 여겼기 때문이었다. 하지만 지금은 갇힌 사람들을 구해야 한다는 생각밖에 들지 않았다. 한시라도 빨리 이들을 고통 속에서 꺼내 주어야만 한다는 의무감이 환라를 괴롭혔다.

"공자."

양야가 조심스럽게 환라를 불렀으나 그녀는 여전히 아이를 보고 있었다. 맞잡은 환라의 손에 힘이 들어갔다. 양야는 그녀의 눈에서 강한 열망을 보았다. 옳은 일을 행해야 한다는 열망이었다.

"구하고 싶으십니까?"

환라는 양야에게는 시선조차 주지 않은 채 고개를 끄덕였다. 그는 힐끗 불빛이 있는 곳을 보았다.

"저쪽에서는 고신을 하는 중입니다."

환라가 그제야 고개를 돌렸다. 분노와 경악 그리고 이유 모를 죄책감이 떠올라 있었다. 양야는 그녀의 얼굴을 빤히 바라보다 말을 이었다.

"들어 보니 목적은 없고 단지 심심풀이로 아이를 괴롭히는 것 같습니다."

환라가 이를 악물며 불빛을 노려봤다. 그리고 당장이라도 뛰쳐나갈 것처럼 몸을 돌렸다. 양야는 너무 힘을 주어 새하얗게 질린 환라의 손을 보았다. 그는 골목에서 환라를 기다리고 있을 때 여란이 했던 말을 떠올렸다.

'더는 기다리지 않을 테니 나올 일이 생기면 한월각으로 와 달라고 했던가? 그건 앞으로 환이가 자주 나오지 못할 거라는 뜻이겠지.'

하지만 그에게는 환라가 필요했다. 그것도 매우 자주. 양야는 머리를 굴렸다. 환라의 성격상 도움을 받으면 어떤 식으로든 갚으려 할 것이다.

"원하는 대로 하십시오. 뒷일은 제가 알아서 하겠습니다."

양야가 하는 말을 믿고 싶었으나 환라는 쉽게 움직일 수 없었다. 양야는 비실비실하고 언제 아플지 모른다. 게다가 여기에 잡혀 있는 노예가 몇 명인지, 철장 열쇠가 어디 있는지도 몰랐다.

'모두 구해 낸다고 해도 어떻게 데려 나갈 것인가?'

환라가 망설였다. 순간, 안에서 천둥처럼 비명이 내리꽂혔다. 환라는 정신이 번쩍 들었다.

'백성을 구하는 일이다. 고민할 시간 따윈 없다.'

여차하면 신분을 밝히면 된다. 감히 누가 유일한 적통 후계자의 뜻을 거스르겠는가? 환라는 채찍을 꺼내며 불빛을 향해 빠르게 걸었다. 가까워질수록 사내들의 모습이 또렷하게 보였다. 그곳에는 일전에 환라에게 얻어맞은 사내 둘뿐 아니라 다섯 명의 사내가 더 있었다. 다들 체격이 건장하고 손에 날카로운 무기를 들고 있었다.

그러나 환라의 공포는 분노에 짓눌려 제 기능을 하지 못했다. 환라는 망설이지 않고 문을 열어젖혔다. 사내들의 시선이 일제히 환라에게 쏟아졌다. 은밀한 공간에 낯선 사람이 들어오자 몇몇은 당황하고 다른 몇몇은 검을 뽑았다.

"누구냐?!"

"네, 네놈은!"

처음 보는 남자와 한 번 만난 적 있는 남자가 동시에 외쳤다. 두 남자가 서로를 마주 봤다.

"아는 놈이야?"

"그, 일전에 말씀드린……."

둘이 대화를 나누는 사이, 환라는 채찍을 휘두르며 안으로 들어가 묶여 있는 소년의 뒤로 갔다.

그녀는 남자들의 허리춤을 살폈다. 환라에게 누구냐고 물었던, 수염이 덥수룩한 남자의 허리에 열쇠 꾸러미가 달려 있었다. 환라는 손가락으로 남자의 허리춤을 가리켰다. 그리고 내놓으라는 듯 손을 뻗었다.

"뭐야 이 새끼, 벙어리야?"

모욕적인 언사에 주변 놈들이 낄낄거렸다. 환라의 무예를 아는 삐쩍 마른 사내와 덩치가 큰 사내만이 뒤로 슬금슬금 물러났다. 그러더니 문밖으로 냅다 도망쳐 버렸다.

'밖엔 양야가 있는데.'

환라는 그제야 자신이 혼자 들어왔음을 깨달았다.

'뒤를 봐 준다는 게 도망가는 놈들을 잡아 준다는 뜻인가?'

환라는 고민하면서도 기절해 있는 소년의 밧줄을 풀기 위해 손을 뻗었다. 그러자 덩치 큰 사내가 환라를 향해 도끼를 휘둘렀다.

환라는 재빨리 아이를 옆으로 밀며 몸을 굴렸다. 그 위로 곧장 다섯 개의 검이 날아들었다. 환라는 채찍을 휘둘러 가장 가까이에 서 있는 남자의 검을 빼앗았다. 간신히 위에서 내리치는 네 개의 검을 막았으나 장정 네 명이 위에서 짓누르는 힘을 버티기엔 역부족이었다.

"검을 내려놔라! 그럼 이 아이 목숨만은 살려 주마."

털북숭이 남자가 아이의 머리채를 잡아당겨 머리를 들게 했다. 아이의 입에서 고통스러운 목소리가 흘러나왔다. 위에서 환라를 짓누르던 힘이 느슨해졌다.

환라는 힘을 주어 그 검들을 튕겨 내고 서서히 검을 내려놓았다. 그 자리에 그녀의 목을 노리는 검들이 들어찼다.

* * *

환라를 따라 들어가려는 양야의 귀에 숨이 끊어지는 듯한 소리가 들렸다.

양야는 걸음을 멈추고 고개를 돌렸다. 어둠 속에서도 훤히 볼 수 있는 눈에 발버둥 치는 여자가 보였다. 사기가 뭉쳐 생겨난 이름 모를 잡귀가 여자의 가슴 위에 앉아 목젖을 누르고 있었다. 이대로 두면 일각도 지나지 않아 죽을 게 뻔했다.

'모두 구출해 내지 못하면 환이 상심할 테지. 상심이 너무 커서 어쩌면 집 밖으로 안 나올지도 몰라. 만나지 못하면 곤란한데.'

양야는 환라가 있는 방향으로 청각을 곤두세우며 손을 휘둘러 잡귀를 몰아냈다. 여자의 숨소리가 편안해졌다. 동시에 환라가 들어갔던 문 쪽에서 뛰쳐나오는 소리가 들렸다. 몸을 돌리자 입구를 향해 뛰어오고 있는 남자들이 보였다.

양야는 천천히 움직여 두 사람의 앞을 막아섰다.

"비켜!"

덩치 큰 사내가 양야를 밀어 내려는 듯 팔을 뻗었다. 양야는 무심히 남자의 손을 잡아 돌려 꺾으며 무릎을 꿇렸다. 뒤이어 오던 삐쩍 마른 사내가 우뚝 멈춰 섰다. 안에서 채찍 휘두르는 소리가 났다.

'환이 다치기 전에 들어가야겠어.'

하지만 몸부림치는 사내를 그냥 두고 갈 수는 없는 노릇이었다. 양야가 짧게 고민하는 사이, 삐쩍 마른 남자가 양야를 피해 슬금슬금 움직였다. 순간, 양야의 두 눈이 짐승처럼 번뜩였다.

"으아악!"

삐쩍 마른 사내가 비명을 지르며 횃불을 휘둘렀다.

강한 빛을 마주한 양야의 동공이 수축하며 세로로 길게 찢어졌다. 삐쩍 마른 사내가 뒷걸음질 치다가 그대로 주저앉았다. 커다란 맹수 앞에 목을 내놓고 있는 것처럼 벌벌 떨던 남자는 양야의 기에 짓눌려 이내 실신해 버리고 말았다.

양야는 덩치 큰 남자를 기절시키고 머리카락을 밧줄로 둔갑시켰다. 그는 남자 둘을 한꺼번에 묶었다.

철장 너머에서 증오에 찬 눈빛들이 두 남자를 향해 쏟아졌다. 양야는 손을 휘둘러 잠긴 철장들을 모두 열며 환라가 있는 문으로 걸어갔다.

"이 자들은 너희에게 맡길 것이니, 원한이 있다면 갚거라."

노예로 잡혀 있던 사람들이 굶주린 들개처럼 남자 둘을 덮쳤다. 몸을 강타하는 느낌에 깨어난 남자들이 한 박자 늦게 상황을 파악하고 발버둥 쳤다.

곧 남자들의 목소리가 천장을 뚫을 듯 높게 찢어졌다.

양야는 그 목소리가 환라에게 흘러 들어가지 않게 막으며 손가락을 움직였다. 굴러다니던 돌멩이가 날아와 궐겸에게 보낼 서신이 되고, 지푸라기는 날아와 새가 되었다.

양야는 새에게 서신을 묶어 날려 보내고 방 안으로 들어가며 기운을 쏟아 냈다. 그러자마자 도끼를 들고 있던 털북숭이 남자가 돌연 픽 쓰러졌다.

"대장!"

환라는 남자들이 방심한 틈을 타 몸을 숙여 검을 다시 잡았다. 그녀는 남자들의 정강이를 베어 내며 포위망을 빠져나왔다. 아이에게 다가간 환라가 밧줄을 끊어 내고 고개를 들었다. 눈앞에 언제 들어왔는지 모를 양야가 서 있었다. 그녀는 저도 모르게 비명을 지를 뻔하여 입술을 앙다물었다.

양야가 옅게 미소 지으며 눈만 깜빡이고 있는 환라의 손을 잡았다.

"다치시진 않으셨습니까?"

환라는 고개를 끄덕이며 그만 긴장을 풀고 말았다. 안도하는 그녀의 눈에 한 남자가 비틀거리며 일어나 검을 치켜들고 양야에게 달려드는 것이 보였다.

환라가 양야를 밀쳐 내는 것보다 양야가 환라의 검을 가져가는 것이 더 빨랐다. 양야는 내리치는 남자의 검을 옆으로 흘려보내며 검등으로 남자의 목을 쳐서 기절시켰다. 그는 기절한 남자와 털북숭이를 발로 밀어 내며 환라를 이끌었다. 그러자 다리를 베여 바닥을 뒹굴고 있던 남자들도 주춤주춤 뒤로 물러나며 길을 내어 주었다.

양야는 그 사이로 지나가려다 걸음을 멈췄다. 지상에서 여러 개의 발소리가 들린 탓이었다. 동시에 양야의 손등에 환라가 글을 적었다.

[아이.]

양야가 그제야 작게 감탄하며 환라의 손을 놓아주었다. 환라가 아이를 챙기는 동안 양야는 털북숭이 남자와 한패인 사람들을 전부 기절시켰다. 그리고 환라에게로 가 아이를 받아 들었다.

"갇혀 있던 사람들은 들어오기 전에 전부 풀어 주었습니다."

그의 말이 끝나기가 무섭게 소유(所由:중정대의 하급 관리) 무리가 들이닥쳤다. 환라는 어찌 된 영문인지 몰라 양야를 돌아보았다.

"제가 불렀습니다."

환라는 양야의 말을 이해하기 힘들었다. 중정대를 움직이기 위해서는 황궁으로 들어가야 한다. 거리는 멀지 않으나 황궁에 들어가려면 절차가 까다롭다. 잠깐 사이에 사람들을 모두 풀어 주고 중정대까지 불러왔다는 건 말이 안 된다.

환라는 머릿속에 떠오른 의문들을 양야의 손등 위로 올려놓아야 직성이 풀릴 것 같았다. 하지만 그 기색을 눈치챈 양야가 먼저 손을 움직였다. 그는 의뭉스럽게 웃으며 환라의 손을 잡았다.

"저 남자들은 소유들이 데려가 치료하고 심문할 겁니다."

그의 말이 끝나기 무섭게 소유 중 한 명이 양야가 건네는 아이를 안아 들었다. 너무 갑작스럽게 일어난 일에 환라가 넋을 놓고 있는 사이 양야가 다시 환라의 손을 잡았다.

"빨리 이 지독한 곳에서 나가야겠습니다."

환라는 고개를 끄덕이며 걸음을 옮겼다. 그들은 텅 빈 감옥들을 지나 위로 올라왔다. 창고를 나서자 신선한 공기가 환라의 폐를 가득 채웠다. 환라는 숨을 크게 들이마셨다. 맑은 공기가 반가웠다.

하지만 고막을 때리는 소리는 그다지 반갑지 않았다.

환라는 인상을 찌푸리며 마당으로 들어섰다. 들이닥친 소유들이 박망의와 그의 식솔들을 모두 체포하고 있었다.

"놔라! 내가 누군지 아느냐, 이놈들! 우상의 아들 박오탁이다! 우리 아버지가 이 나라의 우상이시다! 황후 폐하의 최측근이란 말이다!"

한 놈이 유난히 소란을 떨며 발버둥 치고 있었다. 그러거나 말거나 소유들은 그의 몸을 오랏줄로 묶었다. 몸을 비틀며 저항하는 박오탁을 보던 궐겸이 고개를 돌렸다. 환라와 양야를 발견한 궐겸이 두 사람에게 다가왔다. 궐겸은 잠시 환라와 양야가 맞잡은 손에 시선을 두었다 아는 척을 했다.

"장 객주. 나 공자."

환라가 고개를 끄덕여 인사에 답했다. 곧이어 양야가 입을 열었다.

"제때 오셔서 다행입니다."

"새를 보내실 줄은 몰랐습니다. 어떻게 길들이신 겁니까?"

양야는 미소로 대답을 회피했다. 양야가 비밀스러운 사내라는 것은 이미 알고 있었기에, 궐겸은 익숙하게 말을 돌렸다.

"안 그래도 확실한 증거를 찾지 못해 걱정하던 차였는데, 덕분에 한시름 덜었습니다."

"그런 것 치고는 표정이 좋지 않아 보이십니다."

생각만 해도 두통이 이는 듯, 궐겸이 미소 띤 얼굴로 미간을 찌푸렸다.

"……공주님께 이 사실을 어떻게 알려야 할지 모르겠습니다."

공주라는 말이 나오자마자 환라의 맥박이 빨라졌다. 손을 잡고 있던 양야가 그녀의 변화를 알아차리고 고개를 돌렸다. 하지만 그녀의 표정은 맥박과는 달리 평온했다. 양야는 환라의 손을 고쳐 잡으며 물었다.

"이미 말씀하신 것 아니었습니까?"

"실은……. 박망의가 노예를 사들이지 않았을 수도 있다고 했습니다."

환라의 심장이 천천히 느려지고 있었다. 양야는 환라를 보았다. 그녀는 여전히 알 수 없는 무표정으로 궐겸을 보고 있었다. 궐겸은 그녀의 시선을 느끼지 못한 채 착잡한 표정이었다.

"공주님께서 생각보다 파황후와 각별하신 듯하여……. 마음의 짐을 조금이라도 덜어 드리고 싶었습니다."

"박망의가 측근이라고는 하나 황후 폐하께서 모든 것을 알고 있을 수는 없습니다. 그러니 너무 염려치 마십시오."

"저도 그렇게 믿고 싶습니다만……."

궐겸이 말끝을 흐리며 줄줄이 딸려 나오는 범인들을 보았다. 족히 스무 명은 넘을 것 같았다. 구출한 노예도 열 명이 넘었다. 뭐든 확실하고 완벽한 것을 좋아하는 황후가 몰랐다고 하기엔 너무 큰 규모였다.

"꼭 그렇겠다고 장담할 수도 없을 것 같습니다."

"그럼 이제 마음의 결정을 내리신 겁니까?"

갑작스러운 질문에 궐겸과 환라가 동시에 양야를 쳐다보았다.

"란이의 권유 말입니다."

궐겸의 얼굴에 당혹스러운 기색이 어렸다. 그는 잠시 환라를 보았다가 목소리를 낮췄다.

"그건……. 이제껏 벌어진 일들이 황후 폐하의 지시라는 게 확실해지면 결정하겠습니다."

두 사람은 환라가 알아듣지 못할 말을 나누다가 입을 다물어 버렸다. 환라는 여란의 권유가 무엇인지 궁금했다. 양야의 손등에 글을 적었지만 돌아온 건 의뭉스러운 미소뿐이었다. 환라는 고개를 돌려 궐겸을 뚫어지게 바라봤다. 궐겸은 애써 환라에게 시선을 주지 않으려 노력하며 말을 돌렸다.

"그나저나 걱정입니다. 공주님은 심성이 곧은 분이시라 충격이 크실 겁니다."

환라는 씁쓸한 미소를 삼켰다. 영로가 몰랐을 리 없다고 생각하지만 마지막 희망까지 놓아 버린 것은 아니었다. 환라는 영로가 박망의의 일에 어떻게 반응하는지를 볼 생각이었다. 실망과 상심은 그때 가서 해도 늦지 않다. 환라는 마음을 가라앉히고 양야의 손을 놓았다. 그리고 그대로 심각한 표정을 한 궐겸의 손을 들어 올렸다.

고운 손이 닿자 궐겸이 흠칫 놀라 고개를 돌렸다. 다정한 눈이 궐겸을 바라보다가 그의 손으로 향했다. 궐겸이 환라를 따라 자연스럽게 고개를 내리자 그녀가 손바닥에 글을 적었다.

[마음이 곱다. 솔직히 말하면 이해할 것.]

"감사합니다, 공자."

환라가 고개를 끄덕이고 궐겸의 손을 놓았다. 그 모습을 바라보던 양야가 곧바로 환라의 빈손을 꿰찼다.

궐겸은 꼭 맞잡은 두 사람의 손을 보자 다시 마뜩잖은 기분이 들었다. 단순히 사내 둘이 손을 잡고 있어서 드는 기분은 아니었다. 여전히 환라에게 공주의 모습이 보였던 탓이다.

'공주님이 아니다. 공자는 공주님이 아니야.'

그렇게 생각하면서도 궐겸의 시선은 환라에게서 떨어질 줄 몰랐다. 그러자 양야의 목소리가 궐겸의 시선을 끊어 냈다.

"그럼 저희는 이만 한월각으로 가 보겠습니다."

"아! 장 객주. 혹시 갇혀 있던 사람들을 한월각에서 잠시 보호해 주실 수 있겠습니까? 사례는 하겠습니다."

"사례는 됐습니다. 제가 가담한 것이니 책임을 져야지요."

"감사합니다. 먼저 돌아가 계십시오. 간단한 질문 몇 가지만 하고 모두 한월각으로 데리고 가겠습니다."

양야는 고개를 끄덕이고 먼저 몸을 돌렸다. 환라는 궐겸에게 눈짓으로 인사하고 양야를 따라갔다. 두 사람은 들어왔던 곳으로 나왔다. 환라가 먼저 말에 오르고 양야가 그녀의 뒤에 탔다. 오랜만에 정기를 많이 쓴 탓인지 머리가 어지러웠다. 양야는 환라의 어깨에 이마를 기대며 지친 목소리로 부탁했다.

"말을 몰아 주시겠습니까?"

환라가 걱정스러운 마음에 고개를 돌렸다. 하지만 보이는 것이라고는 양야의 길게 풀어 헤쳐진 머리카락뿐이었다.

'머리를 올리고 다니면 얼굴을 더 잘 보일 텐데.'

환라는 저가 왜 아쉬움을 느끼는지도 모른 채 고개를 끄덕였다. 양야는 눈을 감고 숨을 고르게 내쉬었다. 숨소리를 듣고 있던 환라는 양야가 잠이 든 것 같자 천천히 말을 몰았다.

한월각으로 돌아가자 소식을 전해 받은 건지 정위가 나와 있었다. 그는 환라의 허리를 끌어안은 채 눈을 감고 있는 양야를 이리저리 살폈다. 그는 양야가 멀쩡한 것을 확인하고 환라에게 꾸벅 허리를 숙였다.

"비실비실한 객주님을 데리고 고생이 많으셨겠습니다, 환 님. 이럴 줄 알았으면 여란 님께 따라가 보라고 할 걸 그랬습니다."

환라가 웃으며 고개를 저었다. 못 들은 척하고 환라에게 붙어 있던 양야가 천천히 눈을 떴다. 정위가 괜히 헛기침하며 양야에게 내려오라고 손짓했다.

"언제까지 거기 계실 겁니까? 잠은 방에서 주무셔야죠."

양야가 코웃음을 치며 말에서 내려왔다. 그는 여전히 말 위에 있는 환라에게 손을 내밀었다.

"잠시 들어갔다 가시겠습니까?"

환라가 막 고개를 끄덕이며 말에서 내리려 할 때였다.

"황후 폐하 납신다! 길을 비켜라!"

멀리서 황후의 환궁을 알리는 소리가 울려 퍼졌다.

* * *

영로가 돌아왔다는 소식에 능윤은 만사를 제쳐 놓고 입구로 나왔다.

황후의 가마가 대전 앞에 멈춰 서자마자 능윤이 궁인들보다 먼저 움직였다. 그는 가마에서 내리려는 영로에게 손을 뻗었다. 능윤의 손을 잡고 마차에서 내리며, 영로가 말했다.

"오는 길이 시끄럽더구나."

"일이 좀 있었사옵니다."

능윤이 공손히 대답하며 뒤를 보았다. 영로가 손을 휘저어 궁인들을 떨어뜨려 놓고 능윤을 보았다. 능윤이 영로의 곁으로 바짝 다가섰다.

"박오탁이 체포되며 소란을 부렸다, 합니다."

영로의 눈썹이 치미는 짜증을 이기지 못하고 일그러졌다.

"노예가 발각되었다더냐?"

"예, 황후 폐하."

"멍청한 놈."

조소하는 목소리에는 단 한 줌의 걱정도 섞여 있지 않았다. 영로는 차가운 미소를 입에 물고 황제의 거처인 항룡궁으로 들어섰다.

"대중정이 감히 내 측근을 건드렸을 리는 없고, 보나 마나 이궐겸이라는 자의 소행이겠군."

"예. 허가도 없이 들이닥쳤다고 들었습니다."

"노예가 있는 곳은 어찌 알고?"

"그건 모르겠습니다. 공주님과 이야기를 나눈 뒤, 얼마 지나지 않아 소유들을 이끌고 박망의의 집을 습격했다고 합니다."

공주라는 말에 영로의 걸음이 우뚝 멈췄다. 그러자 그녀의 뒤를 따르던 궁인 수십 명도 걸음을 멈췄다. 영로의 심기가 불편해 보이자 주변에 있던 자들은 제대로 숨을 쉴 수조차 없었다.

무거운 정적이 연기처럼 깔리고, 날카로운 눈초리가 비원궁이 있는 방향으로 향했다.

"내가 없는 사이에 공주는 무엇을 하였지?"

"이 지사를 만날 때 빼고는 종일 방에만 계셨습니다."

"방에만 있었다, 라······."

영로가 불길한 계시를 받은 사람처럼 매섭게 몸을 돌렸다. 그러고는 큰 걸음으로 왔던 길을 다시 밟았다.

뒤에 서 있던 궁인들이 영로의 걸음을 따라 물살처럼 갈라지며 무릎을 꿇었다. 영로는 그들이 사이를 성큼성큼 지나 비원궁으로 향했다.

그녀가 문턱을 넘자 비원궁의 궁인들이 사색이 되었다. 영로는 그들에게 시선조차 주지 않은 채 건물 안으로 들어갔다. 긴 복도를 지나고 중문에 다다르자 그 앞을 지키고 서 있는 칠각이 보였다.

칠각이 영로를 향해 읍을 하며 인사를 올렸다.

"황후 폐하를 뵙사옵니다."

"여시오."

영로의 말에 칠각은 심장이 주저앉는 것 같았다.

아직 방 안에서 소해가 나오지 않은 탓이었다. 그 말은, 환라가 돌아오지 않았다는 뜻과 같았다. 칠각은 움직이지 않고 읍을 한 채로 입을 열었다.

"아뢰옵기 황공하오나, 공주님께서는 낮잠을 주무시는 중이옵니다. 나중에 찾아오심이 어떠하십니까?"

영로는 코웃음을 치며 당장에라도 문을 열 것처럼 다가섰다.

그 앞을 칠각이 막아섰다. 태도는 공손하였으나 상전의 앞을 막는 것은 법도에 어긋나는 것이었다. 어찌 보면 모욕이라고도 할 수 있었다. 주변에서 헛숨 들이키는 소리가 들렸다. 능윤도 칠각의 행태가 마음에 들지 않아 인상을 찌푸렸다.

하지만 칠각은 굳건하기만 했다.

영로는 횃불을 켠 듯 형형한 눈으로 칠각을 노려보았다.

"비키시오. 태감에게 무례하게 굴고 싶진 않으니."

"요새 몸이 좋지 않으셔서 밤을 지새우시고 겨우 잠이 드셨습니다. 그러니 나중에 찾아오심이 어떠하시겠습니까?"

영로는 두 번 경고하는 성격이 못되었다. 칠각이 스스로 물러날 때까지 잠시 인내해 주는 것이 그녀가 베풀 수 있는 최선의 호의였다. 칠각도 그 사실을 알고 있었으나 그는 허리를 더 깊게 숙일 뿐, 끝내 비키지 않았다. 영로는 그에게서 눈을 떼지 않으며 입을 열었다.

"윤아."

영로가 이름을 부르자 능윤이 뒤에 서 있는 궁인들에게 말했다.

"끌어내라."

여섯 명의 궁인이 칠각에게 달려들었다. 하지만 한때 대장군이었던 칠각을 끌어내기엔 역부족이었다. 영로는 결국 직접 나서서 그들을 한꺼번에 밀어 냈다. 상전이 밀쳤는데도 물러서지 않는다면 책임을 물을 수밖에 없기에 다른 궁인들은 비켜났다.

하지만 칠각은 그 자리에 그대로 있었다.

영로는 억지로 칠각을 끌어낸 후, 문을 벌컥 열었다. 침상에 옆으로 누워 있는 형상이 보였다.

영로는 붉은 입술을 비틀어 올리며 방을 가로질렀다. 곧 그녀의 손이 거칠게 이불을 들춰냈다. 영로의 예상과 달리 이불 밑에 누워 있는 것은 환라였다. 그녀는 눈을 감고 고른 숨을 내쉬고 있었다. 영로는 환라의 얼굴을 빤히 바라보았다. 얼핏 보면 칠각의 말이 맞는 것 같았다. 하지만 여전히 석연치 않은 구석이 있었다.

영로가 뒤를 돌았다. 문을 닫고 안으로 들어온 칠각이 공손하게 허리를 숙인 채 문 옆에 서 있었다. 영로는 방 안에 아무도 없는 것을 확인하기라도 하듯 둘러보며 물었다.

"유 여사는 어디 있소?"

"옥춘을 가지러 갔습니다."

영로가 찬찬히 방 안을 돌아다녔다. 그녀의 눈길이 병풍 옆에 머물렀다가 환라에게로 돌아왔다.

환라는 영로가 그대로 방을 나가길 바랐다. 하지만 영로는 여전히 넓은 방 안을 돌아다니고 있었다. 그러다 발소리가 우뚝 멈췄다. 환라의 등 뒤로는 식은땀이 흘렀다. 달려오느라 달아올랐던 몸이 빠르게 식은 탓이었다.

정위와 양야에게 인사조차 제대로 하지 못하고 바쁘게 돌아왔건만, 환라가 방에 도착했을 땐 문밖에서 영로와 칠각이 대치하던 중이었다. 그녀는 외출복 위에 침의를 걸치고 무작정 이불을 뒤집어썼다. 병풍 뒤에서 궁인의 옷으로 갈아입은 소해는 영로가 들어오는 소리에 바로 납작 엎드렸다.

어디선가 마른침 삼키는 소리가 들렸다. 소해가 들킬지도 모른다고 생각하니 환라는 눈을 감고 있는데도 눈앞이 아찔하였다.

'차라리 일어나는 척을 해서 어머니의 시선을 돌리는 게 좋겠다.'

마침 영로의 손길이 다정하게 환라의 머리카락을 쓰다듬었다.

환라가 그 손길에 깨어난 척을 하려던 때였다.

영로가 몸을 휙 돌려 궤 위에 올려놓은 장식용 검을 잡았다. 얇은 검날이 검집 안에서 요동치며 빠져나오는 소리가 들렸다.

환라가 몸을 벌떡 일으켰다.

"황후 폐하!"

그녀가 소리쳤지만 영로는 멈추거나 뒤돌아보지 않았다. 검이 공기를 가르는 소리를 내며 병풍을 베어 냈다.

"아아악!"

눈앞에서 번뜩이는 서슬 퍼런 검날에 소해가 비명을 지르며 뒤로 넘어갔다.

"사, 살려……. 폐, 황후 폐하, 살려……."

소해가 숨넘어가는 목소리로 애원했다. 하지만 영로는 당장이라도 소해의 목을 베어 낼 듯 검을 고쳐 쥐며 병풍을 옆으로 밀었다. 나무가 바닥과 부딪치며 딱딱하고 요란한 소리를 냈다. 동시에 환라가 소해의 앞을 막아섰다. 환라의 맨얼굴을 마주한 영로가 목을 길게 빼며 숨을 깊이 들이마셨다.

"일단 면포를 쓰세요, 공주."

"예, 황후 폐하."

환라가 공손하게 대답했다. 그녀가 눈짓하기도 전에 칠각이 면포를 가져왔다. 환라는 그것을 뒤집어쓰고 영로를 보았다. 여전히 차갑긴 하지만 아까만큼 살기가 들끓진 않았다. 하지만 소해는 무릎을 꿇고 앉아 환라의 옷자락을 잡고 벌벌 떨었다.

환라는 치맛단이 흔들리는 것을 느끼며 영로를 보았다. 눈이 마주치자 영로가 숨을 길게 내쉬며 검을 집어 던졌다. 쨍그랑하는 소리와 함께 검이 바닥에 떨어지자 소해가 울음을 터트렸다. 영로가 턱을 치켜들며 검날보다 더 시퍼런 눈으로 소해를 내려다보았다.

"저 궁인이 왜 병풍 뒤에 숨어 있었던 겁니까?"

환라는 황급히 머리를 굴리며 소해를 돌아보았다. 곧바로 영로의 독촉이 이어졌다.

"말해 보세요, 공주."

소해는 모든 것을 포기한 사람처럼 입을 틀어막은 채 굵은 눈물을 뚝뚝 흘렸다. 환라는 몸을 바로 하고 영로의 눈을 똑바로 마주했다.

"제가 황제 폐하께 문안을 드리러 가면서 저 아이에게 방을 청소하라 일렀사옵니다. 돌아왔을 때 없기에 청소를 마치고 방을 나간 줄 알았는데, 병풍 뒤에서 깜빡 잠이 든 모양입니다. 내 말이 맞는가?"

"마, 맞습니다! 공주님 말, 말씀이, 맞습니다!"

소해가 급하게 고개를 끄덕일 때마다 눈물이 아래로 후두둑 떨어졌다. 영로는 아무런 말도 하지 않은 채 환라와 소해를 번갈아 보았다. 그녀의 눈이 두 사람의 얼굴과 골격을 세심하게 비교했다.

"너, 이름이 무엇이냐?"

소해가 황급히 눈물을 닦고 머리를 조아렸다.

"저, 정소해라……. 흡! 하옵니다."

"공주의 얼굴을 보았느냐?"

"못 보았습니다! 못 보았습니다, 황후 폐하!"

"그 말이 사실이어야 할 게다."

"제가, 감히 어느, 어느 안전이라고……. 거짓을……."

소해는 너무 두려워 실금할 것만 같았다. 그녀가 벌벌 떨며 말을 잇지 못하자 환라가 몸을 돌렸다.

"나가도 좋다."

소해의 얼굴이 순식간에 밝아졌다. 그녀는 간이라도 내어 줄 것 같은 표정으로 환라를 보다가 인사하는 것조차 잊고 도망치듯 방을 빠져나갔다. 그러자마자 칠각이 조심스럽게 검을 제자리에 두고 널브러진 병풍의 잔해를 치웠다. 환라는 애써 그쪽으로 시선을 두지 않으려 애쓰며 말했다.

"폐하를 뵙고 오시는 길이시옵니까?"

"공주의 얼굴을 먼저 보고 싶어 왔습니다."

영로가 언제 진노하였냐는 듯 다정한 손길로 환라의 면포를 벗겨 주고 볼을 쓰다듬었다.

"몸이 좋지 않다고 들었습니다. 나는 그만 갈 터이니, 공주는 쉬세요."

"예, 황후 폐하."

영로가 몸을 돌리자 칠각이 문을 열었다.

한 환관이 능윤에게 무언가를 말하고 있었다. 능윤은 곧장 영로에게 다가와 귓속말로 무언가를 알렸다. 환라는 칠각에게 문을 닫지 말라고 손짓하며 돌아가는 환관의 얼굴을 유심히 바라봤다.

'어디서 본 얼굴 같은데.'

눈이 마주치자 환관이 고개를 숙여 인사하고 몸을 돌려 복도 너머로 사라졌다. 환라는 뒤늦게 환관의 얼굴을 떠올렸다.

'아버지께 상소를 가져다주었던 자이다.'

환라가 깨달음을 얻자마자 칠각이 문을 닫았다.

'혹 아버지께 무슨 일이 생긴 것인가?'

십수 명의 발소리가 서서히 멀어졌다. 가만히 서서 그 소리를 듣고 있던 환라가 칠각을 보았다.

"환복하겠다."

"예, 공주님."

칠각이 옷을 준비했다. 환라는 침의의 앞섶을 풀고 침상 위에 아무렇게나 내려 두었다. 그러자 장포가 드러났다. 환라는 허리띠를 풀며 물었다.

"여사는 정말 옥춘을 가지러 갔는가?"

"예. 소해에게 포상으로 줄 것을 챙기러 갔사옵니다. 아마 곧 올 것입니다."

칠각이 대답하며 옷을 가져왔다. 환라는 칠각의 시중을 받아 옷을 갈아입었다.

"나는 폐하께 갈 것이다. 태감은 여사가 올 때까지 이곳에 있어라."

"함께 가겠사옵니다."

"여사가 돌아오면 빈방을 보고 당황하지 않겠는가."

"궁인에게 일러두겠습니다."

환라는 고개를 끄덕이고 비원궁을 나섰다. 그리고 곧장 항룡궁으로 갔다.

대내는 아침과 달리 고요했다. 이백을 만나려 했지만 돌아온 것은 황제가 자리에 계시지 않는다는 말뿐이었다. 어디 있는지 직접 말하진 않았으나 추론해 내는 것은 어렵지 않았다.

'노예로 난리가 났으니 문초를 하고 계실 것이다.'

확신이 서자 환라는 몸을 돌려 중정대로 향했다. 아니나 다를까, 안으로 들어서기 전부터 시끄러운 소리가 들렸다. 환라는 걸음을 빨리했다.

문을 넘자 파리한 안색의 이백과 줄지어 묶여 있는 죄인들이 보였다. 반대쪽 문에서는 영로가 들어오고 있었다. 그 뒤에는 우상 박망의가 있었다. 그의 악랄하고 득의양양한 표정을 보자 환라는 심장이 덜컥 주저앉는 것 같아 걸음을 멈추었다.

"정녕……."

환라가 한탄하며 숨을 내쉬었다. 그녀는 차마 앞으로 벌어질 일을 제 눈으로 확인할 용기가 생기지 않았다.

'만약 어머니께서 우상의 악행을 눈감아 준 것이라면, 백성들의 굶주림을 모른 척한 것이라면, 나는 어찌해야 하는가.'

당연히 군주라면 백성을 위해야 한다. 혈육일지라도 죄를 짓는 자는 엄하게 벌해야 한다. 머리로는 그렇게 생각하나 마음은 선뜻 움직이지 않았다. 환라는 주먹을 꽉 쥔 채 굳었다. 증인들을 한월각으로 데려다주고 귀환하던 궐겸이 환라를 발견하였다.

"공주님."

환라의 손에서 힘이 빠져나갔다. 목소리가 들린 곳으로 고개를 돌렸다.

"이 지사."

"어찌 여기 계십니까?"

"폐하께서 문초하시는 것을 보러 왔다."

"보기 좋은 것이 못 됩니다."

"하지만 배울 것은 많겠지. 어찌 좋은 것만 보고 살 수 있겠는가."

옳은 소리였다. 환라가 나라를 이어받는다면 직접 문초할 일도 분명 생길 것이다. 궐겸은 제 짧은 생각을 탓하며 고개를 조아렸다.

"송구합니다."

"그대는 송구한 것이 많구나."

환라가 면포 밑으로 미소 지었다. 얼굴은 보이지 않으나 목소리에 봄바람처럼 섞인 웃음소리는 고스란히 들렸다. 궐겸이 수줍고 민망하여 고개를 숙였다. 그 모습을 보자 환라는 이상하게 긴장이 풀렸다. 친밀하게 여기는 사람을 만나서인지 아군을 얻은 느낌이었다.

환라는 숨을 한 번 들이켜고 황제에게 다가갔다. 근처에서 상황을 지켜보던 영로가 맞은편에 있는 환라를 발견하였다. 그녀의 눈이 미세하게 찌푸려졌다. 영로는 환라가 이백에게로 향하자 먼저 이백에게 말을 걸었다.

"폐하."

"황후. 오셨소."

이백이 지친 목소리로 말했다. 영로는 건조한 눈으로 그를 내려다보며 입을 열었다.

"폐하께서 직접 죄인을 심문하시다 되레 건강을 해치실까 염려되옵니다."

"제 생각도 같사옵니다."

환라가 다가오며 말했다. 면포 밑으로 착잡한 표정을 지으며, 환라가 이백의 왼쪽에 앉았다. 영로는 자연스럽게 이백의 오른쪽에 자리를 잡았다. 잠시 영로에게 시선을 주었던 환라가 이백의 팔에 손을 얹었다.

"그 무엇도 폐하의 건강보다 귀하진 않습니다. 윤허하신다면 제가 죄인들을 심문하겠습니다."

이백이 기특하다는 듯 환라의 손을 꼭 잡았다. 하지만 허락의 말은 떨어지지 않았다. 옆에서 둘의 모습을 바라보던 영로가 미소를 머금었다.

"공주가 감당하기엔 벅차옵니다, 폐하. 차라리 소신이 심문하겠습니다."

"그래 주시겠소?"

영로의 미소가 짙어졌다.

"폐하와 공주를 위해서라면 뭔들 못 하겠사옵니까?"

영로의 뒤에 서 있던 박망의가 입가를 씰룩거리며 거만한 미소를 삼켰다. 그 얼굴을 마주하자 환라의 근심은 더 깊어졌다.

'이대로 두어선 안 된다.'

환라는 영로의 공정성을 의심했다. 측근인 박망의를 제대로 심문하지 않을 것이라 생각한 것이다. 하지만 지금 황제에게 사실대로 고하면 공개적인 자리에서 어머니를 모욕한 꼴이 되고 만다. 그녀가 곤란한 표정을 짓자 뒤에 서 있던 궐겸이 옆으로 나섰다.

"아뢰옵기 황공하오나, 폐하. 혐의를 받은 박오탁은 우상의 아들이옵니다. 측근인 우상의 일을 황후 폐하께서 문초하시는 것은 형평성에 어긋난다고 사료 되옵니다."

"네놈! 어디 지사 따위가 폐하께 말을 올리느냐!"

박망의가 발끈해 버럭 소리를 질렀다. 궐겸이 말하는 것을 빤히 지켜보던 영로의 입가에 모호한 미소가 떠올랐다. 환라가 영로를 경계하며 궐겸을 뒤로 보내자 영로가 고아한 어조로 박망의를 질책했다.

"우상은 목소리를 낮추시오. 폐하의 앞에서 이 무슨 무례란 말이오."

"크흠! 송구하옵니다."

우상이 방만한 태도로 영로에게 사과하며 뒤로 물러섰다. 이백은 얌전히 고개를 숙인 박망의에게 시선을 주었다가 궐겸을 보았다.

"그대는 누구인가?"

"소신, 중정대의 지사로 있는 이궐겸이라 하옵니다, 폐하."

"지사의 말이 옳다."

황제의 말이 떨어지기가 무섭게 살기 띤 박망의의 눈동자가 궐겸을 노려보았다. 궐겸은 그 사실을 알지 못한 채 황제에게 감사의 인사를 올리기 위해 입을 열었다. 하지만 궐겸보다 먼저 이백이 목소리를 내었다.

"허나 이 일은 공주가 감당하기엔 버거운 것이다. 그러니 황후. 그대가 맡아 주시오."

환라의 눈살이 찌푸려졌다. 더 두고 볼 것도 없었다. 환라는 영로가 모든 것을 알고 묵인했다고 결론지었다. 그러니 영로가 이 일의 심문을 맡아선 안 된다. 이백이 환라의 마음을 읽기라도 한 듯 그녀의 손을 꼭 쥐며 인자한 미소를 머금었다. 그리고 단호한 얼굴로 영로를 보았다.

"단, 내가 보는 앞에서 심문해야 할 것이오."

환라는 마음을 진정시켰다. 황제가 보고 있으면 아무리 황후라 한들 박망의의 편의를 봐 주긴 힘들 것이다. 하지만 영로의 얼굴은 평온하기만 했다.

"그리 하겠습니다, 폐하."

영로는 턱을 치켜들고 죄인이 있는 곳으로 갔다.

이 일과 전혀 관련이 없는 사람 같은 모습이었다. 박망의와 박오탁의 얼굴이 눈에 띄게 환해졌으나 환라는 혼란스러웠다.

'혹시 아버지께서도 다 알고 계셨던 것인가? 아니면 어머니는 이 일과 정말 관련이 없으신 건가?'

환라가 영로의 뒷모습을 보며 생각했다. 그녀가 박오탁과 그 일당들 앞에 서자, 너나 할 것 없이 목소리를 높였다.

"황후 폐하! 억울하옵니다!"

"맞습니다! 그자들은 노예가 아닙니다!"

"이건 모함입니다!"

옆에서 흡족하게 바라보던 박망의가 좌중을 둘러보고는 헛기침을 했다.

"크흠. 조용! 조용히들 하거라! 너희들이 시끄럽게 구니 황후 폐하께서 하문을 못 하시지 않느냐!"

한바탕 호통을 친 박망의가 간사한 낯짝으로 물러섰다.

영로가 오른쪽 입꼬리를 올리며 몸을 돌렸다. 그녀는 궐겸에게 물었다.

"그대가 이번 일을 수사하였다지?"

"예, 황후 폐하."

"나는 막 환궁하여 자세한 내막을 알지 못한다. 이 일이 어찌 된 것인지 설명해 보아라."

궐겸이 환라를 바라보았다. 환라가 미약하게 고개를 끄덕이자 궐겸이 밑으로 내려와 영로 앞에 꿇어앉았다.

궐겸은 영로의 너머로 보이는 이백과 환라를 잠시 바라본 뒤 공손하게 고개를 숙였다. 그리고 박오탁의 죄목과 그간 자신이 모은 증거들, 연루된 자들의 수, 구출해 낸 자들의 수를 간략하게 보고하였다.

이야기를 다 들은 영로가 다시 박오탁을 바라보았다.

"그자들이 노예가 아니라 하였느냐?"

"그러하옵니다, 황후 폐하. 저는 정말 억울합니다."

"그럼 그자들은 왜 우상의 집 지하에 있었던 것이냐?"

"그, 그것이……."

박오탁이 제대로 대답하지 못하자 뒤에 있던 박망의가 혀를 차며 끼어들었다.

"겨울에 밖에서 굶어 죽어 가던 자들을 거둔 것이옵니다. 그런데 남는 방이 없어 지하에 둔 것이옵니다."

환라는 이를 악물었다. 그녀는 당장에라도 내려가 자신이 본 처참한 광경들을 낱낱이 고하고 싶었다. 그녀의 심정을 읽기라도 한 것처럼 궐겸이 박망의의 말을 반박했다.

"거짓이옵니다, 황후 폐하. 구출된 자들의 몸에는 모두 같은 모양의 낙인이 있었사옵니다. 만약 굶어 죽어 가던 이들을 거둔 것뿐이라면 그들 몸에 어찌 같은 문양의 낙인이 있었겠사옵니까?"

궐겸이 옳은 소리를 하자 박오탁이 묶인 몸을 이리저리 뒤흔들었다.

"그 입 닥쳐라! 네가 어느 안전이라고 입을 놀리느냐!"

하지만 궐겸은 말을 멈추지 않았다.

"우상은 굶어 죽어 가던 자들을 거둔 것이라고는 하나 구출된 자들이 있던 곳은 중정대의 지하 감옥보다 못한 곳이었습니다."

"그건……. 그, 노예가 합법일 때 만들어 놓은 것이라 그렇습니다. 부랑자들이 머물 곳이니 비바람만 피하면 되지 않습니까? 시설이 낙후한들 어떠하겠는가 싶어서……."

"입구는 의도적으로 숨겨 놓은 모양새였습니다. 선행을 베푼 것이라면 왜 입구를 숨겼겠사옵니까? 겨울을 버티기 위해 거둔 것이라면 어찌 날이 풀린 뒤에도 그들을 지하에 두었겠사옵니까?"

박망의가 필사적으로 해명하려 했으나 진실을 덮기엔 역부족이었다. 환라는 제대로 흘러가는 추국에 마음이 놓였다. 그녀는 면포를 벗어서 눈짓으로라도 궐겸에게 칭찬을 해 주고 싶었다.

환라의 마음에 만족감이 피어오르는 것과 반대로 영로는 마음이 불편하기만 했다. 그녀는 당혹스러움을 감추지 못하는 박망의를 차갑게 쳐다보았다.

박망의는 혈통과 돈을 제외하고는 잘난 것이 하나도 없는 사내였다. 영로는 애당초 그를 오래 데리고 있을 생각이 없었다. 자신이 언젠가 버려질 패라는 것도 모르는 박망의가 마침 멍청하고 오만하게도 제 권력에 심취해 큰 죄를 저질렀다.

'어찌 버려야 할지 고민이었는데 마침 잘 되었군.'

계산을 마친 영로가 인자한 미소를 띠며 궐겸에게 물었다.

"구출한 자들의 신원은 파악했는가?"

"황후 폐하!"

박망의가 거친 손으로 영로의 몸을 돌려세웠다. 영로는 그의 손
길에 따라 몸을 돌리며 그 반동으로 박망의의 뺨을 내리쳤다. 짝,
하고 살과 살이 맞부딪치는 소리가 크게 울렸다. 갑작스러운 일에
좌중이 침묵에 휩싸였다. 영로는 아랑곳하지 않고 박망의가 잡았던
옷을 손으로 털었다.

"오냐오냐해 주니 눈에 뵈는 것이 없는 모양이구나. 감히 황후의
몸에 손을 대?"

정신을 차린 박망의가 황급히 무릎을 꿇고 앉았다.

"죽을죄를 지었나이다!"

"죽을죄라……"

영로가 입꼬리를 비틀어 올리며 말끝을 흘렸다. 박망의는 제 목
이 벌써 땅에 떨어진 것만 같았다. 영로는 벌벌 떠는 박망의를 내
버려 둔 채 궐겸에게 대답하라는 듯 눈짓했다.

궐겸은 저도 모르게 마른침을 삼키며 식은땀이 난 손을 맞잡았다.

"아직 한 명밖에 파악하지 못하였습니다."

"말하거라."

"중경 외각에 사는 부부에게 딸이 있었는데, 2년 전 누군가에게
납치당했다고 했습니다. 마침 구출자 중 한 명과 인상착의가 비슷
하기에 만나게 하였더니……"

체력이 다 한 이백이 거칠게 기침을 토해 냈다. 궐겸이 이백을
한 번 바라보았다가 빠르게 말을 마쳤다.

"서로 가족임을 알아보았습니다."

"아이를 납치해 노예로 판 것을 우상의 아들이 사들인 것이로군."

박망의는 영로가 두려워 차마 변명하지 못했다. 대신 박오탁이 고래고래 소리를 질렀다.

"이건 모함입니다! 가장 충성스러운 신하를 황후 폐하의 곁에서 떼어 놓으려는, 사악한 무리의 모함입니다!"

"끝까지 인정하지 않는구나."

박오탁은 여전히 모함이라며 소리쳤지만 영로는 그 소리를 허깨비 취급했다.

"폐하께서 미령하시니 문초는 이만 끝내겠다. 자백할 때까지 내가 친히 고신할 것이니 모두 옥에 가두어라."

그녀의 말이 끝나기가 무섭게 병졸들이 나타나 죄인들을 데려갔다. 영로는 가만히 서서 죄인들이 끌려 나가는 것을 보다가 손가락으로 박망의를 가리켰다. 졸병 하나가 박망의의 팔을 꿰어 차고 끌어내려 했다. 그러자 박망의가 몸을 벌떡 일으켜 영로의 발치에 매달렸다.

"살려 주십시오, 황후 폐하. 제가 잘못했습니다, 살려 주십시오!"

영로는 발길질로 그를 떼어 내고 몸을 돌렸다. 환라의 고개가 영로를 향해 있었다. 환라는 인상을 찌푸렸다. 박오탁이야 끝까지 뻔뻔하니 그렇다 쳐도, 박망의가 영로의 발치에 매달려 애원하는 것을 보니 마음이 편치 않았다.

영로는 환라의 마음을 어렵지 않게 알아차렸다.

'심약한 것은 황제를 쏙 빼닮았구나.'

영로는 가볍게 웃고 이백에게로 향했다. 기침하던 이백이 영로를 쳐다보았다. 그녀는 그대로 황제 앞에 꿇어앉았다. 환라가 놀라 영로의 팔을 붙들었다. 영로가 그 손을 부드럽게 밀어 내고 머리를 숙였다.

"황후, 이게 무슨 짓이오?"

"폐하. 가까이 지내는 자의 악행을 알아차리지 못해 백성들에게 해를 끼친 소신을 벌하여 주시옵소서."

"그게 어찌 황후 탓이라 할 수 있겠소. 어서 일어나시오."

"아니옵니다, 폐하. 소신이 정사를 도우면서도 신하를 알아보지 못하였나이다."

"박망의를 우상으로 임명한 것은 과인이오. 그러니 황후의 말대로라면 과인이 벌을 받아야지."

벌하여 달라, 그럴 수 없다, 라는 말이 몇 번을 더 오갔다. 환라는 영로의 태도를 보며 혼란스러웠다. 중정대에 들어설 때만 해도 영로가 박망의의 편이라고 생각했는데 영로는 단지 몰랐던 것처럼 보였다.

'그래. 어머니가 그럴 리 없지.'

환라는 다시 생각을 고쳤다. 그리고 잠시나마 어머니를 의심한 자신을 탓했다. 동시에 가깝게 지내던 자의 아들을 심문하면서도 냉철한 판단력을 보여 준 영로의 모습에 깊이 감격하였다.

환라가 영로에 대한 신뢰를 회복하고 있을 때, 이백이 자리에서 일어났다. 환라는 자연스럽게 이백을 부축했다. 그는 다정히 환라의 손등을 토닥였다.

"환아. 놀랐을 터인데 이만 들어가서 쉬거라."

"그러세요, 공주. 잠을 설쳤다 하지 않았습니까. 폐하는 내가 모시겠습니다."

"잠을 설쳤다니. 무슨 근심이라도 있는 것이냐?"

애정과 걱정이 가득한 두 쌍의 눈이 환라에게로 향했다. 환라는 내심 당황하며 대답했다.

"서책을 읽다 잠을 설친 것뿐이옵니다."

"학문에 정진하는 것도 좋으나 건강부터 돌봐야 한다. 어서 돌아가 낮잠이라도 자려무나."

푹 자고 외출까지 하고 온 환라의 양심이 쿡쿡 쑤셨다. 그리고 이 자리에 계속 남아 있으면 제 양심이 더 아플 것 같았다.

"그리 하겠습니다."

환라가 대답하자마자 영로가 황제를 부축해 먼저 자리를 떴다. 두 사람이 보이지 않을 때가 되어서야 환라가 몸을 돌렸다.

그녀는 귈겸에게 갔다. 그는 이백과 비슷한 표정으로 환라를 보고 있었다.

"잠을 설치셨습니까?"

걱정스러운 질문에 환라가 작게 웃음을 터트렸다. 그리고 이내 부드러운 어조로 말했다.

"걱정할 만한 일이 아니다."

"예, 공주님."

환라가 걸음을 옮기자 귈겸이 자연스럽게 그녀의 옆에서 걸었다. 환라는 귈겸의 얼굴을 보다가 입을 열었다.

"고생이 많았다."

"아닙니다."

"겸손할 필요 없다. 대중정도 해내지 못한 일이 아닌가."

"사실 이 일에 공헌한 자들은 따로 있습니다."

환라가 걸음을 멈추고 궐겸을 보았다. 그녀가 묻기도 전에 궐겸이 입을 열었다.

"나환이라는 귀공자와 한월각의 객주 장양야입니다."

귀공자라는 말에 환라가 입을 꾹 다물었다. 애매한 미소를 짓고 있는 면포 너머의 얼굴을 알 리 없는 궐겸은 심각하기만 했다.

"그 두 사람이 우상의 집으로 들어가 노예로 있던 사람들을 모두 구해 냈습니다. 저는 그저 죄인들을 잡아 왔을 뿐입니다."

"그래도 그대가 죄인들을 잡아 오지 않았다면 그 두 사람도 위험해졌을 것 아닌가."

"그리 말씀해 주시니 몸 둘 바를 모르겠습니다."

궐겸이 공손히 대답했다. 환라는 멈췄던 걸음을 옮기며 입을 열었다.

"그래도 이 지사가 그렇게 말하니, 그 두 사람을 궁으로 불러들여 치하해야겠다."

"그것이……. 어려울 것 같습니다."

환라가 고개를 돌렸다. 의미 없는 행동이었지만 궐겸은 이유를 말해 보라는 뜻으로 이해했다.

"나 공자는 어디에 사는지, 언제 나타날지 모른다고 합니다."

"장양야라는 자는?"

"장 객주는……."

환라는 미소 띤 얼굴로 궐겸의 말을 기다렸다. 이유라고 해 봤자 거창할 건 없었다. 원래 방 밖으로 잘 나오지 않는 사람이라는 대답이나 나올 것이라 생각했다.

하지만 그녀의 예상은 처참히 빗나갔다.

"갇혀 있던 사람들을 구출하고 얼마 지나지 않아 쓰러졌다고 합니다."

4. 검은 여우

환라의 발이 우뚝 멈췄다.

귈겸이 의아한 눈으로 그녀를 돌아보았다. 환라는 심란한 마음을 숨기며 물었다.

"쓰러지다니, 다친 것인가?"

걱정이 혀끝까지 차올랐으나 환라의 목소리는 놀랍도록 차분했다. 덕분에 귈겸은 이상함을 눈치채지 못하고 고개를 저었다.

"외상은 없는데 의식을 잃고 깨어나지 못한다고 합니다."

환라는 한숨을 삼켰다. 도대체 언제부터 몸이 안 좋았던 것인지 가늠해 보려 했지만 정확하게 알 수 없었다. 지하로 내려가기 전에는 당장 쓰러질 것처럼 굴었으나 정작 지하에서는 멀쩡했다. 그러다 일이 끝나자 환라에게 말을 몰아 달라고 할 정도로 기력이 없어 보였다.

'혹 나를 혼자 보내는 것이 걱정되어 괜찮은 척을 했던 것인가?'

죄책감과 걱정에 환라가 인상을 찌푸렸다.

그러다 제 가슴 속에 은밀하게 숨어 있는 기쁨을 발견했다. 사람이 쓰러졌다는 말을 듣고 느낄 만한 감정은 아니었다. 환라는 당황을 숨기기 위해 걸음을 옮겼다.

그녀가 궐겸을 이끌고 비원궁의 문턱을 넘어서려 할 때였다.

"이 지사."

누군가 궐겸을 불렀다. 나란히 걷던 환라가 궐겸과 함께 몸을 돌렸다. 눈이 마주치자 능윤이 환라에게 인사를 올렸다. 그리고 바로 궐겸에게 말을 걸었다.

"황후 폐하께서 물어볼 게 있다고 하시네."

궐겸은 환라를 보았다.

당장 가는 것이 맞지만 환라와 조금이라도 더 함께 있고 싶었다. 아쉬운 표정으로 망설이는 궐겸을 보며 환라는 궐겸이 제 허락을 구한다고 생각했다.

"중대한 일이니 가 보아라."

"……예, 공주님. 물러가겠습니다."

환라는 궐겸과 능윤이 인사를 올리는 것을 보고 안으로 들어왔다. 하지만 평소처럼 서책을 읽거나 상소문을 보아도 집중할 수가 없었다. 양야가 쓰러졌다는 말이 계속 머릿속을 맴돈 탓이었다.

날이 저물고 밤이 깊어졌으나 환라는 좀처럼 침상에 누울 수 없었다. 양야의 상태가 어떤지 염려되어 잠이 오지 않았다. 환라가 그러고 몇 시간을 허비하자 보다 못한 향옥이 다가왔다.

"공주님. 잠이 오지 않으시옵니까?"

환라가 고개를 끄덕였다.

"수면에 좋은 차를 가져오라 이르겠습니다."

"되었다."

환라가 결심한 듯 몸을 일으켰다. 그리고 침의를 벗어 향옥에게 내밀었다. 얼떨결에 침의를 받아 들긴 했으나 향옥은 별안간 환라가 왜 옷을 벗는지 알 수 없었다. 환라가 관을 찾아 머리를 틀어 올리고 나서야 놀란 향옥이 그녀를 말렸다.

"공주님! 이 시간에 나가시려는 것이옵니까?"

"친우가 쓰러졌다는데 어찌 가만히 있을 수 있겠는가."

"이미 자시 반 각(오전 12시)이 지났사옵니다. 혼자 가시기엔 위험합니다."

"어찌 된 것인지, 상태가 어떤지만 확인하고 올 것이다."

"그럼 소해를 불러오겠습니다. 그때까지만 기다려 주시옵소서."

"어머니에게 잔뜩 겁을 먹은 아이다. 아직 하루도 지나지 않았는데 내가 어찌 그 아이에게 공주 노릇을 시키겠는가."

환라는 직접 옷을 찾아 입고 허리에 검을 맸다. 그리고 비밀 통로의 문을 열었다.

"아니 됩니다, 공주님. 아니 됩니다."

향옥이 따라와 말렸지만 환라는 걸음을 멈추지 않았다.

"동이 트기 전에 올 것이다. 여사는 불을 끄고 내가 잠든 것처럼 보이게 하라."

"공주님!"

저를 부르는 소리를 뒤로하고 환라는 기어이 비밀 통로로 내려갔다.

통로는 지하였기에 언제나처럼 어두웠다. 시간을 가늠하기 어려워서인지 특별히 두렵거나 위험하다고 느껴지진 않았다. 그러나 통로의 문을 열자마자 덜컥 걸음이 멈췄다.

우거진 나무 때문인지 숲속은 달빛 한 점 들지 않을 정도로 어두웠다.

환라는 일단 밖으로 나와 문을 닫았다. 그리고 횃불로 붉을 밝히며 말을 묶어 두었던 곳으로 갔다. 다행히 산짐승이 물어 가진 않은 모양인지 말은 나무에 기대어 잠들어 있었다.

'그러고 보니 빌린다는 말도 못 하고 그냥 타고 왔구나.'

이 시간에 갑자기 찾아가는 것은 이상하니 말을 핑계 삼아야겠다고 생각하며 말고삐를 풀 때였다.

그녀의 등 뒤에서 으르렁거리는 소리가 들렸다. 짐승의 성대가 낮고 거칠게 울리는 소리였다. 환라는 횃불을 더 강하게 움켜잡았다.

'짐승은 불을 무서워하니 횃불로 위협하면 괜찮을 것이다.'

애써 두려움을 외면하며 몸을 돌렸다. 횃불을 앞으로 뻗으며 둘러 봤지만 주변은 어둠뿐이었다.

환라는 자신이 잘못 들은 것이라 여기며 한 손으로 다급하게 고삐의 매듭을 풀려고 애썼다. 옆에서 움직임을 느낀 말이 잠에서 깨어나 머리를 털었다.

순간, 지독한 악취가 코를 찔렀다.

그 냄새를 먼저 맡은 말이 두려움에 떨며 발을 굴렀다. 환라는 말의 발길질에 맞지 않기 위해 재빨리 뒤로 물러났다.

"진정하라."

그녀의 목소리에도 말의 발버둥은 점점 심해졌다. 그제야 환라도 악취를 감지했다. 비릿한 썩은 냄새가 숨구멍을 타고 폐로 들어오는 것이 여실히 느껴졌다. 환라는 몸을 돌리며 횃불을 휘둘렀다.

어둠 속에서 안개 같은 것이 스멀스멀 움직이고 있었다.

그것이 흩어지고 뭉칠 때마다 악취가 더 고약해졌다. 팔로 코를 막았으나 그 악취는 단지 후각으로만 느껴지는 것이 아니었다. 피부에 냄새가 오물처럼 들러붙었다. 환라가 옷을 털어 내려 할 때였다.

멀리서 붉은 눈동자 두 개가 번뜩였다.

'저건 단순한 들짐승이 아니다.'

환라는 직감적으로 깨달았다. 심장이 뛰고 숨이 막혔다. 손에 식은땀이 흘렀다. 횃불의 막대가 식은땀에 자꾸만 미끄러졌다.

순간, 검은 안개처럼 일렁이는 것이 짐승의 형태로 뭉쳤다가 다시 흩어졌다. 환라가 보지 않으면 다시 뭉쳐지며 환라에게 다가왔다. 처음보다 훨씬 가까워진 연기를 보며 환라가 마른침을 삼켰다. 그녀는 뒷걸음질 치며 정체 모를 것을 빤히 바라봤다.

등을 보이면 죽을 것이라는 생각과 당장 뒤돌아서 도망쳐야 한다는 생각이 환라의 머리를 어지럽혔다.

'뛰어서 달아나면 금방 잡힐 것이다. 하지만 말을 탄다면⋯⋯.'

환라는 희망을 품고 말이 있는 쪽을 보았다. 그러나 말은 이미 게거품을 물고 쓰러져 있었다. 기절한 것인지 죽은 것인지는 확실하지 않지만 타고 달아날 수 없다는 것은 확실했다.

'맞서야 한다.'

하지만 검과 횃불을 동시에 들고 싸울 수는 없었다. 환라는 자신이 서 있는 곳을 가늠했다. 칠각이 마련해 둔 거처가 멀지 않은 곳에 있었다.

시꺼먼 연기처럼 흔들리는 짐승을 정면으로 응시하며, 환라는 천천히 뒷걸음질 쳤다. 그리고 어느 정도 거리가 벌어졌을 때 재빨리 몸을 돌려 달렸다.

발이 땅을 박찼다.

악취가 뒤섞인 차가운 공기가 뺨에 부딪쳤다.

숨이 차올랐다. 짐승의 울음소리가 지척에서 들렸다. 하지만 발을 멈출 순 없었다.

'빨리, 조금만 더 빨리!'

횃불에 윤곽이 보일 정도로 거처가 가까워졌다.

환라가 더 속도를 올리려는 찰나, 단단한 돌부리가 그녀의 발끝에 걸렸다. 환라의 몸이 중심을 잃었다. 넘어진 그녀의 몸 위로 순식간에 악취가 덮쳤다.

환라는 그대로 몸을 옆으로 굴렸다. 횃불은 흙 위를 구른 탓에 꺼져 버렸다. 나무가 드문 곳이라 희미하게 달빛이 들어오긴 했으나 사물을 분간하긴 무리였다.

그녀는 검을 빼 들었다.

눈앞에 검은 연기가 흩어졌다 뭉쳤다. 그 사이로 새빨간 눈동자가 보였다.

"크르릉."

짐승의 울음은 마치 번개가 내리꽂힐 것을 경고하는 소리 같았다. 넘어진 몸을 일으킬 시간은 없었다.

짐승이 아가리를 벌리며 달려들었다. 환라는 눈을 똑바로 뜨고 짐승의 아가리를 향해 검을 세웠다.

순간, 그녀의 머리 위로 집채만 한 그림자가 덮쳤다. 환라는 눈을 크게 뜨며 고개를 들었다. 커다란 검은 여우가 환라의 머리 위를 날아 악취를 풍기는 짐승의 목덜미를 물었다.

여우가 크게 머리를 흔들자 정체 모를 짐승이 천둥소리를 내며 급사하여 연기로 흩어졌다.

저를 위협하던 짐승이 사라졌으나 환라는 마음을 놓을 수 없었다. 집채만 한 여우가 저를 잡아먹기 위해 괴물을 내쫓은 것일 수도 있다는 생각 때문이었다.

여우가 뒤를 돌았다. 환라는 여우에게 검을 겨눈 채로 천천히 일어났다. 여우가 환라를 향해 앞발을 내디뎠다. 환라가 드물게 주춤거리며 뒤로 물러섰다.

"멈춰라. 더 다가오면 벨 것이다."

그녀의 목소리에 여우가 귀를 뒤로 홱 젖히며 놀란 표정을 지었다. 하지만 겁에 질린 환라는 그 표정을 알아차리지 못했다. 환라는 여전히 뒤로 물러나는 중이었다. 그녀의 두 눈에 가득 담긴 공포가 여우에게도 여실히 전해졌다.

"끼잉."

여우가 앓는 소리를 내며 커다란 몸뚱이를 별안간 발랑 뒤집었다.

하지만 환라의 경계는 여전했다. 여우는 어떻게 해서든 환라의 두려움을 덜어 주고 싶었다.

그는 몸을 바로 세웠다가 바닥에 납작 엎드려 목덜미를 훤히 드러냈다. 낑낑 울며 온갖 아양을 떨어 대자 환라의 검이 살짝 아래로 처졌다. 그녀는 잠시 망설이는가 싶더니 서서히 손을 뻗었다. 여우가 그녀의 손바닥에 촉촉하고 차가운 코를 툭 가져다 댔다. 처음 느껴 보는 감촉에 깜짝 놀란 환라가 손을 거둬들였다.

"만지지 말라는 뜻인가?"

여우가 고개를 젓고 환라에게 머리를 들이밀었다. 그녀의 손에 아직 흉기가 있음에도 망설임 없이 제 머리를 내어 준 것이다.

환라는 그제야 검을 집어넣었다. 여우의 꼬리를 마구 흔들렸다. 그러자 거대한 흙먼지가 일어났다. 환라가 고개를 돌리며 기침을 하자 여우가 움찔하며 꼬리를 멈추고 몸을 바로 세웠다. 기침을 하던 환라가 여우의 표정을 보고 작게 웃음을 터트렸다. 짐승의 얼굴에 표정이 보이는 게 신기해 빤히 바라보자 여우가 귀를 쫑긋거리다가 다시 몸을 낮췄다.

"사람의 말을 알아듣다니 영물이로다."

환라가 풍성하고 부드러운 털을 쓰다듬자 여우의 크기가 점점 작아졌다. 갑작스러운 변화에 환라가 손을 떼며 물러났다. 어느새 들고양이만큼 작아진 여우가 환라의 발등에 등을 비비며 애교를 부렸다.

환라가 웃음을 터트리며 여우를 안아 들었다. 여우는 사람의 손을 많이 타 본 짐승처럼 편하게 자리를 잡았다. 그리고 환라가 목덜미를 긁어 줄 때마다 고양이 같은 울음소리를 내며 꼬리를 살랑거렸다.

"나는 친우의 건강을 살피러 가야 한다. 나를 지켜 주겠는가?"

여우가 깽깽거리며 환라의 손바닥에 턱을 비볐다. 환라는 여우를 안고 왔던 길을 돌아갔다. 말은 여전히 게거품을 문 채였다.

환라는 여우를 내려놓고 말에게 다가갔다. 숨이 끊어진 게 아니길 바랐지만 말의 숨은 이미 멈춘 지 오래였다. 환라가 곤란한 표정을 하자 여우가 그녀의 옷깃을 두어 번 물어 당기더니 호랑이만한 크기로 변했다. 그리고 바닥에 납작 엎드렸다.

"타라는 것인가?"

환라의 물음에 여우가 고개를 끄덕였다. 환라는 여우의 목덜미를 쓰다듬었다.

"내 반드시 치하하겠다."

여우가 웃음과 비슷한 소리를 냈다. 환라도 낮은 웃음을 흘리며 여우의 몸에 올라탔다.

환라가 목을 끌어안자 여우가 숲길을 날렵하게 내달렸다. 환라는 부드러운 여우 털에 얼굴을 묻었다. 신기하게도 짐승의 냄새가 나지 않았다. 오히려 제법 좋은 향이 났다. 게다가 어떻게 달리는 것인지 흔들림도 거의 느껴지지 않았다.

여우는 사람의 눈을 피해 한월각의 문 앞에서 멈춰 섰다. 환라가 놀라워하며 여우에게 물었다.

"내가 여기에 오려던 것은 어떻게 알았는가?"

여우가 놀란 표정으로 귀를 홱 젖혔다. 그러더니 눈 깜작할 사이에 생쥐만큼 작아져 골목으로 달아나 버렸다. 환라가 붙잡을 수 없을 정도로 빠른 속도였다. 환라는 여우가 사라진 방향을 아쉬운 눈으로 바라보았다.

'궁으로 데려가 귀한 대접을 해 주려 했건만.'

혹시라도 여우가 다시 모습을 드러낼까 하여 환라는 그 자리에 잠시 서 있었다. 하지만 여우는 나타나지 않았다.

'연이 되면 또 만나겠지.'

환라가 아쉬움을 뒤로하고 한월각으로 들어가려 할 때였다. 문이 열리며 여란이 밖으로 나왔다.

"형님?"

놀라움도 잠시, 여란은 환한 얼굴로 환라에게 다가왔다.

"급하게 갔다 해서 큰일이 생긴 줄 알았소. 두고 간 게 있어서 돌아온 것이오?"

환라는 고개를 저으며 여란의 손을 들어 올렸다. 곧 여란의 손바닥 위로 투명한 글자가 그려졌다.

[양야.]

여란이 멀뚱히 환라를 보았다. 잠시 양야가 쓰러진 것을 전해 듣고 온 건가 하는 생각이 들었다.

하지만 그럴 리는 없었다. 양야의 소식을 전해 줄 만한 사람은 전부 환라의 거처를 몰랐다. 여란의 빤한 시선이 느껴지자 환라도 그 사실을 뒤늦게 깨달았다. 그녀는 뭐라고 말할지 고민하다 우상의 집 지하로 들어가기 전에도 양야의 상태가 좋지 않았다는 것을 떠올렸다.

[우상의 집에서, 양야 두통.]

"아! 그때부터 안 좋았나 보오. 형님은 걱정돼서 돌아오신 거요?"

환라가 고개를 끄덕였다. 여란이 잠시 인상을 찌푸렸다가 걱정스러운 얼굴로 입꼬리만 끌어올렸다.

"그것이……. 아직 의식을 차리지 못했소."

환라의 표정이 굳었다. 뾰족한 죄책감이 가슴속을 굴러다니는 것만 같았다. 아무리 괜찮아 보여도 지하에 데려가지 말았어야 했다는 생각이 그녀의 죄책감을 더 뾰족하게 만들었다.

고운 얼굴을 살며시 찡그린 채 서 있는 환라에게 여란이 어깨동무하며 환하게 웃어 보였다.

"그나마 이게 나아진 것이오. 심할 때는 방 밖으로 나오기만 해도 쓰러져서 아주 난리도 아니었소. 무슨 병인가 해서 의원에게 보였는데 몸에는 별다른 이상이 없다고 하더이다."

[다행.]

"그러게나 말이오. 어쨌든 원래 그런 사람이니 혹여나 자책하지 마시오. 형님 아니었으면 저렇게 나다니지도 못했을 사람이오."

뒤이어 몸이 저렇게 허약해서 어디에 쓰겠냐느니, 보약이라도 먹여야겠다느니 하며 여란이 걱정스러운 잔소리를 쏟아 냈다.

환라는 가볍게 웃으며 문고리를 잡았다. 환라가 한월각 문을 열자 여란이 어깨동무를 풀며 뒤로 물러났다.

"같이 들어가고 싶은데 시간이 늦어서 나는 가 봐야겠소. 밤길은 위험하니 형님도 동이 트거든 돌아가시오! 아니면 동이 트고 들어가시든지."

환라가 고개를 끄덕이자마자 여란은 몸을 돌려 떠났다. 여란이 조금 멀어지자마자 환라는 한월각 안으로 들어갔다. 항상 사람의 발길이 끊이지 않고 대낮같이 밝던 한월각은 거짓말처럼 고요했다. 주변은 어둠에 잠겨 있고 계단 쪽에 켜진 등불만이 희미하게 내부를 밝히고 있었다. 환라는 천천히 걸음을 옮겼다.

집에 가는 것도 미루고 양야의 상태를 살피고 있던 정위가 늘어지게 하품을 하면서 내려오다가 환라를 발견했다.

"응? 나환 님 아니십니까?"

환라가 고개를 끄덕이며 손가락으로 계단 위를 가리켰다. 정위가 느릿느릿 걸어오더니 손을 내밀었다. 환라가 정위의 손등을 받치고 손바닥에 글을 적었다.

[양야 상태 확인.]

"방문이 열려 있으니 그냥 들어가시면 됩니다."

환라가 눈짓으로 대답하고 계단에 올랐다. 방으로 가려던 정위가 "아!" 하고 감탄하며 환라를 불렀다. 그녀가 뒤를 돌자 정위가 천을 건넸다.

"향을 평소보다 독하게 피워 놔서 아주 너구리 굴이 따로 없습니다."

천을 받아 입가에 두르자 정위가 뒤로 다가와 천을 묶어 주었다. 완벽하게 대칭으로 매듭 모양을 만든 그는 졸린 눈을 깜빡이며 환라에게 등불을 건네주었다.

"혹시라도 주무시고 갈 거면 아래층 맨 끝 방을 쓰시면 됩니다."

환라가 등불을 받아 들며 끄덕였다. 정위가 가볍게 고개를 까딱여 인사한 뒤 몸을 돌렸다. 환라도 곧장 4층으로 올라왔다. 안개처럼 자욱한 연기 탓인지 4층은 유난히 어두웠다. 손을 뻗어 휘저어도 연기는 물러가지 않았다.

환라는 등불을 더 멀리 뻗으며 복도를 조심스럽게 지나 양야의 방문을 열었다.

연기가 해일처럼 환라를 덮쳤다. 눈이 맵고 따가웠다. 독한 향이 천에 스며들었다가 폐로 흘러 들어왔다. 환라는 기침을 하며 등불을 바닥에 내려놓았다. 그리고 창가로 가서 바람을 쐬려 할 때였다.

"환기하셔도 됩니다."

갑작스럽게 들린 목소리에 환라가 검을 뽑아 들며 뒤를 돌았다. 거칠게 뛰는 심장 소리가 양야의 귀에도 들릴 정도였다. 아무래도 많이 놀란 모양이었다. 양야는 침대 머리에 몸을 반쯤 기댄 채 환라가 진정할 때까지 기다렸다. 숨소리가 심장박동과 함께 서서히 잦아들었다.

환라는 검을 집어넣고 창문을 활짝 열었다. 천둥소리를 들은 새처럼 연기가 허공으로 날아올라 순식간에 사라졌다. 하지만 휘장은 여전히 연기처럼 남아 양야의 주변에서 흔들리고 있었다.

"이 시간에 어인 일이십니까?"

환라는 대답하기 위해 양야에게 다가가려다 걸음을 멈췄다. 얇고 새하얀 천이 양야의 검은 머리카락을 더 검게 만들었다. 마치 동지의 긴 밤을 비단에 새겨 풀어 놓은 것 같았다. 붉은 초승달처럼 휘어진 입술 아래로 날렵하고 미려한 턱선과 불거진 울대뼈가 보였다.

환라는 흐르는 시선을 멈출 수 없었다.

그녀의 눈동자는 물살에 떠내려가는 나뭇잎처럼 흘러 양야의 단단한 가슴팍과 굴곡진 복근에 닿았다. 양야가 움직일 때마다 앞섶이 벌어지며 매끄러운 살갗이 드러났다. 궁에서 바른 것만 보고 자란 환라에게 양야는 너무나도 자극적이었다.

그녀는 이상야릇한 감정에 정신이 혼미해지는 것 같아 고개를 돌렸다. 얼굴이 뜨겁고 온몸이 뒤흔들릴 듯 심장이 뛰었다.

'놀란 것이 아직 가라앉지 않은 것인가?'

그렇다. 그렇지 않고서야 심장이 이렇게 뛸 리 없었다. 환라가 자문자답하는 사이 양야가 몸을 일으켰다. 그는 흐트러진 차림새를 고치지 않고 환라의 뒤에 바짝 붙었다.

긴장한 환라의 등이 빳빳하게 펴졌다. 양야는 그대로 손을 뻗어 창문을 닫았다. 단단한 팔이 귓가를 스치자 환라가 숨을 뻐근하게 들이마셨다. 그리고 내뱉는 것을 잊어버렸다.

환라는 숨을 멈춘 채로 양야에게 신경을 곤두세웠다. 창문을 잡고 있던 양야의 손이 아래로 내렸다. 양야는 일부러 기척을 지웠다. 그러자 팽팽하게 당겨져 있던 환라의 척추가 느슨해졌다. 양야는 기다렸다는 듯이 등을 둥글게 말아 환라의 어깨에 이마를 기댔다.

환라의 입술 사이로 떨리는 숨이 흘러나오는 것을 느끼며, 양야가 속삭였다.

"어지럽습니다."

환라는 긴장감도 잊고 몸을 돌려 양야의 팔뚝을 붙잡았다. 걱정스러운 눈빛이 양야를 훑었다. 그러자 뜨거운 음식을 잔뜩 먹은 것처럼 뱃속이 만족스럽게 뻐근해졌다. 그는 나긋한 미소를 입에 물고 환라의 머리카락 끝을 손으로 비비며 장난질 쳤다.

환라는 그를 빤히 바라보았다. 어지럽다고 하긴 했으나 쓰러졌다는 것이 믿기지 않을 정도로 안색이 맑았다.

[쓰러졌다고 들었다.]

"지하의 공기가 좋지 않았나 봅니다."

환라의 정결한 얼굴이 죄책감으로 흐려지는 것을 본 양야가 급히 입을 열었다.

"환 님이 찾아와 주셔서 기쁩니다. 덕분에 한결 나아졌습니다."

환라의 마음이 조금 가벼워졌다. 양야는 서서히 선명해지는 미소를 바라보다가 짓궂은 낯으로 허리를 숙였다. 그는 환라와 시선을 맞추고 얄궂은 질문을 했다.

"그런데 제가 쓰러졌다는 것은 어떻게 아셨습니까?"

환라의 얼굴에 짧게 당황스러운 기색이 스쳐 지나갔다. 곧 언제 그랬냐는 듯 침착해졌으나 동요한 숨소리와 심장 박동은 숨길 수 없었다.

[왔다가 여란에게.]

괜찮은 임기응변이었지만 거짓말을 하자 다시 마음이 불편해졌다. 단순하게 장난을 칠 요령이었던 양야는 환라의 표정이 어두워지자 다시 화제를 바꿨다.

"오시는 길이 험난했나 봅니다. 옷이 많이 더러워지셨습니다."

환라는 그제야 제 차림새를 둘러봤다. 괴물에게서 도망칠 때 넘어진 탓인지 여기저기 흙먼지가 묻어 있었다. 혹시나 해서 만져 보니 머리도 엉망이었다.

"괜찮으시다면 옷을 빌려 드리겠습니다."

환라는 거절하지 않았다.

양야가 그녀를 의자에 앉혀 놓고 궤에서 저고리와 바지, 긴 포삼을 꺼내 왔다. 깨끗한 옷을 보니 저절로 씻고 싶어졌다. 환라가 흙이 묻은 손을 빤히 바라보고 있자 양야가 하얀 천을 꺼냈다. 창문 근처에 깨끗한 물을 받아 놓은 병 몇 개와 대야가 보였다. 양야가 깨어나면 바로 씻을 수 있도록 여란과 정위가 항상 준비해 두는 것이었다.

양야는 대야에 물을 따르고 환라에게 다가왔다. 천을 물에 담갔다가 적당히 짜내자 환라가 그제야 고개를 들었다. 양야는 환라의 옆에 앉아 그녀의 손을 들어 조심스럽게 닦기 시작했다.

환라는 그의 손을 잡아 세우고 그 위에 글을 적었다.

[환자는 쉬어야 함.]

"환 님이 계시면 괜찮습니다."

익숙한 답이었다. 환라는 양야의 얼굴을 한 번 더 들여다보았다가 그가 하는 대로 내버려 두었다. 양야는 다시 손을 움직였다. 당황하며 피할 만도 하건만, 환라는 당연하다는 듯 양야의 시중을 받았다.

양야는 문득 그녀의 정체가 궁금해졌다.

'황후가 온다는 소리에 사색이 되어 달아난 것을 보면 나씨 가문의 생존자가 맞는 듯한데…… 특별히 귀하게 자란 것인가?'

그가 궁금증을 이기지 못하고 입을 열려고 할 때였다. 환라가 미간을 찌푸리며 손을 움찔거렸다.

양야가 반사적으로 고개를 숙여 환라의 손을 보았다. 손바닥에 난 쓸린 상처에 벌써 딱지가 앉아 있었다. 환라에게 흡수된 뇌동산의 정기가 상처가 빨리 아물도록 도와주고 있는 덕이었다. 얼마 지나지 않아 이 상처들은 흉조차 남지 않고 사라질 것이다. 그래도 사라지기 전까지 아픈 건 같기에 양야는 조금 더 조심스럽게 상처 주변을 닦았다.

"어쩌다 다치셨습니까?"

환라가 한 박자 늦게 양야의 손등에 손가락을 가져다 댔다.

[오는 길이 험했음.]

양야가 작게 웃음을 흘리며 천을 내려놓았다. 환라는 깨끗해진 손을 바라보다가 양야가 꺼내 온 옷을 펼쳐 들었다. 양야의 옷은 환라가 걸치면 땅에 끌릴 정도로 커다랬다.

'몸에 맞지 않는 옷을 입고 있으니 차라리 돌아가는 것이 낫겠다.'

환라는 모호하게 웃으며 옷을 내려놓았다. 양야가 무사한 것을 확인했으니 더 머물 필요도 없었다. 환라는 양야의 손을 들어 글을 적었다.

[돌아감.]

양야는 순순히 환라의 손을 놓아 주었다. 어차피 그냥 보낼 생각은 없었다. 정기를 많이 사용한 탓에 양야는 환라가 필요했다. 정확히 말하자면 환라와의 접촉이 필요했다. 그러려면 차라리 여우인 편이 나았다. 사람인 상태라면 환라의 손길을 받기 어려우나 여우의 모습이라면 아양을 떠는 것만으로도 쉽게 손길을 받아 정기를 채울 수 있었다.

양야는 그녀가 나가길 기다렸다. 하지만 정작 환라는 미닫이문에 손을 댄 채 움직임을 멈추고 말았다.

막상 숲으로 돌아갈 생각을 하니 지독한 악취와 시뻘건 두 눈동자가 떠올라 발이 움직이지 않았다. 아까는 운이 좋아 영물을 만났으나 이번엔 어찌 될지 모르는 일이었다. 두려움에 손끝이 차갑게 식었다.

그 모습을 바라보던 양야는 계획을 바꿨다.

그는 천천히 환라에게 다가갔다. 그리고 제 손을 그녀의 손바닥 밑으로 밀어 넣었다. 환라가 흠칫 놀라 뒤를 돌아봤다. 양야의 손끝이 환라의 손가락 사이사이를 파고들었다. 깍지 낀 손의 엄지가 환라의 손등을 부드럽게 문질렀다. 그녀가 멍하니 눈을 깜빡이자 양야가 야살스럽게 눈꼬리를 접었다.

"밤이 늦었으니 주무시고 가십시오."

양야는 천천히 뒷걸음질 치며 대답 없는 환라를 침대로 이끌었다.

흑요석 같은 눈동자에 미혹된 환라가 양야를 따라 움직였다. 양야는 환라에게서 눈을 떼지 않은 채 침상에 앉았다. 안쪽으로 서서히 물러나며 손을 당기자 환라가 몸을 숙였다. 그녀의 무릎 하나가 침상 위로 올라왔다. 당장에라도 양야의 옆에 누울 것 같은 자세였다.

양야가 환라를 제 품으로 끌어당기려던 찰나, 멀리서 축시(오전 1시)를 알리는 소리가 들렸다.

몽롱하던 환라의 눈빛에 돌연 총기가 반짝였다.

그녀는 침대에서 내려와 몸을 바로 세웠다. 그리고 양야의 손등에 글을 적었다.

[동트기 전에 돌아야 함.]

손을 놓고 돌아서려는 환라를 양야가 도로 붙잡았다.

"동이 트기까지 아직 시간이 많이 남았습니다. 눈이라도 붙이고 가십시오."

맞는 말이었다. 게다가 환라는 홀로 어둠을 헤치고 괴물을 만났던 곳을 지나갈 자신이 없었다. 가능하다면 조금이라도 볕이 드는, 어슴푸레한 시간에 돌아가고 싶었다. 하지만 그것과 별개로 황족이 아무하고 동침할 순 없는 노릇이었다.

[옆방.]

환라가 옆에 누우면 잠든 척하며 환라에게 바짝 붙으려던 계획이 물거품이 되었다. 양야는 어떻게 하면 환라와 조금이라도 더 같이 있을까 고민하다가 마땅한 핑곗거리를 생각해 냈다.

"그럼 제가 잠들 때까지만 곁에 있어 주세요. 환 님이 가시면 두통 때문에 잠을 못 잘 것 같아서 그럽니다."

어렵거나 부담스러운 일이 아니었기에 환라는 고개를 끄덕였다. 그녀가 침대 옆에 걸터앉자 양야가 자리를 잡고 누웠다. 따뜻한 색감의 등불이 일렁이고, 이내 양야의 숨소리가 고르게 변했다. 환라의 긴장도 서서히 풀리기 시작했다. 그러자 잠이 쏟아졌다.

고요히 밀려드는 것이 아니라 정말 쏟아져 환라를 덮쳤다.

'잠들면 안 된다. 옆방으로……'

생각이 끝나기도 전에 환라의 고개가 기울었다. 순식간에 반쯤 잠들었던 환라가 다시 고개를 들었다. 그러다 다시 아래로 뚝 떨어졌다. 그 진동을 느낀 양야가 슬그머니 눈을 떴다.

그는 꾸벅꾸벅 조는 환라를 보며 조용히 미소 지었다. 환라가 잠들면 제 옆에 눕히고, 졸음을 이겨 낸다면 손을 통해 흘러 들어오는 정기로 만족할 생각이었다. 하지만 그의 생각이 끝나기도 전에 환라의 몸이 천천히 기울었다.

양야는 일어나 환라의 몸을 제 몸에 기대게 했다. 환라의 몸이 곧 젖은 옷처럼 늘어졌다. 양야는 환라의 목을 받쳐 조심스럽게 눕혔다.

"주무십니까?"

대답은 돌아오지 않았다. 양야가 손가락을 까닥이자 환라의 옷이 깨끗해지며 신발이 벗겨졌다. 그리고 환라의 몸이 침대에 바로 눕혀졌다.

새까만 머리카락이 하얀 비단 이불 위에 흐트러졌다. 우아하게 늘어진 목선과 살짝 벌어진 입술이 묘한 분위기를 풍겼다. 양야는 갈증에 숨을 들이마셨다.

'정기를 향한 갈증인가, 아니면……'

밤공기는 차가운데, 양야의 폐에 들어찬 숨은 뜨겁기만 했다. 정염에 물든 눈동자에 환라의 볼 위에 흐트러진 머리카락이 보였다. 양야는 손을 뻗었다. 머리카락을 정리해 주려던 손끝에 꽃잎처럼 부드러운 피부가 스쳤다.

양야는 불에 덴 사람처럼 손을 떼어 냈다. 말아 쥔 손끝에 여전히 고운 감촉이 남아 있는 듯했다.

"내가 무슨 짓을 할 줄 알고 이리 무방비한지."

양야는 환라의 머리카락을 부드럽게 쓸어 넘겼다. 그녀의 얼굴을 빤히 바라보던 양야는 환라의 옆에 바로 누웠다. 양야의 팔이 환라의 팔과 맞닿았다. 그러자 많은 정기가 흘러 들어왔다.

양야에게 필요한 것은 정기였기에 손은 잡을 필요도 없었다. 하지만 양야의 손은 이성을 배반하고 환라의 손가락에 얽혀 들었다. 그녀의 손을 움켜잡았지만 이상하게도 만족스럽지 못했다.

'부족해.'

양야는 옆으로 돌아누우며 불편하게 꺾인 환라의 목 밑으로 제 팔을 넣었다.

새하얀 얼굴이 부쩍 가까워지자 양야가 숨을 멈췄다. 살짝 벌어진 입술이 시야에 들어오자 양야는 저도 모르게 등불을 끄고 말았다. 하지만 어둠 속에서도 밝은 그의 눈에는 환라의 얼굴이 선명하게 보였다.

양야는 차라리 눈을 감았다. 환라의 규칙적인 숨소리를 가만히 듣고 있자 이상한 충동도 잦아들었다.

그는 그제야 눈을 뜨고 평온한 표정의 환라를 바라보다가 고운 미소를 머금었다.

'종일 겁에 질린 얼굴만 보았는데.'

양야는 낮에 있던 일을 떠올렸다.

노예를 구출하고 돌아올 때도 환라의 낯빛은 평소보다 조금 창백했다. 황후의 환궁 소식을 듣고 난 뒤에는 아예 하얗게 질려 도망치듯 떠나 버렸다. 양야는 그 모습이 못내 신경 쓰였다. 마침 환라와 오래, 그것도 가깝게 붙어 있었던 덕에 여우로 둔갑할 만큼의 정기가 모여 있었다.

양야는 잠시 고민했다.

정괴는 사람의 모습과 동물의 모습을 가진다. 둘 다 본 모습이었기에 유지하는 데에는 별다른 정기가 들지 않는다. 다만 동물에서 사람으로 변하거나 사람에서 동물로 변할 때는 많은 정기가 필요했다. 지금 가지고 있는 정기로는 두 번 둔갑하지 못한다. 한 번 둔갑하면 다시 환라를 만나 정기가 모일 때까지 여우로 있어야 했다.

'어쩐다.'

양야는 멀어져 가는 환라의 기운을 느끼며 서 있다가 베개에 제 모습을 덧씌운 뒤 여우로 변했다. 그리고 환라의 냄새를 쫓아갔다.

숲에는 백리향과 천리향이 지천에 깔려 있었다. 독한 향기가 환라의 냄새를 가리고 지웠다. 그 탓에 한참 헤매던 양야는 돌고 돌다가 겨우 작은 집을 발견했다. 곳곳에 환라의 체취가 묻어 있었으나 사람의 기척은 느껴지지 않았다.

'곧 돌아오겠지.'

양야는 집에서 환라를 기다리기로 마음먹었다. 그는 커다랗고 까만 몸을 말아 앞발에 머리를 기대고 단잠에 빠졌다.

그렇게 막 자정이 넘었을 때였다. 비리고 역겨운 냄새가 양야의 코를 찔렀다. 양야는 잠에서 깨어 본능적으로 코를 킁킁거렸다. 악한 기운이 풍기는 냄새였다. 그런데 악취 사이에 미약하게 장미 향이 섞여 있었다.

사실을 깨닫자마자 양야는 몸을 벌떡 일으켰다.

악취의 원인이 무엇인지 고민해 볼 여유 따위는 없었다. 양야는 본능적으로 장미 향기가 나는 곳을 향해 달렸다. 멀리서 검은 악취가 안개처럼 뭉쳐 있는 게 보였다. 그 요괴는 시뻘겋고 탐욕스러운 눈을 빛내며 환라의 정기를 노리고 있었다.

양야는 속도를 더 올렸다. 그리고 순식간에 달려들어 환라에게 달려들려는 요괴의 목덜미를 물어뜯었다. 요괴의 기운이 완전히 흩어지는 것을 느낀 양야가 뒤를 돌아보았다. 그러자 겁에 질린 환라의 얼굴이 보였다.

회상에서 벗어난 양야가 제 품에 있는 환라를 내려다보았다.

'그때도 금방 경계를 풀었던 것 같은데. 이 성격으로 중경에서 사기를 당하지 않고 살아갈 수 있을지 모르겠군.'

자신이 환라를 걱정하고 있다는 것을 뒤늦게 깨달은 양야가 실소를 머금었다.

'나와 상관없지. 나는 그저 정기만 취하면 될 뿐이야.'

그렇게 생각하면서도 양야는 품 안의 환라를 밀어 낼 수 없었다. 그는 환라를 꼭 끌어안으며 눈을 감았다. 잠들려고 노력하면 할수록 환라에 관한 생각이 끊임없이 떠올랐다.

'말을 할 줄 알던데, 왜 못하는 척하는 거지? 뭘 하다가 늦은 시간에 돌아온 걸까? 커다란 바위 앞에서 장미 향이 끊겼던데, 그 뒤엔 뭐가 있는 거지?'

양야의 의식이 호수처럼 잔잔해질 때마다 환라에 관한 생각이 돌처럼 날아왔다. 생각을 겨우 멈추면 환라의 향기와 숨소리, 작은 뒤척임이 양야의 예민한 신경을 자극했다. 온몸이 간지럽고, 뜨겁고, 저렸다. 그러나 여전히 환라를 놓고 싶지 않았다.

이성을 배반할수록 그 충동이 강해져 양야를 괴롭혔다. 그렇게 한참을 인내하자 정기가 몸에 가득 차 기운이 돌고 머리가 맑아졌다.

양야는 만족스러운 숨을 내쉬며 환라를 내려다보았다.

그때 환라가 몸을 뒤척였다. 가지런하고 풍성한 속눈썹이 흔들리더니 이내 그 밑으로 잠에 취한 눈동자가 달빛처럼 흐릿하게 드러났다.

투명한 눈동자에 제 얼굴이 오롯이 담기자 양야는 또다시 목이 탔다. 손가락 마디마디에 전류가 흐르는 듯하고 묘한 흥분이 양야의 전신을 휘어 감았다.

'이대로 깨어나면 돌아가거나 다른 방으로 가겠지.'

그렇게 둘 순 없었다. 양야는 환라의 눈가를 깃털 같은 손길로 쓸어내리고, 그녀의 귓가에 꿈결처럼 속삭였다.

"동이 트려면 멀었으니 더 주무십시오."

환라의 몸에 힘이 빠지며 눈이 느리게 감겼다. 양야의 커다란 손이 환라의 정수리부터 뒷덜미까지를 연신 쓸어내렸다. 환라가 눈을 감은 채 중얼거렸다.

"돌아가야……."

사그라지는 목소리를 들으며 양야가 나긋하게 속삭였다.

"벌써 일어나시면 많이 피곤하실 겁니다. 시간이 되면 제가 깨워 드릴 테니 걱정하지 말고 주무세요."

환라가 비몽사몽 한 상태로 고개를 끄덕였다. 양야는 제 가슴에 머리를 기대는 환라를 끌어안았다. 그녀의 머리카락을 쓰다듬으며 눈을 감으니 시간의 흐름이 느껴지지 않을 정도로 평온해졌다.

하지만 해는 떠오르고 있었다. 어둠의 농도가 서서히 옅어지는 것이 느껴졌다. 양야는 아쉬운 듯 환라의 머리카락에 볼을 비볐다.

'깨워야 하는데.'

깨우고 싶지 않다. 보내야 하는데 보내고 싶지 않았다.

양야는 두 감정을 저울질하다 하늘이 새파란 빛으로 물들고 나서야 환라의 어깨를 가볍게 토닥였다.

"환 님. 일어나십시오. 곧 동이 뜹니다."

환라의 의식이 서서히 수면 위로 올라왔다. 눈을 감은 채 온기가 느껴지는 쪽으로 몸을 움직이던 환라가 서서히 눈을 떴다. 양야의 맨살이 환라의 시야를 가득 채웠다.

환라는 천천히 눈을 깜빡이다가 번쩍 정신이 들어 뒤로 물러났다. 얼굴을 붉히며 입가를 가리고 있던 환라가 몸을 옆으로 세우고 옷차림을 살폈다. 자신이 왜 여기서 잠들어 있는지 모르는 눈치였다.

양야의 얼굴에 문득 장난기가 스쳤다. 그는 환라에게 다가갔다. 그리고 흘러내린 그녀의 머리카락을 뒤로 넘겨주었다.

"어제 일, 기억나지 않으십니까?"

환라가 고개를 돌리자마자 그녀의 몸이 뒤로 풀썩 넘어갔다. 양야는 그대로 환라의 위로 올라가 환라의 머리 옆을 손으로 짚어 제 몸을 지탱했다. 침을 삼키는 소리와 거칠게 뛰는 심장 소리가 양야의 귀에 고스란히 전해졌다.

양야는 사랑스러운 색으로 달아오른 환라의 뺨을 조심스럽게 쓸었다.

"어제 여기서……."

환라가 눈을 크게 깜빡였다. 숨을 크게 들이마신 탓인지 그녀의 가슴은 한껏 부풀었다. 양야는 웃음을 참으며 몸을 일으켰다.

"잠드셨습니다. 너무 곤히 주무시기에 옮기면 깨실까 하여 그냥 눕히기만 하였습니다."

그제야 환라가 참고 있던 숨을 길게 숨을 내쉬었다. 양야는 환라의 몸을 넘어서 침대 밖으로 내려왔다.

그를 눈으로 좇던 환라가 뒤늦게 상체를 일으켜 세웠다. 동이 완전히 떠오르지 않은 하늘을 보던 환라가 신발을 찾기 위해 고개를 숙였다.

양야는 습관처럼 입에 물었던 곰방대를 내려놓으며 환라의 발치에 한쪽 무릎을 꿇고 앉았다. 그리고 환라의 발을 받쳐 들었다. 다른 사람이 신을 신겨 주는 것은 흔한 일이었다. 그렇기에 환라는 가만히 양야를 지켜보았다. 그러나 궁인들과 달리 신발을 신겨 주는 양야의 모습은 정중하다 못해 경건했다.

환라는 괜한 부끄러움에 고개를 돌렸다. 그러자 양야의 입가에 미소가 떠올랐다. 그는 환라의 발을 다시 땅에 내려놓으며 말했다.

"급하시면 제가 모셔다드리겠습니다."

환라는 고개를 젓고 자리에서 일어났다. 양야는 여우로 변해 따라갈 생각이었기에 그녀를 말리지 않았다. 환라가 막 인사를 나누려던 차에 방문이 벌컥 열렸다.

양야의 상태를 살피기 위해 올라온 정위가 멀쩡히 서 있는 양야를 보고 한 번, 그 옆에 나란히 서 있는 환라를 보고 두 번 놀랐다.

"객주님 언제 깨어나신……. 아니, 그것보다! 두, 두 분, 동침하셨습니까?"

환라는 양야를 돌아보았다. 그는 곰방대를 피우며 묘한 미소를 머금은 채 환라를 바라보고 있었다. 해명할 생각은 없어 보였다.

정위의 눈은 시간이 갈수록 음흉해졌으나, 자세히 해명하고 있을 시간은 없었다. 환라는 정위에게 고개를 저어 보였다. 그리고 인사를 대신해 양야의 손을 한 번 꼭 잡아 준 뒤 황급히 한월각을 빠져나왔다.

대로를 빠른 걸음으로 지나고 난 뒤에야 환라는 말을 떠올렸다. 멋대로 타고 간 말이 죽은 것을 알리지 못한 것이다.

'가까운 시일 내에 궁 밖으로 나올 방법을 반드시 찾아야겠다.'

그렇게 다짐하며 환라가 속도를 높이려 할 때였다.

무언가가 환라의 바지 밑단을 잡아당겼다. 고개를 숙이자 새까만 여우가 보였다. 어제 본 그 여우였다. 검은 여우는 흔치 않기에 단번에 알아볼 수 있었다.

환라는 저도 모르게 말을 걸려다가 입을 다물었다. 동이 틀 시간이라 그런지 새벽임에도 지나다니는 사람이 제법 많았다. 여기서 말을 했다간 발이 넓은 여란의 귀에 들어갈 게 뻔했다. 아직은 말을 할 줄 안다는 것을 알릴 때가 아니기에 환라는 고민하다가 팔을 뻗었다.

그러자 여우가 환라의 품에 답삭 안겨 들었다.

'궁으로 데려가고 싶으나 사람 말을 알아듣는 영특한 여우이니 허락을 구해야겠지.'

여우에게 궁으로 가자고 제안하기 위해 인적이 드문 돌담 사이로 들어갔다. 사람이 안 보일 정도로 깊이 들어가자 여우가 환라의 품에서 뛰어 내려왔다. 그리고 몸을 엎드리더니 곧 호랑이만큼 커다랗게 변했다. 환라는 사람이 없는지 다시 한번 확인하고 조용히 물었다.

"타라는 말인가?"

여우가 고개를 끄덕였다. 안 그래도 빨리 궁으로 돌아가야 한다는 생각에 마음이 급했던 터라 잘 되었다 싶었다.

'숲에는 사람도 별로 없으니 여우에게 말을 걸기 편할 것이다.'

환라는 여우의 몸에 올라 목덜미를 꽉 끌어안았다. 여우가 웃는 것처럼 그르렁거리더니 몸을 일으켰다.

땅을 접어서 달리기라도 하듯 여우는 순식간에 숲속에 있는 거처 앞에 도착했다. 풍경이 보이지 않을 정도로 빠른 속도에 환라는 속이 울렁거렸다. 여우가 엎드려 몸을 낮춰 주었지만 환라는 바로 내리지 못하고 여우의 등에 엎드려 어지러운 속을 달랬다.

"끼잉."

여우가 걱정스럽게 울자 환라가 몸을 일으켰다. 나무가 우거진 탓인지 볕이 들지 않아 숲속은 아직 어두웠다.

"여기서 조금 기다리거라."

여우가 고개를 끄덕였다.

환라는 대답하는 여우를 새삼 신기하게 바라보다가 방으로 들어가 궁인의 옷으로 갈아입었다. 밖으로 나오자 여우가 꼬리를 바짝 세웠다. 쫑긋한 귀와 동그란 눈을 보며 환라는 여우가 놀란 것 같다고 생각했다.

'혹 형색이 변해 못 알아보는 건가?'

종종 그런 짐승도 있다고 들었다. 환라는 다가가지 않고 가만히 여우를 살폈다. 어제의 공포가 되살아난 탓이었다. 괴물의 목덜미를 물어뜯던 칼날 같은 송곳니와 벼락이 내리꽂히는 소리, 지독한 악취가 생생하게 떠올랐다.

환라의 안색이 안 좋아지자 여우가 귀를 뒤로 눕히며 끼잉거리다 몸을 발랑 뒤집었다. 그리고 보란 듯이 좌우로 비틀며 애교를 부렸다. 그제야 환라의 입가에 미소가 퍼졌다. 하지만 한 번 되살아난 공포는 쉬이 물러가지 않았다.

"나를 절벽 앞까지 데려다주겠는가?"

여우가 고개를 끄덕였다. 그리고 작은 모습으로 변해 환라에게 달려와 그녀의 품으로 뛰어올랐다. 환라는 여우를 안아 들고 숲길을 걸었다. 바위로 위장한 비밀 통로 앞에 도착한 환라가 걸음을 멈췄다. 여우가 기다렸다는 듯 환라의 품에서 내려왔다.

환라가 무릎을 굽혀 앉아 여우의 모습을 한 양야와 눈높이를 비슷하게 맞추었다.

"나와 함께 궁으로 가겠는가?"

여우 귀가 쫑긋 섰다. 양야는 제 귀를 의심하며 환라를 바라봤다. 환라는 양야가 고민하는 건가 싶어 뒷말을 덧붙였다.

"나를 따라간다면 융숭한 대접을 해 주겠다."

'말을 못 하는 척하지 않나, 궁인의 옷을 입고 나타나지 않나, 이번에는 융숭한 대접을 해 주겠다고 하다니.'

차림새와 달리 평범한 궁인은 아닐 것이다. 마음 같아서는 궁으로 따라가 정체를 알아내고 싶었다. 하지만 따라가자니 제 침대 위에 올려 둔 베개가 마음에 걸렸다. 살아 있는 것처럼 보이게 주술을 걸어 놓았지만 그건 오래가지 못한다. 며칠 뒤면 숨이 끊어진 것처럼 보일 테고, 정위나 여란이 장례를 치를지도 모른다.

다른 곳이었다면 정기를 많이 소진하더라도 멀리서 주술을 쓰면 되지만 황궁에서라면 이야기가 달라진다.

황궁은 용의 터였다. 궁을 지었을 때 그 자리에서 용이 승천하여 항룡궁이라는 이름을 붙였다는 전설은 거짓이 아니었다. 400년이 훨씬 지난 지금에도 용의 기운이 남아 저주나 요괴를 막고 있었다. 정괴 또한 들어가면 정기를 운용하기 힘들어진다.

'그런 곳에 따라갈 순 없지.'

양야는 고개를 저었다. 환라는 여우를 더 설득하려다가 빽빽한 나무 사이로 볕이 들기 시작하는 것을 발견했다. 이제 정말 돌아가야 할 때였다.

"반드시 보답하겠다. 시간이 날 때마다 내 거처에 들러 주겠는가?"

양야가 고개를 끄덕이고 몸을 돌려 풀숲으로 사라졌다.

환라는 여우 꼬리가 사라질 때까지 바라보다가 비밀 통로의 문을 열었다.

* * *

땅의 한기가 신발 밑창에 스며 발바닥에 닿았다.

그 한기보다 차가운 얼굴로, 영로는 감옥 복도를 걸었다. 그녀를 알아본 죄수들은 철장 밖으로 손을 뻗으며 아우성쳤다.

"억울합니다, 황후 폐하!"

"제 말을 한 번만 들어 주시옵소서!"

영로는 주변의 아우성 따위에는 관심도 없었다. 그녀의 시선은 정면만을 향했고, 절박한 손길은 영로의 뒤를 따르던 능윤에게 막혀 스러졌다.

성큼성큼 걷던 영로의 발길이 한 철장 앞에서 멈춰 섰다. 철장 너머에는 우상 박망의가 웅크려 있었다. 한순간의 나락으로 떨어진 제 측근을 보면서도 영로의 눈은 건조했다.

"우상."

영로의 목소리를 들은 박망의가 고개를 번쩍 들었다.

"화, 황후 폐하!"

그의 몸이 갑작스러운 움직임을 이기지 못하고 앞으로 풀썩 쓰러졌다. 박망의는 넘어진 채 무릎으로 걸어 손을 뻗었다. 벌벌 떨리는 손이 철장 틈으로 빠져나와 영로의 신발을 붙잡았다.

"황후 폐하! 소신이 잘못하였습니다. 감히 황후 폐하의 위신에 누, 누를 끼쳤사옵니다."

비수 같은 시선이 박망의 위로 쏟아졌다.

박망의는 몸을 움찔거렸다. 땅바닥에 납작 엎드려 빌고 있는 제 꼴이 우습고 치욕스러웠지만 어쩔 수 없었다. 이 끔찍하고 더러운 곳에서 한시라도 빨리 나갈 수 있다면 영로의 발이라도 핥을 생각이었다.

그는 빌고 또 빌었다. 하지만 영로는 턱을 빳빳이 들고 석상처럼 박망의를 내려다보며 아무 말도 하지 않았다.

박망의의 등 뒤로 서늘한 땀이 흘렀다.

'지금 황후의 마음을 돌리지 못하면 사형이다!'

색노를 들이는 것은 황족이라 해도 극형을 면치 못하는 중죄였다. 박망의뿐만 아니라 그의 소개로 색노를 들였던 집안 남자들 모두가 사형당할 것이다. 박망의는 팔을 더 길게 뻗었다. 철창에 눌린 어깨가 끊어질 듯 아팠지만 포기할 수 없었다. 그는 영로의 치맛자락을 움켜쥐었다.

"소신이 모자라고 조심치 못하여 황후 폐하께서 얼마나 난감하셨습니까?"

"알긴 아시오?"

영로의 입가에 비소가 떠올랐다. 하지만 죽음의 공포로 판단력이 흐려진 박망의는 영로가 미소 지었다고 생각했다. 제 사죄가 통한 줄 안 그는 한껏 웃으며 황급히 고개를 끄덕였다.

"예, 압니다. 알고말고요. 다시는 이런 일 없게 하겠습니다. 한 번만, 한 번만 도와주신다면…….'

영로는 여전히 꼿꼿하게 선 채 더 아래를 내려다보았다.

제 치맛자락을 구명줄처럼 붙잡고 있는 박망의의 손이 보였다.

"우상이 처음 내 사람이 되겠다고 하였을 때, 내가 했던 말을 기억하시오?"

박망의가 고개를 들었다. 횃불의 불빛이 영로의 얼굴 위로 일렁이며 짙은 음영을 드리웠다.

따뜻한 색감과 달리 그녀의 얼굴은 냉담하기만 했다. 마른침을 삼키는 소리가 크게 울렸다. 박망의는 덜덜 떨며 영로가 했던 말을 떠올리려 노력했다. 오래 지나지 않아 영로의 말이 떠오른 순간,

박망의의 얼굴에 희망이 깃들었다.

"원하는 것을 마음껏 하라 하셨습니다."

영로의 미소가 비틀렸다. 그녀는 오물을 털어 내듯 치맛자락을 뒤로 젖혔다. 아슬아슬하게 매달려 있던 박망의의 손이 밑으로 툭 떨어졌다.

"그리고 들키지 말라 하였지."

"그건, 그, 그건……."

박망의가 다시 영로를 붙잡기 위해 손을 허우적거렸다. 영로는 벌레처럼 꿈틀거리는 손을 내려다보다가 그의 손등을 밟았다.

"으아악!"

박망의가 손을 빼내려 했지만 어림도 없었다. 영로는 그의 발을 밟은 채로 쪼그려 앉았다. 우드득거리는 소리를 내며 박망의의 손이 짓이겨졌다. 박망의는 땅에 떨어진 생선처럼 펄떡였다.

"뇌물을 받고, 세금을 과하게 징수하고, 국고로 기생을 불러 노는 것 정도야 내가 눈감아 줄 수 있소. 황제 폐하의 눈과 귀를 가릴 수가 있단 말이오. 허나 노예 매매 같이 흉악한 짓을 내가 어찌 모른 척할 수가 있겠소?"

영로가 발밑에 힘을 주며 자리에서 일어났다. 그녀가 발을 치우기 무섭게 박망의는 제 손을 끌어안고 고통스럽게 신음했다. 영로는 꿈틀거리는 벌레를 응시하는 사람처럼 몰인정한 눈으로 박망의를 보았다.

"그러니 경거망동하지 말았어야지. 쓸모가 있을까 하여 거뒀더니."

영로가 가볍게 혀를 차며 뒤돌았다. 몸부림치는 와중에도 박망의는 영로의 말을 똑똑히 들었다. 그는 핏줄이 터져 시퍼렇게 변한 손을 부여잡고 기었다. 자존심과 모멸감 따위는 아무것도 아니었다. 살아야만 했다. 그렇기에 박망의는 남은 힘을 모두 쏟아부어 영로를 불렀다.

"황후 폐하!"

그는 절박했다. 살기 위해서는 당장 제 쓸모를 입증해야 했다. 그렇지 않으면 이제껏 쌓아 올리고 누려 왔던 모든 것이 무너진다. 물론 그 모든 것에는 박망의의 여생과 가문의 존망도 포함되어 있었다. 박망의는 영로를 향해 손을 뻗어 흔들었다.

"황후 폐하께 알려, 알려 드릴, 것이 있습니다!"

영로가 고개를 돌렸다. 박망의가 철장을 붙잡으며 소리쳤다.

"대장군!"

영로가 완전히 돌아섰다. 무슨 말을 할지 들어나 보겠다는 뜻이었다. 박망의의 눈에 환희가 광기처럼 아른거렸다.

"대장군 소능현에 관한 이야기입니다, 황후 폐하!"

옛 연인의 이름에 영로의 눈빛이 촛불처럼 흔들렸다. 그 동요를 눈치챈 능윤이 눈살을 찌푸렸다. 그는 영로에게 바짝 붙었다. 새끼 손가락을 얽고 제 쪽으로 영로를 당겼다. 하지만 영로는 능윤에게 시선조차 주지 않은 채 박망의에게로 갔다. 그녀가 움직이자 얽힌 손이 스르르 풀렸다. 능윤은 빈손을 움켜쥐며 영로의 뒷모습을 바라보았다.

그녀는 위엄 있는 걸음으로 걸어 박망의의 앞에 섰다. 박망의는 저승사자 앞에 선 사람처럼 벌벌 떨었다.

영로가 말하라는 듯 턱짓하자 박망의는 차마 영로의 눈을 마주하지 못한 채 입을 열었다.

"소능현이 황후 폐하를 견제하기 위해 세력을 모으고 있다고 합니다."

박망의의 떨림이 서서히 잦아들었다. 그는 기대감 어린 눈으로 영로를 슬그머니 올려다보았다.

순간, 영로의 붉은 입술이 열리며 그 사이로 비웃음 섞인 목소리가 흘렀다.

"그래서?"

"예, 예?"

박망의가 손의 통증도 잊은 채 멍청한 표정으로 반문했다. 영로는 짐짓 인자한 표정을 지었다.

"내가 그것을 모를 것이라 생각하셨소?"

박망의의 얼굴이 오래된 고기처럼 허여멀겋게 변했다. 영로는 표정을 지우고 몸을 돌렸다. 자비가 느껴지지 않는 단호한 태도였다. 영로가 서서히 멀어지자 박망의는 실신할 것 같은 표정으로 절규했다.

"이러실 수는 없습니다! 황후 폐하께 충성을 다한 저에게 이러실 수는 없단 말입니다!"

박망의가 비명처럼 부르짖었지만 영로는 뒤돌지 않았다. 애원이 끓는 물처럼 증발하고, 남은 자리에는 절망과 분노밖에 없었다.

등 뒤에서 울리는 욕설을 무시하며 영로는 밖으로 나왔다. 잠시 걸음을 멈춰선 영로가 두통에 시달리는 듯한 표정을 지었다. 능윤이 그녀를 가만히 부축했다.

"윤아."

"예, 황후 폐하."

"너는 대중정에게 가서 박망의의 집을 수색하라 일러라. 거기서
나온 뇌물, 탈세, 노예 매매를 기록한 장부를 폐하께 가져다드리고,
박망의에게 뇌물을 주어 관리가 되거나 이득을 취한 자들을 전부
파면하고 유배 보내시라 황제 폐하께 청하거라."

박망의의 세력을 완전히 제거하라는 명령이었다. 동시에 영로를
지지하는 가장 큰 세력을 뿌리 뽑으라는 말과 같았다.

"정말 괜찮으시겠습니까?"

영로가 능윤의 부축을 밀어 내며 코웃음 쳤다.

"어차피 한번 정리하려던 참이었다. 저런 놈에게 돈을 대고 관직
을 사는 자라면 수준도 딱 그 정도이겠지."

"하오나 우상의 자리가 갑자기 공석이 되면 분란이 일어날 것이옵
니다. 황후 폐하의 대업에 누를 끼칠 자가 임명될까 저어되옵니다."

영로가 능윤을 빤히 바라보았다.

능윤이 의아한 표정을 짓자 영로의 입가에 의뭉스러운 미소가
떠올랐다.

"걱정 말거라. 적합한 자가 있으니."

* * *

환라는 비밀 통로를 걸으며 여우에게 보답할 방법에 대해 생각

했다. 아무리 고민해도 좋은 잠자리와 음식밖에 생각나지 않았다. 방으로 돌아온 그녀는 옷을 갈아입고 의자에 앉아 칠각을 불렀다.

"태감."

"예, 공주님."

"여우는 무엇을 먹는가?"

뜬금없는 질문이었다. 칠각은 잠시 의아한 표정을 지었으나 충성스러운 신하답게 공손하게 대답했다.

"작은 설치류나 새를 잡아먹사옵니다."

구하기 쉬운 것들은 아니었다. 환라는 조금 망설이다가 제 식탁에 자주 올라오는 음식들을 떠올렸다.

"닭도 먹는가?"

"예, 공주님."

"그럼 바위 문 앞에 닭을 가져다 두어라."

"아뢰옵기 황송하오나, 어떤 연유로 하명하시는 것인지 여쭈어도 되겠사옵니까?"

환라는 칠각을 바라봤다. 밖에서 괴물을 만났다고 말하면 비밀 통로의 출구는 진짜 바위가 될 것이다. 환라는 일단 어젯밤 일어났던 일에 관해서는 함구하기로 했다.

"밖에서 사람 말을 알아듣는 여우를 만났다. 영물인 듯하여 대접하려 한다."

귀한 동물에게 대접한 뒤, 나중에 큰 도움을 받았다는 전설은 흔하기에 그리 나쁜 핑계는 아니었다. 칠각 역시 이상하게 생각하지 않았다.

"분부대로 거행하겠사옵니다, 공주님."

환라는 만족스럽게 고개를 끄덕이고 정무 회의에 참석했다.

항상 영로가 앉아 있던 자리는 비어 있었다. 반대로 비어 있던 황제의 자리에는 이백이 앉아 있었다. 그는 환라를 보자마자 손을 뻗었다.

"공주, 어서 오너라. 황후는 당분간 죄인을 심문하느라 바쁠 것이니 네가 이 아비를 좀 도와주어야겠다."

"황공하옵나이다, 폐하."

환라는 이백의 곁에 앉아 영로 대신 회의를 진행했다. 회의가 끝난 뒤에도 이백의 뒤를 따라다니며 그의 일을 도왔다.

그 무렵, 영로는 본격적으로 죄인들을 심문하고 있었다. 관련된 자만 50명이 넘었으나 심문은 그리 오래 걸리지 않았다. 영로는 무자비하기로 악명이 자자했기에 죄인들은 대부분 고문을 하기도 전에 제 죄를 실토했다. 다만 박망의와 박오탁은 끝까지 제 죄를 부인했다.

영로는 그들 앞에 집에서 발견된 장부를 던졌다. 그건 박망의와 박오탁이 기록한 게 아니었다. 그들은 언제든지 발뺌할 수 있도록 장부를 적어 두지 않았다.

그 장부는 조작된 것이었다.

하지만 오히려 그 사실이 부자(父子)는 두렵게 느껴졌다. 적힌 내용에는 거짓이 없었던 탓이다. 심지어 필체까지 대고 그린 것처럼 똑같았다. 영로가 두 부자의 모든 죄를 알고 있으며, 손쉽게 증거를 만들어 낼 수 있다는 것을 과시하기라도 하듯이 말이다.

더 이상의 부인은 의미가 없었다. 박망의 부자는 결국 그들의 입으로 죄를 실토했다.

"저와 제 아들이 노예를 사들이고 밤마다 강제로 취하였습니다. 우상이라는 직위를 이용해 자격도 없는 자들을 지방 요직에 앉히고 편의를 봐주었나이다."

영로는 그들의 죄를 모조리 기록해 황제에게 올렸다. 그리고 모든 대신이 보는 앞에서 박망의 부자의 죄를 공개한 뒤 황제에게 청했다.

"폐하. 청하옵건대 자비를 보이지 마소서. 노예를 사들이고 매관매직한 것은 세상을 혼란스럽게 하는 중죄이옵니다. 극형으로 벌하여야 합니다."

얼음으로 만든 칼날 같은 모습을 보며 대신들은 우상이 영로의 심기를 거슬러 내쳐진 것이라 수군거렸다. 혹은 영로가 아무것도 알지 못했으며, 측근이 관련된 일에도 단호하고 현명한 결정을 내렸다고 칭찬했다.

물론 환라는 후자에 속해 있었다.

'역시. 어머니가 그러셨을 리 없다. 아마 백성들이 굶고 있는 것도 모르시겠지. 상황을 자세히 알아본 뒤에 알려 드리면 분명 바로잡으실 것이다.'

환라의 마음은 한결 가벼워졌다.

그것도 잠시, 사사로운 것들이 그녀의 마음을 어지럽혔다.

자유의 달콤함을 맛본 탓인지 하루에도 몇 번씩 궁을 나가고 싶다는 충동이 들었다. 여란과 정위가 장난스레 티격태격하는 것을 보며 걱정 없이 웃고 싶었다. 자신과 있을 때보다 한결 편해 보이는 궐겸과도 친분을 쌓고 싶었다.

하지만 그중에 가장 그녀를 심란하게 하는 것은 바로 양야였다.

제 손가락 사이를 파고들던 느낌과 야살스러운 미소가 재채기처럼 불쑥불쑥 튀어나왔다. 그의 목소리와 손길이 문득 떠올라 환라의 일상을 방해했다.

'이 감정이 무엇인지 확인하기 위해서라도 양야를 만나 보아야겠다.'

그런 결심이 몇 번이고 섰으나 실행할 순 없었다.

환라가 밖으로 나가기 위해 소해를 부를 때마다 그녀는 환라의 바짓가랑이를 붙잡고 늘어지며 울었다. 영로가 우상을 직접 고문하였다는 이야기를 들은 탓이었다.

밤에 몰래 다녀온다면 만날 수는 있었다. 하지만 영로가 아직 죄인들의 형벌을 결정하느라 국사를 돌보지 못했기에 환라는 해야 할 일이 많았다. 외출로 잠을 자지 못하면 이백을 도와 중요한 결정을 내려야 할 때 판단력이 흐려질 수도 있었다.

'그래선 안 된다. 국정을 논의할 때는 항상 맑은 정신이어야 한다.'

환라는 결국 한월각에 가는 것을 미뤄 두기로 했다. 그러나 며칠 전 도움을 받은 여우에게 보답하는 것까지 미룰 생각은 없었다. 황제를 도와 일을 마치고 궁으로 돌아온 환라는 바로 칠각을 찾았다.

"여우에게 저녁은 가져다주었는가?"

"오늘 잡은 소고기를 가져다주었사온데……."

"벌써 며칠째 입에도 대지 않는구나."

"송구하옵니다, 공주님."

"그대의 탓이 아니다."

환라는 고개 숙인 칠각을 가볍게 위로하고 심란한 표정을 지었다.

칠각은 환라의 명을 받은 다음 날 즉시 아침, 점심, 저녁으로 여우에게 생고기를 가져다주었다. 하지만 여우는 음식을 거들떠보기는커녕 칠각이 뭐라 말하기도 전에 몸을 돌려 사라졌다. 그 뒤에도 매일 식사 때에 맞춰 세 번 음식을 들고 나갔으나 여우는 칠각에게 인사할 시간조차 주지 않았다.

그러다 하루에 한두 번 모습을 드러내더니 어떤 날은 나타나지도 않았다. 은혜를 갚아야 하는 환라에게는 곤혹스러운 일이었다.

"다른 음식도 가져다주어 봤는가?"

"예, 공주님. 돼지와 소, 오리, 꿩을 가져다주어 봤지만 어떤 것 하나 거들떠보지 않았사옵니다."

칠각이 공손히 대답했다. 환라는 고개를 돌려 창밖을 보았다. 자객이 들지 못하게 대낮처럼 불을 밝혀 두라는 황제의 명령 덕에 날이 저물어도 비원궁은 환하기만 했다. 그런 탓에 환라는 어둠 속에서 느꼈던 두려움을 실감하지 못했다.

"내가 직접 가 보겠다."

"내일 일찍 정무 회의에 참석하셔야 합니다."

"일찍 올 것이다."

칠각이 머리를 조아리며 물러섰다. 환라는 간편한 옷으로 갈아입었다. 막 비밀 통로의 입구를 열려는 환라에게 향옥이 등불을 들고 다가왔다.

"전에 공주님께서 명하신 대로 천리향과 백리향을 숲 곳곳에 심어 두었사옵니다. 입구 근처에도 많으니 둘러보시고 혹 부족하다 싶으시면 더 심으라 하명해 주시옵소서."

"그리 하겠다."

환라는 등불을 받아 들고 밑으로 내려왔다. 통로를 지나 입구를 열었지만 앞이 보이지 않았다.

바로 나오려던 환라의 발걸음이 우뚝 멈춰 섰다. 괴물의 습격을 받은 날처럼 밖은 끔찍하리만치 어두운 까닭이었다. 등불로 주변을 밝히며 아무것도 없는 것을 확인했지만 쉽사리 밖으로 나올 수 없었다.

환라가 고민하는 사이 집채만 한 검은 여우가 슬그머니 모습을 드러냈다. 그제야 환라의 얼굴에 구름이 걷혔다.

"여우야."

뾰족한 귀가 쫑긋 섰다. 거대한 꼬리가 여우의 의사와 상관없이 흔들렸다. 매섭게 휘둘러지는 꼬리에 풀과 나무들이 속절없이 휘청거렸다. 그러자 천리향과 백리향의 향기가 뒤섞여 강하게 풍겼다. 거기에 흙먼지가 섞였다.

환라가 기침을 하자 여우가 움직임을 멈추고 작게 변했다. 환라는 여우의 모습을 한 양야에게 다가가며 칠각이 여우를 항상 집채만 하다고 표현한 것을 떠올렸다.

"큰 것이 네 본 모습인가?"

양야가 고개를 끄덕이며 환라의 품을 파고들었다. 그는 등을 비비며 환라의 품에서 뒹굴었다. 사심 없는 짐승으로 보여야 마음을 놓은 환라가 저를 더 많이 쓰다듬을 테고, 그러면 더 많은 정기를 얻을 수 있을 터였다. 아양을 떠는 것도 처음에만 부끄러웠지 이제는 아무렇지도 않았다.

제가 안고 있는 것이 양야일 거라고는 꿈에도 생각하지 못한 환라는 우아한 미소를 여우의 목덜미를 간질이듯 매만졌다.

"보은을 하고 싶어 음식을 보냈는데 어찌 거절하는 것인가?"

양야가 고개를 들었다. 사실 음식 따위는 필요 없었다. 그에게 필요한 것은 오직 정기뿐이었다. 그 정기를 얻기 위해 베개가 살아 있는 것처럼 보이도록 주술을 걸며 며칠째 여우의 모습으로 기다렸다. 환라가 제 목소리를 알고 있지만 않았어도 당장 그렇게 말했을 것이다.

양야는 아쉬움을 삼키며 환라의 손바닥 밑으로 제 머리를 들이 밀었다. 보드라운 짐승의 털이 손바닥을 스치자 환라가 웃음을 터 트렸다. 둥글게 만 손가락이 양야의 턱 밑을 가볍게 긁었다. 부드 럽고 상냥한 손길에 양야는 저절로 귀가 젖혀지고 눈이 감겼다. 그는 만족스러운 소리를 내며 얌전히 환라의 손길을 받았다.

환라가 여기저기를 부드럽게 어루만지자 양야는 슬슬 졸음이 쏟 아졌다. 그가 막 잠들려 할 때 환라의 손이 우뚝 멈췄다.

양야가 눈을 가늘게 뜨고 환라를 보았다. 눈이 마주치자 환라가 다시 천천히 손을 움직였다.

"널 보니 친우들 생각이 난다."

정확히 말하자면 흑단처럼 고운 양야의 머릿결이 떠올랐다. 몸은 좀 괜찮은지, 잠은 잘 자고 있는지 걱정스러웠다. 환라가 근심

어린 표정을 짓자 양야가 고양이와 비슷한 소리를 내며 환라의 손에 머리를 비볐다.

"보고 싶은데 상황이 여의치 않아 만나러 갈 수가 없다."

환라는 등불로 길을 밝히고 천리향과 백리향을 확인하며 거처로 향했다. 울타리를 넘자마자 양야가 환라의 품에서 폴짝 뛰어내렸다. 그리고 별안간 환라의 정강이를 머리로 밀어 밖으로 내보냈다. 환라가 의아한 눈으로 바라보자 이번에는 환라의 바짓단을 잡고 울타리 안으로 들어왔다.

환라는 도무지 여우가 왜 이러는 것인지 이해할 수가 없었다. 양야도 그녀의 기색을 눈치챘지만 포기하지 않았다. 그는 환라를 내쫓았다가 데려오는 동작을 몇 번 반복했다.

그 행동이 세 번쯤 반복될 때, 환라가 번뜩 깨달음을 얻었다.

"혹시 그들을 초대하라는 뜻인가?"

양야가 고개를 끄덕였다. 갑자기 환라가 밝게 웃으며 양야의 머리와 몸을 양손으로 쓰다듬었다.

"과연 영물이로다."

환라가 기쁜 마음으로 감탄했다. 안 그래도 노예 매매 사건의 공을 치하하기 위해 양야를 초대해야겠다고 마음먹고 있었는데, 일이 바빠 잊고 있었다. 잠시 제 정체를 양야가 눈치채면 어쩌나 하는 걱정이 스쳤으나 환라는 이내 그 생각을 떨쳐 냈다.

'궁에서는 얼굴을 가리고 밖에서는 얼굴을 드러낸다. 궁에서는 말을 할 수 있으나 밖에서는 말을 하지 못한다. 게다가 성별도 다르니 눈치채지 못할 것이다.'

물론 세 명을 한꺼번에 불러들일 순 없었다. 궐겸은 노예 매매 사건의 공로에 대해 말할 때 나환과 양야만을 언급했다. 그러니 공주인 환라도 나환과 양야만 알고 있어야 한다. 정위와 여란까지 알고 있어선 안 된다.

즉, 정위와 여란은 명분이 없으니 초대할 수 없었다. 아쉽긴 하지만 환라는 양야를 볼 수 있는 것으로 만족하기로 했다.

"덕분에 한시름 덜었구나."

양야가 깽깽거리는 소리로 답하며 환라의 앞에 발라당 드러누웠다. 환라가 미소를 머금고 양야를 쓰다듬으며 말했다.

"양야를 초대해야겠다. 그의 건강이 좋아야 할 터인데."

양야는 환라의 손길을 느끼며 미소 지었다. 그렇게 어렵지 않은 일이었다. 환라가 오늘 양야 곁에 오래 머물며 정기를 채워 주기만 한다면 말이다. 양야는 환라를 빤히 보다가 몸을 일으켜 폴짝폴짝 뛰어서 방문 앞에 섰다.

"들어가자는 뜻인가?"

양야가 고개를 끄덕였다. 환라가 문을 열어 주자 양야가 안으로 들어갔다. 그는 커다란 개만 하게 변해 잘 개어 놓은 이불을 끌어내렸다. 환라는 이불을 펼치는 여우를 보며 당황스러움을 숨기지 못하고 눈을 깜빡였다. 지금 이게 무슨 일인가 싶어 가만히 있는 환라를 향해 여우가 꼬리를 살랑였다.

마치 이불 위에 누우라는 것 같은 몸짓이었다. 심지어 양야는 이미 자리를 잡고 누워 있었다.

환라는 망설였다. 향옥과 칠각에게 일찍 올 것이라고 한 게 생각난 탓이었다. 잠시 쉬다 가고 싶었지만 바쁜 일정에 심신이 지친 상태라 누우면 반드시 잠들 것이다.

아쉽지만 환라는 돌아가야겠다고 마음먹었다. 더 있다가는 정말 저 자리에 앉아 부드럽고 푹신한 여우 털에 휩싸여 잠들고 싶을 것 같았다.

"가 봐야겠다."

환라가 말을 끝내자마자 양야가 몸을 벌떡 일으켰다. 그는 작게 변해 환라의 발 사이를 뛰어다니고 몸을 뒹굴고 환라의 바짓단을 물어 당기며 갖은 아양을 다 떨었다.

여우의 교태로운 몸짓에 환라의 얼굴에 미소가 피었다. 그녀는 폴짝폴짝 뛰는 여우와 놀아 주느라 시간이 가는 줄도 몰랐다. 여우에게 시선이 빼앗겨 모든 근심이 녹아내린 환라는 어쩔 수 없이 이불 위에 앉았다.

"알겠다. 단, 한 시진만 있을 것이다. 그 이상은 안 된다."

양야가 고개를 끄덕이며 환라의 뒤에 자리를 잡았다. 그리고 커다랗게 변해 마치 베고 누우라는 것처럼 앞다리 하나를 옆으로 펼쳤다. 검고 풍성한 털이 환라의 옆에서 살랑거렸다.

환라는 손을 뻗어 여우의 털을 쓸어 보았다. 비단 이불보다 고운 감촉이 환라의 손바닥을 간질였다.

'잠깐 눈을 붙이는 건 괜찮겠지.'

환라는 못 이기는 척 양야의 팔을 베고 누웠다. 그러자 양야가 기다렸다는 듯 그녀의 위로 팔을 내렸다.

온몸이 부드러운 털에 휘감기자 눈꺼풀이 점점 밑으로 내려왔다.

숨소리도 점차 고르게 변했다. 그렇게 일각(15분) 정도가 지났을 즈음, 여우가 서서히 사람의 모습으로 변했다. 양야는 길어진 팔로 환라의 몸을 더 바짝 끌어안았다. 숨을 쉴 때마다 환라의 체취가 숨을 빠듯하게 채웠다.

양야는 만족스러운 숨을 내쉬면서도 제 행동을 이해할 수 없었다. 어차피 환라가 깨어나기 전에 다시 여우로 변해야 하므로 사람이 되는 것은 정기만 낭비하는 꼴이었다.

그러나 이상하게도 환라를 두 팔로 안고 싶다는 충동을 억누르기 힘들었다.

'도대체 왜……'

비효율적이고 멍청한 결정에 울컥 짜증이 치밀 정도였다. 그런데도 환라를 안을 팔을 풀 수가 없었다. 양야는 환라의 머리에 볼을 대고 뒤숭숭한 속을 진정시키려 애쓰다가 한숨을 내쉬며 몸을 일으켰다. 그리고 아무렇게나 흘러내린 제 머리를 쓸어 넘겼다. 방 안에는 환라의 규칙적인 숨소리가 울리고 있었다.

양야는 소리가 들리는 쪽으로 고개를 돌렸다. 평온한 얼굴을 보자 짜증이 촛불처럼 꺼져 버렸다. 양야는 저도 모르게 입가에 옅은 미소를 띠었다. 그리고 다시 긴 숨을 내쉬며 제대로 누웠다.

그는 다시 환라를 끌어안았다.

'여우로 있을 때보다 사람으로 있을 때 흘러 들어오는 정기가 많다면 합리화라도 했을 텐데.'

딱히 그런 것도 아니었다. 단전과 심장에 쌓이는 정기는 여우로 있을 때와 별반 차이가 없었다. 환라의 심장 소리를 들으며 그녀에게 붙어 있던 양야는 모습을 두 번 바꿔도 충분할 정도의 정기가 쌓이고 난 뒤에야 환라에게서 떨어졌다.

그는 환라의 머리 아래에 베개를 받쳐 주고 옆으로 누워 환라를 보았다. 짙은 어둠에 잠겨 색을 잃은 뒤에도 환라의 얼굴에는 고아한 아름다움이 남아 있었다. 한 폭의 수묵화 같은 모습을 멍하니 응시하던 시선이 입술에 닿았다.

순간 양야의 심장이 갈비뼈 밑을 크게 두드렸다. 벌어진 입술 사이로 뜨거운 숨이 흘렀다. 속이 타고 입술이 바싹 말랐다. 양야는 붉은 혀를 살짝 내밀어 제 입술을 적셨다. 하지만 그 물기조차 쏟아지는 숨에 금세 메말라 버렸다.

환라에게 입을 맞추기 전에는 이 갈증을 채울 수 없을 것 같았다.

'그런 파렴치한 행동을 할 순 없지.'

양야는 괜히 입 안의 여린 살을 깨물며 눈을 질끈 감았다. 그러다 낯선 기척에 고개를 번쩍 들었다. 양야가 자리에서 일어나 앉았다. 귀를 기울이자 멀리서 발걸음 소리가 들렸다. 그는 단숨에 여우로 돌아가 문밖으로 나왔다. 불빛 하나가 다가오는 게 보였다.

"도련님! 어디 계십니까, 도련님!"

처음 듣는 목소리였다. 양야는 몸집을 크게 키우고 문 앞에 앉았다.

향옥이 거처의 마당으로 들어오다가 거대한 여우를 보고 몸을 굳혔다. 화등잔만 하게 커진 눈에 공포가 담겼다. 양야가 몸을 낮추며 이를 드러냈다. 짐승이 으르렁거리는 소리가 땅을 뒤흔들었다.

그 소리에 자고 있던 환라가 깨어났다. 그녀는 주변을 두리번거리며 양야를 찾았다. 그러나 방 안 어디에도 여우는 보이지 않았다. 환라가 자리에서 일어나는 중에도 짐승이 경고하는 듯한 소리는 이 어졌다.

환라는 조심스럽게 방문을 열었다. 그러나 방문은 다 열리지 않고 뭔가에 툭 걸렸다.

환라는 벌어진 문틈 사이로 들어온 새까만 털을 바라보았다.

"여우야."

환라의 목소리에 양야의 귀가 쫑긋거렸다. 여우 몸이 조금 줄어들었다. 문을 완전히 열 수 있게 되자 환라가 밖으로 나오며 물었다.

"밖에 무슨 일 있는가?"

"도련님!"

향옥이 환라에게 달려오려다가 양야를 보며 주춤거렸다. 환라는 그제야 양야와 향옥이 서로를 처음 보았다는 것을 깨달았다.

'나에게 해를 끼칠까 경계하는 것인가?'

기특한 마음에 환라가 양야의 목덜미를 쓰다듬었다. 향옥이 환라에게 도련님이라고 불렀을 때부터 양야는 으르렁거리는 것을 멈췄지만 경계를 풀진 않았다. 필요하다면 당장에라도 뛰어나가 목덜미를 물어뜯을 것 같은 기세였다. 향옥도 그 기세를 느꼈는지 여전히 두려운 낯빛을 하고 있었다.

환라는 양야의 머리를 쓰다듬으며 부드러운 목소리로 달랬다.

"여우야. 향옥이는 나의 벗이다. 경계할 필요 없다."

양야가 향옥을 빤히 보다가 몸을 작게 만들었다. 팔뚝보다 조금 작게 변한 여우를 안아 들고 환라가 향옥에게 다가갔다. 향옥이 양야를 힐끗거리며 환라의 안위를 살폈다.

"돌아오시지 않아 큰일이 난 줄 알았습니다."

"깜빡 잠이 들었다. 걱정하였는가?"

"예. 태……, 흠! 칠각이 검을 챙겨 나가려는 것을 말리느라 혼이 났습니다. 이제 돌아가시지요."

"그리 하겠다."

환라는 양야를 안은 채로 바위 문을 향해 걸었다. 양야는 몸을 말고 눈을 감았다. 그 모습이 귀여워 환라가 미소를 짓는 사이, 향옥이 환라의 뒤를 따르며 물었다.

"이 여우가 사람의 말을 알아듣는다던 그 여우입니까?"

"그렇다. 그러니 겁내지 않아도 된다."

그 말에 호기심이 생겼는지 향옥이 옆으로 다가왔다. 털 달린 짐 승들을 꽤 좋아하는 향옥이 잠이 든 것 같은 양야를 빤히 바라보았 다. 아까는 영물이 아니라 괴물처럼 보였는데 잠든 모습은 꼭 인형 처럼 귀여웠다.

"만져 보아도 됩니까?"

환라가 무어라 대답하기도 전에 양야가 이를 드러냈다. 향옥이 뻗었던 손을 흠칫거리며 거둬들였다. 그러고도 아쉬운 눈길로 양야 를 힐끔거렸다.

그러나 양야는 향옥에게 눈길조차 주지 않고 환라의 팔에 턱을 기댔다. 그러다 환라가 바위 문에 다다르자 폴짝 뛰어내렸다. 풀숲 으로 모습을 감추려는 여우를 환라가 다급하게 불렀다.

"여우야."

양야가 움직임을 멈추고 뒤를 돌아보았다. 환라는 여우가 향옥을 경계하던 것을 떠올렸다. 어쩌면 음식도 낯선 칠각이 가져다주어서 안 먹는 건가 싶었다.

"다음에는 내가 음식을 들고 오겠다. 그리하면 먹겠는가?"

양야가 환라를 빤히 바라보다가 고개를 끄덕이고는 모습을 감췄다. 향옥이 여우가 사라진 방향을 바라보다가 멍한 목소리로 중얼거렸다.

"정말로 사람 말을 알아듣다니……."

넋을 놓고 있던 향옥이 머리를 흔들어 정신을 차리고 바위 문을 열었다. 환라가 안으로 들어가자 향옥이 그녀의 뒤를 따르며 말을 이었다.

"저런 동물은 전설이나 옛이야기에만 나오는 것인 줄 알았사옵니다."

"나도 처음 보았을 때는 그러하였다."

환라가 웃음기 어린 목소리로 말하며 걸었다. 두 사람은 긴 통로를 지나 위로 올라왔다. 문을 열자마자 칠각이 보였다. 장승처럼 매서운 표정에, 입은 당장 잔소리를 쏟아 낼 것처럼 벌어져 있었다.

환라는 그가 목소리를 내기 전에 냉큼 말을 가로챘다.

"깜빡 잠이 들었다. 걱정시켜 미안하다."

진심 어린 목소리에 칠각의 입이 딱 다물어졌다. 그는 공손히 허리를 숙이며 말했다.

"신하에게는 사과하지 않으셔야 합니다, 공주님."

말은 그렇게 해도 칠각의 마음은 이미 풀어진 것처럼 보였다.

그는 별다른 말을 하지 않고 환라에게 쉬시라 이른 뒤 물러갔다.

향옥은 칠각 대신 남아 환라의 환복을 도왔다. 침의로 갈아입던 도중에 여우가 알려 준 것이 문득 환라의 머릿속에 떠올랐다. 환라는 이불을 걷어 누울 자리를 만드는 향옥에게 말했다.

"여사는 동이 트는 대로 한월각에 사람을 보내라."

향옥의 손이 우뚝 멈췄다. 향옥은 천천히 허리를 폈다.

환라를 바라보는 얼굴에는 그늘이 드리웠다. 피곤함에 눈을 감고 있던 환라는 미처 향옥의 표정을 보지 못하였다. 향옥은 환라를 빤히 보다가 다시 몸을 숙여 베개의 위치를 잡고 휘장을 내리며 아무렇지 않은 척 물었다.

"어인 일로 궁 밖에 사람을 보내라 하시옵니까?"

"한월각의 객주 장양야가 노예 매매를 적발해 냈으니 궁으로 불러 치하하려 한다."

그제야 향옥의 얼굴에 그늘이 가셨다.

"알겠사옵니다, 공주님."

향옥이 대답하며 물러섰다. 환라는 그대로 침상으로 올라가 눈을 감았다. 중간에 억지로 깨어난 것이 고단했는지 환라는 금세 잠들었다.

향옥은 환라의 머리맡에 서서 연꽃처럼 아름다운 얼굴을 가만히 바라보았다. 그러다 환라에게 이불을 덮어 주고 밖으로 나왔다.

환라의 명령은 아침이 되자마자 바로 이행되었다.

향옥은 궁인을 시켜 환라의 명령이 담긴 서신을 전하게 했다.

마차를 타고 나온 궁인이 한월각 앞에 내렸다. 그녀가 안으로 들어가자 인부 한 명이 다가와 말을 걸었다.

"손님이십니까?"

"아니요. 궁에서 왔습니다. 객주는 어디 있습니까?"

궁이라는 말에 주변이 술렁거렸다.

"궁에서 객주님은 왜 찾아?"

"좋은 소리가 들어갔나 보지! 객주님이 빈민들도 도우시고, 상인들한테 자릿세 받으려는 놈들도 내쫓아 주시고, 가뭄이나 홍수가나면 상단 곡창도 열어 주시잖아!"

"그건 여란이도 같이 하는 일인데 객주님만 찾겠어?"

"그럼 그건가 보지! 이번에 객주님이 노예인가 뭔가 잡아들였다고 하지 않았나?"

"어쨌든 좋은 일로 부른 걸 거야. 빨리 정위에게 알리자고!"

말이 끝나기가 무섭게 인부 한 명이 안으로 들어가 정위에게 말을 전했다. 하지만 정위와 여란의 표정은 심상치 않았다. 여란이 대장군을 돕는 게 황후의 귀에 들어간 것이라 생각한 탓이었다.

황후의 성품은 잔혹하기로 유명했다. 불려 들어간다면 멀쩡한 몸으로는 나오기 힘들 것이다. 그런 곳에 오늘 아침 막 깨어난 양야를 보낼 순 없었다.

"정위, 위로 올라가서 오라버니에게 궁에서 사람이 왔다고 전하시오! 손님은 내가 맞겠소."

그는 처음 맞는 상황에 우왕좌왕하다가 밖으로 뛰쳐나가려는 여란을 붙잡았다.

"안 됩니다! 여란 님은 위로 올라가 계십시오. 객주님께 황족이, 아니, 궁이 오셨다고, 아니 궁에서 오셨다고······."

정위는 횡설수설하다가 말을 끝맺지도 않고 밖으로 나갔다. 정위의 말실수를 놀릴 틈도 없었다. 여란은 다급하게 위층으로 올라갔다. 북을 두드리는 것처럼 빠르게 울리는 발소리에 양야가 곰방대를 입에 물며 몸을 일으켰다.

새하얀 연기가 그의 잔상처럼 그의 뒤를 따라붙었다. 양야는 손을 휘둘러 연기를 몰아내고 여란이 도착하기도 전에 먼저 방문을 열었다.

"흡!"

여란이 귀신을 본 것처럼 화들짝 놀라며 걸음을 멈췄다. 양야는 길게 연기를 내뿜으며 여란을 방 안으로 집어넣었다.

"너는 거기 있으렴."

"뭘 어쩌려고 그러오!"

여란이 버럭 소리치며 양야를 밀어 내고 나오려 했다. 평소에 비실비실 하다며 놀림 받던 양야는 한 발자국도 밀려나지 않았다. 오히려 나오려는 여란을 가볍게 안으로 밀어 넣고 문을 닫았다.

"진정해."

"진정은 무슨! 당장 문 여시오! 나 대신 오라버니에게 해를 가하려고 황후가 보낸 게 틀림없소. 일단 몸을 피해야 한단 말이오!"

문이 거칠게 흔들렸다. 양야는 일단 주술로 문을 걸어 잠갔다.

사람을 보낸 것은 황후가 아니라 나환일 것이다. 하지만 양야도 나환의 정확한 정체를 알 수 없었기에 달리 설명할 길이 없었다.

여란은 흥분하면 날뛰는 경향이 있으니 지금 문을 열어 주었다가는 아래로 내려가 난동을 부릴 것이다.

좀 진정할 때까지 이대로 두는 게 낫겠다는 생각에 양야는 시간이 지나면 문이 저절로 열리도록 해 놓고 몸을 돌렸다.

"오라버니! 이, 이게 왜 안 열린담! 듣고 있소? 가지 마시오! 나를 도왔으니 오라버니도 사달이 날 것이오!"

여란의 외침을 뒤로하고 양야는 느긋한 걸음으로 계단을 내려갔다. 궁인에게 차를 내주던 정위가 긴장한 얼굴로 뒤를 돌았다. 양야는 그에게 들어가 있으라고 눈짓했지만 정위는 그 고갯짓을 못 본 체하였다. 고집은 정위나 여란이나 똑같았다. 양야는 짧게 웃으며 궁인 앞에 섰다.

"제가 한월각의 객주 장양야입니다."

자리에서 일어난 궁인이 공손히 허리를 굽혔다.

"공주님께서 노예 매매를 발각해 낸 것을 치하하시겠다며 궁으로 초대하셨습니다. 가시지요."

양야는 당장 움직이지 않고 고개를 돌려 연기를 내뿜었다. 그러자 궁인이 품에서 서신을 꺼내 양야에게 내밀었다. 양야가 서신을 받아 펼쳤다. 안에는 궁인이 말한 것과 같은 내용이 적혀 있었다. 그리고 그 밑에는 황가의 인장도 찍혀 있었다.

"다녀오마. 내가 가면 란이가 놀라지 않게 잘 설명하고 문을 열어 주거라."

"가둬 두셨습니까?"

정위가 놀라며 물었다. 그리고는 양야가 답하기도 전해 알겠다는 듯이 고개를 끄덕였다.

"잘하셨습니다."

양야는 연기를 내뱉으며 웃고 궁인을 따라 마차에 올랐다. 빠르게 흐르는 풍경 속에서 문득 친우를 초대해야겠다는 환의 말이 떠올랐다.

'설마······.'

그럴 리 없다고 생각하면서도 의심은 사라지지 않았다. 사라지지 않기는커녕 오히려 더 짙어졌다.

비원궁에 가까워질수록 쌉쌀한 장미 향이 희미하게 느껴진 탓이다. 더 가까워지자 미약하게 천리향과 백리향의 향까지 느껴졌다. 물론 환라는 같은 실수를 두 번 저지르지 않았다. 양야가 궐겸처럼 향낭 냄새를 알아차릴까 봐 아침 일찍부터 향낭을 옷장 깊숙한 곳에 숨겨 두었다. 그가 사람이었다면 절대 냄새를 알아차리지 못했을 것이다.

하지만 양야는 여우였다. 공기 중에 아주 희미하게 남아 있는 냄새도 알아차릴 수 있었다. 만약 향을 완벽하게 숨겼다 해도 환라의 기운으로 알아차렸을 것이다. 게다가······.

"왔는가."

목소리도 똑같았다. 양야는 곰방대를 깊게 들이마시며 고민했다.

'아는 척을 해야 하나, 말아야 하나?'

새하얀 연기가 허공에 비단처럼 펼쳐졌다. 환라는 그 연기를 보며 아차 싶었다.

'나와 함께 있으면 두통이 가신다고 하였는데.'

미처 그 사실을 떠올리지 못했다. 환라가 당황한 표정을 지었다. 그리고 저도 모르게 입을 다물어 버렸다. 양야는 침묵이 이어지자 환라가 무슨 생각을 하는지 어렴풋이 눈치챘다. 그는 연기 뒤로 미소를 감추며 인사를 올렸다.

"초대해 주셔서 영광입니다, 공주님."

양야는 환라의 기색을 살폈다. 공주의 신분을 그다지 알리고 싶어 하지 않는 것 같았다. 양야는 그녀가 직접 밝힐 때까지 모른 척하기로 마음먹었다.

"제가 두통이 심해 약초를 연기로 마셔야 합니다. 괜찮으시다면 약초를 피울 수 있도록 허락해 주시겠습니까?"

"윤허한다."

"감사합니다."

환라는 작게 안도의 한숨을 내쉬었다.

'역시 향낭 덕분에 두통이 가신 거였나?'

그리 생각하며 다른 화제를 꺼냈다.

"이 지사에게 그대가 노예를 구출해 내는 데에 큰 공헌을 하였다 들었다."

"혼자 한 것이 아닙니다."

"안다. 허나…… 나환은 찾지 못하였다. 혹 궁이 낯설까 하여 이 지사를 불러오라 일렀는데……."

환라가 어색한 투로 나환을 못 찾았다고 말하며 말끝을 흐렸다. 양야의 눈에는 어색한 거짓말마저 귀여워 보였다. 그는 연기를 짙게 내뿜으며 미소를 감췄다.

환라가 어색함을 억누르고 칠각을 돌아보았다. 칠각이 머리를 조아렸다.

"아직 연락이 없사옵니다, 공주님."

궐겸은 항상 중정대에 있었기에 부르면 바로 달려오곤 했다. 궁인이 한월각으로 출발했다는 말을 들었을 때 불렀는데 아직도 연락이 없다니. 이상한 일이었다. 환라가 의문을 품자마자 환관 하나가 소식을 들고 왔다고 아뢰었다. 칠각이 먼저 나가 이야기를 듣고 조심스럽게 들어왔다. 그는 양야에게 들리지 않도록 환라의 귀에 속삭였다.

"이궐겸 지사가 황후 폐하께 형벌을 받고 있다고 합니다."

환라가 자리에서 벌떡 일어났다. 양야는 새하얀 연기를 내뿜으며 환라를 바라보았다.

"일이 생겨 잠시 가 보아야겠다. 내가 돌아올 때까지 예서 기다리거라."

"그리하겠습니다."

환라는 양야의 대답을 듣자마자 몸을 돌려 비원궁을 빠져나갔다. 제 뒤를 따르는 발걸음 소리는 신경 쓸 겨를도 없었다. 그녀는 뛰듯이 걸어 형이 집행되는 곳으로 들어갔다.

상석에 앉은 영로가 보였다. 그 앞에는 커다란 기둥이 있었고, 궐겸은 등을 보인 채 기둥에 매달려 있었다. 벌써 몇 대 맞은 것인지 찢어진 옷 틈으로 맨살이 보였다. 멀리서 영로의 목소리가 들렸다.

"그대에게 우상의 집을 조사하라 지시한 자가 있거든 말하라. 공적을 세운 자에게 형벌을 내리고 싶지 않으니."

다른 내용은 잘 들리지 않았으나 형벌이라는 단어만큼은 또렷했다. 환라는 걸음을 빨리했다. 그사이 궐겸이 영로의 말에 대답했다.

"없습니다."

영로가 답답하다는 듯 인상을 찌푸리며 긴 숨을 내쉬었다.

"아무리 노예 매매를 발각해 낸 공로가 크다고 하나, 일개 지사가 허가도 받지 않고 독단적으로 우상의 집에 침입해 사람들을 포박하고 지하를 수색한 것은 하극상일뿐더러 위법한 것이다. 정말 지시를 내린 자가 없느냐?"

"없습……."

"제가 시켰습니다."

환라가 궐겸의 말을 끊고 끼어들었다. 영로가 그제야 환라를 발견했다. 그녀는 코웃음 치며 환라에게 물었다.

"공주가 그리 하였다고요?"

"예, 황후 폐하. 제가 그리 하라 했습니다."

"공주가 어찌 알고요?"

"상소에 백성의 삶은 없고 황제 폐하를 찬양하는 글만 있는 것이 수상하여 칠각이를 시켜 밖을 둘러보라 일렀습니다. 그러던 중에 노예 마차가 지나다닌다는 이야기를 듣고 이 지사에게 조사해 보라 했습니다."

영로가 고개를 돌려 궐겸에게 물었다.

"이 말이 사실인가?"

궐겸이 힘겹게 고개를 돌려 환라를 봤다. 환라가 가볍게 고개를 끄덕였다. 그녀에게 허락을 구하고도 궐겸은 쉽게 말을 잇지 못했다.

"이 지사."

환라가 조용히 그를 부르고 나서야 그는 마지못해 입을 열었다.

"사실이옵니다."

"왜 진작 말하지 않았나?"

궐겸이 대답하지 않자 환라가 다시 입을 열었다.

"박망의가 황후 폐하의 측근이니 제가 시킨 것을 아셨다가는 의가 상할까 걱정한 듯하옵니다."

환라는 눈빛으로 긍정하라고 종용했다. 버티던 궐겸이 어쩔 수 없이 입을 열었다.

"……공주님의 말씀이 맞사옵니다."

영로는 눈살을 잠시 찌푸렸다가 궐겸을 풀어 주라고 명령했다. 소유들이 궐겸의 팔목을 풀어 주었다. 환라가 다가가 궐겸의 몸을 부축하려 했다. 그러나 궐겸은 비틀거리면서도 환라의 손을 피했다.

"먼지와 피 때문에 옷이 더러워졌습니다."

"상관없다."

환라는 궐겸에게 다가가 그의 팔을 받치며 물었다.

"걸을 수 있겠는가?"

"예, 공주님."

대답은 그렇게 했으나 환라가 걸음을 떼자마자 궐겸은 크게 비틀거렸다. 환라가 눈짓하자 칠각이 다가와 몸을 숙였다.

"업혀라."

"괜찮습니다."

"몸이 상할까 걱정스럽다."

걱정이라는 말에 궐겸의 볼이 달아올랐다. 더는 고집 부릴 수 없었다. 그는 군말 없이 칠각의 등에 업혔다. 칠각이 몸을 일으켜 세우자 환라가 영로를 향해 허락을 구했다.

"가서 지사를 치료해도 되겠사옵니까?"

"그리 하세요."

환라는 인사를 올리고 비원궁으로 돌아왔다.

권태롭게 앉아 곰방대만 피우고 있던 양야가 익숙한 향에 고개를 돌렸다. 열린 문 너머로 환라와 칠각, 궐겸이 보였다. 환라는 칠각에게 궐겸을 방 안으로 데려가라고 말한 뒤 접객실에 앉아 있는 양야에게 다가갔다.

양야는 업힌 채 방으로 들어가는 궐겸을 보다가 환라에게 물었다.

"다쳤습니까?"

"그렇다."

"제가 치료하겠습니다."

환라는 급한 마음에 고개를 끄덕였다. 양야가 의술과 약초에 통달한 것을 이미 알고 있었기에 묻지도 않았다. 그 허술함조차 사랑스러워, 양야는 미소를 감추며 고개를 끄덕였다.

안으로 들어가자 궐겸을 등에 업은 채로 한가운데 서 있는 칠각이 보였다. 환라가 칠각에게 다가가며 물었다.

"눕히지 않고 무얼 하는가?"

"이 지사가 공주님의 침상에는 누울 수 없다 합니다."

"이곳에 침상 말고 누울 곳이 있는가?"

환라가 궐겸에게 질문했다.

옳은 말이었다. 하지만 궐겸은 냉큼 공주의 침상에 눕겠다고 할 수 없었다. 자신이 연심을 품고 있어서인지 환라의 침상에 눕는 것이 매우 음흉한 일처럼 느껴졌다.

"하오나……."

궐겸이 말끝만 흐리며 제대로 대답하지 못하자 환라가 먼저 침상으로 가서 이불을 걷었다. 칠각이 침상으로 다가와 몸을 낮추자 양야가 궐겸을 부축했다. 그제야 양야를 알아본 궐겸이 의아한 목소리를 냈다.

"장 객주?"

양야가 가볍게 대답했다.

"초대받아 왔습니다."

양야에게 말을 걸려던 궐겸의 손을 환라가 덥석 잡았다.

궐겸이 어깨를 움찔거리며 고개를 내렸다. 환라의 고운 손이 제 손을 잡고 있었다. 궐겸이 부끄러운 티를 내기도 전에 환라가 그를 침상에 앉혔다.

"상처를 봐야겠다."

옷을 벗으라는 소리였다. 궐겸의 얼굴이 순식간에 달아올랐다. 공주님의 침상 위에서 옷을 벗는다니, 꿈에서조차 상상해 본 적 없는 일이었다. 그가 어찌하지 못하고 가만히 있자 환라가 손을 뻗었다. 그녀의 손이 옷깃에 닿자마자 궐겸이 제 앞섶을 움켜쥐고 몸을 틀었다.

등에서 작열하는 통증이 느껴졌다. 궐겸은 아랫입술을 꾹 물었다가 작은 목소리로 말했다.

"부끄럽습니다."

맨몸을 보이기 부끄러우니 나가 달라는 뜻이었다. 그 안에 담긴 연정이 고스란히 드러나자 양야는 이상하게 기분이 불쾌해졌다.

별안간 궐겸과 환라가 같은 공간에 있다는 게 영 마음에 들지 않았다. 하지만 환라가 궐겸의 말을 알아듣고 자리를 비켜 줄 것이라 생각해 나서지 않았다. 마침 환라가 고개를 끄덕였다.

양야는 늘 가지고 다니던 약초를 꺼내며 환라가 나가길 기다렸다. 그러나 그녀는 움직이지 않았다. 대신,

"장 객주만 남고 모두 나가라."

다른 사람들을 내보냈다.

양야는 어이없다는 표정으로, 궐겸은 넋이 나간 표정으로 동시에 환라를 보았다. 환라는 이상함을 느끼지 못한 채 다시 궐겸을 보았다.

"모두 내보냈다. 이제 상처를 보여라."

궐겸은 눈을 깜빡였다. 환라 앞에서 옷을 벗는 건 부끄러웠지만 그렇다고 방 주인에게 나가라고 할 수도 없는 노릇이었다. 어쩌면 직접 상처를 봐야겠다는 의사 표현일지도 몰랐다. 그는 잠시 망설이다가 떨리는 손으로 옷고름을 풀었다.

환라는 고통이 심해 손을 떠는 것으로 여기고 몸을 돌려 향로를 가져왔다. 그녀의 생각을 알아차린 양야가 향로 안에 약초를 집어넣고 불을 붙였다. 얼마 지나지 않아 새하얀 연기가 세 사람의 주변을 감쌌다.

"숨을 들이마셔라."

"예, 공주님."

궐겸이 떨리는 목소리로 대답하며 환라가 시키는 대로 했다. 그는 풀어 헤친 옷을 어깨 뒤로 넘겼다. 새하얀 천이 팔과 등을 타고 흘러내렸다. 환라는 벌어진 살갗을 보며 혀를 찼다. 그리고 궐겸의 등 뒤에 앉아 궐겸의 상처 부근을 손으로 쓸었다.

보드라운 손길이 맨살을 스치자 궐겸이 숨을 멈추며 몸을 움츠렸다. 마치 정수리 위에 벼락이 내리친 것만 같았다. 손가락 마디마디가 쥐가 난 듯 저렸다. 궐겸은 저도 모르게 이를 악물었다.

뒤에서 환라의 걱정스러운 목소리가 들렸다.

"많이 아픈가?"

"괜찮습니다."

그의 대답과 함께 뒤에서 단단한 것이 거칠게 맞물리는 소리가 들렸다. 환라가 놀라 고개를 돌렸다. 저도 모르게 이를 악물고 있던 양야가 언제 그랬냐는 듯 미소 지었다. 하지만 그의 눈은 궐겸의 상처를 노려보고 있었다. 치료가 아니라 해를 입힐 것만 같은 눈빛이었다. 양야의 표정에서 분노를 엿본 환라가 걱정스레 물었다.

"표정이 좋지 않다."

"……친우가 다친 것을 보니 마음이 좋지 않아 그렇습니다."

환라는 고개를 끄덕였다. 핏줄인 자신도 어머니의 처사가 지나쳤다고 느낄 지경인데 타인은 오죽하겠는가 싶었다.

안타까운 마음에 환라는 연신 궐겸의 등줄기를 쓰다듬었다. 궐겸은 숨 쉬는 것도 잊은 채 눈을 질끈 감았다. 심장이 세게 뛰었다. 목은 발갛다 못해 불타오르는 것만 같았다.

양야의 상태도 마찬가지였다. 그는 화로 위에 서 있는 것처럼 속이 부글부글 끓었다. 왜 이런 감정을 느끼는지는 모르겠지만 그 원흉이 환라인 것은 확실했다. 정확히 말하자면 궐겸을 여우 쓰다듬듯 쓰다듬고 있는 환라의 손 때문이었다. 양야는 감히 공주의 손을 붙잡아 세웠다.

뒤에서 칠각이 헛기침을 했지만 양야는 신경 쓰지 않았다.

"계속 그리 만지시면 이 지사가 곤란해합니다."

"아."

환라가 작은 탄성을 내었다. 상처 주변을 문질러 댔으니 분명 따가웠을 것이다. 고작 며칠 사이에 여우를 쓰다듬던 것이 습관이 된 모양이었다. 환라는 속으로 혀를 차며 손을 떼어 냈다.

"내 생각이 짧았다."

궐겸은 아쉬움과 안도를 동시에 느끼며 양야를 바라보았다. 감사의 인사를 하려 했건만 형형한 눈빛에 말문이 막히고 말았다.

'나를 이리도 위해 주다니.'

심지어 아까는 친우라는 표현도 썼다. 궐겸은 속으로 작게 감동하며 미소 지었다. 유순한 얼굴을 보자 양야는 화를 낼 수도 없었다. 그는 한숨 쉬듯 웃으며 물었다.

"등만 맞으셨습니까?"

"예."

그 말을 들은 환라가 양야에게 자리를 비켜 주며 칠각에게 눈짓했다. 칠각이 의자를 침대 맡에 놓아 주었다. 환라가 그 의자에 앉으며 궐겸에게 말했다.

"누워라."

거절했던 명령이 다시 돌아왔다. 궐겸은 침대를 내려다봤다. 환라가 누웠던 곳에 제 몸을 눕힌다고 생각하니 숨이 턱 막힐 정도로 부끄러웠다. 궐겸이 어쩔 줄 몰라 고개를 숙였다.

그 모습을 보자 양야의 속이 다시 들끓었다. 장미 향이 가득 묻은 저곳에 궐겸이 몸을 겹친다고 생각하니 속이 답답하고 짜증이 났다.

'이건, 화인가? 왜 화가 나는 거지?'

양야는 제 감정에 의문을 품었으나 싫은 것은 싫은 것이었다. 왜 화가 나는지 안다고 해도 싫은 게 좋아질 리는 없었다. 그는 눈빛으로 재촉하는 환라와 곤혹스러워하는 궐겸 사이에 끼어들었다.

"움직이는 것보다 이대로 약을 바르는 게 낫습니다."

양야의 실력을 알고 있는 환라는 그의 말을 믿었다. 그녀는 양야에게 고개를 끄덕여 보이고 궐겸에게 누우라고 종용하지 않았다. 대신 일어나 양야의 곁으로 왔다.

"장 객주가 보기엔 어떠한가?"

"상처가 그리 깊지 않습니다."

환라가 궐겸의 등을 보았다. 아직 피를 흘리는 것이 제법 아파 보였다.

"어머니도 무심하시지. 공을 세운 자를 어찌 벌하신단 말인가."

궐겸이 환라의 시선 반대편으로 몸을 더 돌리며 답했다.

"제대로 된 절차도 밟지 않고 우상의 집에 들어가 사람들을 잡아 온 것은 제 죄가 맞습니다. 보통은 옷을 벗겨서 때리나 저에게는 그리하지 않으셨기에 상처가 깊지 않은 것입니다. 황후 폐하 나름대로 자비를 베푸신 것이옵니다."

우상은 조정의 최고 대신이었다. 일개 지사 따위가 들쑤시면 안될 인물이었다. 하지만 궐겸은 절차를 밟기는커녕 마음이 너무 급해 상부에 보고조차 하지 못했다. 무단으로 우상의 집에 쳐들어가 뒤엎은 것이다.

그런데도 영로는 자신의 측근을 건드린 궐겸에게 관대했다. 옷을 벗기긴커녕 한 대를 때릴 때마다 해명할 기회도 주었다. 덕분에 세 대밖에 맞지 않았다. 그녀가 진정 법대로 하였다면 궐겸의 등은 벌써 넝마가 되었을 것이다. 감사한 처사였으나 한 편으로는 그 점이 의아했다.

'무자비하기로 악명 높은 파황후가 나를 왜 봐준 걸까? 정말 공주님을 아끼기 때문에? 내가 공주님의 사람이라고 생각해서? 아니면 포악하고 자비를 모른다는 소문은 그저 소문일 뿐인가?'

끊임없이 이어지는 의문 사이로 환라의 목소리가 파고들었다.

"왜 나에게 지시를 받았다 말하지 않았는가?"

이유는 간단했다. 자신의 위기를 모면하고자 환라가 지시하지 않은 것을 지시받았다고 말할 수 없었기 때문이다.

게다가 환라는 유일한 적통 후계자였다. 언젠가 황제가 될 것이다. 권력을 독식하고 있는 영로에게 환라의 존재는 눈엣가시일 수밖에 없었다. 혹시라도 자신이 말을 잘못해 공주가 황후를 견제한다고 생각하면 황후는 반드시 공주를 제거하려 할 것이라는 게 궐겸의 생각이었다.

그러나 영로가 측근을 엄중히 처벌하고 공주의 사람에게 관대한 것을 보자 궐겸은 혼란스러웠다.

황후가 천하를 거머쥐려 한다는 대장군의 말이 믿기지 않았다.

'혹 대장군과 황후 폐하 사이에 무슨 오해가 있었던 걸까?'

궐겸은 고민하면서도 환라의 질문에 대답하기 위해 입을 열었다.

"공주님의 말씀이 맞사옵니다. 우상 박망의가 황후 폐하의 측근이니 공주님 말씀을 꺼냈다가는 두 분의 사이가 틀어질까 그리하였사옵니다."

"어머니는 그렇게 편협하신 분이 아니시다. 그러니 다시 이런 일이 생기면 내가 시켰다 하라."

환라가 부드러운 어조로 말했다. 궐겸은 면포에 가려진 얼굴을 보며 고개를 끄덕였다.

"명심하겠습니다."

두 사람 사이에 잠시 침묵이 흘렀다. 옆에서 궐겸의 상처를 살피며 지혈을 하고 있던 양야가 곰방대의 연기를 길게 내뱉었다.

"대화가 끝나셨으면 약초를 부탁드려도 되겠습니까?"

환라가 고개를 끄덕이고 문을 향해 말했다.

"밖에 누구 있는가?"

"예, 공주님."

밖에서 향옥이 공손하게 대답했다. 환라는 궐겸이 벗어 놓은 옷을 다시 그의 어깨에 걸쳐 주며 향옥에게 들어오라고 말했다. 바로 문이 열리고 향옥이 안으로 들어와 고개를 숙였다.

"필요한 약재가 있거든 여사에게 말하라."

양야는 살이 붙는 데 효과적인 약초 몇 가지와 천, 깨끗한 물,

붕대를 향옥에게 부탁했다. 향옥은 바로 양야가 부탁한 것들을 가져다주었다.

양야는 물에 정기를 불어 넣었다. 그리고 약초를 돌절구에 넣고 정기가 섞인 물을 조금씩 부어 가며 골고루 으깼다. 환라는 손짓으로 향옥에게 나가 있으라 이른 뒤 손을 깨끗이 씻었다.

"약은 내가 바르겠다."

궐겸은 잠깐 헛기침을 하긴 했으나 환라를 말리지 않았다. 오히려 어깨에 걸치고 있던 상의를 조용히 거둬들여 제 허벅지 위에 올려 두었다. 환라의 손길을 기다리는 궐겸의 귓가와 목덜미는 붉게 물들어 있었다. 그것을 보자 짜증과 비슷한 감정이 양야의 가슴을 확 치받았다.

양야는 약초로 물든 제 손끝을 보다가 곰방대의 연기를 쓰게 들이마셨다.

"이미 제 손에 약초 물이 들었으니 제가 하겠습니다."

"양이 적어 보이는데 내가 바르고 장 객주가 약을 더 제조하는 것이 낫지 않겠는가?"

환라가 절구 안을 들여다보며 물었다. 궐겸의 상처에 바르기에는 터무니없이 모자란 양이었다. 보통의 약이라면 말이다. 하지만 정기가 섞여 있으니 아주 소량만 발라도 며칠 만에 깨끗하게 나을 것이다.

"이 정도 양이면 충분합니다."

양야의 말에 환라가 고개를 끄덕였다. 그녀는 양야가 궐겸을 편하게 치료할 수 있도록 옆으로 물러났다.

환라가 의자에 앉자 양야가 손가락으로 약초를 덜어 냈다.

"약초를 태우고 있으니 아프진 않을 겁니다."

"예, 감사합니다."

두 사람의 대화를 들으며 환라는 향로를 바라보았다. 흘러나오는 연기의 양이 현저히 줄어 있었다. 저러다 꺼지는 게 아닌가 싶었는데, 아나나 다를까 얼마 안 가 연기가 훅 꺼져 버렸다.

환라는 궐겸의 얼굴에 고통스러운 기색이 없는지 살피며 물었다.

"향로에서 연기가 나질 않는다. 약초는 더 없는가?"

"가져온 것은 그게 다입니다."

양야가 대답하자마자 궐겸이 놀란 표정을 지었다. 약초가 없으면 양야가 극심한 두통에 시달린다는 것을 궐겸도 알고 있던 까닭이었다.

궐겸이 몸을 돌리려 하자 양야가 그의 어깨를 붙잡았다. 궐겸은 강제로 앞을 본 채 걱정스러운 목소리로 물었다.

"돌아가실 때 어찌하시려고 약초를 다 내주셨습니까?"

"마차를 타면 금방이니 조금 참으면 됩니다."

아무리 가깝다고는 하나 궁 입구에서 일각(15분)이 넘게 걸리는 거리였다. 게다가 궁 안에서 말을 타는 것은 법도에 어긋났기에 비원궁에서 궁 입구까지 걸어 나가야 하니, 못 해도 반 각(1시간)은 족히 걸릴 것이다. 양야는 그 시간 동안 끔찍한 통증에 시달릴 것이다. 그걸 알면서도 망설임 없이 약초를 내어 준 것이다.

궐겸은 몸을 틀어 양야를 빤히 바라보았다. 그의 눈에는 숨길 수 없는 감동이 일렁이고 있었다.

'이제껏 홍 낭자 때문에 어쩔 수 없이 나와 친분을 맺은 것이라 여겼는데 이리도 나를 생각해 주고 계실 줄이야.'

궐겸의 호의적인 시선이 양야의 얼굴에 달라붙었다. 그와 눈이 마주친 양야가 부드럽고 단호하게 말했다.

"약을 바르기 어렵습니다."

궐겸은 그제야 약을 바르던 와중이라는 것을 깨달았다. 그는 몸을 돌리다 환라를 발견했다.

새삼스럽게 궐겸의 심장이 크게 두근거렸다. 그 진동이 양야의 손끝에도 전해졌다. 환라의 심장 소리와 달리 궐겸의 심장 소리는 양야의 심기를 긁어 댔다. 환라를 보는 궐겸의 눈에 달콤한 기색이 어리자 양야는 저도 모르게 손에 힘을 주었다.

"윽."

궐겸의 몸이 크게 움찔거리며 움츠러들었다. 원래대로라면 비명을 지를 정도였으나 진통 효과가 있는 약초 냄새 덕분인지 통증이 크게 느껴지진 않았다. 하지만 궐겸의 주의를 환라에게서 떼어 놓을 정도는 되었다.

양야는 약초를 바르자마자 딱지가 붙으며 낫기 시작하는 궐겸의 등을 바라보았다. 빨리 아무는 것을 보니 조금의 심술은 괜찮을 것 같았다. 양야는 궐겸의 신경이 환라에게로 향하려 할 때마다 일부러 딱지가 붙은 그의 상처를 꾹꾹 눌렀다. 그 일이 여러 차례 반복되자 이상하게 여긴 궐겸이 양야를 돌아보았다.

양야는 평소와 다를 바 없는 얼굴로 뻔뻔스럽게 말했다.

"아픈 만큼 빨리 낫습니다. 그러니 조금 참으십시오."

궐겸이 깨달은 표정으로 고개를 돌렸다. 약을 다 바른 양야가 붕대를 들었다. 그러자 지켜만 보던 환라가 물었다.

"내가 도와줄 것은 없는가?"

"없습니다."

양야가 부드럽고 단호하게 거절했다. 그는 궐겸에게 팔을 벌려 달라고 한 뒤 상처에 제 몸이 닿지 않게 조심하며 붕대를 감았다. 그가 붕대를 꽉꽉 조여 감자 궐겸이 인상을 찌푸렸다.

"장 객주, 너무 갑갑합니다."

"이 약은 상처에 달라붙어 있어야 잘 낫습니다."

터무니없는 말이었지만 이곳에 양야보다 약초와 의학에 대해 잘 아는 사람은 없었다. 이미 딱지가 붙었기에 약초와 상처가 낫는 속도는 아무런 연관도 없다는 사실 또한 아무도 알지 못했다. 특히 궐겸과 환라는 양야를 매우 신뢰하고 있었기에 아무도 의문을 제기하지 않았다.

양야가 붕대를 묶어 주고 자리에서 일어나자 궐겸도 바로 옷을 꿰어 입고 침상에서 멀어졌다. 그는 환라를 등지고 서서 옷고름을 묶었다. 환라는 등이 찢어진 궐겸 옷을 보다가 향옥을 불렀다.

향옥이 안으로 들어왔다.

"가서 이 지사가 입을 만한 옷을 가져오라."

향옥이 궁인을 시켜 옷을 가져오게 했다. 양야는 잠시 들어왔다가 나가는 궁인을 힐끗 보고는 손을 씻고 물기를 닦아 냈다. 그리고 환라의 옆에 앉았다. 허락도 구하지 않고 공주의 옆에 앉는 양야를 보며 궐겸이 눈을 크게 떴다.

궐겸이 놀란 눈으로 보고 있다는 것도 모른 채 양야와 환라는 담소를 나누었다. 얼마 지나지 않아 문이 열리고 음식이 들어왔다.

환라는 양야와 함께 자리를 옮겼다. 궐겸은 환라와 양야가 앉아 있던 곳을 바라보다가 탁자로 향했다. 상다리가 휘어질 정도로 푸짐하게 차려진 음식이 보였다. 궐겸이 가만히 서 있자 환라가 우아하게 앉으라고 손짓했다. 그는 환라의 오른편에 앉았다. 양야와 마주 보는 자리였다.

"시간이 늦어 많이 시장할 터이니 어서 들라."

"감사합니다."

"황공하옵니다, 공주님."

양야와 궐겸이 동시에 말했다.

환라는 고개를 끄덕이고 두 사람이 먹는 것을 지켜보았다. 가리지 않고 먹는 궐겸과 달리 양야는 고기만 먹고 있었다. 그 모습이 아이 같아 환라는 소리 없이 웃고 있을 때였다. 칠각이 방 안으로 들어왔다.

"공주님. 황제 폐하와 황후 폐하께서 찾으십니다."

"무슨 일인가?"

"우상 임명에 대해 논의하시려는 것 같사옵니다."

칠각이 목소리를 낮춰 고했다. 친우들과 도란도란 이야기를 나누고 싶었던 환라는 아쉬움을 뒤로한 채 자리에서 일어났다. 공주님이 일어났는데 지사가 앉아 있을 수는 없는 노릇이라 궐겸이 황급히 젓가락을 내려놓았다. 환라는 궐겸의 어깨에 가볍게 손을 올려 그를 다시 자리에 앉혔다.

"황제 폐하께서 찾으신다고 한다. 그대들은 천천히 먹고 돌아가도록 하라."

"알겠습니다."

가볍게 대답하는 양야와 달리 궐겸은 불편한 표정이었다. 환라는 가볍게 궐겸의 어깨를 다독이고 몸을 돌렸다.

"여사는 이곳에 남아 지사와 객주가 식사를 하는 것에 불편함이 없도록 도와라. 그리고 식사가 끝난 뒤에 내가 준비한 것을 전해 주고 돌려보내도록 해라."

"알겠사옵니다, 공주님."

환라는 그대로 칠각을 이끌고 방 밖으로 나갔다.

그녀가 완전히 방 밖으로 사라지고 나서야 궐겸의 어깨에 힘이 빠졌다. 그는 작게 한숨을 내쉬며 환라가 나간 방향만 바라보았다. 슬그머니 밀려드는 두통에 양야는 곰방대를 들어 올렸다.

하지만 약초는 재가 된 뒤였다. 양야는 인상을 찌푸리며 곰방대를 내려놓았다. 그래도 방에 환라의 기운이 많이 남아 있어 아직 버틸 만했다.

통증을 잊기 위해서라도 대화를 나눠야겠다는 생각이 들었다. 양야는 식탁에 팔을 세워 턱을 괴며 망부석처럼 한 곳만 바라보고 있는 궐겸에게 물었다.

"걱정이라도 있으십니까?"

"……장 객주는 어찌 그리 하실 수 있으십니까?"

양야가 고개를 기울였다. 궐겸은 반쯤 줄어든 밥을 내려다보다가 목을 가다듬었다.

"공주님께 마치 오래된 친구처럼 말을 거시지 않습니까. 저는 공주님을 뵌 지 2년이 지났지만 여전히 말씀을 올리기가 어렵습니다."

"저를 대하듯이 대하시면 될 것 같습니다."

사실 궐겸에게 양야는 편한 상대가 아니었다. 어떨 땐 환라보다 어렵게 느껴졌다. 차마 그렇게 말할 수 없었기에 궐겸은 어색하게 웃었다.

양야의 얼굴에도 권태롭고 나른한 미소가 걸렸다. 궐겸의 시선은 이미 양야를 떠나 환라가 앉아 있던 자리에 머물러 있었다. 두통으로 의식이 흐려지는 사이에도 양야는 궐겸의 얼굴에 떠오른 표정을 읽어 냈다.

"공주님을 마음에 품고 계십니까?"

궐겸이 웃는 듯 찌푸린 듯 어정쩡한 표정을 지었다.

'근 한 달 사이에 벌써 두 명에게나 들키다니……'

사실은 궐겸의 생각보다 더 많은 사람이 그의 마음을 눈치채고 있었다.

이백은 물론이거니와 능윤에게서 이야기를 전해 들은 영로도 그의 마음을 알고 있었다. 환라를 곁에서 오랫동안 모셔 온 칠각과 향옥은 두말할 것도 없었다. 심지어 궐겸이 제 감정을 알아차리기 전부터 두 사람은 궐겸의 마음을 눈치채고 있었다. 따지고 보면 당사자인 환라를 제외한 주변 사람들은 이미 궐겸의 마음을 알고 있었다.

그 사실을 꿈에도 모르는 궐겸은 양야의 눈치가 범인을 뛰어넘는다고 생각했다.

"그렇게 티가 많이 납니까?"

양야는 옅은 미소로 답을 대신했다. 그리고 뒤를 돌아봤다. 환라가 나간 뒤로 문은 닫히지 않은 채 활짝 열려 있었다. 두 사람은 한참 동안 젓가락을 들지 않았다. 옆에서 지켜보던 향옥이 다가와 입을 열었다.

"식사는 끝나셨습니까?"

나이도 많고 품계도 높은 향옥이 갑작스럽게 말을 높이자 궐겸이 당황한 표정을 지었다.

"평소처럼 대하여 주십시오."

"오늘은 공주님의 손님으로 오셨으니 그럴 수 없습니다."

향옥이 단호하고 부드럽게 거절했다. 궐겸이 자주 찾아온 탓인지 두 사람의 사이는 제법 친근해 보였다. 환라의 측근과 궐겸이 가까워 보이자 양야의 미간이 미세하게 찌푸려졌다. 그는 마음 깊숙한 곳에서 올라오는 투기를 무시하며 미소를 지었다.

"저는 다 먹었습니다."

"저도 다 먹었습니다."

궐겸이 바로 이어서 대답했다. 향옥은 고개를 가볍게 한 번 끄덕이고 궁인을 시켜 음식을 치우도록 했다.

탁자가 깨끗해지자 향옥은 두 개의 상자를 가져와 하나는 궐겸의 앞에, 하나는 양야의 앞에 내려놓았다. 양야는 바로 상자를 열어 안에 있는 물건을 꺼냈다. 반면에 궐겸은 상자를 가져다준 향옥에게 물었다.

"이게 무엇입니까?"

"공주님께서 준비하신 하사품입니다."

궐겸이 그제야 상자를 열어 보았다. 안에는 작은 필첩과 옥으로 만든 목걸이가 들어 있었다. 그는 조심스러운 손길로 환라가 준 선물을 쓰다듬다가 고개를 들었다.

양야는 손에 상투관과 동곳을 들고 있었다. 두 개의 물건을 손에 들고 빤히 바라보던 양야가 궐겸에게 물었다.

"이건 어떻게 하는 겁니까?"

뭐든 모르는 것이 없어 보이던 양야가 상투 트는 법을 모를 줄이야. 어렵게만 생각했던 양야가 갑자기 친근하게 느껴져 궐겸은 웃음을 터트렸다. 어쩌면 공주님도 생각보다 어렵지 않은 분일지도 모르겠다고 생각하며, 궐겸은 양야에게 다가갔다.

* * *

환라는 항룡궁으로 들어섰다.

황제의 침소에 있는 탁상에는 이미 이백과 영로가 앉아 있었다. 환라는 두 사람에게 인사를 올리고 황제가 가리키는 곳에 앉았다.

"어서 오거라, 환아. 안 그래도 네가 오길 기다리며 우상의 자리에 누가 적합한지 논의하고 있었다."

"누구의 이름이 올랐습니까?"

환라가 이백과 영로를 보며 물었다. 이백의 시선이 잠시 영로에게 머물렀다. 영로는 찻잔을 만지며 시선을 내리깔고 있었다.

이백은 다시 환라를 보았다. 대답하기 위해 벌린 그의 입에서 별안간 기침이 쏟아져 나왔다. 환라가 걱정스러운 얼굴로 차를 따랐다. 그리고 자신이 먼저 한 모금 마신 뒤 찻잔 밑을 바쳐 이백이 차를 마시는 걸 도왔다. 그 모습을 지켜보던 영로가 이백 대신 답했다.

"내가 좌사정을 추천하였습니다."

잔을 기울여 주던 환라의 손이 멈췄다. 이백이 환라의 손을 부드럽게 밀어 냈다. 찻잔을 내려놓는 환라의 표정은 그리 좋지 않았다. 환라는 사실을 확인하기 위해 되물었다.

"좌사정이라면 소능윤을 말씀하시는 것이옵니까?"

"그래요. 폐하를 보필하는 것에 좌사정만큼 능한 자가 없지요."

"하지만 좌사정은⋯⋯."

어머니의 정부가 아니냐는 말은 차마 할 수 없었다. 환라는 입을 다물고 이백을 바라보았다. 그는 힘겹게 숨을 내쉬며 손바닥에 머리를 기대고 있었다. 그러다 환라의 시선을 맞추고 흐리게 웃으며 고개를 끄덕였다.

"나도 좌사정만 한 인재가 없다고 생각한다. 공주의 생각은 어떠한가?"

좌사정의 능력은 인정하나 그와 영로의 관계가 마음에 걸렸다.

그녀의 눈이 영로에게로 향했다. 팔을 반으로 접어 수평으로 들어 올린 채 차를 마시는 모습은 봉황처럼 고아했다. 인세의 일에는 관심이 없는 것처럼 말이다. 정부를 높은 자리에 앉히기 위해 측근을 버린 건 아니겠지. 안 좋은 생각이 떠올랐지만 환라는 영로의 뜻을 의심하지 않기로 했다.

"두 분 폐하의 뜻을 따르겠사옵니다."

"그렇다면 좌사정의 자리에는 누가 적합하겠는가?"

환라의 머리에 궐겸의 얼굴이 스쳐 지나갔다. 다년간 지켜본 결과 궐겸은 박식하고, 청렴하고, 옳은 일을 행할 줄 알며 무엇보다 백성의 삶에 관심이 많았다. 만약 그의 지위가 조금만 높았다면 오늘처럼 공을 세우고 매질을 당하는 일도 없었을 것이다.

"이궐겸은 어떠하십니까, 폐하."

"이번에 우상의 일을 밝혀낸 중정대의 지사 말인가?"

"예, 폐하. 아직 젊긴 하나 의롭고 백성을 위할 줄 아는 자이옵니다."

"황후의 생각은 어떻소?"

영로는 찻잔을 소리 나게 내려놓았다. 표정 없는 얼굴이 평소보다 매섭게 느껴졌다.

환라가 제 어머니에게서 느껴지는 적의에 당황하는 사이 영로의 입꼬리가 비틀어졌다.

"그가 청하덥니까? 좌사정이 되게 해 달라고?"

"이궐겸은 자신의 공로를 단 한 번도 과시한 적이 없사옵니다."

"그러면 왜 경험이 부족한 자를 추천하는 겁니까? 벌받은 것이 억울하다고 눈물이라도 보이던가요?"

"그는 오히려 황후 폐하의 처사가 옳은 것이라 하였습니다."

환라의 표정에는 한 치의 거짓도 보이지 않았다. 하지만 영로의 얼굴은 풀어질 생각이 없었다. 한참이나 차가운 얼굴로 환라를 응시하던 영로가 표정을 풀며 작게 숨을 내쉬었다.

"공주. 아무에게나 쉬이 믿음을 주어선 안 됩니다. 내가 뭐라고 하였습니까? 궁 안에 있는 사람은 그 누구도 믿으면 아니 된다 하지 않았습니까?"

"합당한 벌을 받았으니 합당한 상을 주고자 할 뿐이옵니다."

"공주의 침실에서 치료를 받은 것만으로도 이미 과분한 상을 받은 거예요."

"채찍질이 과분한 벌이라는 생각은 안 하셨습니까?"

환라의 얼굴에 서운함이 깃들었다. 그 얼굴을 정면에서 마주한 영로가 헛웃음을 터트렸다.

"내가 공주의 사람에게 벌을 내렸다고 원망이라도 하시는 겁니까?"

"원망은 아니옵니다."

환라가 한발 물러서자 날이 서 있던 영로의 얼굴도 조금 누그러들었다. 그녀는 지나치게 어리숙한 나머지 잘못된 선택을 하는 아이를 볼 때와 같은 한숨을 내쉬었다.

"공주의 사람이기에 그런 겁니다. 대신들의 투기가 얼마나 무서운지 아십니까?"

"대신들이 서로를 투기한다는 말씀이시옵니까?"

"그래요. 마칠각 태감도 대장군이었을 적에 선황께서 가장 신뢰하는 신하였습니다. 성왕께서는 항상 태감의 공을 치하하시고 조그만 잘못은 눈감아 주셨지요. 그 덕에 대신들의 질투를 사게 되었고, 모함을 받아 궁형과 사형을 선고받았습니다. 연려황후가 아니었다면 목숨을 부지하지 못했을 겁니다."

사형은 막았으나 궁형은 막지 못하였고 결국 환관이 되었다는 이야기를 들은 적이 있었다. 환라의 얼굴에 이해하는 듯한 기색이 떠오르자 영로가 타이르듯 말을 이었다.

"아시겠습니까? 공주의 사람을 지키려거든 상과 벌을 확실히 해야 합니다. 그래야 책잡힐 일이 생기지 않아요."

틀린 말은 아니었다. 환라는 가만히 듣고 있다가 공손히 고개를 숙였다.

"명심하겠사옵니다."

이백은 두 사람을 번갈아 보다가 환라의 손을 잡았다.

"황후. 너무 그러지 마시오. 제 사람이 다쳤으니 공주의 마음이 오죽 상했을까."

영로는 대답하지 않고 다 식은 차를 들어 올렸다. 소리 없이 차를 마시고 난 뒤에도 영로는 입을 열지 않았다. 별다른 이야기를 하지 않을 테니 뜻대로 하라는 의미였다. 그것을 눈치챈 이백이 고맙다는 듯 영로를 보다가 환라의 손등을 토닥였다.

"우상은 황후의 추천을 받았으니 좌사정은 공주의 추천을 받겠다. 황후는 국무 회의에서 과인의 뜻을 대신들에게 알려 주시오."

"알겠습니다."

"그리고 황후……."

이백이 말을 하다 말고 인상을 찌푸리며 이마를 짚었다. 환라의 손등 위에 올려놓은 이백의 손이 작게 떨렸다. 환라가 놀란 얼굴로 제 아버지의 손을 붙잡았다. 이백이 입꼬리를 끌어당겨 미소와 닮은 표정을 지었다. 하지만 환라는 마주한 이백의 얼굴에서 두려움을 읽었다. 그녀가 원인을 묻기도 전에 이백이 힘겹게 말을 이었다.

"갈파왕이 온다고 하였소."

영로의 움직임이 멈췄다. 그녀는 눈을 느리게 감았다가 뜨며 떨리는 이백의 손을 노려보았다. 환라가 당황하며 이백의 손을 제 손으로 가려 주었다. 이백이 고맙다는 듯 미소 짓고는 영로를 바라봤다.

"이번에 수복한 땅을 나에게 바친다 하였으니 황후가 연회를 베풀어주시오."

영로는 서릿발처럼 차가운 눈으로 이백을 보았다. 이백의 손의 떨림은 이미 멈춘 뒤였다. 하지만 그의 얼굴에는 아직 두려움의 잔재가 남아 있었다. 건강이 안 좋은 탓도 있었지만 이백이 갈파왕을 피하는 이유는 지나치게 뻔했다.

'황제씩이나 되어서 제후국의 왕이 두려워 숨는 꼴이라니.'

영로는 속으로 혀를 차며 자리에서 일어났다.

"국빈은 제가 대접할 터이니 폐하께선 위엄을 지키옵소서."

"······알겠소."

"그럼 물러가 보겠습니다."

그녀는 이백의 허락도 듣지 않고 몸을 돌려 곧장 방을 빠져나갔다. 문이 완전히 닫히자 이백이 자리에서 일어났다. 환라는 그를 부축하며 침상을 향해 걸었다.

"갈파왕이 누구이옵니까?"

"윤영 장공주가 갈파의 선왕과 혼인해 낳은 아이다."

촌수로 따지자면 이백에게는 조카, 환라에게는 사촌 오라버니가 된다. 하지만 호칭만큼 살가운 사이는 아니었다.

"제대로 된 증거가 없어 폐위시키지 못하였으나, 그는 제 혈족을 모두 죽이고 왕이 되었다."

이백은 환라의 도움을 받아 침상에 앉으며 긴 숨을 내쉬었다.

그는 떨리는 손으로 환라를 붙잡았다.

"환아. 갈파왕을 조심해야 한다. 너만 없애면 천하는 그자의 것이 된다. 그는 기회를 놓치지 않을 것이다."

"명심하겠사옵니다."

이백은 환라의 말을 듣고도 한참이나 걱정스럽게 그녀의 손등을 쓰다듬었다.

* * *

조정에는 대대적인 인사이동이 있었다.

그중에 사람들의 입방아에 가장 많이 오르내린 것은 단연 좌사정과 우상의 자리였다. 하나는 황후의 사람이고 하나는 공주의 사람이니 곧 황궁에 피바람이 불 것이라는 소리가 흉흉하게 나돌았다. 얼마 되지 않아 아랫것들도 그 이야기를 듣게 되었다.

"그거 들었어? 공주님한테 유난히 자주 드나들었다는 지사 말이야. 이번에 좌사정이 되었대."

"공주님이 유일한 적통이시니 당연한 거지. 황제 폐하의 옥체도 미령하신데 이제 슬슬 조정을 공주님 사람으로 채워야 하지 않겠어?"

"우리도 공주님 모실 일 있으면 잘해야겠다."

이야기를 나누며 지나가는 궁인의 소매를 누군가가 덥석 붙잡았다. 궁인은 소스라치게 놀라며 뒤를 돌았다. 소해가 궁인의 소매를 붙잡고 탐욕스러운 눈을 빛내며 물었다.

"누가 뭐가 되었다고?"

궁인이 소해의 손을 차갑게 뿌리쳤다.

"누가 뭐가 됐으면 네까짓 게 뭘 어쩔 건데?"

경멸 섞인 목소리에 소해가 주춤거리며 뒤로 물러났다.

"아……. 난, 그게 아니라……."

싸늘한 눈빛이 소해의 몸을 훑었다. 소해는 두려움과 모욕감을 동시에 느끼며 주먹을 말아 쥐었다. 하지만 그녀의 고개는 땅을 향해 있었다. 궁인은 소해를 비웃으며 몸을 돌렸다.

"말 걸지 마. 재수 없으니까."

"응……. 미안해."

궁인들은 소해의 사과를 비웃으며 걸음을 옮겼다.

두 사람의 뒷모습을 보는 소해의 눈에 독한 기운이 어렸다. 손을 벌벌 떨고 있는 그녀의 뒤로 보윤이 다가왔다. 보윤은 소해의 머리에 젖은 천을 던지며 소리쳤다.

"뭘 멍청히 서 있어? 유 여사님 밑으로 가더니 게을러터졌구나? 빨리 빨래나 해!"

물비린내와 쉰내를 풍기는 천이 소해의 얼굴을 뒤덮었다. 그 밑으로 더러운 구정물이 뚝뚝 흘렀다. 소해는 머리에 엎어진 걸레를 천천히 끌어 내렸다. 눈물을 흘리는 소해를 보면서도 보윤은 코웃음을 쳤다.

"동무를 죽여 놓고 뻔뻔하게. 나라면 비구니가 되어서라도 궁을 나갔을 거야."

소해는 아무런 말도 하지 못했다. 처음 궁에 들어왔을 때부터 소해에게는 친구가 많지 않았다. 의견 하나 제대로 내지 못하고 똑바로 하는 일이 하나도 없는 그녀를 모두 답답해했다. 그때까지만 해도 견딜 만했다. 함께 다니는 친우들도 있었다.

그중 정연에게는 어머니가 유품으로 남겨 주신 값비싼 팔찌가 있었다. 소해는 우연히 팔찌를 주웠다. 비싸고 아름다운 것이 손에 들어오자 소해는 물욕을 억누르기 힘들었다. 그녀는 정연에게 팔찌를 돌려주지 않고 껴 보다가 그만 호수에 빠트리고 말았다. 정연은 어머니의 팔찌를 찾겠다며 호수에 뛰어들었다. 소해는 어찌할 줄 몰라 발만 굴렀다. 그사이 정연은 익사하고 말았다.

그 뒤로 그녀의 친구들은 모두 적이 되었다. 특히 보윤은 앞장서서 소해를 괴롭히기 시작했고 다른 이들은 소해를 무시하거나 경멸했다.

처음에 가졌던 죄책감은 지속된 괴롭힘에 퇴색된 지 오래였다.

'공주님이 가깝게 지내던 사람에게 자리를 주었다고? 그렇다면 나에게도 기회가 있을지도 몰라.'

소해는 주먹을 말아 쥐고 이를 악물었다.

'두고 봐. 내가 반드시 높은 자리에 올라 너희들이 했던 짓을 똑같이 갚아 줄 거야.'

소해는 걸레를 집어 던지고 방으로 돌아갔다. 세수하고 옷을 갈아입었지만 찝찝함은 가시질 않았다.

'그런데 공주님은 왜 나를 안 찾으시지? 혹시 내가 필요 없어지셨나?'

소해가 손톱을 물어뜯으며 방을 서성였다. 그때 방을 함께 쓰는 궁인이 안으로 들어왔다.

"너. 마마님이 찾으셔. 비원궁으로 가 봐."

"응…… 고마워."

궁인은 소해의 말을 듣지도 않고 어깨로 그녀의 어깨를 치며 지나갔다. 소해는 비틀거리며 궁인을 노려보다가 밖으로 나갔다. 비원궁으로 들어서자 향옥이 손짓으로 소해를 불렀다. 접객실에서 이야기 소리가 흘러나오고 있었다. 소해는 저도 모르게 그 소리에 귀를 기울였다.

"공주님 저에게는 너무 과분한 자리옵니다."

"그대가 적임자다. 그대가 아니면 누가 좌사정 자리를 맡겠는가?"

"제 위로 대중정과 소정이 있사옵니다. 그들 중에 걸맞은 인재를 고르심이 어떠하십니까?"

몇 분째 이야기는 제자리걸음을 하고 있었다. 환라는 다 식을 찻잔을 내려다보다가 면포 너머에 있는 궐겸의 눈을 똑바로 바라보았다.

"내게는 그대가 필요하다."

환라의 목소리는 평소와 다를 바 없었다. 그러나 궐겸의 심장은 발끝까지 추락했다가 갈비뼈를 뚫고 나올 듯이 뛰어올랐다. 궐겸이 떨리는 손으로 찻잔을 내려놓았다. 심장에서 뻗어 나온 불길이 온몸을 태울 듯이 돌아다녔다. 그는 지나치게 뜨거운 손끝을 감싸며 환라의 얼굴을 피했다.

"방금, 뭐라고……."

예법에 어긋나는 것을 알면서도 차마 말을 마무리 지을 수가 없었다. 궐겸은 말을 하다 말고 손등으로 제 입술을 가리며 고개를 숙였다. 환라는 그의 얼굴을 빤히 바라보며 다시 입을 열었다.

"정사에 더 깊이 관여하려면 사람이 필요하다. 헌데 조정 대신들 중 내가 믿을 수 있는 자는 그대밖에 없다."

궐겸이 서서히 이성을 되찾았다. 기대하던 대답은 아니었다. 하지만 환라의 신뢰를 얻었다는 것만으로도 분에 넘칠 정도로 기뻤다. 갑자기 좌사정 자리에 앉게 된 것은 여전히 당황스럽고 부담스러우나 환라의 진심을 모른 척할 수는 없었다.

"공주님의 뜻이 그러하시다면, 명을 받들겠사옵니다."

환라가 면포 뒤에서 미소 지었다. 그녀가 가볍게 고개를 끄덕이자 잠시 대화가 끊겼다. 그 틈에 향옥의 목소리가 끼어들었다.

"공주님. 궁인 정소해 들었사옵니다."

환라가 자리에서 일어났다. 그녀는 저를 따라 일어난 궐겸에게 말했다.

"나는 궐겸 그대가 힘이 되어 주리라 믿는다. 오늘은 이만 돌아가 봐도 좋다."

궐겸은 그 자리에 멍하니 서서 환라가 나가는 것을 지켜보았다. 그러다 뒤늦게 손바닥에 얼굴을 묻었다.

'이름을 불러 주시다니…….'

궐겸이 차가운 손등으로 달아오른 볼을 식히고 있을 때, 환라는 소해와 함께 제 방으로 들어왔다.

소해는 인사를 올린 뒤 환라를 힐끔거렸다. 가만히 있음에도 풍겨 나오는 위압감에 소해는 숨이 막히는 것만 같았다. 공주의 사람이 되겠다고 결심했으나 소해는 여전히 영로가 두렵고 공주가 어려웠다. 저절로 손끝이 파르르 떨렸다. 환라의 눈길이 소해의 손끝에 닿았다. 그리고 부드럽게 물었다.

"아직도 두려운가?"

"아, 아니옵니다."

심하게 떨리는 목소리로 소해가 대답했다. 환라는 웃음을 삼키며 손짓으로 소해를 불렀다. 소해가 조심스럽게 환라에게 다가갔다. 환라는 그녀를 끌어 제 옆에 앉혔다. 소해는 어쩔 줄 몰라 하다가 조심스럽게 입을 열었다.

"또 밖으로 나가시려는 것이옵니까?"

"그렇다. 허나 네가 두렵다고 한다면 나는 다른 방도를 찾을 것이다."

소해의 눈이 반짝 빛났다. 두려운 것은 사실이나 그대로 말했다가는 이 기회를 놓쳐 버릴 것이 뻔했다. 그럴 순 없다. 소해는 공주의 사람이 되어야만 했다. 그리고 더 높은 자리에 올라 자신을 무시하고 괴롭혔던 것들에게 본때를 보여 주어야 했다.

"하겠사옵니다."

"정말 괜찮은 것이냐?"

"……황후 폐하께서 저를 죽이진 않으시겠지요?"

"어머니는 그리 잔혹하신 분이 아니다."

"그렇다면 저는 두렵지 않사옵니다."

"고맙다."

환라의 말에 소해가 함박 미소를 지었다. 두 사람은 서로 옷을 바꿔 입었다. 그리고 평소처럼 사람이 찾아오면 몸이 좋지 않다는 핑계를 대며 돌려보내기로 했다.

소해는 침상에 눕고 환라는 비밀 통로로 들어왔다.

밖으로 나오자 익숙한 털 뭉치가 보였다. 집채만 한 여우가 팔을 베고 눈을 감은 채 누워 있는 게 보였다. 환라는 웃음을 터트리며 바위 문을 닫았다.

"여우야."

뾰족한 귀가 쫑긋거렸다. 동시에 제 몸만큼 길고 풍성한 꼬리가 살랑살랑 흔들렸다. 하지만 눈은 여전히 감긴 채였다. 환라는 여우에게 다가갔다. 그녀의 발소리가 들릴 때마다 여우 귀가 이리저리 움직였다.

환라는 순간의 충동을 참지 못하고 여우의 커다랗고 귀여운 귀를 엄지와 검지로 잡아 문질렀다. 손가락 사이에서 보드랍고 팔락거리는 게 느껴졌다.

"키잉!"

동시에 여우가 날카로운 소리를 내며 펄쩍 뛰어오르더니 조그맣게 변해 풀숲으로 숨어 버렸다.

너무나 격정적인 반응에 환라는 놀라 굳어 버리고 말았다.

그건 여우로 변한 양야도 마찬가지였다. 너무 놀란 나머지 하마터면 사람의 모습으로 변할 뻔하였다. 사람으로 변할 만큼의 정기가 남지 않은 게 다행스러울 정도였다.

놀란 마음을 추스르는 그의 등 뒤에서 환라의 목소리가 들렸다.

"너무 보드라워 보여서 그만 손을 대고 말았다. 내 무례를 용서해 주었으면 한다."

환라가 풀숲 사이에서 살랑거리는 작은 꼬리를 보며 말했다. 순간,

꼬리가 우뚝 멈추고 풀숲 사이에서 푸닥거리는 소리가 들렸다. 양야가 앞발로 귀를 거칠게 문지르는 소리였다. 그는 귀를 비비는 느낌이 사라질 때까지 귀를 문지르다가 슬그머니 모습을 드러냈다. 환라가 내뿜는 정기가 그리웠던 양야는 바로 그녀의 품으로 달려가 안겼다.

환라는 여우를 품에 안으며 거처로 들어갔다. 안은 사람을 시켜 관리한 것처럼 깨끗했다. 양야가 여우의 모습으로 쓸고 닦은 덕이지만 환라가 그 사실을 알 리 없었다.

방 안을 보고 작게 감탄하던 환라는 농에서 옷을 꺼냈다. 그리고 옷고름을 풀며 장난스럽게 말했다.

"수컷이거든 돌아서라."

말이 끝나기도 전에 양야는 방 밖으로 나가 버렸다. 환라는 웃음을 터트리며 옷을 갈아입었다. 그리고 밖으로 나와 몸을 동그랗게 말아 누워 잠들어 있는 여우의 옆으로 향했다. 환라는 거의 습관처럼 여우를 쓰다듬기 위해 손을 뻗었다. 그러자 여우가 앞발로 제 귀를 가려 버렸다. 그 모습이 마치 절하는 것 같아 환라는 크게 웃음을 터트렸다.

그 소리에 맞춰 귀가 앞발 뒤로 삐져나와 쫑긋 솟았다. 여우는 빠르게 다시 귀를 감췄지만 이미 환라가 쫑긋 솟은 귀를 본 뒤였다.

"다시는 허락 없이 귀를 만지지 않겠다. 그럼 되겠는가?"

여우가 그제야 앞발 사이로 집어넣었던 얼굴을 꺼냈다. 하지만 안기거나 애교를 부리지 않고 눈을 감은 채 늘어져 있었다.

환라는 그제야 여우가 평소와 다르다는 것을 눈치챘다. 평소라면 앞발로 귀를 가리는 대신 멀리 도망쳤을 것이다. 이상한 것은 그것뿐만이 아니었다. 오늘은 눈도 잘 뜨지 못하고 축 처져서 움직이지도 않았다.

환라는 걱정스럽게 손을 뻗어 여우의 털을 쓰다듬었다.

"혹 몸이 좋지 않은가?"

여우가 조용히 기어와 환라의 허벅지 위에 턱을 올려놓았다. 환라는 여우를 추슬러 품에 안고 미간을 긁어 주었다. 이내 규칙적인 숨소리가 들렸다.

"자는가?"

환라의 목소리에 반사적으로 반응하던 귀도 잠잠하기만 했다. 환라는 비단보다 부드러운 털을 쓰다듬으며 여우를 두고 가야 할지 말아야 할지 고민했다.

여우를 빤히 내려다보던 환라는 여우가 쉴 수 있도록 두고 가기로 했다. 하지만 제 몸이 땅에 닿기가 무섭게 여우가 눈을 번쩍 뜨며 환라의 품으로 올라왔다. 그리고 다시 잠들어 버렸다.

"나는 한월각으로 갈 것이다."

여우는 반응이 없었다. 환라는 하는 수 없이 여우를 품에 안고 걸음을 옮겼다. 한월각에 도착할 때까지도 여우는 미동조차 하지 않았다.

사실 그는 많이 지쳐 있었다. 황궁에 있을 때는 진통제가 없어도 버틸 만했으나 한월각으로 돌아오는 동안 끔찍한 통증을 견뎌야 했다. 밤이 되어 환라를 만나면 괜찮아지겠지, 했는데 환라는 나오지 않았다. 양야는 며칠은 사람의 모습으로, 며칠은 여우의 모습으로 지냈다. 그렇게 피곤한 몸으로 잠도 자지 않고 환라를 기다리다가 완전히 기력을 소진했던 것이다.

그 사실을 모르는 환라는 잠든 여우를 품에 안고 한월각 안으로 들어왔다. 1층에서 정위와 앉아 이야기를 나누던 여란이 환라를 발견하고 자리에서 벌떡 일어났다.

"형님!"

그녀는 평소보다 배는 높아진 목소리로 환라를 부르며 한걸음에 달려왔다. 그리고 그녀의 품에 있는 여우를 발견했다.

"이 짐승은 뭐요?"

여란의 목소리에 양야가 눈을 떴다. 그의 꼬리가 미약하게나마 살랑였다. 풍성한 꼬리가 흔들리자 여란은 마음을 빼앗기고 말았다. 그녀가 홀린 듯이 손을 뻗자 양야가 으르렁거리며 이를 드러냈다. 날카로운 송곳니에 여란이 놀라며 손을 거둬들였다. 환라가 작게 웃으며 여란의 손 위에 글자를 썼다.

[내 여우.]

그 글자가 양야에게도 똑똑히 보였다. 양야는 이상한 기분에 휩싸였다. 양야가 뇌동산을 등지고 나온 이유는 백호선의 것이 되고 싶지 않아서였다. 그러니 자신을 소유물처럼 칭하는 것이 기분이 좋을 리 없었다.

'그래야 하는데.'

양야는 고개를 들어 환라를 보았다. 환라의 얼굴에는 미소가 연꽃처럼 떠올라 있었다. 그는 환라가 저를 '내 여우'라고 부르는 것이 싫지 않았다.

양야는 환라의 품에 고개를 묻었다. 그의 꼬리가 주인의 체면은 생각하지도 않고 양옆으로 흔들렸다. 환라가 작게 웃으며 양야의 머리를 쓰다듬었다. 그리고 다시 여란의 손에 글을 적었다.

[양야.]

"그 양반은 며칠째 잠들어 있소."

환라의 손길을 기분 좋게 느끼던 양야가 갑자기 고개를 들었다. 궁에서 어렵게 나온 환라가 자신을 찾는데 얼굴도 못 보고 돌아가게 할 수는 없었다.

양야는 어느새 다가와 은근슬쩍 저를 쓰다듬으려 하는 정위의 손을 꼬리로 쳐 낸 뒤 환라의 품에서 뛰어내렸다. 저도 모르게 소리 내어 어딜 가냐고 물으려던 환라가 입을 꾹 다물었다. 여우는 인사하듯 꼬리를 몇 번 흔들더니 열린 창문을 뛰어넘어 사라져 버렸다. 그 뒷모습을 멍하니 쳐다보던 여란이 물었다.

"저 귀여운 놈은 어디서 만나셨소?"

[집 앞.]

"여란 님, 만져 보셨습니까? 부드러웠습니까?"

정위가 여란의 소매를 잡고 흔들며 답지 않게 목소리를 높였다. 여란은 고개를 저었다.

"손대려다 물릴 뻔했소."

"우리도 이 앞을 뒤져 볼까요? 아니면 숲? 숲으로 갈까요?"

환라가 웃음을 터트리다가 여란의 손을 끌었다. 그리고 다시 그녀의 손바닥에 양야의 이름을 적었다. 여란이 그제야 아! 하고 감탄하며 양야의 방 쪽을 한 번 돌아보았다.

"얼마 전에 황궁에 다녀왔는데 황궁에 용의 기운이 너무 강해 기가 눌렸다고 하더이다. 며칠은 비실비실하다가 기운을 회복해야겠다고, 며칠간 잠만 잘 수도 있으니 방에 들어오지 말라고 하였소."

물론 황궁에 용의 기운이 강하기는 하나 무해한 것들의 기를 누르진 않는다. 그저 여우로 변해 나다니기 위한 핑계였지만 한월각 사람들이 사실을 알 리 없었다.

특히 환라는 그 말을 그대로 믿었다. 노예를 구출하러 갔을 때도 그렇고, 궁으로 초대했을 때도 그렇고, 안 그래도 기가 약한 사람이 저 때문에 자꾸 고생하는 건가 싶어 마음이 쓰였다.

'궁에서는 괜찮아 보였는데 또 참고 있었던 것인가.'

환라는 안타까움을 감추지 못하고 계단 쪽을 바라보았다. 그러자 정위가 환라의 어깨를 토닥였다.

"워낙 비실비실한 사람이니 신경 쓰지 마십시오. 그것보다, 오랜만에 오셨으니 다과라도 드세요. 제가 제일 비싼 걸 빼돌려서 가져다드리겠습니다."

환라가 미소 띤 얼굴로 고개를 기울였다. 빼돌리겠다는 단어를 정확히 들은 탓이었다. 여란은 이미 옆에서 호탕하게 웃고 있었다. 그녀는 한참이나 시원하게 웃다가 환라의 어깨를 감쌌다.

"걱정 마시오. 정위가 빼돌렸으니 정위만 혼날 것이오. 그나저나 그동안 어떻게 지내셨소? 어머니는 괜찮으시오? 한참 보이지 않아서 걱정했소."

환라는 고개를 끄덕이며 여란이 이끄는 대로 걸어가 탁자 앞에 앉았다. 정위는 비싼 다과를 먹을 수 있겠다는 생각에 신이 나서 부엌으로 달려갔다. 그리고 얼마 지나지 않아 밖으로 나왔다. 그의 손에는 산해진미를 모두 맛보고 자란 환라조차 처음 본 것일 정도로 신기한 다과가 들려 있었다. 정위는 콧노래를 부르며 천에 작은 과도를 이리저리 돌려 가며 닦았다.

"제가 기미를 해 드리겠습니다. 이건 절대 다과가 먹고 싶어서 그런 게 아닙니다."

정위가 신이 난 얼굴로 다과의 귀퉁이를 제법 커다랗게 잘라 냈다. 누가 봐도 자기가 먹고 싶어서 수를 쓰는 것처럼 보였다. 환라와 여란은 정위가 하는 짓이 귀여워 그냥 내버려 두었다. 그가 막 다과를 입에 넣으려 할 때였다. 뒤에서 낮고 나긋한 목소리가 들렸다.

"그건 어디서 찾았느냐?"

정위의 손이 우뚝 멈췄다. 그가 손에 든 것을 재빨리 입에 넣고 슬그머니 뒤를 돌아보았다. 언제 내려온 것인지 양야가 계단 난간에 기대 있었다. 여란이 그를 보며 반가운 기색으로 물었다.

"오라버니! 언제 일어나셨소?"

"반가운 분이 오신 것 같아 일어났지."

양야가 환라를 바라보며 곱게 미소 지었다. 환라는 걱정스러운 표정으로 다가가 양야를 부축했다. 힘들어서 기대 있던 것이 아니었지만 양야는 환라의 걱정이 달가워 굳이 오해를 풀려고 하지 않았다.

그는 환라에게 몸을 기댄 채 탁자로 왔다. 그리고 환라의 바로 옆자리를 차지한 정위에게 비키라고 눈짓했다. 정위는 투덜거리면서도 양야에게 자리를 내어 주었다.

환라는 양야를 옆에 앉히고 차를 따라 주다가 그의 머리를 봤다. 평소와 달리 그는 머리카락의 반을 상투관과 동곳으로 고정해 놓고 있었다. 전부 환라가 선물해 준 것이었다. 그녀는 저도 모르게 미소 지으며 틀어 올리지 않은 그의 머리를 손끝에 걸쳤다. 양야가 고개를 돌리자 비단 술처럼 부드러운 머리카락이 환라의 손가락 사이를 스치며 빠져나갔다. 양야가 장난스러운 목소리로 물었다.

"제 머리카락이 마음에 드십니까?"

환라는 그제야 놀라 손을 거둬들였다. 그 새에 여우를 쓰다듬는 것이 습관이 된 모양이었다. 하지만 양야의 머리카락이 마음에 든 것도 사실이라 고개를 끄덕였다. 그러자 양야가 여우의 꼬리처럼 길고 부드러운 머리카락을 환라에게 내어 주었다.

"마음에 드시면 언제든지 쓰다듬으셔도 됩니다."

환라가 작게 웃으며 양야의 머리카락을 만지작거렸다. 양야는 환라를 내려다보며 희미한 미소를 입가에 머금었다. 빛이 가득 드는 자리에 있는데도 그는 동공은 평소보다 커다랗고 새까맸다. 그리고 그 어느 때보다 다정해 보였다.

정위는 어떤 감정을 느낄 때 그런 눈빛이 나오는지 잘 알고 있었다. 그는 옆으로 상체를 기울여 여란에게 속삭였다.

"두 분 분위기가 좀 묘해진 것 같지 않습니까?"

여란이 고개를 끄덕였다. 그녀도 확실하게 느끼고 있었다. 양야는 다른 사람이 자신에게 손대는 것을 좋아하지 않았기 때문이었다. 특히 머리카락을 만지다니. 상상도 못 할 일이었다.

여란은 멍하니 두 사람을 바라보다가 환라의 손길이 묘하게 여우를 쓰다듬던 손길과 비슷하다는 걸 깨달았다.

"근데 여우는 언제부터 키운 거요?"

환라가 여란이 내민 손을 받쳤다.

[노예 발각 이후.]

옆에서 환라가 쓰는 글자를 같이 보던 정위가 불쑥 질문했다.

"보니까 사람을 많이 경계하던 것 같던데 어떻게 길들이셨습니까?"

"맞소. 귀여운 외모와 다르게 아주 앙칼지던데 어떻게 길들였소?"

'앙칼지다니…….'

양야는 속으로 헛웃음을 삼키며 두 사람의 목소리를 애써 못 들은 척했다. 환라는 그것도 모른 채 미소 띤 얼굴로 손가락을 움직였다.

[나를 구해 줌. 경계하지 않음. 애]

……교가 많다고 쓰려던 차에 양야가 환라의 손을 붙잡았다. 그는 야살스럽게 웃으며 환라의 손을 제 쪽으로 끌어왔다. 정위와 여란은 흥분해서 떠드느라 양야가 환라의 말을 의도적으로 끊었다는 것을 눈치채지도 못했다.

"아까 그 꼬리 보았소? 어찌나 풍성하고 부드러워 보이던지. 사실 날카로운 송곳니도 귀엽기만 했소."

"맞습니다. 저는 그 귀를 깨물어 볼 수 있다면 죽어도 여한이 없을 것 같습니다."

"나는 태어나서 그렇게 까맣고 작은 여우는 처음 보았소."

"아직 새끼 여우인가 봅니다. 아가네요. 아가 여우!"

듣고 있으려니 고문이 따로 없었다. 태어나서 이런 치욕을 당한 것은 처음…… 은 아니고 두 번째였다. 여우 굴이 있다면 숨고 싶은 심정이었다.

양야는 어떻게든 이 자리를 피하고 싶었다. 그는 제 머리카락을 만지작거리는 손을 붙잡았다. 환라가 고개를 들어 눈을 마주하자, 양야가 요요한 미소를 머금으며 그녀의 손등에 글을 썼다.

[둘만 있고 싶습니다.]

길고 곧은 손가락이 환라의 손등을 가볍게 스쳤다. 간지러운 느낌이 제법 야릇했다. 환라는 가슴이 뜨거웠다. 입 안에는 타액이 도는데 목구멍은 따가울 정도로 메말랐다.

환라는 양야의 눈에 사로잡혀 고개를 돌리지 못했다. 양야의 엄지가 환라의 손등을 느리게 쓰다듬었다. 어느새 여우 찬양을 마친 정위와 여란이 다과를 빠르게 집어 먹으며 흥미진진한 눈으로 두 사람을 쳐다보고 있었다. 여란이 먼저 일어나 정위의 옆구리를 쿡 찔렀다. 그리고 눈짓으로 문을 가리켰다. 자리를 피해 주자는 뜻이었다. 정위가 다과를 챙겨 들며 고개를 끄덕였다.

의자 끄는 소리에 환라가 눈을 깜빡여 몽롱함을 털어 냈다. 그녀는 고개를 돌려 여란과 정위를 보았다. 도망치려는 순간 걸린 여란이 괜히 헛기침하고는 어색하게 웃었다.

"하하. 가, 갑자기 할 일이 생각나서……. 형님은 좀 더 있다 가시오."

"저도 장부 정리를 해야 해서 이만……."

두 사람이 빠르게 자리를 피하고 난 뒤에도 환라는 그들이 난 자리만 쳐다봤다. 옅은 질투심을 느낀 양야가 손끝으로 환라의 볼을 부드럽게 이끌어 저를 보게 했다.

"제 방으로 올라가시겠습니까?"

환라는 잠시 망설이다가 고개를 끄덕였다. 정위와 여란이 자리를 떠났으니 1층에 있어도 할 게 없었다.

환라는 양야를 따라 위층으로 올라갔다. 복도를 지나 문을 열자 새하얀 연기가 가득 찬 방이 나타났다. 이상하게 방 안에 흙과 나무 냄새가 가득했다. 마치 안개가 가득 찬 숲속에 들어와 있는 듯했다.

양야가 환라의 등 뒤에서 문을 닫았다. 그리고 숨 쉬듯 자연스럽게 환라를 잡아 방 안으로 이끌었다. 그는 창문을 열고 긴 의자에 환라와 나란히 앉았다.

연기가 방 밖으로 빠져나가자 양야가 또렷하게 보였다. 올라올 때 풀린 것인지 양야의 상투가 흐트러져 있었다.

환라는 양야를 쳐다보다가 그의 상투 모양이 조금 이상하다는 것을 깨달았다. 양야의 상투는 제대로 모양을 잡은 것이 아니라 곰방대로 틀어 올렸을 때처럼 대충 말려 있었다. 환라는 작게 웃으며 양야의 손등에 글씨를 썼다.

[상투.]

양야가 손을 들어 머리를 더듬었다. 그 손길에 대충 걸려 있던 상투관과 동곳이 툭 털어졌다. 검고 풍성한 머리카락이 달빛을 받은 밤바다처럼 출렁거리며 쏟아졌다. 그 모습이 지나치게 아름다워,

환라는 저도 모르게 양야에게로 몸을 기울이며 손을 뻗고 말았다. 하얗고 고운 손이 양야의 얼굴을 가린 머리카락을 뒤로 넘겨 주었다. 검은 머리카락은 마치 물처럼 엉키지도 않고 환라의 손길을 따라 흘렀다. 그 너머로 양야의 얼굴이 서서히 드러났다.

환라의 시선이 양야의 눈썹 사이로 미끄러졌다. 굴곡 없이 높고 날렵한 콧대를 타고 흐른 시선은 이내 입술에 닿았다. 아랫입술이 유난히 도톰해 보였다.

'입을 맞추고 싶다.'

짧은 생각이 스치자마자 붉은색에 데기라도 한 것처럼 가슴이 뜨거웠다. 환라는 입을 맞춰 보고 싶다는 생각과 그래선 안 된다는 생각을 저울질하며 양야를 빤히 바라보았다. 그러다 이내 시선을 피하고 몸을 일으키려 했다.

양야가 멀어지려는 환라의 손을 붙잡았다.

"뭘 망설이십니까?"

또다시, 환라는 새까만 눈동자에 사로잡혔다. 아무도 소리를 내지 않았으나 심장 뛰는 소리 때문에 귓가가 어지러웠다. 발끝이 간지럽고 배 속이 뜨거웠다. 때마침 양야가 환라의 손을 끌어 의자에 앉혔다.

서로의 숨결이 스칠 정도로 가까운 거리였다.

환라는 양야의 아름다운 얼굴을 바라보았다. 눈이 마주치자 양야가 천천히 고개를 숙였다. 긴 머리카락이 옆으로 흘러내려 밤의 장막처럼 두 사람의 모습을 가려 주었다.

환라의 두 눈에 양야의 모습만이 온전히 들어찼다. 가슴을 짓누르는 듯한 만족감에 양야가 느리고 긴 숨을 내쉬며 환라에게 다가 갔다.

"제가 입을 맞춰도 괜찮다면,"

그의 코끝이 환라의 볼에 스치듯 닿았다.

"눈을 감아 주십시오."

환라는 뜨거운 숨을 천천히 내쉬며 양야의 눈과 입술을 번갈아 보았다. 양야의 손이 그녀의 볼을 감싼 순간, 환라는 정신이 번쩍 들었다. 그녀는 지금 자신이 남장한 상태라는 것을 깨달았다.

'게다가 양야는 나를 공자라고 불렀다.'

맑은 눈동자에 혼란스러움을 가득 담고도, 환라의 시선만큼은 흔들리지 않았다.

양야는 그 눈빛이 좋았다. 움직일 때마다 은은하게 풍기는 쓴 장미 향도, 미소 지을 때 우아하게 휘어지는 눈매도 좋았다. 양야는 벅차오르는 감정을 뭐라 형용할 수 없었다. 환라 또한 마찬가지였다. 하지만 그녀는 고개를 비틀어 양야의 얼굴을 피했다.

환라는 자신의 감정을 확신할 수 없었다. 양야의 감정은 더더욱 확신할 수 없었다. 게다가 그녀는 너무 많은 것을 숨기고 있었다. 신분도, 이름도 심지어 성별조차 가짜였다. 이대론 양야를 받아들일 수 없었다.

'진실을 말할까?'

환라의 입술이 당장에라도 모든 것을 털어놓을 듯이 벌어졌다. 하지만 그녀는 결국 아무것도 말하지 못한 채 입을 다물었다. 아직 만난 지 한 달도 안 된 사내였다. 환라는 신중해야 했다. 다행스럽

게도 양야는 환라의 볼을 다정스레 쓸어 주고는 물러났다. 그의 손
이 환라의 팔을 타고 내려와 손에 닿았다. 환라는 그 손을 뿌리치
지 못했다. 손끝에서 빠른 맥박이 느껴진 탓이었다.

'양야는 사내를 좋아하는 것인가?'

이제껏 맞잡고 있어도 아무렇지 않았던 손이 지나치게 신경 쓰
였다. 환라는 평온한 모습으로 당혹스러워하다가 슬그머니 손을 빼
냈다.

양야는 순순히 환라의 손을 놓아 주었다. 손아귀를 빠져나가는
온기는 아쉬웠으나 작은 접촉에도 신경을 쏟는 환라는 사랑스러웠
다. 양야는 웃음을 삼키며 허리를 숙여 떨어진 상투관과 동곳을 집
어 들었다. 그리고 환라가 한숨 돌릴 수 있도록 대충 머리를 틀어
올리는 척했다.

환라의 눈에는 상투를 만드는 양야의 손짓이 몹시 어색해 보였다.

'아까도 상투가 금방 풀어졌었지.'

입맞춤으로 가득 차 있던 머릿속에 드디어 다른 생각이 들어왔
다. 환라는 일부러 상투 트는 법에 더 집중하며 양야의 손목을 붙
잡았다.

양야가 고개를 돌려 부드럽게 물었다.

"왜 그러십니까?"

[머리.]

"해 주시겠다는 뜻입니까?"

환라가 고개를 끄덕였다. 그녀는 양야의 손을 끌어 거울 앞에
앉혔다.

양야가 상투관과 동곳을 거울 앞에 내려놓는 동안 환라는 서랍에서 비단 천과 빗을 찾아 양야의 뒤로 돌아갔다. 등받이에 비단천을 걸쳐 놓은 환라가 양야의 머리카락에 손을 뻗었다. 부드러운 손길이 양야의 머리카락을 빗어 내렸다. 간지럽고 나른한 느낌에 양야가 눈을 감으며 미소 지었다.

환라는 그 미소가 여우를 닮았다고 생각했다. 양야도 환라가 쓰다듬어 주는 손길이 여우일 때와 비슷하다고 느꼈다. 둘의 생각이 겹쳤다. 양야가 눈을 반쯤 떴다.

"아까 들었습니다. 여우를 키우신다고요."

환라가 고개를 끄덕였다. 머릿속에 자연스럽게 검은 여우가 떠올랐다. 환라의 손길이 여우를 쓰다듬는 것처럼 변했다. 양야가 웃음을 삼키며 물었다.

"여우를 많이 좋아하시는 모양입니다."

환라의 얼굴에 미소가 감돌았다. 긍정의 의미였다. 물론 환라는 여우가 양야라는 것을 모른다. 양야도 그 사실을 알고 있었지만 괜스레 기분이 좋아지는 것은 어쩔 수 없었다. 그 미소를 보며 양야도 여우를 좋아한다고 생각한 환라는 머리를 빗겨 주다 말고 손을 뻗어 양야의 손등에 글을 썼다.

[귀엽고 애교가 많음. 사람 말을 알아들을 정도로 똑똑함. 영물.]

양야는 매끄럽게 올라가는 입꼬리를 억눌렀다.

"많이 쓰다듬고 예뻐해 주세요."

환라가 고개를 끄덕이며 양야의 앞머리와 옆머리를 그러모았다. 그녀의 손끝이 양야의 두피를 가볍게 훑었다. 야릇한 느낌에 양야의 눈빛이 짙어졌다. 그는 거울로 환라의 입술을 바라봤다.

'묻지 말고 입을 맞출 걸 그랬나?'

환라는 모은 머리카락을 정수리 위에서 감아올렸다. 양야는 애써 환라의 입술에서 눈길을 떼어 냈다.

'입을 맞췄다면 놀란 토끼처럼 도망쳤겠지.'

공작처럼 우아한 눈이 동그랗게 변할 것을 상상하니 벌써 유쾌했다. 그녀가 당황하는 것을 보고 싶었다. 정확히 말하자면 다른 사람은 모르는 모습을 보고 싶었다. 문득 떠오른 독점욕을 양야는 심술로 덮어 버렸다. 그는 거울로 환라를 바라보며 야릇한 미소를 머금었다.

"그것 아십니까?"

환라가 의문을 담아 양야를 쳐다봤다. 양야는 환라가 상투를 비단 천으로 동여매는 것을 보며 입을 열었다.

"진령이라는 나라에서는 첫날밤을 보낸 뒤 정인의 머리를 올려 주는 풍습이 있다고 합니다."

상투에 관을 씌우던 환라의 손이 우뚝 멈췄다. 그녀의 볼에 사랑스러운 혈색이 돌았다. 환라의 심장 소리가 양야의 귓가에서 진동했다. 그는 빠르게 동곳을 꽂고 떨어져 나가려는 한라의 손을 붙잡았다.

"그러니 다른 사람의 머리는 올려 주시지 마세요."

환라의 눈이 커다랗게 변했다. 거인이 가슴 위를 걸어 다니는 것만 같았다. 당혹스럽고, 벅차고, 도망치고 싶었다.

그리고 환라는 원하는 대로 했다. 그녀는 뛰듯이 걸어 양야의 방을 빠져나왔다. 놀란 토끼처럼 도망치는 환라가 귀여워 양야는 참지 못하고 웃음을 터트렸다. 등 뒤에서 웃음소리가 들렸지만 그녀는 멈출 수도, 돌아갈 수도 없었다.

환라는 인사도 없이 한월각에서 나와 거의 본능적으로 옷을 갈아입고 면포로 얼굴을 가렸다. 그리고 비밀 통로에 들어섰다. 어떻게 왔는지는 생각조차 나지 않았다. 모든 것이 꿈결처럼 몽롱하고 아득했다. 그리고……

아직도 양야의 손을 잡고 있는 것만 같았다. 마치 한 쌍이라도 된 듯, 제 손을 내려다보면 양야의 손이 떠올랐다.

'그 말은 무슨 뜻이란 말인가.'

다른 이의 머리는 올려 주면 안 된다는 말이 메아리처럼 귓가를 맴돌았다. 양야가 없는데도 심장이 뛰었다. 마치 아까 그 자리에 있는 것처럼 숨이 뜨거워졌다. 환라는 걸음을 멈추고 가슴에 손을 얹었다. 이 감정에 어떤 이름을 붙여야 할지, 이 감정을 어찌해야 할지 알 수 없었다.

'칠각이나 향옥에게 물어야겠다.'

환라는 반쯤 넋을 놓고서도 흔들림 없는 걸음으로 어두운 복도를 걸었다.

그녀의 머릿속에는 양야의 부드러운 머릿결, 그 감촉, 목소리, 야살스러운 미소가 차례대로 떠올랐다. 그리고 사라졌다가 다시 떠오르기를 반복했다.

기계적으로 발을 움직이던 환라는 어느덧 통로의 끝에 다다랐다. 환라는 평소처럼 계단을 올라 햇불을 껐다. 힘주어 문을 들어 올리자 바닥에 깔아 놓은 융단이 펄럭이는 소리가 들렸다.

이쯤 되면 칠각이나 향옥이 다가와 문을 열어 주곤 했었는데, 이상한 일이었다.

불길한 기운이 환라의 목덜미를 훑었다. 완전히 위로 올라오자 병풍 너머에서 흐느끼는 소리가 들렸다. 그 소리마저 환라가 걷기 시작하자 뚝 멈췄다. 방 안이 지나치게 고요해졌다. 환라는 천천히 병풍을 돌아 나왔다. 그러자 손을 앞으로 모으고 죄인처럼 고개를 숙이고 있는 향옥과 칠각이 보였다.

그리고 그 옆에는 소해가 실신할 것 같이 엎드려 울고 있었다.

환라는 고개를 더 돌렸다.

"그 차림새로 어디를 다녀오는 겝니까, 공주?"

금으로 세공된 의자에 영로가 염라처럼 앉아 있었다.

5. 언약

이른 낮부터 환라가 보이지 않자 영로는 비원궁으로 찾아왔다. 환라가 자리를 비운 상태였기에 칠각은 영로를 들여보낼 수 없었다.

그가 앞을 막아서자 영로가 눈을 치켜떴다.

"요즘 들어 내 앞을 많이 막는군."

영로가 혼잣말처럼 경고했다. 하지만 칠각은 비켜설 수 없었다. 다른 이라면 잠깐 보는 것만으로 공주가 가짜인 것을 알아차리지 못하겠지만 영로는 달랐다. 그녀는 환라에 대한 모든 것을 알고 있었다. 숨소리만 들어도 알아차릴 것이다. 칠각은 무슨 수를 써서라도 영로를 막아야 했다.

그가 변명 거리를 생각하고 있을 때였다. 향옥이 방 밖으로 나오기 위해 문을 열었다.

영로가 기다렸다는 듯이 향옥을 밀고 벌어진 문틈을 활짝 열어젖히며 안으로 들어갔다. 침상 근처에 마련된 탁자에 공주가 앉아 있었다. 평소와는 다른 모습이었다. 그러나 어깨는 안으로 좀 더 말렸으며 고개도 지나치게 숙이고 있었다.

영로는 숨 쉬는 것보다 쉽게 방에 있는 공주가 가짜라는 것을 알아차렸다.

"황후 폐하. 지금 공주님께옵선……."

향옥이 말끝을 흐리며 영로의 앞을 막아섰다. 영로가 향옥의 얼굴을 빤히 바라보았다. 향옥은 잠시 망설이는가 싶더니 칠각이 들어오기 전에 비켜섰다.

영로가 소해에게 다가갔다. 소해는 몸을 떨면서도 공주처럼 보이려는 듯 허리를 펴고 턱을 치켜들었지만 어설프기만 했다. 영로가 비웃음을 감추지 않고 입을 열었다.

"공주."

"예, 황후 폐하."

대답하는 목소리가 형편없이 떨렸다.

"면포를 벗어 보세요."

"예?"

반문하는 소해의 목소리가 듣기 싫게 어긋났다. 영로가 코웃음을 치자 소해는 손을 벌벌 떨며 고개를 숙였다.

"면포를 벗어 보라는 소리 못 들었습니까? 오랜만에 공주의 얼굴이 보고 싶어 그럽니다."

소해가 가슴까지 내려오는 긴 면포 끝을 양손으로 쥐었다. 두려움 때문에 굳은 손은 움직일 생각을 하지 않았다.

영로가 더 가까이 다가왔다. 방 안으로 들어오던 칠각이 그 모습을 보며 향옥에게 말리지 않고 뭐 했냐는 듯 눈짓했다. 향옥은 어쩔 수 없었다는 듯 고개를 저었다. 칠각은 고민하다가 영로의 곁으로 갔다.

"황후 폐하."

"아무 소리 하지 마시오."

영로의 눈이 더 이상의 무례는 용서하지 않겠다는 듯 번뜩였다. 칠각이 드물게 당혹스러움을 감추지 못하며 소해와 향옥을 번갈아 보았다. 영로는 칠각은 안중에도 없다는 듯 소해에게로 돌아섰다.

"왜 면포를 벗질 못합니까? 내가 직접 벗길까요?"

소해가 사시나무처럼 떨며 칠각과 향옥을 바라보았다. 칠각은 이 상황을 어찌 대처해야 할지 몰라 굳어 있었고 향옥은 한쪽에 서서 고개를 숙이고 있었다.

소해는 궁지에 몰린 듯한 기분이 들었다. 지켜 주겠다던 환라의 약조도 모두 헛된 것처럼 느껴졌다. 굳세고 두렵게 보였던 향옥과 칠각도 영로 앞에서는 한낱 궁인일 뿐이었다.

'오는 게 아니었어. 그깟 자리가 뭐라고. 욕심을 부려선 안 되는 거였는데.'

소해는 떨리는 제 손을 마주 잡았다. 그리고 환라의 목소리를 흉내 내며 말했다.

"얼굴에 보기 싫은 염증이 생겼사옵니다."

"그럼 더더욱 그냥 지나칠 수 없지요. 숨길 게 아니라 치료를 받아야 하지 않겠습니까? 벗어 보세요, 어서."

소해는 기절이라도 하고 싶어졌다. 하지만 지금 기절하면 다시는 깨어나지 못할 것이다. 그녀는 파황후가 저를 살려 둘 리 없다고 생각했다. 소해는 살고 싶었다. 살아야 한다. 그러나 이 상황을 모면할 수는 없어 보였다.

갑작스러운 비고를 들은 사람처럼 소해는 몸이 굳었다. 순간 그녀의 뺨 위로 손바닥이 벼락처럼 내리꽂혔다. 철썩! 볼에 손바닥이 부딪치는 소리가 섬뜩하게 울렸다. 몸이 휘청거리고 머리가 아팠다. 뺨과 귀가 아파 온 것은 그다음이었다. 놀란 소해가 제 뺨에 손을 얹자마자 영로가 손을 뻗어 머리 장식에 고정된 면포를 반쯤 찢다시피 걷어 냈다.

"목소리는 제법 잘 흉내 내는구나."

서릿발처럼 차가운 목소리가 들렸다. 소해는 그제야 무릎을 털썩 꿇어앉았다. 그녀가 용서를 빌며 자비를 구하기도 전에 영로의 손이 반대쪽 뺨으로 날아들었다. 충격을 이기지 못한 소해가 옆으로 쓰러졌다.

"내가 면포를 걷어 보라고 했을 때 용서를 빌었다면 내 이리 대하진 않았을 것이다."

"이건 공, 공주님이 시키셔서……."

"닥쳐라."

옷자락을 움켜쥔 소해의 주먹이 파르르 떨렸다. 영로는 그녀의 행동을 천천히 살폈다. 소해의 떨림은 두려움보다는 분노에 가까웠다.

"충심이라고는 보이질 않는구나. 상전의 허물은 네 허물이다. 어디 감히 너 따위가 공주를 입에 올리느냐?"

영로가 다시 한번 손을 올리자 칠각이 소해의 앞을 막아섰다.

"황후 폐하. 그만하시옵소서. 공주님께서 아끼는 아이이옵니다."

"그럼 이 책임을 누구에게 물을까? 태감에게 물으면 되겠소?"

"예, 황후 폐하. 저에게 물으시옵소서."

한 치의 망설임도 없이 나오는 대답에 영로가 웃음을 흘렸다.

'그래. 내가 이래서 이 자를 공주 곁에 두었지.'

영로는 칠각의 말을 무시하며 문밖에서 대기하고 있는 제 여사 최윤미에게 말했다.

"윤미야. 회초리를 가져와라."

"황후 폐하!"

칠각이 영로를 다급하게 불렀다.

"저것이 피투성이로 나가는 것을 보고 싶지 않거든 태감도 여사 옆에 서 계시오."

영로는 의자에 앉아 제 발밑에서 흐느끼는 소해를 내려다보았다.

그때, 병풍 너머에서 작은 소리가 들렸다.

동시에 윤미가 회초리를 들고 안으로 들어왔다. 영로는 회초리를 받아 들며 문을 닫고 사람을 물리라고 눈짓했다. 윤미가 공손하게 읍을 하고 방 밖으로 나갔다. 영로는 병풍 뒤에서 무거운 문을 여는 소리가 들리자마자 회초리를 치켜들었다. 이내 얇고 단단한 대가 공기를 가르며 날아와 소해의 몸을 내리쳤다.

소해가 비명을 지르며 울음을 터트렸다. 영로에게 빌려던 소해가 입을 꾹 다물었다. 눈을 마주치자마자 깨달은 탓이었다. 자신이 무슨 말을 하든 영로는 듣지 않을 것이다. 소해는 몸을 웅크리고 빨리 환라가 돌아와 저를 구해 주기만을 바랐다. 그러자마자 머리맡에서 낮고 우아한 목소리가 들려왔다.

"그 차림새로 어디를 다녀오는 겝니까, 공주?"

"황후 폐하."

환라가 들릴 듯 말 듯 한 목소리로 영로를 불렀다. 영로의 시선이 뱀처럼 움직여 소해를 옭아맸다. 벌벌 떠는 소해를 보호하기 위해 환라는 영로에게 다가갔다. 하지만 그녀가 가까이 오기도 전에 영로는 넓은 소매를 펄럭이며 소해의 뒷덜미를 잡아 일으켜 세웠다. 소해는 아가미에 바늘이 걸린 물고기처럼 몸을 비틀었다.

"아악! 폐하! 황후 폐하! 제발, 제발 살려 주시옵소서!"

찢어지는 비명에 환라의 몸이 굳었다. 노예로 붙잡혀 있던 자들의 비명이 떠오른 탓이었다.

그사이 영로는 무릎을 꿇으려는 소해의 옷을 잡아 짐승을 끌고 가듯이 데리고 가 창가에 던져 놓았다. 소해는 완전히 기절할 것처럼 벌벌 떨고 있었다. 핏기가 가신 볼에는 눈물이 가득했다. 환라가 걱정스러운 눈으로 저를 보는 것을 깨닫자 소해는 더 애처로운 표정을 지었다.

영로가 몸으로 환라를 가리며 소해의 앞에 바짝 다가섰다. 조용히 있던 소해가 그제야 몸을 일으켜 무릎을 꿇고 앉아 빌었다.

"살, 살려……. 흡! 살려……."

영로는 칼날보다 더 서슬 퍼런 눈으로 소해를 내려다보았다.

의식한 것이든 의식하지 않은 것이든 소해는 환라의 동정심과 죄책감을 자극해 자기 입맛대로 주무르려 하고 있었다. 소해를 한 참이나 꿰뚫을 것처럼 바라보던 영로가 소해의 턱을 움켜쥐었다.

"공주의 얼굴을 보았느냐?"

"못, 모, 못 보았사옵니다."

소해가 심하게 떨리는 목소리로 대답했다. 그녀의 입에서는 계속해서 목숨을 구걸하는 소리가 흘렀다.

"언제부터 공주 행세를 한 것이나?"

숨넘어갈 듯 우느라 소해가 대답하지 못하자 환라가 끼어들었다.

"황후 폐하께서 연려황후의 제를 올리러……."

"공주에게 묻지 않았습니다."

영로가 대신 대답하려는 환라의 말을 끊어 내며 회초리를 빼 들었다. 소해가 아이같이 울며 눈을 질끈 감았다. 그 모습이 너무 불쌍하고 안쓰러웠지만 환라는 섣불리 나서지 않았다. 지금은 소해의 편을 들어 영로의 화를 돋우는 것보다는 영로의 질문이 끝날 때까지 기다리는 게 나을 것이라는 판단 때문이었다.

물론 매질을 한다면 제 몸으로 감싸서라도 소해를 지켜 줄 생각이었다.

영로가 회초리를 빼 들었음에도 환라가 나서지 않자 소해는 울음을 멈추고 고개를 들었다. 영로의 얼굴은 여전히 바늘 하나 들어갈 구멍조차 없어 보였다.

"답해라."

"흐읍! 황후, 황후 폐하께서, 흡! 연려황후의 제를, 제를 지내러,

흑윽! 가셨을 때부터…… 제가……."

소해는 결국 말을 끝맺지 못하고 다시 울음을 터트렸다.

"이 사실을 누가 또 아느냐?"

"아무도! 아무도 모르옵니다! 참말이옵니다! 제발 살려 주세요, 황후 폐하! 제발……."

"공주가 밖으로 나가 어딜 갔는지도 모르느냐?"

"모르옵니다. 모르옵니다, 황후 폐하……."

영로가 작게 혀를 차며 환라를 돌아보았다. 환라는 영로와 소해를 빤히 보고 있었다. 영로는 망설임 없이 소해를 향해 손을 높이 치켜들었다.

"으아악!"

소해가 눈을 질끈 감으며 비명을 질렀다. 놀란 환라가 뛰어들어 소해를 몸으로 감쌌다. 영로는 치켜든 손을 내리지 않고 차가운 목소리를 내었다.

"비키세요, 공주."

"그럴 수 없사옵니다."

"내 말을 가볍게 여긴 벌입니다. 밖은 위험하니 나가지 말고, 궁 안의 사람은 그 누구도 믿지 말라 하지 않았습니까? 공주가 흔들리면 이 제국이 흔들립니다. 누군가는 공주의 행동에 대가를 치러야 한다는 뜻입니다."

"이 아이가 제 명령을 어찌 거절하겠사옵니까? 그러니 책임은 제가 져야 합니다. 때리려거든 저를 때리시옵소서."

"윗사람의 죄는 곧 아랫것의 죄입니다. 황제가 되어서도 이리

떼를 쓸 겁니까?"

옳은 말이었다. 황제의 실수는 백성과 신하의 목숨으로 직결된다. 그때는 지금처럼 대신 맞겠다고 할 수도 없다. 그녀의 실수를 바라는 자들은 곧 그녀의 목숨을 노리는 자들이다. 대신 벌을 받겠다고 하면 그녀를 옥좌에서 끌어내리고 목숨을 취할 것이다. 황제의 권위는 바닥에 떨어지고 나라가 뒤흔들릴 것이다.

환라가 아무 말도 하지 않자 소해가 다급하게 환라의 옷자락을 붙잡았다. 환라는 소해를 끌어안았다. 황제가 된다면 그런 일이 벌어지겠지만 환라는 황제가 아니었다.

'눈앞에 떨고 있는 이조차 지키지 못한다면 장차 무엇을 지킬 수 있겠는가.'

환라는 처음으로 영로를 똑바로 쳐다보며 그녀의 뜻을 반기를 들었다.

"제가 지켜 주겠다 약조하였습니다. 정녕 저를 저가 내뱉은 말도 지키지 못하는 못난 사람으로 만드시려는 것이옵니까?"

"군주란 무릇 자신을 지키기 위해서라면 약조도 저버릴 줄 알아야 하는 겁니다."

"제 생각은 다릅니다. 누가 신뢰할 수 없는 자를 섬기려 하겠습니까?"

영로가 회초리를 든 손을 내렸다. 그녀의 입꼬리가 완만하게 휘었다. 하지만 환라와 소해를 내려다보는 눈빛은 형형하기만 했다.

"너무 빨리 자라셨습니다, 공주."

환라는 직감적으로 지금 영로를 설득하지 않으면 자신이 없는 곳에서 소해가 매질을 당하리란 것을 깨달았다. 환라는 숨을 고르고 자리에서 일어났다. 그리고 영로에게 다가가 회초리를 들고 있는 손을 붙잡았다.

"어머니."

환라에게 붙잡히지 않은 영로의 손끝이 아무도 모르게 떨렸다. 영로의 눈동자에 서리처럼 어려 있던 분노가 조금이나마 사그라들자 환라는 영로의 손에서 부드럽게 회초리를 빼냈다. 영로는 미약하게 인상을 찌푸렸지만 환라를 저지하지 않았다.

환라가 눈짓하자 향옥이 다가와 회초리를 받았다. 환라는 영로를 이끌어 의자에 앉히고 자신도 그 옆에 앉았다.

"저는 단순히 유희를 위해 나간 것이 아니옵니다."

마지못해 앉았으나 영로는 관심 없다는 듯 고개를 돌리고 있었다. 환라가 영로의 손을 꼭 잡으며 영로를 불렀다.

"어머니."

영로가 어쩔 수 없다는 듯 한숨을 내쉬며 고개를 돌렸다. 그녀의 눈빛은 여전히 냉철했다. 하지만 환라는 영로의 화가 거의 가라앉았으며 이제 제 이야기를 들어 주리라는 것을 알고 있었다.

"두 분 폐하를 도우며 나랏일을 돌볼수록 저는 제가 백성들의 삶에 대해 아는 것이 없다는 것을 깨달았습니다. 해서 그들의 삶을 가까이에서 보고 싶었사옵니다."

"내게 먼저 알리셨어야죠."

"허락해 주시지 않을 것이라 생각하였사옵니다."

"공주의 생각이 이리도 기특한데 내가 어찌 허락하지 않았겠습니까?"

"허나 수많은 호위를 거느린 채 마차 안에 앉아 형식적으로 둘러 보고 오는 것으로 끝났을 것입니다."

"당연하지요. 백성들은 나무에 달린 복숭아와 같습니다. 몇 개는 익기도 전에 떨어지고 몇 개는 벌레가 파먹기도 하지요. 공주가 해야 할 일은 남은 과실들을 잘 지키고 이듬해에도 나무에서 열매가 맺히게 만드는 것입니다."

"하지만 벌레를 쫓고 가지를 쳐 내어 더 많은 과실을 지킬 수 있다면 더할 나위 없이 좋지 않겠습니까? 저는 더 가까이에서 그들의 삶과 고충을 보고 싶사옵니다."

영로는 환라를 빤히 보았다. 면포에 가려져 있지만 영로는 눈을 감고도 환라의 얼굴을 그려 낼 수 있었다. 분명 입가에는 온화한 기운이 넘쳐흐르고 눈에는 총기가 반짝일 것이다.

갑자기 두통이 몰려오는 듯했다. 영로는 손끝으로 관자놀이를 누르며 부적처럼 지니고 다니는 손수건을 움켜쥐었다. 손수건에 수놓은 보라색 연꽃이 영로의 손가락 사이에서 일그러졌다.

모든 것이 그녀의 생각보다 빠르게 흘러가고 있었다.

하지만 새로 생긴 말을 잘 이용한다면 더 나은 길이 생길지도 모른다. 영로의 눈이 여전히 웅크린 채 엎드려 있는 소해에게로 향했다.

"너는 이름이 무엇이냐?"

갑작스러운 질문에 소해가 떨리는 목소리로 대답했다.

"정소해라 하옵니다, 황후 폐하."

영로는 한동안 말없이 소해를 응시하다가 환라에게로 고개를 돌렸다.

"공주의 뜻은 잘 알았습니다. 원래 황태자들은 암암리에 잠행을 나가곤 했으니 그리 문제 될 것은 없을 겝니다. 다만, 저 상태로는 안 됩니다."

영로의 손가락 끝이 소해를 가리켰다.

"공주가 자리를 비웠을 때 저것이 공주를 완벽하게 대체할 수 있어야 합니다. 아무도 의심을 하지 않을 정도로 공주의 행동과 말투를 똑같이 따라 하게 되기 전까지는 외출을 삼가세요."

"그럼 그 이후에는……."

"공주의 의지가 그리 굳건하니 내가 어찌 말리겠습니까?"

면포 아래로 화사한 미소가 피어났다. 환라는 몸을 돌려 소해에게로 향했다.

"이제 되었다."

"감사합니다, 공주님. 정말 감사합니다."

환라는 울먹이며 연신 절을 올리는 소해를 일으켜 세웠다. 소해의 부어오른 뺨을 걱정하는 환라를 영로가 고요한 눈으로 바라봤다. 그러다 가볍게 혀를 찼다.

"공주는 황제 폐하를 쏙 빼다 닮았습니다."

정이 많고 유약한 것이 아주 똑같다는 말은 굳이 붙이지 않았다. 환라는 숨은 뜻도 모른 채 황제를 닮았다는 말에 미소를 지었다.

"망극하옵니다."

면포에 가려져 있어 표정이 보이지는 않았지만 환라가 달가워하는 것은 몸짓이나 분위기로 알 수 있었다. 영로는 어이가 없어 코웃음을 치다가도 마음이 누그러졌다. 그녀는 천천히 환라와 소해에게로 다가갔다. 소해가 몸을 떨며 환라의 뒤로 숨었다. 영로는 소해의 행동과 표정을 유심히 보았다.

'곁에 붙여 두면 나중에 필히 쓸모가 있을 게야.'

영로는 소해에게 손짓했다.

"이리 나오거라."

소해가 환라의 눈치를 보며 주춤주춤 영로의 앞으로 갔다. 영로의 눈은 한겨울의 아침 공기처럼 건조하고 차가웠으나 노기는 느껴지지 않았다. 소해는 한시름 덜며 공손하게 머리를 조아렸다.

"너는 이제부터 공주의 곁을 지키며 공주의 몸짓과 말투, 억양을 똑같이 따라 할 수 있도록 노력해라. 알겠느냐?"

"예, 황후 폐하."

소해가 겁에 질려 대답했다. 경고하듯이 소해를 빤히 바라보던 영로가 고개를 살짝 틀어 향옥에게 말했다.

"여사는 이 아이를 비원궁에 배치하고 공주의 시중을 들게 하시오."

"알겠사옵니다, 황후 폐하."

영로는 환라에게 잠시 시선을 주었다가 그대로 비원궁을 떠났다.

소해는 바로 공주를 모시는 궁인의 옷으로 갈아입었다. 그리고 그날부터 환라의 곁에 서서 그녀의 행동과 억양을 주의 깊게 살폈다. 잠도 환라의 곁에서 자려고 했다. 하지만 환라는 여우를 만나러 갈 생각이었기에 소해를 돌려보냈다.

그녀는 평상복으로 갈아입고 비밀 통로를 지나 문을 열었다. 항상 문 앞에 있던 여우가 보이지 않았다. 환라는 걸음을 멈추고 말았다. 여우가 없으니 문을 나서기가 두려웠다.

환라는 망설이다가 문을 닫고 다시 궁으로 돌아왔다. 방 한쪽에 서 있던 향옥이 기척을 느끼고 병풍 뒤로 갔다.

"벌써 오셨사옵니까?"

"여우가 안 보여 바로 돌아왔다."

"침상에 드시겠사옵니까?"

"상소문을 보다 자겠다."

"예, 공주님."

환라는 옷을 갈아입고 책상 앞에 앉았다. 내일 정무 회의에서 논의할 것을 미리 볼 생각이었다. 하지만 언제나처럼 상소에는 쓸데없는 내용뿐이었다. 환라의 생각이 자연스럽게 다른 곳으로 흘렀다.

'여우는 어디로 간 것인가. 몸이 좋지 않아 보였는데 홀로 아파하고 있는 건 아닐지……'

힘없이 살랑이던 검고 긴 꼬리가 떠올랐다. 생각만 해도 버들을 가득 움켜쥔 것 같았다. 손가락 사이를 간질이던 짧은 털은 어느새 길어져 환라의 손짓을 따라 흘렀다. 그 너머로 짙은 눈썹과 야살스러운 눈매가 떠오르자 환라는 저도 모르게 자리에서 벌떡 일어났다.

의자 다리가 바닥을 끌며 시끄러운 소리를 냈다. 그 소리에 향옥이 놀라 환라를 보았다.

하지만 환라는 머릿속에 떠오른 양야 때문에 정신이 없었다. 새까만 거울처럼 제 얼굴을 비추던 눈동자와 붉은 입술이 눈앞에 있는 듯 선명했다. 갑자기 독한 술을 들이켠 것처럼 가슴이 뜨거웠다.

환라는 벌떡 일어선 채 입술을 깨물다가 창을 열어젖혔다. 꽃향기를 품은 바람이 환라의 입술을 적셨다. 창틀을 붙잡고 서서 깊은 숨을 내쉬는 환라를 보며 향옥이 걱정스럽게 물었다.

"공주님, 어디 편찮으시옵니까?"

"찬물을 마셔야겠다."

향옥이 문을 열고 궁인에게 찬물을 가져오라 일렀다. 그녀는 문앞을 지키고 서 있다가 궁인이 건넨 찬물을 환라에게 가져왔다.

환라는 그 물을 단숨에 들이켰다. 시원한 물이 배 속을 채우자 열기가 가라앉았다. 하지만 그것도 잠시뿐이었다. 찬 속에 열기가 들어차자 전보다 배는 더 뜨겁게 느껴졌다. 마치 불 위에 기름을 끼얹은 것만 같았다. 환라는 상소를 정리하고 침상으로 다가갔다.

"환복하겠다."

향옥이 고개를 숙이고 옷을 가져왔다. 환라가 자리에 눕자마자 향옥이 휘장으로 창을 가렸다. 밤에도 낮처럼 환하던 환라의 방에도 드디어 어둠이 내렸다.

환라는 바르게 누워 눈을 감았다. 하지만 쉽게 잠이 들 수 없었다. 잠들려 하면 양야의 머리카락이 손끝을 간질이는 것 같았다. 몸을 뒤척이다가 겨우 잊고 잠이 들려 하면 양야의 입술이 떠올랐다. 뒤이어 낮고 나긋한 목소리가 힘겹게 찾아온 잠을 몰아냈다.

환라는 새벽녘까지 잠들지 못하고 뒤척이다 몸을 일으켰다.

'산책을 해야겠다.'

환라는 향옥을 부르려다 홀로 옷을 갈아입었다. 그리고 잠시 망설이다 조심스럽게 비밀 통로의 문을 열었다. 등불을 든 손을 뻗자 바위 문 근처에 누워 있는 여우가 보였다. 환라의 얼굴이 미소로 밝아졌다.

"여우야."

여우가 늘어지게 하품하며 환라에게 다가와 그녀의 발을 베고 누웠다. 환라는 여우를 한 팔로 안고 바위 문을 닫았다.

"돌아갈 때도, 다시 나왔을 때도 없어서 걱정하였다."

양야는 환라가 다시 나왔었다는 말을 듣고 아쉬움에 혀를 찼다.

'이럴 줄 알았다면 일은 정위에게 줄 것을.'

여우 꼬리가 불만스럽게 흔들렸다. 환라가 여우를 양손으로 고쳐 안으며 물었다.

"몸이 좋지 않았는가?"

틀린 말은 아니었으나 맞는 말도 아니었다. 환라를 만난 직후에는 정기가 회복되었고 환라가 없으면 항상 통증에 시달리고 있었으니 말이다. 양야는 환라가 걱정할 것 같아 고개를 저었다.

"그럼 서로 엇갈린 모양이로구나."

양야가 고개를 끄덕이며 환라의 손바닥 밑으로 머리를 들이밀었다. 환라가 익숙한 손길로 여우 머리를 쓰다듬었다.

"나도 이제 자주 나올 수 없을 듯하다. 오늘처럼 엇갈리면 아니 되니 사흘마다 자시(오후 11시)에 여기서 만나는 것이 어떠한가?"

양야는 이번에도 고개를 끄덕였다. 환라는 사람의 시간을 아는 여우에게 영특하다고 칭찬하며 등을 쓰다듬었다. 고요한 와중에 살결이 털에 스치는 소리만이 들렸다.

기분이 나른해지자 졸음이 쏟아졌다. 정신이 흐릿해지기를 기다리기라도 한 듯 양야의 얼굴이 불쑥 떠올랐다. 환라는 여우를 끌어안고 검고 윤기 나는 털에 볼을 비볐다. 그럴수록 마음이 어지러워졌다.

"무슨 영문인지 모르겠다."

환라가 혼잣말처럼 중얼거렸다. 그러자 여우가 고개를 들고 귀를 쫑긋거렸다. 환라는 잠시 망설이다 다시 입을 열었다.

"그가 잊히지 않는다."

양야의 몸이 움찔 떨렸다. 양야는 당장 사람의 모습으로 돌아가고 싶었다. 환라를 품에 안고, 입을 맞추고, 잊히지 않는다는 그자가 누구인지 그녀의 입으로 또렷하게 듣고 싶었다. 양야가 막 사람의 모습으로 변하고 싶은 욕구를 억누르고 있을 때였다. 환라가 그를 내려놓았다.

"시간이 늦어 돌아가 봐야겠다."

환라가 여우의 머리를 부드럽게 다독였다.

"다음에 또 오겠다."

짧은 인사만을 남긴 채 환라는 바위 문 안으로 들어갔다. 그 모습을 바라보는 노란 눈동자는 어느새 검게 물들었다.

양야는 제 몸을 내려다보았다. 여우로 태어나 여우로 자랐기에 양야는 여우의 모습이 더 편했다. 그런데 의식하지도 못한 사이에 양야의 몸은 인간의 모습으로 변해 있었다. 사람이 되고 싶은 충동을 막지 못한 것이다.

당혹스러울 정도로 뛰고 있는 심장을 막지 못한 것처럼 말이다.

* * *

소해는 나날이 환라와 비슷해졌다. 얼굴만 가리면 환라와 구분하기 어려울 정도였다.

영로는 가끔 소해를 따로 불러 환라를 흉내 내 보라고 명령했다. 모사 실력이 좋아지자 환라 대신 환라를 흉내 낸 소해가 영로를 따라다니기도 했다.

"나도 알아보기 힘들 정도구나."

"망극하옵니다."

소해가 환라의 목소리로 대답했다. 말투 또한 흠잡을 곳이 없었다. 영로는 제 뒤에 서 있는 윤미에게 눈짓했다. 윤미가 머리를 숙이고 자개로 장식한 상자를 가져왔다. 손바닥에 올릴 수 있을 정도로 작은 상자였다.

"이것은……"

소해가 눈을 동그랗게 뜨고 영로를 보았다. 영로의 입꼬리는 아주 미약하게 올라가 있었다. 미소처럼 보이는 표정에 소해의 얼굴에 기대가 어렸다.

영로가 상자를 열어 소해가 안을 볼 수 있게 돌려 주었다. 그 안에는 은은한 빛을 띠는 옥가락지 두 개가 들어 있었다. 소해의 얼굴이 밝아진 것을 보며 영로의 한쪽 입꼬리가 비틀려 올라갔다.

흡족해하는 건지 비웃는 건지 모를 묘한 얼굴로 소해를 보던 영로가 소해 쪽으로 상자를 내밀었다.

"네 노력이 가상하여 내리는 것이다."

"황공하옵니다, 황후 폐하."

옥가락지를 보는 눈에 탐욕이 깃들었다. 하지만 소해는 차마 옥가락지에 손을 대지 못하고 있었다. 진귀하고 아름다운 옥을 자신이 가져도 되는지 의심스러웠다. 소해가 머뭇거리고 있자 영로가 찻잔을 들어 올리며 말했다.

"껴 보거라."

소해는 거절하지 않고 상자를 제 쪽으로 끌어왔다. 망설임은 길지 않았다. 소해는 옥가락지를 손에 끼고 제 손을 눈앞까지 들어 올렸다. 손을 움직일 때마다 옥가락지에 맑은 볕이 깃들었다.

소해의 마음에 알 수 없는 희열이 불꽃처럼 튀어 올랐다. 그녀는 물욕에 사로잡혀 향옥이 안으로 들어오는 것조차 알지 못한 채 옥가락지만 보고 있었다. 향옥은 소해를 의아한 눈으로 보다가 영로에게 인사를 올렸다.

"무슨 일이오?"

"공주님께서 소해를 찾으시옵니다."

"그래. 이제 마음껏 밖으로 나가도 괜찮을 듯하구나. 소해를 데려가고, 공주에게는 궁 밖으로 나가도 좋다고 전하시오."

향옥이 읍을 하고 소해를 보았다. 소해는 여전히 몽롱한 눈으로 옥가락지를 보고 있었다.

"소해야."

그제야 소해가 놀라 손을 내리고 허리를 숙였다.

"예, 마마님."

"따라오너라."

향옥이 영로에게 인사를 올리고 먼저 방 밖으로 나갔다. 그 뒷모습을 바라보던 소해가 재빨리 영로에게 인사를 올렸다.

영로는 고개 숙인 소해를 보며 마시던 차를 우아하게 내려놓았다.

"나를 잘 따른다면 더한 것을 거머쥘 수 있을 게다."

소해는 무슨 말을 해야 할지 몰라 허리를 더 깊이 숙였다. 땅을 향한 얼굴에 미소가 피어올랐다. 그러자마자 영로의 목소리가 냉랭하게 울렸다.

"허나 공주를 흉내 낸다고 해서 네가 공주가 되는 것은 아니다. 네가 누구인지 잊지 말거라."

"명심하겠사옵니다. 황후 폐하."

"물러가라."

"예, 황후 폐하."

소해는 방 밖으로 나왔다. 향옥이 소해의 손에 끼워진 옥가락지를 발견했다. 하지만 그녀는 아무것도 묻지 않았다. 다만 작게 숨을 내쉰 뒤 몸을 돌려 비원궁으로 향했다.

중문 앞을 지키던 궁인이 문을 열었다. 향옥은 소해를 이끌고 안으로 들어갔다.

"공주님 소해를 데려왔사옵니다."

환라가 가까이 오라고 손짓하자 소해가 다가와 고개를 조아리며 물었다.

"공주님 찾으셨사옵니까?"

"다과에 약과가 나와 불렀다. 소해 네가 좋아하는 것이 아닌가."

"맞사옵니다, 공주님."

"이리 와 들라."

소해가 환하게 웃으며 환라에게 다가왔다. 환라가 약과를 나눠 주는 동안 향옥이 환라에게 영로의 말을 전했다.

"황후 폐하께옵서 궁 밖으로 나가시는 것을 허락하셨사옵니다."

면포에 가려진 얼굴에 미소가 떠올랐다.

딱 한 달만이었다. 사흘에 한 번 여우를 만나러 가긴 했으나 그 것만으로는 부족했다. 궁 안의 생활은 답답하기 그지없었다. 그런데 드디어 허락이 떨어진 것이다.

환라는 당장 자리에서 일어났다.

"나가겠다."

곁에 있던 칠각이 환라의 환복을 도왔다. 그런 뒤 환라의 옷을 들고 소해에게 다가왔다. 소해는 칠각이 든 옷을 받아 드는 대신 그대로 팔을 꿰었다.

고운 비단 소매가 옥가락지 위를 스쳤다. 등을 보인 채 직접 옷을 갈아입는 환라와 칠각의 시중을 받는 소해를 번갈아 보며, 향옥이 인상을 찌푸렸다. 물론 칠각도 소해가 팔을 다 꿰자 손을 떼고 뒤로 물러났다. 칠각의 손을 떠난 옷이 아래로 축 처지자 뒤늦게 민망함을 느낀 소해가 고개를 숙이며 옷고름을 묶었다.

환라는 뒤에서 벌어진 일을 모른 채 옷을 다 갈아입고 몸을 돌렸다.

"사람이 오거든 되도록 만나지 말고 돌려보내라. 그것만 지키면 언제나 그렇듯 무엇을 하든 상관없다."

"황공하옵니다, 공주님."

환라는 고개를 끄덕이고 비밀 통로로 내려갔다. 환라는 걸음을 빨리했다. 어서 한월각으로 가서 여란과 정위가 아웅다웅하는 것을 보고 싶었다. 아니면 여란과 조금 멀리 나가 보는 것도 좋을 것이다.

그리고 무엇보다…….

'양야가 보고 싶다.'

환라는 제 생각에 놀라 걸음을 멈추었다. 다른 친우를 떠올릴 때와는 달랐다.

양야를 떠올리면 가슴이 무겁고 그리운 느낌이 들었다. 향옥과 칠각에게 이 감정이 무엇인지 물으려 했으나 이상하게도 말을 꺼내기가 어려워 그만두었다. 환라는 홀로 고민하다가 그저 각별한 우정이라고 여기기로 했다. 그렇게 결론을 내린 뒤로는 양야에 대해 애써 생각하진 않았다.

환라는 눈을 느리게 감는 것으로 감정을 떨쳐 내고 다시 걸음을 옮겼다.

옷을 갈아입고 숲을 지나 저잣거리로 들어서자 평소보다 사람이 많이 북적였다. 여란을 처음 만난 날처럼 시장이 열린 모양이었다. 환라는 여란이 밖에 나와 있을까 싶어 주변을 둘러보며 걸었다. 아니나 다를까 멀리서 사람들이 모여 있는 게 보였다.

'혹 여란이 소란에 휘말린 것인가?'

여란이라면 충분히 그러고도 남겠다는 생각이 들었다. 환라는 사람들이 있는 곳으로 갔다. 궁에 있을 때와는 달리 아무도 길을 비켜 주지 않았다. 그녀는 빽빽하게 모여 있는 사람들 사이를 어떻게 파고들어야 할지 몰라 가만히 서 있었다. 얼마 지나지 않아 인파가 좌우로 벌어졌다.

환라가 놀란 사이 그 가운데서 여란이 씩씩거리며 걸어 나왔다. 그녀의 뒤로 건장한 남자 몇 명이 쓰러져 있는 게 보였다. 무슨 일인지 다가가 물어보려는 찰나 여란이 환라를 발견했다.

"형님!"

여란이 달려와 환라에게 와락 안겼다. 아주 어렸을 때 외에는 해 본 적 없는 포옹에 잠시 놀라긴 했으나 환라는 금세 작게 웃으며 여란의 등을 토닥였다. 여란이 환라의 팔뚝을 잡고 물러서며 물었다.

"한 달 동안 코빼기도 안 보이더니. 어디서 뭘 하며 지내셨소? 이번에는 말도 없이 안 나타나서 얼마나 놀랐는지 아시오? 정위도 걱정이 많았소."

환라가 미안하다는 듯 웃자 여란은 투덜대던 것을 멈추고 환라의 어깨에 팔을 걸쳤다. 환라는 여란이 자세히 묻기 전에 걸음을 멈춰 뒤를 돌아보았다. 사람들은 이미 흩어지고 쓰러져 있던 남자들도 어디론가 사라진 뒤였다. 환라가 눈짓으로 소란이 있던 곳을 가리키자 여란이 별일 아니라는 표정을 지었다.

"어떤 놈들이 자릿세를 내라며 노인을 협박하고 있기에 손 좀 봐주었소."

[자릿세?]

환라가 어깨에 걸쳐진 여란의 팔을 끌어 손바닥에 글자를 썼다. 여란이 고개를 끄덕였다.

"와서 행패 부리는 놈들을 쫓아내 주거나 안전을 지켜 주는 조건으로 돈을 받는 거요. 서로 원해서 하는 것이면 상관이 없는데, 저 놈들은 억지를 쓰지 뭐요?"

환라가 여란의 손등을 다독이며 그녀의 행동을 칭찬했다. 여란은 머쓱하게 웃다가 다시 물었다.

"그래서 한 달 동안 뭘 하고 지냈는지 말해 주지 않을 참이오?"

환라가 조용히 미소 지었다.

"혹시 오라버니가 무슨 짓을 한 거요? 내 인부에게 들었소. 오라버니와 함께 있다가 급하게 나갔다던데……."

환라는 볼이 홧홧한 느낌에 고개를 돌렸다. 한 달이나 지난 일이 마치 조금 전에 벌어진 것처럼 생생하게 떠오른 탓이었다. 양야가 옆에 없는데도 심장이 두근거렸다. 환라는 곤혹스러움을 감추기 위해 여란에게서 조금 멀어졌다. 여란이 환라에게 바짝 다가가 그녀의 손을 잡았다.

"오라버니가 무슨 말을 했는지 모르겠지만 웬만하면 크게 마음에 담아 두지 마시오. 그 인간이 냉혈한처럼 생겼지만 은근히 장난기가 심하다오."

'장난이라……. 그럼 정인을 운운한 것도 장난이란 말인가?'

두 볼이 언제 달아올랐었냐는 듯 싸늘하게 식었다.

하긴. 장난이 아니었다면 도망치듯 빠져나가는 저를 붙잡았을 것이다. 차라리 잘 되었다. 다시 만났을 때 그 이야기를 꺼내면 어떻게 해야 하나 내심 걱정하였는데 장난이라면 장난으로 넘기면 될 일이다. 그렇게 생각하면서도 환라의 가슴 한구석에 실망이 냉기처럼 돌았다.

"마침 오늘 장이 열리는 날이니 일단 밥을 먹고 나와 같이 둘러보러 다닙시다. 참, 밥은 먹고 나오셨소?"

환라가 고개를 저었다. 그러자 여란이 그럴 줄 알았다면서 한월각의 문을 열며 정위에게 밥을 달라고 소리쳤다. 환라를 보며 인사를 건네려던 정위가 투덜거리며 부엌으로 들어갔다. 동시에 계단에서 양야가 내려왔다.

여란이 그를 빤히 보다가 환라에게로 몸을 돌려 그녀의 어깨 부근에서 킁킁거리며 냄새를 맡았다. 환라가 의아한 눈으로 바라보자 여란이 허리를 폈다.

"형님한테 무슨 냄새가 나나 싶어서 좀 맡아 봤소."

환라의 눈에는 여전히 의문이 떠나지 않았다. 여란이 환라를 탁자 쪽으로 이끌며 말을 이었다.

"평소에는 코빼기도 보이지 않다가 형님만 오면 귀신같이 냄새를 맡고 내려온단 말이오."

은유적인 표현이었으나 딱히 틀린 말도 아니었다. 양야는 멀리서부터 풍겨 오는 환라의 정기와 향낭 냄새를 맡고 내려오는 것이었으니 말이다.

양야는 묘한 표정으로 여란을 보며 다가왔다. 길이 가로막히자 여란이 고개를 갸웃거렸다. 양야는 별다른 말을 하지 않고 몸이 흐르듯 자연스러운 몸짓으로 여란의 손을 치워 내고 환라의 손을 차지했다.

"오랜만에 오셨습니다."

환라는 고개를 끄덕이며 양야가 잡은 손을 내려다봤다. 손에서 심장이 뛰는 것 같았다. 환라의 손끝이 미모사처럼 오므라들며 천천히 양야의 손날을 감쌌다. 양야의 손이 움찔거렸다. 놀란 환라가 고개를 들어 올렸다.

양야는 이미 환라를 보고 있었다. 그의 얼굴에선 미소가 사라진 지 오래였다. 그리고 양야의 눈은 무언가를 갈망하는 듯했다. 이유 없이 몸에 열기가 고였다. 환라는 저도 모르게 손을 빼내기 위해 힘을 주었다. 이번에도 양야가 순순히 놔 주리라고 생각했지만 그녀의 예상은 빗나갔다.

양야는 환라의 손을 더 꼭 쥐고 의자에 앉았다. 환라가 당혹스러운 눈으로 양야를 보았다. 눈이 마주치자 환라의 얼굴이 복숭앗빛으로 물들었다.

두 사람 사이에 다디단 분위기가 흘렀다. 눈을 가늘게 뜨고 다가오던 여란이 양야에게 물었다.

"머리 꼴은 또 왜 그 모양이오?"

그 말에 환라의 시선이 양야의 머리로 향했다. 상투관은 왼쪽으로 기울어져 있었고 동곳은 당장이라도 떨어질 것처럼 아슬아슬하게 걸려 있었다. 환라가 작게 웃으며 양야의 관을 중앙으로 가게 밀어 주었다. 그러자 이번에는 관이 오른쪽으로 툭 기울었다. 여란이 그 모습을 보며 웃음을 터트렸다.

"으하하하! 평소에는 자, 콜록, 콜록!"

평소에는 잘하던 머리를 왜 그렇게 하고 왔느냐고 물으려고 하자 여란의 입에서 갑자기 기침이 터져 나왔다. 때마침 부엌 밖으로 나온 정위가 여란을 이상한 사람 보듯 쳐다보며 탁자 위에 찻잔과 주전자를 내려놓았다.

그리고 자리에 앉으려다가 양야의 머리를 발견하고는 여란보다 더 크게 웃음을 터트렸다.

"아하하하! 아하하! 어제만 해도 괜찮던 머리가 왜, 콜록, 콜록!"

여란과 정위가 동시에 기침을 터트리자 환라가 양야의 손을 놓고는 두 사람에게 물을 따라 주었다. 여란이 물을 벌컥벌컥 마셨다. 그러자 기침이 조금 잦아들었다.

"아니, 왜 갑자기 기침이……."

여란이 이상하다는 듯 중얼거리며 목을 가다듬었다. 환라는 정위에게 어서 물을 마시라는 듯 잔을 밀어 주었다. 그러자마자 양야가 다시 환라의 손을 가져와 깍지 껴 잡았다.

겨우 목을 가다듬은 정위가 양야의 머리를 힐끗거렸다. 양야는 정위가 또 머리에 관한 이야기를 꺼내면 기침을 하게 만들 생각이었다. 하지만 정위는 기침을 하느라 머리에 관한 것은 잊었는지 다른 말을 꺼냈다.

"환 님은 한 달 동안 뭘 하면서 지내셨습니까?"

정위가 알려 달라는 듯 손을 내밀었다. 환라는 그의 손바닥을 내려다보며 고민하다가 한 글자를 적었다.

[집.]

"한 달 동안 집에만 계셨습니까? 답답하지 않으셨어요?"

정위가 놀라며 물었다. 환라는 고개를 끄덕이고 다시 글을 쓰기 위해 손가락을 들었다. 그러자 양야가 옆에서 정위의 손을 밀어내곤 제 손등을 탁자 위에 올려놓았다. 환라가 잠시 망설이다가 양야의 손등에 글자를 적었다.

[가끔 여우.]

"그러고 보니 그 여우는 왜 같이 안 왔소?"

"맞습니다. 또 보고 싶은데. 다음엔 꼭 데려와 주세요."

[여우 허락 필요.]

"여우가 같이 가자고 하면 알아들을까요?"

[내 여우는 사람 말을 앎.]

정위와 여란이 놀란 얼굴을 했다. 나오는 화제마다 양야의 심기를 건드렸다. 그는 여우 이야기가 더 나오기 전에 다른 말을 꺼냈다.

"오늘 장이 열린다고 하던데 같이 구경하시겠습니까?"

환라가 손가락으로 여란을 가리켰다.

"란이와 함께 가기로 하셨습니까?"

환라가 고개를 끄덕였다. 양야가 환라의 손가락을 잡았다.

"그럼 가기 전에 제 머리를 올려 주십시오."

양야의 손가락이 환라의 손등을 은근히 문질렀다.

"환 님이 올려 주었을 때와 같은 모양이 나지 않습니다."

여란과 정위가 기가 막힌다는 표정을 했다. 궐겁에게 상투관을 어떻게 사용하는지 배우고 난 후로 양야는 마치 오랫동안 상투관을 쓴 사람처럼 능숙하게 머리를 올렸다. 여우의 모습으로 왔을 때는 갑작스럽게 내려오느라 모양을 제대로 잡지 못한 것뿐이었다. 그리고 이번에는 다분히 의도적이었다.

그는 환라가 정위와 여란의 표정을 보지 못하도록 그녀의 손을 제 쪽으로 끌었다. 옆에서 정위가 속닥거리는 게 들렸다.

"저게 무슨 짓거리입니까? 아주 여우가 따로 없습니다."

"여우는 귀엽기라도 하지, 오라버니는 징그럽소."

양야가 고개를 돌려 여란을 보았다. 여란이 고개를 뻗댔다. 뭐 어쩌라는 표정이었다. 양야는 픽 웃으며 자리에서 일어났다. 환라가 여란에게 잠시 올라갔다 오겠다고 눈짓한 뒤 양야를 따라 일어났다.

계단을 오를 때마다 환라의 마음도 흔들렸다. 양야는 환라의 심장이 점점 빠르게 뛰는 것을 손끝으로 느끼며 미소 지었다.

걸음을 빨리하는 그의 귀에 정위가 여란에게 속닥거리는 소리가 들렸다.

"차라리 빨리 두 분이 연인 사이가 되면 좋겠습니다. 그럼 적어도 객주님이 아양 떠는 꼴은 안 보겠죠."

연인이라는 단어가 양야의 발을 붙잡았다. 양야는 걸음을 우뚝 멈추고 천천히 숨을 내쉬며 환라의 손을 놓았다. 여전히 손끝에서는 심장이 뛰는 듯했다.

손끝에서 느껴지던 빠른 맥박은 환라의 것이 아니라 제 것이었다.

양야는 그제야 자신이 원하는 게 무엇인지 깨달았다. 양야는 가만히 서서 환라를 빤히 바라보았다. 민망함을 느낀 환라가 그의 손을 잡아끌었다. 환라의 손을 맞잡으며 양야는 방 안으로 들어왔다.

이내 그의 입가에 야살스러운 미소가 떠올랐다.

"제가 보고 싶진 않으셨습니까?"

환라가 느리게 눈을 깜빡였다. 제 속을 들킨 것만 같아 당혹스러웠다. 그녀는 대답하는 대신 벽에 붙어 제 발끝을 내려다보았다. 양야가 환라에게 더 가까이 다가갔다.

"저는 보고 싶었습니다."

환라의 입술이 달싹였다. 왜 보고 싶었느냐는 질문이 목 끝까지 차올랐다. 듣고 싶은 대답이 무엇인지도 모르는 질문이었다. 환라는 양야가 저와 같은 마음이라고 생각했다. 각별한 친우를 그리워하듯 자신을 그리워하는 것이라고 말이다.

'사내를 좋아하는 것은 아닐 것이다. 분명 아닐 것이다.'

환라는 속으로 생각하며 고개를 끄덕였다. 의미가 불분명한 고갯짓이었다. 양야는 환라의 목소리를 듣고 싶었다. 차분하고 부드러운 목소리로 저가 보고 싶었노라 대답해 주길 바랐다. 그는 어깨 앞으로 흘러내린 환라의 머리카락을 손에 감으며 물었다.

"말은 언제부터 못 하셨습니까?"

환라가 양야의 손을 끌어내렸다. 하지만 손등에 글자를 쓰기엔 너무 가까웠다. 물러날 길이 없어 옆으로 빠져나가려 하자 양야가 등을 굽혀 환라의 어깨에 이마를 기댔다.

"환 님의 목소리가 듣고 싶습니다."

맑은 기운과 씁쓸한 장미 향으로 숨을 쉬며, 양야가 간지럽게 속삭였다.

"웃음소리를 들으면 성대가 상한 게 아니란 걸 알 수 있습니다."

환라의 몸이 작게 움찔거렸다. 양야가 몸을 바로 세웠다. 환라의 심장이 빠르게 뛰는 게 느껴졌다. 표정에는 별 변화가 없었지만 숨기던 것을 들켜 많이 놀란 모양이었다. 양야는 환라가 귀여워 고개를 숙이며 웃었다.

맞닿은 몸을 통해 진동이 여실히 느껴지자 환라는 괜히 부끄러워졌다.

양야는 달아오른 환라의 볼을 부드럽게 쓸었다.

"세 이름을 불러 주십시오."

환라의 입술이 달싹였다. 말을 하고 싶었으나 여자의 목소리인 것과 양야가 제 목소리를 들은 적이 있다는 사실이 마음에 걸렸다.

환라가 망설이는 기색을 보이자 양야는 이번에도 한발 물러섰다.

그는 동곳과 관을 빼냈다. 검은 폭포처럼 쏟아지는 머리카락을 한쪽으로 그러모으며 몸을 돌렸다. 환라는 고민했다. 이름을 부르는 정도로는 말투와 억양은 물론이고 목소리를 구분하는 것조차 어려울 것이다. 환라는 최대한 작고 낮게 목소리를 내었다.

"양야."

거울 앞까지 간 양야가 환라를 돌아보았다. 환라는 언제 입을 열었냐는 듯 무표정한 얼굴로 양야를 지나쳐 먼저 거울로 다가갔다. 그리고 거울 앞에 있는 의자 뒤에 서서 양야에게 손짓했다.

양야는 미소가 떠나지 않는 얼굴로 환라를 보며 다가왔다. 의자에 앉아서도 그의 눈길은 환라를 떠날 줄 몰랐다. 환라는 그 미소를 못 본 척하며 양야의 머리를 양손으로 잡아 정면을 보게 만들었다. 양야가 순순히 고개를 틀었다. 하지만 그의 눈은 거울에 비친 환라만을 바라보고 있었다.

"말은 왜 못하는 척하시는 겁니까?"

목소리를 내지 않는 이유를 짐작하면서도 양야는 아무것도 모르는 척 물었다. 혹시라도 환라가 대답을 해 줄까 했지만 환라는 고요한 미소를 머금을 뿐 입을 열지 않았다.

"언제쯤 다시 말을 하실 수 있습니까?"

"양야."

당장이라도 말을 할 수 있다고 알리기라도 하듯이 환라가 양야의 이름을 불렀다. 다른 말은 전혀 하지 않자 마치 양야의 이름만 말할 수 있는 것 같았다.

양야는 이상하게도 흡족한 기분이 들었다.

그는 미소를 감추지 않으며 제 머리를 정리하고 있는 환라의 손을 잡았다.

"앞으로 그렇게 제 이름으로 대답해 주십시오. 듣기 좋습니다."

환라가 작게 웃음을 터트리고 양야의 머리를 틀어 올렸다. 그녀는 뒤에서 손을 뻗어 양야의 턱을 조금 들어 올려 상투 트는 것이 잘 보이게 만들었다. 그리고 손가락으로 거울 속에 비친 머리를 가리켰다.

"양야."

잘 보고 배우라는 뜻이었다. 양야는 결국 참지 못하고 웃음을 터트렸다. 그는 알겠다는 듯 고개를 끄덕였다. 환라가 천천히 머리를 틀어 올려 관을 씌워 주었다. 동곳까지 꽂자 머리가 말끔하게 정리되었다.

환라가 흘러내린 뒷머리를 손으로 쓸고 있을 때, 방 밖에서 누군가가 문을 두드렸다.

"형님을 찾는 손님이 왔소."

밖에서 여란의 목소리가 들렸다. 양야가 들어오라고 말하자 문이 열렸다. 환라는 양야의 머리카락에서 손을 떼고 문을 봤다.

여란의 뒤에 향옥이 서 있었다. 환라와 눈이 마주치자 향옥이 공손히 인사를 올렸다.

"도련님. 모시러 왔습니다."

칠각과 향옥은 환라가 밖에서 잠들었을 때조차 걱정만 할 뿐 환궁을 재촉하지 않았다. 그런데 직접 데리러 오다니. 별일이었다. 환라는 의아하게 여기며 향옥에게 다가갔다. 향옥이 허리를 깊이 숙이며 옆으로 물러났다. 어서 돌아가자는 뜻이었다.

환라는 여란의 손을 들어 글을 적었다.

[시장 구경, 다음에.]

그녀가 미안한 표정을 짓자 여란이 호쾌하게 웃었다.

"괜찮소. 뭐 오늘만 날인가? 어서 가 보시오."

환라는 양야와 여란에게 눈짓으로 인사했다. 두 사람이 고개를 끄덕이자 환라는 방을 나섰다. 향옥이 그녀의 뒤를 따라가며 문을 닫았다.

여란이 닫힌 문을 게슴츠레한 눈으로 보았다.

"그런데 태도가 너무 극진하지 않소?"

양야가 가볍게 웃으며 곰방대에 약초를 채워 넣었다.

"유일한 직계 혈족이니 그럴 수밖에."

환라가 공주인 것을 모르는 여란은 양야의 말을 다르게 알아들었다.

"하긴. 나씨 가문의 유일한 혈족이니 얼마나 애틋하겠소."

"그렇겠구나."

"참! 그런데 형님의 어머니가 살아 계신 것 같았소."

"그러니."

양야가 놀란 기색 없이 대답했다. 하얀 연기가 가늘게 피어올라 허공을 휘어 감았다. 여란은 연기의 끄트머리를 눈으로 좇다가 혼자 고개를 주억거렸다.

"하긴. 어머니랑 같이 살았든, 형님 혼자 살았든 나씨 가문이 멸문한 건 맞지만 말이오. 흠……. 오라버니는 형님이 출세하기 위해 남장을 했다고 생각하시오? 가문을 일으켜 세우기 위해서 말이오."

"모르겠구나."

환라가 공주라는 것을 말할 수 없기에 양야는 대충 대답하며 팔걸이에 몸을 기댔다. 그리고 고개를 돌려 곰방대를 빨았다. 세상만사에 아무런 관심 없는 표정으로 숨을 내뱉자 뿌연 연기가 양야의 주변을 맴돌며 권태로운 분위기를 자아냈다.

여란은 갑자기 속이 울컥 뒤집혔다. 그녀는 콧김을 훅 뿜고 자리에서 벌떡 일어나 소리쳤다.

"아니, 오라버니는 연모하는 여인에게 어찌 그리 무심하시오?"

양야가 무슨 소리냐는 듯 여란을 보다가 이내 고개를 뒤로 늘어트리며 웃음을 터트렸다.

"하하하!"

붉게 벌어진 입술 사이로 하얀 연기가 울컥울컥 쏟아졌다. 묘하고 야릇한 풍경이었으나 여란의 눈빛은 널뛰기하는 미친놈을 보는 것과 별반 다르지 않았다.

양야는 습관적으로 머리를 쓸어 올렸다. 길고 곧은 손가락이 매끄럽게 넘어간 머리카락을 스쳐 관에 닿았다. 손끝에 걸리는 느낌은 차갑고 딱딱했으나 양야의 미소는 단꿈을 꾸는 사람 같았다. 그는 환라가 올려 준 머리를 길게 쓸어내리며 멍하니 대답했다.

"무심하지 않아. 오히려 관심이 많은 편이지."

"관심이 많기는 무슨! 내가 형님 이야기를 해도 심드렁한……, 어?"

버럭 소리 지르려던 여란이 얼빠진 소리를 내며 말을 멈췄다. 그리고는 연신 "어? 어어?" 소리를 내며 양야에게 삿대질을 했다.

양야는 여란이 나무 인형처럼 덜그럭거리는 이유를 뒤늦게 깨달았다. 그가 연모라는 단어를 부정하지 않았기 때문이었다. 일말의 반발심조차 느껴지지 않을 정도로, 이미 환라에 대한 마음은 자연스러워져 있었다.

'가랑비에 옷 젖는 줄 모른다더니.'

그는 당황한 얼굴을 가리기 위해 연기를 불어 내며 몸을 벌떡 일으켰다.

양야가 문을 향해 걷자 주변의 공기가 그를 따라 움직였다. 허공에 고인 하얀 연기 또한 그의 등 뒤로 얇은 비단처럼 늘어졌다.

양야는 재빨리 문을 열었다. 그리고 여란의 등을 부드럽게 밀어 문 쪽으로 이끌었다. 여란이 정신을 차리고 시끄럽게 굴기 전에 쫓아내려는 심산이었다. 양야의 의도대로 여란은 뿌연 연기와 함께 방 밖으로 밀려났다. 그리고 문이 닫힌 뒤에도 그녀는 한동안 정신을 차리지 못했다.

* * *

향옥을 따라 걷던 환라가 비밀 통로 안으로 들어오자마자 입을 열었다.

"궁에 무슨 일이 있는가?"

"갈파왕이 도착하였습니다. 연회에 소해를 내보낼 수 없어 급하게 모시러 왔습니다."

"잘하였다."

향옥이 잠시 걸음을 멈추고 허리를 깊게 숙여 환라의 칭찬에 감사를 표했다. 환라는 향옥에게 미소를 지어 준 뒤 앞서 나갔다.

긴 통로를 지나 문 위로 올라가자 다르랑 다르랑 코 고는 소리가 들렸다. 병풍을 돌아 나온 환라가 잠이 든 소해를 보며 작게 웃었다. 기척을 느낀 칠각이 안으로 들어와 소해를 깨우려 하자 환라가 나지막한 목소리로 만류했다.

"두어라."

칠각이 고개를 숙이며 뒤로 물러났다. 환라는 향옥의 시중을 받아 옷을 갈아입고 면포를 쓴 뒤 침상에 걸터앉았다. 그리고 소해의 어깨를 가볍게 두드렸다. 소해는 칭얼거리는 소리를 내며 뒤척였다. 어린아이 같은 모습에 환라가 웃자 소해가 눈을 번쩍 떴다.

그녀는 정신을 차리지 못하고 눈을 몇 번 깜빡이다가 면포를 벗으며 주춤주춤 몸을 일으켰다.

"벌써 돌아오셨습니까?"

졸음이 덕지덕지 묻은 얼굴로 소해가 물었다. 버릇없는 말투에 칠각이 목을 가다듬었다. 그제야 소해가 침상에서 내려와 손을 앞으로 모으고 공손히 고개를 숙였다. 환라는 소해가 잠에서 덜 깨어 어투를 가다듬지 못한 것이라 여겨 크게 신경 쓰지 않았다.

"찾아온 이는 없었는가?"

어깨를 움츠리고 칠각을 힐끔거리던 소해가 고개를 번쩍 들었다. 소해는 눈만 멀뚱히 깜빡였다. 귀부인이 왔다 가긴 했는데 누구였는지 기억이 나지 않는 탓이었다. 소해가 대답하지 못하자 결국 물러서 있던 칠각이 앞으로 나섰다.

"천영 부인이 왔다 갔사옵니다, 공주님."

"천영 부인이라면 대장군 소능현의 부인이 아닌가?"

"맞사옵니다."

환라는 대장군의 부인은커녕 대장군조차 만나 본 적이 없었다. 일면식도 없는 대장군의 부인이 찾아왔었다는 말을 들으니 자연스레 궁금증이 생겨났다.

"무슨 연유로 나를 찾아왔다고 하던가?"

"공주님께서 비원궁으로 거처를 옮기신 지 오래인데 인사를 드린 적이 없기에 왔다고 하였습니다."

지극히 평범한 이유였다. 핑계로 대기에도 손색이 없었다. 하지만 거짓이라는 법도 없었기에 환라는 깊이 생각하지 않았다.

모름지기 의도를 모를 때는 좋은 쪽으로 해석해야 서로에게 해가 되지 않는 법이었다.

"그냥 돌아가 아쉬웠을 터. 천영 부인에게 수국차를 하사하라."

환라의 말에 소해가 뒤로 슬쩍 물러나 급하게 옷을 갈아입었다. 칠각은 바스락거리는 소리를 들으며 한숨을 삼켰다.

"그것이······. 들어와 차를 마시고 갔습니다."

환라가 고개를 돌려 소해를 봤다. 분명 나가기 전에 사람이 오거든 되도록 돌려보내라고 일렀었는데, 천영 부인이 들어와 차까지 마시고 갔다니.

화가 난다기보다는 그 이유가 궁금했다. 환라가 빤히 바라보자 옷을 다 갈아입고 향옥의 뒤에 서 있던 소해가 몸을 움찔거리며 고개를 숙였다. 환라는 소해를 향해 부드럽지만 위엄 있는 목소리로 물었다.

"어찌하여 천영 부인을 안으로 들였는가?"

소해가 몸을 떨며 향옥의 옆으로 나왔다.

"서책을 읽다가 저도 모르게 그만 들어오라고 하였사옵니다."

덜덜 떨리는 목소리가 제법 애처로웠다. 소해가 울 것 같은 표정을 지었으나 환라는 다독여 주지 않고 질문을 이었다.

"무슨 대화를 하였는가?"

소해가 힐끔거리며 칠각을 봤다. 칠각은 한숨을 삼키며 환라에게 말을 전했다.

"천영 부인은 들어와서 정말 가벼운 담소만을 나눴사옵니다. 별궁의 생활이 답답하지는 않았는지, 국사를 돌보는 것은 버겁지 않은지 하는 소소한 것들이 주된 내용이었으며 대화를 나눈 시간 보다 침묵하며 차를 마신 시간이 더 길었으니 크게 신경 쓰지 않으셔도 무방할 듯하옵니다, 공주님."

천영 부인은 정말 특별한 이유 없이 인사를 나누기 위해 온 것 같았다. 환라는 안도하면서도 내심 불안했다. 찾아온 이가 천영 부인이었기에 망정이지 궐겸이 들어왔다면 분명 정사를 논하려 했을 것이고, 이야기하다가 평소와 다른 점을 눈치챘을 것이다.

환라는 엄하지만 노기가 서리지 않은 목소리로 경고했다.

"다음부터는 주의하라."

"황송하옵니다, 공주님."

소해가 깊이 고개를 숙이고 방 밖으로 나갔다.

환라는 소해가 나간 자리를 보다가 거울 앞에 앉았다. 향옥이 환라의 면포를 더 꽉 묶어 준 뒤 궁인들을 불러들였다. 세 명의 궁인들이 환라의 뒤에 서서 머리를 올리고 장신구를 꽂았다. 시중을 받고 있던 환라의 시야에 작은 함이 보였다. 저번에 저잣거리에서 사 왔던 것을 영로의 품위에 걸맞게 새로 꾸며 넣어 둔 함이었다.

'가까운 시일 내에 전해 드려야겠다.'

환라는 함을 열어 보요가 잘 있는지 확인한 뒤 방을 나섰다. 그리고 곧장 연회가 열리는 정전으로 향했다.

정전 안으로 들어서자 가장 상석에 앉은 영로와 그 아랫단 오른쪽에 자리한 갈파왕이 보였다. 환라는 그의 맞은편으로 향하다 문득 계단 아래를 내려다봤다. 마차 다섯 대가 동시에 지나갈 수 있을 정도로 넓은 길의 양옆에 600개가 넘는 상이 차려져 있었다. 상

앞에는 갈파왕이 데려온 장수들과 신하들, 그리고 제국의 신하들이 앉아 있었다.

이렇게 성대한 손님 접대는 처음 보는 것이라 환라는 내심 놀랐다. 환라가 인사를 올리고 가만히 서 있자 영로가 자리를 권했다.

"어서 앉으세요, 공주."

"망극하옵니다."

환라가 자리에 앉자 영로가 환라에게 갈파왕을 소개했다.

"공주. 이쪽은 갈파의 왕이오."

"갈사혁입니다."

갈파왕, 사혁이 먼저 고갯짓으로 인사했다. 환라도 그의 인사를 공손히 받았다.

"환라라 하옵니다."

고개를 든 환라는 사혁을 보았다. 그는 불혹을 앞둔 나이었으나 또래보다 조금 더 젊어 보였다.

그러나 얼굴에 부드러운 부분이 없었으며 눈동자에는 섬뜩한 예기가 서려 있었다. 양옆과 아래로 드러난 흰자위는 하얗다 못해 푸르게 보일 정도였다. 환라는 그제야 왜 이백이 그토록 갈파왕을 두려워하는지 알게 되었다. 면포로 얼굴을 덮고 있는 환라조차 사혁과 눈을 오래 마주하고 있기 꺼림칙하였다.

시선을 피하려고 고개를 돌리자 가슴 아래까지 내려오는 긴 면포가 살짝 흔들렸다. 사혁의 눈이 집요하게 면포의 움직임을 좇았다.

영로는 사혁의 주의를 돌리기 위해 입을 열었다.

"오시느라 고생이 많았습니다."

"감사합니다, 황후 폐하."

대답을 하면서도 사혁은 환라에게서 시선을 떼지 못하고 있었다. 그 모습을 보며 영로가 입꼬리를 비틀어 올렸다.

"갈파왕께서는 공주에게 관심이 많으신가 봅니다."

"16년 만에 별궁 밖으로 나오셨다 하니 관심이 생길 수밖에요."

영로와 사혁 사이에 적의가 오갔다. 잠깐 숨 막히는 정적이 흘렀다. 환라는 두 사람을 보다가 악단을 향해 손짓했다. 동시에 음악이 흘러나오고 영로와 사혁의 시선이 환라에게로 향했다.

"장수들이 시장할 터이니 연회를 시작하심이 어떠하시옵니까, 황후 폐하."

"공주의 말이 옳습니다. 잘 하였어요."

환라가 영로를 향해 가볍게 고개를 숙여 감사의 인사를 대신했다. 영로는 다정히 웃어 보인 뒤 자리에서 일어나 술잔을 들어 올렸다.

"황제 폐하를 대신하여 내가 그대들의 공을 치하하오. 오늘은 마음껏 마시고 편히 쉬시오."

"황공하옵니다, 황후 폐하."

계단 밑에 있는 수백 명의 사람들이 동시에 소리쳤다.

영로가 먼저 첫 잔을 한 번에 들이마셨다. 뒤이어 사혁과 환라도 술잔을 비웠다. 밑에 있는 신하들까지 잔을 비우자 영로가 손짓했다.

무희들이 음악에 맞춰 들어와 길고 하얀 천을 휘날리며 군무를 추었다.

허공에 흩날리는 천을 보며 환라는 저도 모르게 곰방대의 하얀 연기를 떠올렸다. 비단 천보다 고운 머리카락이 아직 손아귀에 있는 것만 같았다. 환라는 손을 가볍게 말아 쥔 채 손끝으로 손바닥을 부드럽게 쓸다가 고개를 들었다.

사혁의 날카로운 눈매가 환라를 향해 있었다. 떨어지지 않는 시선에 등줄기에 소름이 돋는 듯했다. 환라는 팔을 수평으로 들었다. 폭이 넓은 소매가 면포 앞으로 길게 내려와 그녀의 얼굴을 가려 주었다. 환라는 면포를 들어 그 밑으로 술을 마셨다.

사혁이 그녀를 빤히 보다가 입을 열었다.

"면포를 벗으면 술을 마실 때 더 편하지 않겠습니까?"

언뜻 환라를 걱정하는 말처럼 들렸으나 면포를 벗으라는 뜻이었다. 물론 환라는 면포를 벗을 생각이 없었기에 점잖게 말을 돌렸다.

"익숙한 일이라 괜찮습니다."

환라가 거부의 의사를 표하자 질문은 더욱 노골적으로 변했다.

"얼굴은 왜 가리신 겁니까?"

이제껏 이토록 적나라한 질문을 한 사람은 없었다. 환라는 당황스러운 마음에 저도 모르게 영로를 보았다. 내내 불편한 기색을 숨기지 못하던 영로가 술잔을 거칠게 내려놓았다. 그녀는 경고하듯 사혁을 노려본 뒤 환라에게로 고개를 돌리며 미소 지었다.

"요즘 몸이 좋지 않다고 하였는데 내가 너무 붙잡아 두었습니다. 귀빈은 내가 모실 테니 공주는 이만 들어가 쉬세요."

안 그래도 사혁이 껄끄러웠던 환라는 영로의 배려를 거부하지 않았다. 그녀는 영로와 사혁에게 가볍게 인사를 올리고 제 궁으로 돌아왔다.

환라는 그대로 사혁이 떠날 때까지 마주칠 일이 없길 바랐다. 하지만 그녀의 바람은 이뤄지지 않았다. 다음 날 사혁이 함께 차를 마시자고 청한 탓이었다. 초대를 받았다면 핑계를 대고 안 가면 그만이었다. 그러나 사혁은 환라를 찾아왔다. 심지어 환라는 마침 후원을 거닐고 있던 참이었다. 사혁을 내쫓을 명분도, 거절한 명분도 없었다.

환라는 결국 후원에 다과상을 차리고 사혁과 마주 앉았다. 어제와 달리 사혁은 환라를 집요하게 쳐다보지 않았다.

"후원이 정말 아름답습니다."

어투도 어제보다 훨씬 부드러웠다. 어제는 막 전쟁에서 돌아와 신경이 곤두섰던 것일 수도 있겠다는 생각이, 문득 환라의 머릿속을 스쳤다.

환라는 면포를 들어 그 밑으로 차를 마시고 후원을 둘러보았다. 떨어진 자색 목련 대신 초여름의 싱그러움이 피어올라 있었다. 환라의 분위기가 조금 부드러워지자 사혁은 자연스럽게 대화를 이끌었다.

처음 만나는 것이긴 해도 환라와 사혁은 사촌지간이었기에 대화는 자연스레 혈육에 관한 것으로 흘렀다.

"황제 폐하께서는 유일하게 황제의 자리에 관심이 없으셨던 분입니다. 아주 진저리를 치셨죠. 열세 살이 되자마자 궁을 나가 소능현의 집에 의탁하였으니 말입니다."

"대장군의 집 말입니까?"

"예. 그곳에서 연려황후를 만나셨죠."

환라는 이백이 어떻게 살아왔는지 전혀 몰랐기에 사혁의 말에 빠져들었다. 이야기가 반 시진 정도 이어지자 환라의 긴장도 자연스레 풀렸다.

"황제 폐하께서 연려황후를 깊이 연모하셨사옵니까?"

환라의 질문에 사혁이 고개를 끄덕였다.

"천하에 모르는 이가 없을 정도였습니다. 그러나 오랫동안 후사가 없었습니다."

"그 때문에 어머니가 많은 것을 포기하시고 후궁으로 들어갔다 들었습니다."

"하하하!"

별안간 사혁이 웃음을 터트렸다. 그 소리가 어찌나 커다란지 탁자가 진동할 정도였다. 갑자기 터진 큰소리에 환라가 놀란 마음을 진정시키고 사혁을 바라보았다. 차갑게 비틀린 얼굴이 웃음의 의미를 말해 주는 듯했다.

그의 폭소는 조롱이자 야유였다. 그리고 그것은 두말할 것 없이 영로를 향하고 있었다.

딸인 환라가 불쾌한 것은 당연한 일이었다. 환라의 분위기가 차갑게 가라앉았다. 하지만 사혁은 태도를 바꾸지 않았다.

"야망을 위해 연인과 은인을 배반하고 과거를 폐기한 것도 포기라 말한다면, 그렇습니다. 황후 폐하께서는 많은 것을 포기하셨지요."

"말씀이 지나치십니다."

환라는 불쾌함을 숨기지 않았다. 그런데도 사혁은 여유롭기만 했다.

"지나치다 하더라도 사실이니 어쩔 수 없습니다. 나는 그저 사촌 오라버니로서 공주님이 황후 폐하께 이용만 당하다 버려질 것을 걱정하는 것입니다."

더 들을 것도 없었다. 환라는 그대로 자리에서 일어났다. 그만 돌아가라고 말하려는 환라에게 사혁이 다가왔다. 한 발자국도 안 될 거리에서 사혁이 멈춰 섰다. 그는 고개를 숙이고 환라에게만 들릴 정도로 목소리를 낮췄다.

"황후 폐하께서 면포 뒤에 숨겨 둔 것이 진정 공주님의 얼굴뿐이라고 생각합니까?"

사혁이 환라의 면포로 손을 뻗었다. 환라는 그의 손목을 잡았다. 환라의 면포 밑단을 움켜잡은 손을 떼지 않은 채, 사혁이 말을 이었다.

"뻔합니다. 황후 폐하는 공주님을 지키기 위해 얼굴을 가리는 것이라 말했을 겁니다. 밖에 공주님을 음해하려는 세력이 있다 했겠지요."

사혁의 말이 옳았다. 2년 전 환라가 별궁 밖으로 나가기 전날 밤, 영로는 긴 면포를 가지고 찾아왔다. 그녀는 면포로 환라의 얼굴을 손수 가려 주며 말했다.

'밖에는 하나뿐인 적통을 음해하려는 세력이 있습니다. 평소 얼굴을 가리면 위험이 닥쳐 몸을 피해야 할 때 아무도 공주를 알아보지 못할 겁니다. 면포를 벗고 옷을 갈아입으면 되니까요.'

환라는 그 말을 단 한 번도 의심한 적이 없었다. 적통을 음해하려는 세력에게서 환라를 지키는 것. 그것이 환라가 16년 동안 별궁에 갇혀 산 이유였기 때문이었다.

"얼굴을 가리는 것은 양날의 검입니다. 만일 공주님을 음해하는 것이 황후 폐하라면, 공주님은 본인을 어떻게 지킬 겁니까? 황후 폐하가 공주님을 죽이고 제 입맛에 맞는 자의 얼굴을 면포로 가려 공주님의 자리에 앉혀 놓는다 한들, 누가 그 사실을 알 수 있겠습니까?"

"어머니께서 그러고자 마음먹으셨다면 2년 전에 이미 그리하셨을 겁니다."

"아니지요, 공주님. 황제 폐하께서 계시지 않습니까. 황제 폐하께서 공주님의 얼굴을 보고 싶어 하실 텐데, 황후 폐하께서 바꿔치기하실 수 있을 리가 없습니다."

논리적으로 반박할 틈이 없었다. 하지만 환라는 영로의 애정 어린 시선을 믿고 싶었다. 잠결에 느꼈던, 제 머릿결을 쓸어 주던 다정한 손길을 믿고 싶었다. 어린 환라를 안고 눈물을 흘리던 어머니의 마음을 의심하고 싶지 않았다. 환라는 견고했지만 사혁은 쉬지 않고 뱀처럼 속살거렸다.

"황후가 되기 위해 친자매처럼 지내던 연려황후를 죽음으로 몰아넣은 여인입니다. 그러니 공주님께서도 조심하십시오."

환라의 뒤로 영로가 다가오는 것이 보였다. 환라가 갈파왕과 있다는 말을 전해 듣자마자 급하게 온 탓에 영로는 궁인들조차 대동하지 않은 상태였다. 사혁은 영로와 눈이 마주치고 나서야 환라의 면포를 놓고 물러났다. 환라의 경계가 심해진 것이 느껴졌지만 사혁은 신경 쓰지 않았다.

의심은 들풀과 같다. 일단 심어 두기만 하면 제아무리 단단한 땅 밑에 있더라도 갈라진 틈을 비집고 반드시 싹을 틔우기 마련이다.

그렇기에 사혁은 확신했다.

"언젠가 제 말이 진실임을 알게 될 겁니다."

다가온 영로에게 인사를 올린 사혁이 그대로 자리를 떠났다. 환라는 그제야 뒤를 돌아보았다. 영로가 환라에게 다가와 그녀의 어깨를 양손으로 감쌌다.

"공주, 괜찮습니까?"

"예, 황후 폐하."

"저자가 면포를 벗기려 했습니까?"

환라는 구겨진 면포의 밑단을 내려다봤다. 환라가 손목을 붙잡지 않았다면 사혁 분명 면포를 벗겨 냈을 것이다.

"그런 것 같사옵니다."

영로가 무거운 숨을 내쉬며 몸을 돌렸다. 그녀는 환라에게 따라오라고 눈짓한 뒤 비원궁 안으로 들어갔다.

궁인들이 열어 주는 수많은 문을 지나쳐 영로는 환라의 방으로 들어왔다. 환라가 뒤이어 들어오자마자 영로가 손짓으로 사람들을 물렸다. 칠각과 향옥을 제외한 모든 사람이 밖으로 나갔다.

영로는 환라를 끌어 제 앞에 앉히며 물었다.

"갈파왕과 무슨 대화를 하셨습니까?"

환라는 쉽사리 대답하지 못했다. 영로를 의심하는 것은 아니었다.

다만 사혁이 한 말들이 황후를 모욕하는 것이기에 말하지 못할 뿐이었다. 환라는 잠시 망설이다 대답했다.

"헛소리뿐이었사옵니다."

대충 넘어가려고 했지만 영로에게는 통하지 않았다.

"갈파왕이 제 험담을 하던가요?"

대답은 필요치 않았다. 사혁이 환라에게 무슨 말을 했을지야 뻔했다. 영로는 간절함을 담아 환라의 손을 움켜쥐었다.

"흔들리면 안 됩니다, 공주. 그는 두 사람을 이간질하고 그 사이에서 이득을 취하는 악랄한 자입니다. 뭐든 사실인 것처럼 만드는 자예요."

"저는 어머니를 믿습니다."

환라가 영로의 손을 맞잡았다. 영로는 고개를 숙이고 환라의 손을 내려다보았다. 그녀는 잠시 침묵했다.

"공주에게 약한 모습을 보이고 싶지 않았습니다."

고개를 든 영로의 얼굴에는 슬픔과 분노가 뒤엉켜 있었다.

"헌데 두려워요. 갈파왕이 언니와 내 사이를 이간질했을 때처럼 돌이킬 수 없는 일이 벌어질까 두렵습니다."

"제가 어찌하면 되겠사옵니까?"

"갈파왕은 한 달간 황궁에 머문다고 했습니다. 공주는 그동안 궁을 떠나 계세요."

"하오나 갑자기 궁 밖으로 나가면 대신들은 제가 갈파왕을 두려워한다 생각할 것이옵니다. 갈파왕의 나라가 점점 커지고 있는 이 상황에서 그런 모습을 보이는 것은 폐하의 위엄에 해가 되옵니다."

"정소해가 있지 않습니까, 공주."

"그 아이에게 위험한 일을 시키고 싶진 않습니다."

"걱정 마세요. 이간질만 할 뿐입니다. 듣는 이가 곤혹스럽긴 하겠지만 신변에는 문제가 없을 겁니다."

환라는 당장 대답하지 않고 향옥을 돌아봤다. 그러자 향옥이 공손히 허리를 숙였다. 하명을 기다리는 모습에 환라는 지체하지 않고 입을 열었다.

"여사는 가서 소해를 데려오라."

향옥이 읍을 하고 밖으로 나갔다. 얼마 지나지 않아 향옥이 소해를 대동하고 다시 안으로 들어왔다.

소해는 영로를 발견하고는 잠시 놀란 표정을 지었다. 하지만 전처럼 두려워하는 기색은 없었다. 그 모습을 보며 안도한 환라가 소해에게 가까이 오라 손짓했다.

"이리, 가까이."

"또 출궁하시옵니까?"

질문하는 소해의 눈이 기대감으로 빛났다. 환라가 웃으며 고개를 끄덕였다.

"이번에는 평소보다 길 예정이다."

"얼마나 나가 계시옵니까? 사흘?이레?"

소해의 버르장머리 없는 언사에 영로가 미간을 찌푸렸다. 하지만 여란의 말투에 익숙한 환라는 소해가 마냥 귀엽기만 했다.

"달포는 나가 있을 것이다."

소해는 활짝 펴지려는 입술을 꾹 다물었다. 안 그래도 그동안은 공주 노릇을 하는 시간이 너무 짧아 불만을 느끼고 있었는데 이게 웬 떡이냐 싶었다. 그러다 문득 왜 달포나 궁을 나가 있겠다는 건지 궁금해졌다. 하지만 대놓고 물어보자니 영로가 호통을 칠까 두려웠다. 소해가 환라와 영로를 힐끔거리자 영로가 입을 열었다.

"갈파왕이 찾아와 나와 공주를 이간질하는 말을 할 것이다. 공주가 들어서 좋을 게 없으니 밖으로 내보내려 한다."

정말 그 이유뿐이라면 오히려 감사하다고 엎드려 절을 해도 모자랄 판이었다. 공주 노릇을 하는 동안에는 마음에 안 드는 것들에게 핀잔을 줄 수도, 일하지 않고 게으름을 피울 수도 있었다. 맛있는 음식은 물론 좋은 옷도 마음대로 입을 수 있었다. 소해에게는 천국이나 다름없었다.

이제 고작 반나절 정도 공주 노릇을 하는 건 성에 차지도 않았다.

'그런데 이 좋은 궁을 두고 달포나 나가 있겠다고? 고작 이간질하는 말 때문에?'

수상하기 짝이 없었다. 혹시 누군가 공주님의 목숨을 노려 저를 공주 대신 죽게 하려는 게 아닌가 하는 의심마저 들었다. 소해는 환라를 힐끔거렸다. 그녀의 불손한 눈빛을 본 영로가 입을 열었다.

"거절하여도 괜찮다. 네가 하지 않겠다면 학문을 핑계로 공주를 내보내는 수밖에."

영로는 환라를 돌아보았다.

"이참에 강하에 가 계시는 것은 어떻습니까? 진문친왕(이백의 셋째 형님)의 넷째 아들이 산중에서 학문에 열중하고 있다 합니다. 오가는 데에만 한 달이 걸리나 배울 것이 많을 거예요."

아까 나눴던 대화와는 다른 말이었다. 환라가 영로를 빤히 바라보자 소해가 냉큼 입을 열었다.

"안 하겠다는 게 아니옵니다, 황후 폐하. 소녀는 단지……. 공주님이 위험하실까 염려되어 그러옵니다."

말을 그렇게 했으나 사실은 공주로 위장했을 때의 제 안위를 걱정하는 것이었다. 환라도 그 말을 알아들었지만 소해를 꾸중하진 않았다. 제 목숨 귀한 줄 모르는 사람이 세상천지에 얼마나 되겠느냐는 생각 때문이었다. 하지만 충심을 중요하게 생각하는 칠각의 눈에는 마냥 고와 보이지 않았다.

칠각은 차라리 환라가 사혁을 피하는 게 나을 것이라 여겼다. 그는 조용히 환라의 뒤로 갔다. 환라에게 조언을 하려는 것이었다. 그것을 눈치챈 영로가 먼저 입을 열었다.

"그건 걱정 말거라. 갈파왕은 제후국의 왕이다. 이곳에서 공주에게 위해를 가하면 반역이 되니 함부로 행동하진 못할 게야."

소해가 환라를 보았다. 환라가 작게 고개를 끄덕였다. 고작 말 때문에 궁을 나간다니, 소해는 여전히 이해할 수 없었다.

'원래 가진 자들은 제 것이 귀한 줄 모르는 법이지.'

그렇게 생각하자 쉽게 수긍할 수 있었다.

"황후 폐하께서 그리 말씀하시니 소녀가 달포 동안 공주님을 모사하겠사옵니다."

환라는 소해의 손을 꼭 잡아 주었다. 소해 역시 환라의 손을 맞잡았다. 좋은 것을 다 차지하는 공주가 부럽긴 해도 밉진 않았다. 막말로 공주가 없었다면 자신이 어떻게 이런 호사를 누려 보았겠는가.

"꼭 조심히 다녀오셔야 해요, 공주님."

격식 없는 말에 환라는 소해가 오래된 벗처럼 느껴졌다. 고개를 끄덕이자 소해가 활짝 웃었다. 환라 역시 면포 뒤에서 미소 지었다. 두 사람을 가만히 바라보던 칠각이 다시 향옥의 옆으로 돌아갔다. 영로는 자리에서 일어났다. 그리고 따뜻하고 건조한 얼굴로 환라를 보았다.

"이 기회에 많이 보고 듣고 오세요. 그게 공주가 원하던 것 아닙니까."

"망극하옵니다, 황후 폐하."

"혹 위험한 일이 생길지도 모르니 매를 데려가세요."

"그리 하겠사옵니다."

영로가 고개를 끄덕이고 방 밖으로 나갔다. 밖에 서 있는 궁인들이 문을 닫자 향옥이 환라에게 다가왔다.

"바로 나가시겠사옵니까?"

"그리 하겠다."

환라는 고민하지 않았다. 티는 나지 않지만 환라는 무려 한 달이나 궁을 벗어나 자유를 맛볼 생각에 많이 들뜬 상태였다. 마치 처음 궁 밖으로 나갈 때처럼 심장이 두근거리는 것을 느끼며 옷을 벗었다. 환라의 추진력에 놀란 칠각이 매를 데리고 오겠다며 밖으로 나갔다. 소해와 환라가 옷을 다 바꿔 입었을 즈음 칠각이 다시 방으로 들어왔다.

그의 손에는 매 두 마리가 앉아 있었다. 다리에 파란 비단을 묶어 놓은 매는 신호를 보내면 궁으로 돌아와 사람을 데려오도록, 붉은 비단을 묶어 놓은 매는 신호를 보내면 사람을 공격하도록 훈련받았다. 황족이 잠행을 나갈 때 데리고 다니는 매였다.

"한 마리만 데려가겠다."

무술을 할 줄 알면 파란 매만 데리고 가는 경우가 흔했기에 칠각은 만류하지 않았다. 환라는 매 한 마리를 받아 들고 비밀 통로로 내려왔다.

환라는 밖으로 나오자마자 매를 하늘로 올려 보낸 뒤 거처로 가서 제 작은 친구를 불렀다.

"여우야."

만나는 날이 아닐 때도 혹시나 거처에 있을까 하는 마음에 불러 보았는데 역시나 여우는 없었다. 환라는 잠시 집 주변을 더 둘러본 뒤 아쉬움을 뒤로 하고 거처 안으로 들어갔다.

그녀는 남장하고 곧장 한월각으로 향했다. 환라가 안으로 들어서자 그녀의 얼굴에 익숙해진 인부 몇 명이 인사를 건넸다. 환라는 우아한 미소로 그 인사를 받으며 주위를 살폈다. 아니나 다를까 양야는 환라가 왔다는 소식을 듣기도 전에 1층으로 내려오고 있었다.

하지만 양야보다 정위가 더 빨랐다. 그는 밖으로 나오다 환라를 발견하고 아는 척을 했다.

"환 님 오셨습니까?"

환라가 정위에게 인사하는 사이 양야는 그녀의 옆으로 다가와 자연스럽게 한쪽 손을 꿰찼다. 환라는 주변을 둘러보다가 양야의 손등 위에 글을 적었다.

[여란은?]

그 글자를 본 정위가 대답했다.

"오늘은 아마 마을 사람들하고 있을 겁니다. 무슨 경기가 있다고 하던데요."

환라의 눈에 호기심이 깃들었다. 그녀가 아는 경기는 축국이나 장치기, 택견이 전부였다. 그중에 어떤 경기를 하는 것인지는 모르나 여란은 몸 쓰는 것을 좋아하니 뭐든 잘 어울릴 것 같았다.

그녀의 눈에 깃든 흥미를 양야가 제일 먼저 알아보았다.

"구경 가시겠습니까?"

환라가 고개를 끄덕였다. 양야가 준비하라는 듯 정위에게 눈짓했다. 하지만 정위는 고개를 저었다.

"저는 할 일이 많습니다. 두 분이서 다녀오세요."

점잖게 거절하는 정위를 환라가 빤히 바라보았다. 생각해 보니 여란과 양야하고는 밖을 제법 돌아다녔는데 정위와 나간 적은 없었다. 환라가 아쉬운 표정을 짓자 정위도 덩달아 아쉬워졌다. 하지만 일이 많으니 어쩔 수 없었다. 정위가 다시 한번 거절하려던 찰나 양야가 입을 열었다.

"일은 내가 다녀와서 하마."

"……제 일도요?"

정위가 믿기지 않는다는 듯 되물었다. 양야가 무심히 고개를 끄덕였다.

정위의 입이 떡하니 벌어졌다. 양야는 절대 다른 사람의 일을 가져가 대신해 주지 않았다. 특별한 이유가 아니고서는 말이다. 그런 사람이 놀러 가라고 일을 대신 해 준다니. 정위는 주변을 두리번거리며 그림자의 위치를 살폈다.

'해는 동쪽에서 떠서 서쪽으로 잘 가고 있는데. 이게 무슨……. 아하!'

정위의 시선이 환라에게 닿자마자 순식간에 음흉해졌다. 그는 다 안다는 듯 고개를 끄덕이며 팔꿈치로 양야의 옆구리를 쿡 찌르려 했다. 물론 양야는 몸을 비틀어 정위의 손을 피했다. 정위가 뚱하니 양야를 보다가 선심 쓴다는 물러나며 속닥거렸다.

"제가 적당한 때에 여란 님을 데리고 사라지겠습니다."

그런 의도로 일을 대신 해 주겠다고 한 건 아니었다. 그저 환라가 아쉬워하는 것이 마음에 걸렸던 것뿐이었으나 정위의 제안도 나쁠 건 없었다. 양야는 대답하는 대신 여우처럼 웃었다. 정위는 그 미소를 긍정의 의미로 받아들였다.

"자자, 더 늦기 전에 가십시다."

정위가 양야와 환라의 등을 밀며 밖으로 나갔다. 양야는 환라와 함께 말을 타고 싶었지만 아쉽게도 인부가 이미 말 세 필을 준비해 놓은 상태였다.

'차라리 여우로 변해서 품에 안겨 갈까?'

양야가 가만히 말을 바라보며 진지하게 고민했다. 그가 탈 생각을 안 하자 환라가 입을 열었다.

"양야."

작은 목소리에 양야가 녹을 것처럼 미소 지었다. 동시에 환라의 옆에서 비명이 들렸다.

"으악!"

말에서 떨어질 뻔한 정위가 겨우 중심을 잡고 환라를 바라보았다. 그는 마치 죽은 사람이 돌아다니는 것을 본 것처럼 눈을 동그랗게 뜨고 있었다.

"환 님, 방금, 방금, 방금 말하신 겁니까?"

환라의 입매가 고상하게 휘어졌다. 그리고 다시 한번 재촉하듯 양야의 이름을 불렀다.

"양야."

양야가 어쩔 수 없다는 듯 말에 올랐다. 두 사람이 먼저 앞서가자 뒤늦게 정신을 차린 정위가 환라의 옆으로 오며 평소보다 높은 목소리로 말했다.

"제 이름도 불러 주세요. 정위입니다. 윤정위."

환라가 작게 웃음을 터트리며 입을 열려고 할 때였다. 천천히 가던 양야가 속도를 높여 환라와 정위 사이에 불쑥 끼어들었다.

"안 돼."

"뭐가 안 됩니까?"

정위가 불만스러운 어조로 물었다. 양야는 평소처럼 권태로운 목소리로 답했다.

"내 이름만 부르실 거니까."

너무나 당연하다는 말투였다. 심지어 환라는 부정조차 하지 않았다. 정위는 얼빠진 표정으로 둘을 보다가 입을 삐죽 내밀었다. 그리고 고개를 내저으며 두 사람에게서 멀어졌다. 환라가 다시 웃음을 터트렸다. 그 얼굴을 물끄러미 바라보던 양야 또한 옅게 미소 지었다.

"오늘따라 유난히 기분이 좋아 보이십니다."

환라가 고개를 끄덕였다. 달포간 자유롭게 지낼 수 있으니 기분이 좋을 수밖에 없었다. 그녀의 얼굴이 환하게 피어난 것을 보던 양야가 은근한 목소리로 말했다.

"환 님의 미소를 보니 저도 기분이 좋습니다."

환라의 뺨이 옅은 복숭앗빛으로 물들었다.

양야는 홀린 듯 손을 뻗었다. 그의 손이 환라의 볼에 닿으려 할 때, 환라가 고개를 앞으로 하고 말고삐를 틀어 양야와 멀어졌다. 심장이 지나치게 두근거린 탓이었다. 환라는 마른침을 삼키며 말고삐를 강하게 움켜쥐었다. 좋다고 말하는 양야의 목소리가 귓전을 맴돌았다. 그녀는 괜히 속도를 올렸다.

얼마 지나지 않아 민가가 드문드문해졌다. 낮은 언덕을 넘자 작은 촌락이 보였다. 작은 규모와 달리 안은 제법 떠들썩했다. 환라가 제일 먼저 말에서 내려 주위를 둘러보았다. 양야가 그녀의 곁으로 다가왔다.

"란이는 저기 있습니다."

환라가 양야의 손끝을 따라 고개를 돌렸다. 여란이 커다란 물동이를 등에 이고 서 있는 것이 보였다. 옆에는 같은 것을 등에 멘 사람 몇 명이 나란히 서 있었다. 환라는 여란이 왜 짐을 이고 있는 것인지 몰라 빤히 바라보았다. 그녀가 아무것도 모르는 눈치이자 정위가 옆으로 와서 설명해 주었다.

"저기 보이는 지점까지 달려서 물을 제일 적게 흘리는 사람이 이기는 겁니다. 우승 상품은 돼지고기라고 하던데요."

환라가 작게 감탄하며 고개를 끄덕였다.

'궁 밖에서는 상품이 될 정도로 고기가 귀한 모양이다.'

양야는 환라의 곁으로 다가가 그녀의 손을 잡았다. 평소처럼 걸음을 옮기려 하자 양야의 손아귀에서 환라의 손이 쏙 빠져나갔다. 내심 놀란 양야가 뒤를 돌아보았다. 환라도 자신이 왜 손을 빼냈는지 몰라 당혹스러운 참이었다. 양야가 손을 잡자마자 좋아한다고 말하던 그의 목소리가 떠올랐고, 이상하게도 양야의 손을 붙잡고 있을 수가 없었다. 환라가 슬쩍 시선을 피하자 양야가 다시 환라의 손을 잡았다.

"환 님이 오시는 것을 보고 진통제도 가지고 오지 않았습니다. 혹 제가 손을 잡는 게 불쾌해지셨습니까?"

고개를 젓는 환라의 뺨에는 여전히 사랑스러운 빛이 떠올라 있었다. 양야는 그 빛깔에 입을 맞추고 싶다는 충동을 참으며 다정히 미소 지었다.

"그럼 잡아 주세요."

환라가 고개를 끄덕이고 양야의 손을 잡았다. 그러자 여란이 서 있는 쪽에서 호각 소리가 들렸다.

환라는 고개를 돌렸다. 여란이 빠르고 안정적으로 달려 선두를 차지하는 게 보였다. 환라의 옆에 있던 정위가 여란을 향해 신나게 손을 흔들었다. 여란이 정위를 향해 씩 웃고는 더 속도를 높였다. 환라는 양야의 손을 이끌고 그들에게 다가갔다. 하지만 환라의 신경은 온통 양야와 맞잡은 손에 쏠려 있었다. 그 긴장감이 손끝으로 여실히 전해져 양야가 조용히 미소 지었다.

환라의 꾹 다물린 입매를 보고 있자니 문득 짓궂은 마음이 생겨났다. 양야가 장난스럽게 엄지를 움직였다. 단단한 손가락이 환라의 손등과 손바닥의 경계를 부드럽게 스쳤다. 간지러운 촉감에 환라의 손마디가 움찔거렸다. 참다못한 환라가 고개를 돌렸다. 그녀를 내려다보는 양야의 눈빛은 부드러웠으나 눈매는 묘하게 아릇했다.

환라는 숨을 훅 들이마셨다. 몸 안을 돌며 뜨거워진 숨이 붉은 입술 사이로 가늘게 떨리며 흘러나왔다.

양야의 시선이 아래로 흘러 붉은 입술에 닿았다. 시간이 멈춘 듯 환라를 보던 그는 홀린 사람처럼 서서히 고개를 숙였다. 동시에 엄청난 함성이 쏟아졌다.

"와아아아!"

귀가 아플 정도로 큰 함성이었지만 환라는 고개를 돌리지 않았다. 눈빛에 손이 있다면 양야의 얼굴을 전부 어루만지고 있을 것만 같은, 그런 시선이었다. 양야는 배 속을 채우는 뜨겁고 무거운 만족감에 미소를 숨기지 못하며 환라를 마주 봤다. 그러다 고개를 살짝 틀어 환라의 귓가로 다가갔다.

"라이가 이겼나 봅니다."

양야의 입술이 달싹이면서 환라의 귓바퀴에 가볍게 닿았다. 불에 덴 듯 놀란 환라가 달아오른 얼굴을 숨기기 위해 고개를 돌렸다. 그러자 정위와 여란이 얼싸안고 방방 뛰고 있는 게 보였다. 곧 여란이 제 허벅지만 한 고깃덩어리 두 개를 양손에 들고 번쩍 치켜들며 환라에게 뛰어왔다.

"형님! 오라버니!"

여란의 청량한 미소 덕인지 달아오른 뺨이 금세 가라앉았다. 환라는 제 볼을 식혀 준 여란을 향해 미소를 지어 주었다. 신이 난 여란이 연신 방글거리며 고깃덩이를 흔들었다.

"이것 좀 보시오! 오늘 저녁은 고기요!"

정위가 뒤늦게 다가오며 여란의 손에서 고깃덩어리 하나를 가져갔다.

"넷이 먹기엔 너무 크지 않습니까?"

"나도 그렇게 생각하고 있었소."

여란이 몸을 빙글 돌려 뒤로 뛰어갔다. 그리고 고깃덩어리 하나를 경기에 참가한 사람들에게 나눠 주고 환라에게 돌아와 팔짱을 끼었다.

"저쪽에서 줄다리기도 한다는데 구경하러 갑시다."

환라가 고개를 끄덕이며 여란의 손을 꼭 잡자 양야의 눈길이 그쪽으로 향했다. 곧 양야의 얼굴에 못마땅한 기색이 어렸다. 당장에라도 두 사람 사이를 파고들어 맞잡은 손을 떼어 놓을 것 같은 표정이었다. 급기야 여란과 환라를 향해 크게 걸음을 내디뎠다. 정위가 그 모습을 보며 혀를 차고는 양야의 옷을 움켜잡았다.

"적당히 좀 하십시오. 못나 보입니다."

양야가 정위를 빤히 보다가 습관적으로 곰방대를 찾았다. 그러다 소매 안이 빈 것을 확인하고 팔을 늘어뜨렸다.

사람들이 많은 곳이라 그런지 여기저기에 드문드문 사기가 뭉쳐있었다. 그 근처를 지나갈 때마다 두통이 몰려왔다. 정위가 그제야 깨달은 듯한 표정을 지었다.

"맞다, 두통! 요즘 너무 멀쩡해 보여서 깜빡했습니다."

말을 하던 정위는 그제야 자신이 여란을 데리고 적절한 때에 사라지기로 했었다는 것을 깨달았다.

'괜히 뭐라고 했네.'

정위는 민망함에 목을 가다듬으며 양야의 얼굴을 힐끔거렸다. 하지만 정작 양야는 정위에게 관심이 없었다. 그저 여란을 떼어 내는 게 정말 못나 보일 만한 짓인가 고민하고 있을 뿐이었다.

그때, 환라가 뒤를 돌았다. 그녀는 양야의 얼굴에서 아픈 기색을 읽어 내고 손을 뻗었다. 양야는 그녀의 옆으로 가서 손을 맞잡았다. 놀랍게도 환라의 손을 잡고 나니 여란이 환라의 옆에 붙어 있는 것이 신경 쓰이지 않았다. 그러나 정위는 지금이 기회라는 듯 여란의 옆으로 다가갔다. 그리고 그녀에게 말을 걸며 환라에게서 떼어 내어 앞서 걸었다.

네 사람은 그렇게 둘씩 나뉘어 경기를 구경하고 거리를 돌아다니다가 해가 질 즈음에야 말을 묶어 놓은 곳으로 갔다. 말 고삐를 풀어 손에 쥔 정위가 멀뚱히 서 있는 여란에게 물었다.

"여란 님 말은 어디 있습니까?"

"없소. 걸어왔소."

정위는 할 말을 잃고 여란을 보았다. 걸어서 오려면 족히 한 시진(2시간)은 걸릴 거리였다.

"그리고 나서 뛰었단 말입니까?"

여란이 대수롭지 않다는 듯 고개를 끄덕였다. 그리고 말과 양야를 번갈아 보다가 씩 웃고는 정위의 손에서 말고삐를 빼앗아 갔다.

"나는 몸에 열이 많아 여름에는 다른 사람과 말을 같이 못 타오."

그러고는 누가 말릴 틈도 없이 훌쩍 말에 올라탔다. 남은 말은 두 마리, 사람은 셋이었다. 정위는 헛기침하며 가장 작은 말을 골랐다.

"어쩔 수 없이 객주와 환 님이 같이 타셔야겠습니다."

환라는 고개를 끄덕이고 먼저 말에 올랐다. 양야가 그녀의 뒤에 탔다.

"제가 고삐를 잡겠습니다."

양야가 환라의 허리 옆으로 오른손을 뻗어 고삐를 쥐었다. 그리고 환라의 뒤에 바짝 붙어 앉아 남은 팔로 그녀의 배를 휘어 감았다. 무술로 단련된 몸이라 제법 단단했으나 체격 차이가 제법 컸기에 환라의 허리는 양야의 한 손에 알맞게 들어왔다.

양야는 마치 잃어버린 조각을 찾은 것처럼 충만함을 느꼈다. 그는 새삼스럽게도 처음 느껴 보는 감정을 어찌할 바를 몰랐다. 몇 시간 후면 환라와 떨어져야 한다고 생각하니 그 감정은 더욱 애틋해졌다. 환라와 떨어지고 싶지 않았다. 그녀가 궁 밖으로 나올 수 없다면 자신이 궁으로 들어가고 싶은 심정이었다.

"오늘 돌아가시면 또 언제 나오십니까?"

낮은 목소리가 귓가를 간질이자 환라는 뒷덜미의 솜털이 쭈뼛 솟는 것만 같았다. 그녀는 어깨를 굳히고 있다가 양야의 팔뚝에 글자를 적었다.

[내일.]

천 너머로 느껴지는 촉감에 양야는 저도 모르게 손아귀에 힘을
주었다. 고삐가 당겨지자 말이 우뚝 멈췄다. 놀란 제 손을 양야의
오른손에 겹쳐 같이 고삐를 쥐었다. 손바닥 밑으로 근육이 단단하
게 뭉쳐진 양야의 손등이 느껴졌다. 환라는 그의 건강을 걱정하며
뒤를 돌아보려 했다. 그러자 양야가 그녀의 머리카락에 얼굴을 묻
었다.

"돌아보지 마십시오."

양야가 정제되지 않은 목소리로 말했다. 마치 커다란 짐승이 그
르렁거리는 소리 같았다. 사람의 음심을 자극하는 목소리였다. 갑
자기 몸에 열이 오르는 것 같았다.

'아직 초여름인데 덥군.'

환라는 괜히 날씨 탓을 하며 고삐를 흔들었다. 말이 다시 출발했
다. 환라는 제 몸을 휘어 감은 양야의 팔에 고삐를 쥐지 않은 손을
올렸다. 등 뒤로 심장박동이 느껴졌다. 양야의 심장은 기우제를 지
낼 때 치는 북보다 빠른 속도로 뛰고 있었다. 모르려야 모를 수가
없는 감정이었다.

환라는 제 몸이 두 갈래로 나뉘어 반은 하늘에 있고 반은 지하에
처박힌 것만 같았다. 반쪽이 왜 하늘에 떠 있는 것인지는 모르겠으
나 나머지 반이 지하에 처박혀 있는 이유는 알 것 같았다.

그녀는 방금 양야의 감정을 통해 그가 사내를 좋아하는 것이라
고 확신했다. 그러자 성별을 숨기고 있는 것에 죄책감을 느꼈다.
마치 차갑고 숨 막히는 지하 감옥에 불편하게 누운 듯했다.

'빨리 내가 여인이라는 것을 밝혀야 한다.'

환라가 당장 말하려 할 때였다. 말이 걸음을 멈췄다. 양야는 환라가 말을 붙일 틈도 없이 도망치듯 말에서 내렸다. 먼저 도착해 있던 정위와 여란이 답지 않게 재빠른 양야를 보며 놀란 표정을 지었다. 양야는 두 사람의 시선을 모른 척하며 돌아섰다. 그는 환라가 내리자마자 그녀의 손을 붙잡았다.

시선은 환라에게 두지 않았으나 맞잡은 손만큼은 절대 놓지 않을 것처럼 굳건했다. 환라의 마음에 죄책감이 다시 혓바늘처럼 돋아났다. 양야의 손을 마주 잡긴 하였으나 안색이 밝지 못했다. 뒤늦게 그녀의 얼굴을 본 양야가 돌아보지 말라고 했던 제 목소리가 차가웠나 고민했다.

두 사람이 한참 움직이지 않자 성미 급한 여란이 달려와 환라와 양야의 등을 떠밀었다.

"고기 상하겠소!"

"맞습니다. 먹었는데 맛이 이상하면 객주님 돈으로 돼지 두 마리를 잡을 겁니다."

정위가 문을 열어 주며 엄포를 놓았다. 정위의 귀여운 투정 덕에 환라의 얼굴이 풀어졌다. 그녀가 작게 웃자 양야도 그제야 정위의 말을 장난스럽게 받아치며 문 안으로 들어갔다.

"언제는 내 돈으로 안 잡은 것처럼 말하는구나."

그러자 기다렸다는 듯 인부 한 명이 다가와 입을 열었다.

"객주님 손님이 와 계십니다."

"손님?"

"예. 좌사정 나리께서 와 계십니다."

좌사정이라는 말에 환라가 고개를 돌렸다. 눈이 마주친 궐겸이 네 사람을 향해 다가왔다. 그를 발견한 여란이 정위의 옆으로 가서 그의 팔을 제 팔처럼 들어 올려 흔들었다. 정위의 손에 들린 고깃덩이가 허공에서 달랑달랑 움직였다.

"좌사정 나리께서 먹을 복이 있나 보오. 아니면 내가 중하 경기에서 우승해 고기를 탔다는 소식이 궁까지 퍼진 것이오? 그래서 좌사정 나리께서 친히 발걸음해 주신 것이오?"

"……그냥 이름으로 불러 주십시오. 부끄럽습니다."

"부끄러운 게 공주님의 총애입니까, 아니면 좌사정 나리라 불리는 겁니까?"

옆에서 정위가 짓궂게 물었다. 궐겸이 얼굴을 붉히자 여란이 깔깔거리며 정위와 짜기라도 한 듯이 궐겸을 놀려 댔다. 정위도 능수능란하게 여란에게 장단을 맞추었다.

궐겸은 젊은 나이에 일반 백성들은 얼굴조차 보기 힘들 정도로 높은 자리에 앉은 사람이었다. 그런데도 여란과 정위는 제 또래를 대하듯 궐겸에게 농을 걸었다. 그 모습을 보자 환라의 입가에 미소가 번졌다.

'내가 공주인 것을 밝혀도 저리 대해 주겠지. 이제는 숨어 만날 필요도 없으니 달포 뒤에 궁으로 돌아가면 공주의 모습으로 한월각에 들러야겠다.'

얼굴을 보여 줘서는 안 된다는 어머니의 말씀이 마음에 걸렸지만 환라는 의지를 바꾸지 않았다. 궐겸, 여란, 정위, 양야. 이 네 사람만큼은 제 사람이라 확신할 수 있었다. 굳건한 신뢰를 느낀 덕인지 환라의 분위기가 저절로 부드러워졌다.

반면에 양야의 얼굴에는 권태로움이 도졌다. 환라의 손에 깍지를 끼며 궐겸을 보던 그의 눈에 투기가 일렁였다. '공주님의 총애'라는 말을 듣고도 미소만 짓는 환라와 궐겸의 목에 걸려 있는 옥목걸이 탓이었다. 물론 총애라는 말은 환라의 안중에도 없었으나 양야가 그 사실을 알 리 없었다.

'못나게 굴지 말아야 하는데.'

그는 애써 시선을 떼어 냈다. 그리고 하인에게 정위가 든 고깃덩어리를 가져가라고 손짓했다. 정위가 고기를 공손히 넘기자 양야가 명령했다.

"반은 구워 식탁에 올리고 나머지는 나눠 먹거라."

"감사합니다, 객주님."

"인사는 란이에게 하렴."

"됐소. 인사는 무슨!"

여란이 겸연쩍게 웃으며 손을 내저었다. 하지만 하인은 기어이 여란에게 고맙다고 말하며 부엌으로 들어갔다. 양야는 여전히 환라의 손을 잡은 채 식탁으로 가려다 궐겸이 손에 든 것을 발견했다.

"좌사정 나리. 손에 든 것은 무엇입니까?"

궐겸이 놀란 눈으로 양야를 봤다. 마치 양야마저 저를 놀릴 줄은 몰랐다는 표정이었다. 민망함과 놀라움이 뒤섞인 얼굴을 마주한 환라가 맑은 웃음을 터트렸다. 궐겸의 표정이 묘하게 변했다.

'나 공자는 웃음소리마저 공주님과 비슷하구나.'

공주님을 떠올리자 자연스럽게 총애라는 단어가 생각났다. 궐겸은 얼굴을 붉히며 시선을 피했다. 그는 차갑게 가라앉은 양야의 눈빛을 알아차리지 못한 채 보자기에 싼 상자를 내밀었다.

"이제 여름이니 과하주를 나눠 마시는 것이 좋을 듯하여 가져왔습니다."

양야가 받아 들기도 전에 여란이 냉큼 뛰어와 상자를 가져갔다.

"세상에! 이 귀한 술을……. 역시 좌사정 나리는……."

"계속 놀리시면 도로 가져갈 겁니다."

"이 공자. 내가 매우 존경하오."

여란은 상자를 끌어안고 몸을 틀었다. 그리고 쫓기는 사람처럼 식탁을 향해 달려가며 환라에게 손짓했다.

"형님! 빨리 오시오. 우리가 제일 먼저 맛봅시다."

환라가 고개를 끄덕이며 여란을 따라갔다. 그러자 양야의 손아귀에서 작고 고운 손이 비단처럼 빠져나갔다.

양야가 아쉬운 눈으로 제 손을 바라보는 사이 다른 이들은 둥근 탁자 앞에 자리를 잡았다. 양야는 뒤늦게 탁자로 다가갔다. 환라의 왼쪽은 이미 궐겸이 차지하고 있었다.

양야는 궐겸의 뒤통수를 빤히 바라보다가 환라의 오른쪽에 앉았다. 모두 착석한 것을 확인한 여란이 식탁 위에 상자를 올려놓았다. 그녀가 보자기를 풀고 상자 뚜껑을 여는 사이 하인이 술잔과 식기를 가져왔다. 환라는 제 앞에 놓인 젓가락을 보다가 궐겸의 앞에 글자를 적었다.

[식사?]

궐겸이 고개를 기울이며 못 알아들었다는 표정을 지었다. 그러자 환라의 손끝을 보고 있던 양야가 입을 열었다.

"저녁 식사는 하셨는지 물으시는 겁니다."

환라가 고개를 끄덕였다.

"먹고 왔습니다."

[평소에도 술 자주?]

손가락이 너무 빠르게 지나가는 바람에 귈겸은 글자를 놓치고 말았다. 손끝이 젖어 있다면 흔적이라도 읽었을 텐데 아쉽게도 환라의 손은 말라 있었다. 귈겸은 눈을 깜빡이다가 품에서 필첩과 얇은 붓을 꺼냈다. 환라가 선물해 준 그 필첩이었다.

그것을 알아본 환라가 필첩을 만지다가 미소 띤 얼굴로 종이에 글을 적었다.

[좋은 종이.]

"공주님께서 하사해 주신 겁니다."

귈겸의 얼굴에 봄바람처럼 향긋한 기운이 머물자 앞에 앉아 있던 여란이 웃음을 터트렸다.

"첫 잔은 내가 올리겠소. 공주님의 총애를 한 몸에 받는 우리 좌사정 나으리, 먼저 한 잔 받으시오!"

"그만하시래도요."

말은 그렇게 하지만 총애라는 말이 영 싫지는 않은 기색이었다. 그 모습을 본 정위와 여란이 장난스럽게 눈짓하며 웃음을 터트렸다. 웃지 못하는 것은 양야뿐이었다.

'질투할 것도 없지. 질투할 위치도 아니고.'

속을 달래 보려 했지만 말을 삼킬수록 불이 치솟는 것 같았다.

특히 환라가 귈겸에게 미소를 지어 주면 그 열기가 가슴을 쿡, 쿡, 치받았다. 양야는 귈겸의 술잔이 가득 차자마자 여란에게 제 잔을 내밀었다.

"나도 한잔 주렴."

"오라버니가 술도 하시오?"

여란은 놀란 눈을 하면서도 양야의 잔을 채워 주었다. 그리고 환라에게 손을 뻗었다.

"다음은 우리 형님!"

환라가 술잔을 내밀었다. 여란이 잔을 채워 주자 그녀는 가볍게 잔을 들어 고맙다는 표시를 했다. 듣는 사람이 다 시원할 정도로 웃으며 여란이 몸을 틀어 정위의 잔도 채워 주었다. 그사이 양야는 술을 한 모금 마시고 제 잔을 환라의 잔과 바꿔 주었다.

원래라면 환라가 마실 수 있도록 은침을 담가 주었겠으나 술을 가져온 당사자가 함께 있으니 대놓고 독을 확인할 수 없었다. 귈겸이 가져온 술을 의심하는 것은 곧 귈겸을 의심하는 것이나 마찬가지이기 때문이었다. 환라는 양야의 배려와 기지에 감탄하며 술잔을 만지작거렸다. 그리고 고개를 들어 양야에게 눈짓으로 고마움을 내비쳤다.

미소를 주고받는 두 사람에 귈겸은 이상하게도 속이 쓰렸다. 분위기가 묘하게 변하자 여란이 술잔을 내밀었다.

"건배합시다."

술잔 다섯 개가 식탁 중앙에서 가볍게 부딪쳤다. 다들 한 번에 술을 털어 넣었다. 정위가 나서서 두 번째 잔을 채울 즈음 음식이 나왔다.

양야가 은침을 꺼내려 하자 환라가 만류했다. 그녀는 걱정 없이 마시고 먹으며 종종 가볍게 웃음을 터트렸다. 그 모습을 바라보던 궐겸과 양야의 시선이 맞부딪쳤다. 양야가 궐겸을 향해 술잔을 가볍게 들어 보였다. 궐겸이 고개를 깊이 끄덕이고 몸을 돌려 술잔을 비웠다.

한동안 명랑한 분위기가 지속되었다. 환라의 양 뺨이 발그레하게 달아올랐을 즈음 궐겸도 취기가 올랐고 정위는 얼큰하게 취했다.

그는 눈을 질끈 감고 고개를 휘젓다가 별안간 환라의 옷깃을 잡으려는 듯 손을 휘저었다.

"저도 이름 불러 주십시오, 형님!"

고기를 주워 먹다가 그 손에 맞을 뻔한 여란이 어이쿠 소리를 내며 몸을 피했다. 그리고 정위의 팔을 툭 밀어서 치우며 물었다.

"그게 무슨 소리요?"

"내가, 똑똑히 들었습니다. 그…… 환이 형님이! 그랬다니까요!"

"그러긴 뭘 그랬단 말이오?"

궐겸이 환라를 바라보았다. 환라는 모르는 척 술잔을 들어 올렸다. 앞에서는 여란이 호기심 어린 목소리로 취한 정위를 재촉했다. 양야는 팔걸이에 나른하게 몸을 기대고 흥미로운 상황을 지켜보고 있었다.

"양야 형님 이름만 불러 주더란 말입니다. 치사하게! 제 이름도 알려 주십시오."

"알려 주는 게 아니라 불러 주는 거겠지."

양야가 정위의 말을 정정해 주었다. 정위가 맞는다는 듯 머리를 거세게 끄덕이다가 잠깐 휘청거렸다.

"어쨌든! 제 이름은 윤정위입니다. 정위! 윤정위! 그리고 옆은 여란! 홍여란! 그리고 저기 뒤에 계시는 분은……."

정위는 하인 한 명 한 명을 손바닥으로 가리키며 이름을 말해 주었다. 이름을 불러 주지 않으면 한월각에 있는 사람들의 이름을 모두 읊을 기세였다. 물론 공주인 것을 밝히기로 마음먹은 마당에 숨길 필요는 없었다. 하지만 입을 열자니 궐겸이 마음에 걸렸다. 궐겸은 환라의 목소리를 알고 있었다. 그가 목소리를 알아듣고 나환과 공주가 동일 인물인 것을 눈치챈다면 궁에 있는 소해에게 곤란한 일이 벌어지진 않을까 염려되었다.

환라가 난처한 얼굴로 웃고만 있자 양야는 술을 입 안으로 털어 넣었다. 시야에 큰 동작이 스치자 환라가 고개를 돌렸다. 양야가 환라의 어깨에 기대어 이마를 비볐다.

"취기가 오르는 모양입니다. 방에 데려다주시겠습니까?"

취한 사람치고는 매우 또렷한 발음이었다. 하지만 진짜 취기가 오른 환라는 이상함을 눈치채지 못했다. 그녀가 자리에서 일어나 양야를 일으키려 하자 궐겸이 덩달아 일어났다.

"제가 도와드리겠습니다."

하지만 그는 양야에게 오지 못했다. 벌떡 일어난 여란이 궐겸을 붙잡은 탓이었다.

"아직 술이 남았는데 좌사정 어른까지 가시면 나는 누구와 술을 마신단 말이오? 그러지 말고 이리 앉으시오."

"공자 혼자 장 객주를 부축하긴 힘들지 않겠습니까?"

"두시오. 저래 보여도 우리 형님, 혼자서 장정 셋을 메다꽂는 사람이오."

궐겸이 못 이기는 척 다시 자리에 앉았다. 환라는 비틀거리는 양야를 부축하며 걸었다. 무거울 줄 알았는데 의외로 몸에 실리는 무게는 거의 없었다. 혹시 취하지 않은 것인가 하여 환라는 양야의 얼굴을 들여다봤다. 하지만 양야는 눈을 감고 있었으며 공기 중에 퍼진 향은 달고 알싸했다.

환라 본인의 술 냄새가 숨에서 섞여 나온 것이었으나 정작 그녀는 알아차리지 못했다.

'기우인가?'

환라는 양야의 팔을 붙들고 계단에 올랐다. 술에 취한 환라의 몸이 휘청일 때마다 양야가 환라의 어깨를 감싸 중심을 잡아 주었다. 환라는 그 사실을 꿈에도 모른 채 양야를 방으로 데려왔다.

그녀는 양야를 침대에 눕히고 옆에 걸터앉았다. 갑자기 움직인 탓인지 취기가 돌아 정신이 몽롱하였다. 환라는 나가야 한다는 것도 잊은 채 멍하니 그 자리에 앉아 있다가 한참이 지나고 나서야 양야의 머리로 손을 뻗었다. 동곳과 관을 뺀 환라가 그것들을 손 닿는 곳에 아무렇게나 올려 두었다. 그리고 아무 생각 없이 양야의 머리를 쓰다듬었다.

부드러운 손길이 머리카락을 지나쳐 얼굴을 연신 쓸어내리자 양야는 결국 뜨거운 마음을 참지 못하고 환라의 손목을 붙잡으며 눈을 떴다. 환라는 놀라는 기색도 없이 흐린 눈을 느리게 깜빡였다.

양야는 그녀를 눕히고 상체를 반쯤 일으켜 세웠다. 검은 머리카락이 꿈결처럼 쏟아지는 것을 보며 환라가 입을 열었다.

"양야, 네 이름 같구나."

평소보다 더 붉은 입술이 선명하게 휘었다. 동시에 투둑, 하고 실밥 끊어지는 소리가 났다. 양야의 힘을 이기지 못한 이불 실밥이 뜯겨 나가는 소리였다. 그는 잠시 심호흡을 하고 찢어진 이불을 걷어 냈다. 인간이 만든 술로 취할 리가 없건만 몸이 뜨거웠다. 그는 괜히 환라의 손가락을 매만지며 입을 열었다.

"제 이름을 편히 부르십니다."

환라가 눈을 감은 채 고개를 끄덕였다.

"저도 환이라 부를 수 있게 해 주십시오."

"윤허한다."

나른한 목소리로 환라가 대답했다. 양야는 천천히 상체를 기울였다. 얼굴 위로 쏟아지는 숨이 달았다. 그러나 환라의 입술에 제 입술이 닿기 전, 양야는 한숨을 내쉬며 일어났다.

정기를 많이 흡수할 기회였지만 환라를 곁에 두면 뜬눈으로 밤을 지새우게 될 게 뻔했다. 어쩌면 동이 틀 때까지 허벅지를 찌르고 있어야 할지도 모른다. 양야는 제 머리를 쓸어 넘기고 환라를 가볍게 안아 들었다.

그는 밖으로 나와 밑으로 내려갔다. 궐겸과 정위는 식탁 위에 쓰러져 있었고 여란만이 혼자 달을 벗 삼아 술을 마시고 있었다.

"주무시고 가신다 하였소?"

"모르겠구나. 어쨌거나 지금은 돌아갈 수 없는 상태이니 편히 주무시게 두어야지. 란이 네가 옆에 있어 주렴."

"알겠소."

여란은 마시던 것을 대충 치워 두고 항상 정리해 두는 방의 문을 열었다. 그리고 환라를 눕히는 양야에게 작은 부탁을 했다.

"정위와 이 공자도 제대로 눕혀 주시오."

양야가 내키지 않는 표정으로 고개를 끄덕였다. 그는 밖으로 나와 주술로 대충 정위와 궐겸을 빈방에 넣어 둔 뒤 제 방으로 돌아왔다.

혹시라도 환라가 중간에 깨어 돌아가겠다고 하면 배웅할 생각으로 아래층에서 들리는 소리에 귀를 기울였다. 그러나 동이 틀 때까지도 환라는 일어나지 않았다. 그는 결국 해가 뜨는 것을 보고 잠깐 눈을 붙였다가 머리가 쪼개지는 두통에 깨어나 곰방대를 입에 물었다. 방 안에 연기가 뿌옇게 찰 즈음 아래층에서 여란이 일어나는 소리가 들렸다. 뒤이어 환라를 깨우는 소리도 들렸다.

양야는 그제야 자리에서 일어나 아래로 내려갔다. 그리고 방문을 두드리며 환라에게 물었다.

"일어나셨습니까?"

"일어나셨소."

여란이 밖으로 나오며 대신 답했다.

"나는 좀 씻고 올 터이니 오라버니가 형님 꿀물이라도 챙겨 드리시오."

양야가 고개를 끄덕이고 하인에게 꿀물을 부탁했다. 얼마 지나지 않아 하인이 따뜻한 꿀물을 가져 왔다. 양야는 고개를 가볍게 숙여 인사하고 안으로 들어갔다. 그러자 머리를 붙잡고 앉아 있는 환라가 보였다.

"이것 좀 드셔 보십시오. 숙취에 좋습니다."

환라가 허리를 세우자 양야가 그릇 밑을 받쳐 환라가 마시기 편하도록 해 주었다. 그러고는 깨끗한 천으로 환라의 입 주변을 닦아주며 말했다.

"머리를 다시 하셔야 할 것 같습니다."

환라가 고개를 끄덕였다. 양야가 그녀를 부드럽게 이끌어 거울 앞에 앉혔다.

"제가 올려 드리겠습니다."

거울에 비친 고운 얼굴은 어제만큼이나 발그레했다. 환라는 제 낯빛이 낯설어 얼굴에 손을 얹었다. 손가락이 차갑게 느껴질 정도로 얼굴이 달아올라 있었다.

환라는 양손을 무릎 위에 올리고 시선을 내리깔았다. 하지만 턱은 여전히 정면을 향해 있었기에 얼굴이 복숭앗빛으로 물들지 않았다면 부끄러워하는 것이 아니라 수심에 잠긴 것이라 착각할 정도였다. 그녀를 보는 양야의 입가에 어느새 미소가 떠올랐다.

그가 동곳을 빼고 상투관을 벗기자 환라의 머리카락이 흘러내렸다. 머리카락 사이에 고여 있던 향기가 퍼지며 양야의 마음을 어지럽혔다.

그는 애써 다른 생각을 하며 조심스럽게 환라의 머리를 빗어내렸다.

"돌아가 보시지 않아도 됩니까?"

환라가 시선을 들어 양야를 보았다. 그의 얼굴에는 짓궂은 기색이 역력했다. 입을 벌리자 문득 어제의 일이 떠올랐다. 양야에게 소리 내어 대답한 것 같은데 꿈인지 생시인지 모를 정도로 흐릿했다. 그 때 양야가 환라를 불렀다.

"환. 이제 그 고운 목소리는 들려주지 않을 참이십니까?"

환라는 이백이 붙여 준 애칭으로 저를 부르는 양야를 보며 아무래도 생시였던 모양이라고 생각했다.

* * *

소해는 몸을 뒤척였다. 팔과 다리에 감기는 비단 이불의 감촉이 황홀하였다. 미소 띤 얼굴로 눈을 뜨자 침대 휘장에 금실로 수놓은 연꽃 문양이 보였다.

같은 궁 안이었으나 아침 공기가 더 산뜻하고 향기롭게 느껴졌다. 개운한 느낌에 몸을 일으켜 기지개를 켜자 밖에서 칠각의 목소리가 들려왔다.

"공주님. 기침하셨사옵니까?"

그 말을 듣자 소해는 마치 자신이 진짜 공주가 된 것만 같았다. 소해는 벅찬 가슴으로 머리를 단정히 하고 다리를 침대 밑으로 내린 뒤 환라의 목소리로 대답했다.

"그렇다."

곧 문이 열리며 향옥이 비단 수건과 깨끗하고 시원한 물이 담긴 백자를 들고 들어왔다.

"수세하고 닦으렴."

소해는 향옥이 내려놓은 백자를 빤히 바라보았다.

"공주님도 원래 직접 하시옵니까?"

옷을 챙기던 향옥이 소해를 돌아봤다. 마치 공주님께서 직접 하지 않는 일이면 주변에 사람이 있건 없건 자신도 시중을 받겠다는 투로 들렸다. 향옥이 빤히 바라보자 소해가 어깨를 움츠리며 고개를 숙였다.

"그냥 궁금해서요……."

소해의 말꼬리가 서서히 아래로 처졌다. 향옥은 작게 한숨을 내쉬며 마저 옷을 꺼냈다.

"공주님께서는 항상 직접 하셨다."

일순 소해의 눈빛에 불손한 기색이 스쳤다. 소해 본인조차 눈치채지 못할 정도로 짧은 순간이었다. 그러니 향옥이 알아차리지 못한 것은 당연한 일이었다. 그녀는 걱정스러운 눈으로 소해를 보며 말했다.

"소해야. 너는 공주님이 아니다. 알겠니? 언제나 언행을 조심해야 한단다."

"예."

소해가 짧게 대답하며 향옥을 슬쩍 보더니 신을 신었다.

향옥이 일어나려는 소해의 얼굴에 면포를 씌워 주었다. 그리고 면포가 벗겨지지 않게 잘 동여매 준 뒤 문을 열었다.

문밖에서 기다리고 있던 궁인들이 들어와 소해가 옷 갈아입는 것을 도왔다. 그중에는 평소 소해를 무시하고 업신여기던 궁인들도 끼어 있었다. 그들은 소해를 알아보지 못하였으나 소해는 그들을 알아보았다. 평소에는 저를 깔보던 것들이 고개조차 들지 못한 채 제 환복이나 돕는 걸 보고 있자니 소해의 마음은 간사하고 오만해졌다.

소해는 일부러 저를 업신여기던 보윤의 손에 제 손을 부딪쳤다. 화들짝 놀라며 무릎을 꿇을 거라고 기대하였으나 보윤은 대수롭지 않게 여기는 듯했다.

"송구하옵니다, 공주님."

보윤이 고개를 깊이 숙여 사죄하고는 다시 소해의 옷을 갈아입히기 위해 움직였다. 환라가 자애롭고 유한 성품이었기에 가능한 일이었다. 하지만 소해는 그 작태가 마음에 들지 않았다.

'황후 폐하의 손에 부딪혔다면 무릎을 꿇었을 거면서.'

소해는 보윤의 손을 쳐 내고 펼쳤던 팔을 접었다. 그러자 시중을 들던 궁인들이 빠르게 뒤로 물러나 일렬로 섰다.

소해는 고개를 치켜들며 보윤을 향해 몸을 틀었다. 그대로 가만히 서 있자 보윤의 얼굴에서 서서히 핏기가 사라졌다. 그녀는 한 박자 늦게, 그러나 놀란 고양이보다 빨리 움직여 무릎을 꿇었다.

"황송하옵니다, 공주님!"

소해의 입술이 터져 나오는 웃음을 막기 위해 씰룩거렸다. 소해는 말없이 보윤을 응시했다. 그리고 보윤이 몸을 떨며 울먹이고 나서야 몸을 틀고 팔을 벌렸다. 분위기가 차갑게 변했으나 입을 여는 자는 없었다. 그들은 그저 소해에게 다가와 옷을 마저 갈아입혀 주었다. 소해는 여전히 꿇어앉은 보윤을 힐끗 보고 환라의 목소리로 말했다.

"환복이 끝날 때까지 일어나지 말라."

"망극하옵니다, 공주님."

벌을 내렸건만 오히려 감사하다는 말이 돌아오다니. 게다가 그녀를 만류하는 사람은 아무도 없었다. 지체 높은 여사와 태감조차 공주에게는 입도 하나 벙긋하지 못하는 것이다.

소해는 숨을 크게 들이마셨다. 쌉싸름한 장미 향이 마치 제 것처럼 편안하게 느껴졌다. 소해의 옷을 여며 허리띠까지 둘러 준 궁녀마저 손을 떼자 궁인들이 일제히 뒤로 물러났다. 향옥은 궁인들의 시선이 있어 감히 인상을 쓰지 못한 채 향낭을 들고 소해에게 다가왔다. 그리고 궁인들에게 나가라고 눈짓했다. 그들은 혹여 자신에게 불똥이 튈까 봐 두려워 빠르게 방을 빠져나갔다.

궁인들이 모두 나가자 무릎을 꿇고 있던 보윤이 소해의 눈치를 살폈다. 소해가 선심 쓴다는 투로 말했다.

"나가라."

그제야 보윤이 절을 올리고 궁인들을 따라 나갔다. 문이 닫히자마자 소해가 향옥에게 물었다.

"그게 무엇이옵니까?"

"황후 폐하께서 하사하신 것이다. 공주님께서 쓰시는 것과 같은 배합으로 만드셨다고 하더구나."

소해가 냉큼 그것을 들어 냄새를 맡았다. 환라에게서 나는 것과 똑같은 향이 났다. 소해는 한껏 미소 지으며 향낭을 허리에 찼다. 그 모습을 보며 향옥이 착잡한 목소리를 냈다.

"왜 그랬느냐?"

"무엇을 말이옵니까?"

"공주님이시라면 손이 닿았다고 궁인을 무릎 꿇리진 않으셨을 게다."

"공주님께서 그동안 너무 잘 대해 주신 겁니다. 궁인들이 제 잘못을 모르고 후에 공주님께 더한 무례를 저지르면 어찌합니까?"

툴툴거리는 목소리에 향옥은 말문이 막혔다. 그녀는 당장이라도 매질을 할 것 같은 눈으로 소해를 보았다.

"네가 할 일은 공주님을 모사하는 것이다. 공주님이 그렇게 행동하셨을 것 같으냐?"

"……제가 꿇린 게 아니옵니다. 자기가 잘못한 것이 있으니 무릎을 꿇은 것이지요."

소해가 금세 움츠러들며 답했다. 향옥이 복잡한 얼굴로 칠각을 돌아봤다. 칠각 또한 마음이 복잡하긴 마찬가지였다. 법도를 따지자면 지나친 것은 아니다. 하지만 환라가 할 법한 행동인가 하면 그것 또한 아니었다.

칠각은 향옥보다 더 엄한 목소리로 말했다.

"공주님과 다른 행동을 하면 의심을 살 것이다."

"의심할 정도로 공주님을 잘 아는 사람이 어디 있사옵니까?"

"좌사정과 궁인들, 그리고 두 분 폐하께서 아시지 않느냐."

그럼 그 사람들 앞에서만 조심하면 될 노릇이었다. 소해는 면포 너머에서 입을 삐죽였다. 하지만 소해에게 칠각과 향옥은 대들기엔 까마득히 높은 자리에 있는 분들이었다. 그녀는 하는 수 없이 고개를 조아렸다.

"조심하겠사옵니다."

"……국무 회의에 늦겠다. 따라오너라."

칠각이 앞장서서 문으로 다가갔다. 그는 언제 꾸중을 하였냐는 듯 문을 열고 읍을 하며 허리를 깊게 숙였다.

소해는 속으로 콧방귀를 뀌며 칠각을 스쳐 지나갔다. 오만으로 가득 차 있던 마음은 조정에 다가설수록 두려움으로 두근거렸다. 대신들의 얼굴을 보지도 않았는데 벌써 오금이 저렸다. 영로는 아무 말도 하지 않고 앉아 있다가 나오기만 해도 된다고 하였으나 소해는 그것조차 두려웠다.

'황제 폐하께서 내가 가짜인 것을 알아보시면 어쩌지? 나를 죽이겠다고 하시면?'

소해가 손을 말아 쥐는 사이 문지기가 문을 열었다.

수십 명의 조정 대신들이 소해가 지나갈 때마다 허리를 깊이 숙였다. 평소라면 소해가 감히 눈조차 마주칠 수 없는 사람들이 모두 그녀에게 머리를 조아렸다. 그 사이를 천천히 지나자 온몸에 전율이 돋았다. 우월감에 도취 된 소해는 두려움조차 잊고 말았다.

소해는 황제의 왼편에 자리를 잡았다. 여전히 머리를 숙이고 있는 수십 명의 대신들을 보자 향옥과 칠각쯤은 별것 아닌 것처럼 느껴졌다. 황제가 공주를 위해 마련해 놓은 보좌도 마치 제 것처럼 편안하기만 했다.

* * *

"어딜 가십니까?"

정위가 양야의 옷을 덥석 잡았다. 여란과 환라를 따라 나가려던 양야는 본의 아니게 걸음을 멈추고 말았다. 뒤를 돌아보자 정위가 날강도를 보는 눈을 하고 있었다.

"어제 분명 제 일을 도와준다고 하셨잖습니까."

양야는 그제야 어제 한 약속을 떠올렸다. 정위의 일은 대부분 장부에 틀린 곳이 없는지 확인하는 것이었다. 마음 같아서는 도망치고 싶었으나 한월각에서는 중개업, 무역, 숙박업 외에도 여러 일을 겸하고 있었기에 이틀 치 장부를 정위 혼자 확인하는 것은 무리였다. 그러나 환라와의 외출을 포기하긴 너무 아까웠다.

양야는 안타까운 눈빛으로 환라의 손을 꼭 잡았다. 그리고 정위는 양야의 옷자락을 꼭 잡았다. 하지만 양야에게 매달리진 않았다. 그가 노리는 것은 환라였다.

"아침 먹을 때 분명 달포간 매일 오신다고 하셨지요?"

환라가 고개를 끄덕였다. 정위의 눈이 간절하게 변했다. 환라는 난처하고 장난스럽게 웃으며 양야의 손등에 글자를 적고 그의 손을 툭 떨궈 냈다.

[약속.]

"너무하십니다."

[약속.]

"알겠습니다. 대신 내일은 제게 주십시오. 단둘이 가고 싶은 곳이 있습니다."

환라가 의아한 눈을 하면서도 고개를 끄덕였다. 양야가 나긋하게 미소 지으며 정위의 손을 털어 냈다. 정위가 싱글벙글 웃으며 환라에게 꾸벅 인사를 했다.

"감사합니다, 나환 님. 그럼 두 분 모두 조심해서 다녀오십시오!"

그러고는 곰방대에 약초를 채워 넣고 있던 양야의 소매를 덥석 잡았다. 양야는 정위에게 끌려가 주며 환라와 여란에게 잘 다녀오라고 인사했다. 여란은 웃음을 터트리며 양야에게 손을 흔들어 주다가 두 사람이 안으로 완전히 들어가고 나자 환라의 손을 잡았다.

"형님, 우리도 갑시다."

환라가 고개를 끄덕이고 여란을 따라 걸었다. 여란은 마주치는 사람들과 간간이 인사를 주고받으며 걷다가 한 찻집 앞에 멈췄다. 안에서 사람들이 웃거나 놀라는 소리가 들려왔다. 여란이 안을 힐끔거리며 말했다.

"이야기꾼이 왔나 보오."

[이야기꾼?]

"그렇소. 소설을 낭독해 주기도 하고 알고 있는 이야기를 들려주기도 하는데, 막 재밌어지려고 하면 입을 딱 다물어 버리오. 돈을 안 내고는 못 버틴다니까?"

누군가에게 글을 읽어 주고 돈을 받는 사람이 있을 거란 생각은 해 보지도 못했다. 얼마나 재미있게 읽으면 사람들이 말을 끊을 때마다 돈을 주는지 궁금하기도 했다. 환라의 시선이 떨어질 줄 모르자 여란이 씩 웃으며 그녀의 손을 끌었다.

"들어갑시다."

환라가 고개를 끄덕였다. 안으로 들어서자마자 여란을 알아본 찻집 주인이 한걸음에 달려 나왔다.

"이게 누구야? 홍 씨 아니야? 이리 와. 내가 좋은 자리로 내줄게."

"사양하지 않겠소."

여란이 능청스럽게 말하며 주인을 따라갔다. 좋은 자리를 준다기에 가장 앞자리를 줄 줄 알았는데 찻집 주인이 준 자리는 의외로 이야기꾼과 조금 떨어진 구석 자리였다. 환라가 의아한 눈으로 이야기꾼과의 거리를 가늠하고 있자 여란이 설명해 주었다.

"맨 앞자리에 앉았다가 돈을 안 내면 눈총이 얼마나 따가운지 모르오. 소리는 잘 들리고 돈주머니하고는 떨어져 있으니 여기가 명당이오."

환라가 신기하다는 눈으로 이야기를 쏟아 내는 사람을 봤다. 그는 이야기의 주인공이 신비한 인연을 만나는 대목을 읊고 있었다.

"산에 안개가 깔리고, 어디선가 사슴의 발굽 소리가 나기 시작했소. 그런데 고개를 돌리고 보니 사슴은커녕 웬 귀부인이 서 있는 것이오! 유영은 유심히 부인을 보았지. 그런데 부인이 움직일 때마다 발굽 소리가 들리는 게 영 수상하더란 말이야. 유영이 천천히 다가가며 땅을 살피는데, 이게 무슨 조화인지!"

이야기꾼이 입을 딱 다물었다. 집중하고 있던 환라가 눈을 동그랗게 뜨며 이야기꾼을 바라보자 여란은 저도 모르게 웃음을 터트렸다. 그때 빨리 이야기하라고 아우성치던 사람들이 돈을 꺼내서 이야기꾼의 주머니에 던져 넣었다.

환라도 주섬주섬 제 주머니를 열었다. 그 모습을 본 여란이 화들짝 놀라 환라의 손을 붙잡으며 굳은 얼굴로 고개를 저었다.

"금은 아니 되오."

환라가 미소 지으며 조용히 손에 쥔 금화를 주머니에 도로 집어넣었다. 곧 이야기꾼이 다시 이야기를 시작할 것 같았다. 그러면 돈을 넣을 수 없기에 이야기꾼의 주머니에 돈을 던져 넣어 보고 싶었던 환라는 아쉬운 표정을 지었다.

그러자 여란이 제 주머니에서 대철전 하나를 꺼내 환라에게 주었다. 환라가 미소 띤 얼굴로 여란에게서 동전을 받아 들었다.

"여기서 던져 넣기엔 너무 머니 좀 가까이 가서 넣고 오는 게 좋겠소."

환라가 고개를 끄덕이고 일어났다. 탁자 몇 개를 지나 이야기꾼 앞에 있는 주머니에 돈을 던져 넣었다.

그러자마자 이야기꾼이 벌떡 일어나 환라에게 다가왔다. 환라는 이야기꾼의 얼굴을 빤히 보았다. 이야기꾼도 환라의 얼굴을 빤히 바라보았다. 그러다 감탄하더니 환라를 객석 쪽으로 돌려세웠다.

"그 귀부인의 하체에 사슴 다리가 달려 있는 게 아니겠소? 유영이 몇 번이나 눈을 비비고 제 뺨을 때렸소. 헌데, 그런다고 사슴 다리가 사람 다리가 될 리 있나! 겁에 질린 유영이 도망치려고 몸을 틀었는데! 뒤에 있던 노족부인이 언제 왔는지 고매한 눈으로 유영을 보고 있더이다! 그러고는 유영에게 다가와서 이렇게! 주변을 뱅글, 뱅글……."

이야기꾼이 환라의 근처를 빙글빙글 돌다가 갑자기 멈춰 서서 박수를 한 번 크게 쳤다. 그러자 사람들의 이목이 이야기꾼의 손끝으로 쏠렸다. 그 끝에는 환라의 얼굴이 있었다.

"유영이 엄청난 미인이었던 거요! 여기 서 계시는 이 공자처럼 말이오! 아니, 이렇게 생겼는데 어느 여인이 마음을 안 주겠느냔 말이야!"

이야기꾼이 황홀한 표정으로 환라를 보았다. 익살스러운 표정에 웃음이 터져 나왔다. 사람들의 시선이 곤혹스러울 만도 하건만 환라는 그저 이 상황이 재미있기만 했다. 그녀는 미소 띤 얼굴로 그 자리에 서서 이야기꾼이 다음 내용을 말해 주길 기다렸다.

찻집 주인과 이야기를 하던 여란이 뒤늦게 환라의 모습을 보고 펄쩍 뛰며 앞으로 나아갔다. 그리고 목소리를 낮추고 환라에게 손짓했다.

"형님! 이리 오시오."

환라는 이야기꾼에게 눈짓으로 인사하고 조용히 여란에게 갔다. 몇몇 시선이 환라의 뒤로 따라붙었다. 그중에는 음험한 시선도 섞여 있었다. 환라와 여란은 눈치채지 못하고 자리에 돌아왔다. 여란은 환라가 앉자마자 차를 주문했다. 앞에서는 계속 이야기가 이어지는 중이었다.

"그 귀부인은 원래 신선이었는데 인간 세상에 관여한 벌을 받아 쫓겨났소! 그래서 사람의 모습도 짐승의 모습도 아니게 된 거지. 유영은 짐승도 사람도 아닌 모습이 무서워 엉엉 울면서 살려 달라고 빌었소."

환라는 다시 이야기꾼의 목소리에 빠져들었다.

이야기는 해가 기울기 시작하고 나서야 끝이 났다. 환라는 여란과 함께 자리에서 일어났다. 여란이 환라의 얼굴에 아쉬운 기색이 남아 있는 것을 보다가 씩 웃었다.

"이런 걸 좋아하시는지 몰랐소. 다음에 또 같이…… 응?"

고개를 끄덕이던 환라가 여란의 팔뚝을 급하게 붙잡았다. 걸음을 멈추고 고개를 갸웃거리던 여란이 앞을 봤다.

여란이 가려던 방향에 화려한 비단옷 차림의 사내 다섯이 뭉쳐 있었다. 환라는 사람을 피해 돌아가 본 적이 없었기에 당연히 그들이 길을 비켜 줄 것이라 생각했다.

하지만 여란은 비단옷을 입은 자들의 얼굴에서 무례한 기색을 보았다. 부탁한다고 비켜 줄 것 같진 않았다. 여란은 환라의 손을 잡고 옆으로 돌아가려 했다. 그러자 다섯 명이 둥그렇게 환라와 여란을 둘러쌌다. 그리고 중앙에 선 남자가 정중한 척 물었다.

"시간 좀 내어 주시겠습니까?"

환라는 남자의 눈빛이 불손하다고 생각하며 고개를 저었다.

"뭐야, 말 못 해?"

옆에서 키득거리는 소리가 들렸다. 여란은 당장에라도 남자의 얼굴에 주먹을 날리고 싶었으나 환라를 봐서 한 번 참았다.

"거, 말을 조심하는 게 좋을 것이오."

"뭐?"

앙상한 사내가 손을 치켜들며 여란에게 다가왔다. 여란이 그 손을 잡아다가 꺾어 버리려는 찰나, 중앙에 서 있는 남자가 입을 열었다.

"나랑 말하고 있지 않나."

"흠. 미안하네."

앙상한 남자가 사과하며 뒤로 물러났다. 여란은 환라의 옆에 바짝 붙어 그녀의 손을 붙잡았다. 그리고 저것들을 때려눕히고 한월각으로 가야 하나 고민했다.

그러는 와중에도 환라는 남자의 얼굴을 유심히 보고 있었다. 남자는 제 얼굴을 과신하고 있었으므로 환라가 제 미모에 반했다고 생각했다. 다 넘어온 상대에게 강압적으로 굴 필요는 없었기에 그는 미소 지으며 다시 정중하게 시간을 내 달라고 말했다. 그러나 환라는 여전히 답하지 않았다. 그런데도 시선은 남자의 얼굴에서 떨어지지 않았기에 여란은 점점 혼란스러워졌다.

'설마 저딴 놈이 마음에 든 걸까? 아냐, 아니지. 오라버니랑 잘되어 가는 것 같던데 저딴 놈이 성에 찰 리가 없지.'

여란의 생각은 틀리지 않았다. 환라는 단지 저에게 어디선가 본 적이 있는 얼굴 같아서 남자를 유심히 보고 있던 것뿐이다. 그리고 뒤늦게 한 얼굴을 떠올렸다.

'황제 폐하께서 공을 치하했던 장군의 얼굴과 꼭 닮았다. 장군의 이름이 번준철이라 했던가?'

그녀가 생각에 빠져 있는 사이 남자가 환라에게 다가왔다.

"생각할 시간은 충분히 준 것 같은데."

남자가 빈정거리며 손을 뻗었다. 환라는 물러섰고 여란은 남자의 손목을 붙잡았다.

"우리는 선약이 있소."

"너한테 물은 게 아닌데?"

비웃는 소리에도 여란은 콧방귀만 뀔 뿐이었다. 그녀는 남자의 손을 내팽개치듯 내려놓고 환라에게 말했다.

"형님. 갑시다. 오라버니가 기다리겠소."

한월각으로 돌아갈 생각은 없었으나 여란은 일부러 남자가 듣도록 크게 말했다. 임자가 있으니 건들지 말라는 뜻이었다. 여란의 의도를 눈치챈 환라가 고개를 끄덕였다. 하지만 남자는 여전히 움직일 생각이 없어 보였다.

"얼굴이 꽤 반반한데. 너, 계집이냐 사내냐?"

"저렇게 생겼으면 나는 뭐가 달렸든 말든 상관없는데."

옆에 있던 남자가 낄낄거리며 환라의 몸을 훑어봤다.

"어디서 그런 더러운……!"

환라가 소리치며 달려들려는 여란을 붙잡았다. 그녀는 싸우는 대신 남자들의 얼굴을 찬찬히 훑어보며 기억했다. 그리고 조용히 비키라고 손짓했다. 남자가 언제 정중한 목소리를 냈냐는 듯 얼굴을 일그러뜨렸다. 그리고 포악하게 달려오며 환라의 머리를 향해 손을 내질렀다.

"이게 어디서 건방지게!"

환라는 옆으로 피하며 남자의 팔을 강하게 잡아당겼다. 제 무게를 이기지 못한 남자가 휘청이다가 앞으로 굴러 의자에 요란하게 부딪쳤다. 남자에게 친구들이 달려가자 앞이 휑하니 비었다. 환라는 그대로 여란의 손을 잡고 앞으로 나아갔다. 그 모습을 발견한 남자가 친구들을 밀어 내며 벌떡 일어나 소리쳤다.

"너 거기 안 서?"

"서란다고 서면 바보지."

여란이 옆에서 비웃는 투로 중얼거렸다. 환라가 작게 웃음을 터트리는 사이 남자가 다른 남자들의 엉덩이를 발로 차고 뒤통수를 때리며 소리쳤다.

"뭐 해? 빨리 가서 안 잡아 와?"

남자 넷이 달려들었지만 잘 훈련받은 환라와 시정잡배를 때려잡으며 주먹질을 익힌 여란을 이길 순 없었다.

여란은 달려오는 놈에게 주먹을 날렸다. 그사이 다른 놈이 여란의 뒤에서 그녀의 목을 팔로 휘어 감았다. 여란은 발을 들어 앞에 있는 남자의 명치를 강하게 가격한 뒤에 망설이지 않고 두꺼운 팔뚝을 깨물었다. 살가죽 너머에 있는 뼈에 이가 닿는 느낌이 났다.

"아아악! 이 미친 계집이!"

떨어진 남자가 비명을 지르며 여란에게 주먹을 휘둘렀다. 여란은 고개를 숙여 남자의 주먹을 피하고 남자의 다리 사이를 무릎으로 차올렸다. 남자가 비명도 지르지 못하고 제 고간을 붙잡으며 주저앉았다.

여란은 그제야 환라 쪽을 돌아봤다. 달려가 도와주려고 했건만 환라에게 달려든 한 놈은 이미 기절해 있었고 다른 한 놈 역시 기절하는 중이었다. 여란이 환라의 솜씨에 작게 감탄하며 다가가려 할 때였다. 번준철의 아들이 버럭 소리를 질렀다.

"야! 너희 내가 누구 아들인지 알아?"

환라가 고개를 끄덕였으나 남자는 껄렁거리느라 환라를 보지 못했다. 옆에 서 있는 여란 역시 마찬가지였다. 그녀는 환라의 미약한 끄덕임을 보지 못한 채 남자에게 빈정거렸다.

"양아치 짓을 할 거면 부모님 뒤에 숨을 생각하지 말고 본인

이름을 대시오. 쪽팔리지도 않소?"

"너희 가만 안 둬!"

"아이고 무서워라!"

여란이 흥 하고 콧방귀를 끼고는 밖으로 나가려다 찻집 주인이 기둥 뒤에서 떨고 있는 걸 보았다. 여란이 다가가 사과하려 하자 찻집 주인이 나뒹구는 놈들이 일어나기 전에 가라는 듯 걱정스러운 얼굴로 손을 내저었다.

여란이 눈짓으로 사과하는 사이 환라가 주머니에서 금동전 두 개를 꺼내 탁자 위에 올려놓았다. 찻집 주인이 휘둥그레한 눈으로 뛰어오는 것을 보며 환라는 밖으로 나왔다. 여란이 뒤따르며 투덜거렸다.

"별 이상한 놈들 다 보겠네."

환라가 작게 웃었다. 그러자 여란이 분통 터진다는 얼굴로 제 가슴을 두드렸다.

"아니, 형님은 화도 안 나시오? 저것들이 저렇게 무례하게 굴었는데?"

"괜찮다."

"괜찮기는 뭐가, 어?"

생각 없이 대답하려던 여란이 눈을 휘둥그레 뜨고 걸음을 멈췄다. 환라는 미소 띤 얼굴로 여란을 보고는 앞서 나갔다. 여란은 환라의 뒷모습을 보며 멍하니 있다가 연신 얼빠진 소리를 내뱉었다.

"어? 어……, 어. 어?"

그녀는 귀를 털어 내고 고개를 흔들다가 후다닥 뛰어와 환라의 팔에 매달렸다.

"뭐요? 도대체 뭐요? 말을 할 줄 아시오? 아니면 내가 환청을 들은 것이오? 응? 뭐라고 좀 해 보시오, 형님!"

환라는 웃기만 하고 목소리를 내지 않았다. 여란은 환라의 앞으로 갔다 뒤로 갔다를 반복하며 정신없이 돌아다녔다.

"내가 잘못 들었소? 어제 정위가 술주정을 너무 심하게 해서 헛것을 들은 것이오?"

"아니다."

여란이 숨을 헙 들이켜며 입을 다물었다. 환라는 또 부산스럽게 움직이려는 여란의 팔을 잡아 제 옆에 세웠다. 여란은 도깨비불에 홀린 사람처럼 한참을 멍하니 걷다가 고개를 홱 돌렸다.

"근데 어제는 왜 아무 말 안 하셨소? 정위가 알면, 오라버니도 아시오? 좌사정 나리는? 설마 내가 꼴찌요?"

"좌사정은 아무것도 모른다."

"아무리 자리에 없다지만 좌사정 나리를……. 하긴. 그 양반이 그런 거 신경이나 쓰겠소."

여란은 고개를 끄덕이며 환라에게 팔짱을 꼈다.

"안 되겠소. 오늘은 우리 집에 가서 주무십시다. 궁금한 게 많아서 못 참겠소."

여란의 행동이 마냥 귀여워 웃음이 터져 나왔다. 동생이 있다면 이런 느낌이 들지 않을까 상상하며 환라는 고개를 끄덕였다.

"그리 하겠다."

여란이 신이 난 걸음으로 환라를 끌고 걸음을 바삐 했다.

"일단 집으로 가서 밥부터 먹어야겠네. 배고파 죽겠소. 아! 그런데 오라버니께 한월각에 들르지 않는다고 말을 했던가?"

여란이 혼잣말처럼 중얼거리는 소리를 들은 환라가 고개를 저었다. 여란은 걸음을 멈추고 주변을 둘러봤다. 두 사람은 어느새 민가가 모여 있는 곳으로 들어서 있었다. 밥을 짓는지 여기저기에서 새하얀 연기가 피어오르고 고소한 냄새가 났다. 아이들은 아직 집에 가지 않고 옹기종기 모여 땅따먹기를 하며 놀고 있었다.

여란이 그중에 한 아이를 불렀다.

"여란 누님!"

아이가 뛰어와 여란 앞에서 멈춰 섰다. 여란이 아이의 머리를 쓰다듬어 주고 쪼그려 앉아 시선을 맞췄다.

"네 형에게 한월각으로 가서 말 좀 전해 주고 오라고 해."

"무슨 말이요?"

"내가 한월각에 안 들르고 바로 집에 왔으니까 내일 만나자고. 정위에게 전하면 될 거야."

"알겠어요!"

아이가 집으로 뛰어가는 것을 보던 여란이 다시 환라를 제집으로 안내했다.

얼마 지나지 않아 환라는 작은 초가집 앞에 도착했다. 마당까지 모두 합쳐야 겨우 비원궁 방의 반이 될까 말까 한 작은 집이었다. 환라는 내심 놀랐지만 티 내지 않고 여란을 따라 울타리 안으로 들어갔다. 자그만 집은 인기척 없이 고요했다.

"들어오시오."

여란이 문을 열어 주며 말했다. 환라가 신을 벗고 마루로 올라오자 여란이 환라에게 자리를 내어 주고 비녀를 뺀 뒤 머리를 질끈 동여맸다.

"조금만 기다리시오. 금방 상을 차려 오겠소."

여란이 나가고 얼마 지나지 않아 밖에서 여란을 찾는 목소리가 들렸다. 환라가 문을 열어 밖을 내다봤다. 중년의 남성이 천으로 덮은 커다란 소쿠리를 들고 있었다. 여란의 집에 낯선 사람이 있는 게 놀랍지도 않은지, 남자는 환라에게 눈짓으로 인사하고 다시 여란을 찾았다. 곧 부엌으로 들어갔던 여란이 밖으로 나왔다.

"반찬 한 것 좀 가져왔어. 우리 부인이 꼭 좀 가져다주고 오라더라고. 저번에 밭일 도와준 거 고맙다고."

"댁에 입도 많으면서……. 나한테 이렇게 많이 주면 드실 게 남긴 하시오?"

"그냥 받아! 그냥 돌아가면 우리 부인께 내가 아주 혼쭐이 난다니까?"

"나는 어차피 혼자라 다 먹지도 못하오."

여란이 소쿠리에서 나물 반찬 하나를 꺼내더니 천으로 위를 덮었다.

"이것만 먹을 테니 아주머니께는 잘 말씀해 주시오."

여란과 조금 더 실랑이하던 남자가 결국 여란의 고집을 꺾지 못하고 돌아갔다.

하지만 여란은 부엌에 오래 붙어 있질 못했다. 남자가 가고 나서도 반찬이나 과일, 채소를 가져오는 사람이 더러 있던 탓이었다.

배고프다고 아우성치던 여란은 결국 반 시진(1시간)이 지나고 나서야 버럭 소리를 지르며 사람들을 전부 쫓아내고 울타리를 걸어 잠갔다.

"어휴, 무슨 밥을 못 먹겠네."

여란이 상을 들고 안으로 들어오며 투덜거렸다. 그리고 환라를 보며 민망하다는 듯 웃었다.

"형님. 밥이 좀 탔소. 멀쩡한 부분만 골라낸다고 골라냈는데 어떨지 모르겠소."

환라가 고개를 끄덕이고 숟가락을 들었다. 신기하게도 밥은 하얗지 않고 노르스름한 빛깔을 띠고 있었다. 환라가 가만히 보고만 있자 여란이 무릎을 탁, 치며 자리에서 일어났다.

"은침이 있어야 하는데. 내가 깜빡했소. 잠깐 기다리시오."

환라는 나가려는 여란을 붙잡았다.

"괜찮다."

여란이 눈을 동그랗게 뜨고 환라를 보다가 다시 자리에 앉았다.

"그것참 다시 들어도 신기하오. 말은 왜 못 하는 척하셨소?"

"입을 열면 여인인 것이 드러날까 그리 하였다."

'목소리가 중요한 게 아닌 것 같은데.'

여란은 차마 입 밖으로 꺼내지 못하고 말을 삼켰다. 그래도 확실히 말을 안 하는 편이 더 사내처럼 보였기에 여란은 고개를 끄덕였다.

환라는 여란의 얼굴을 빤히 보다가 놀라는 기색이 없다는 것을 알아차렸다.

"놀라지 않는가?"

"남장 때문에 말을 안 하신다고는 생각지 못했는데, 놀랄 정도는 아니오."

"내가 여인이라는 것은 알고 있었는가?"

"내가 눈썰미가 얼마나 좋은데! 보요를 살 때부터 알아봤소."

환라가 웃으며 숟가락을 들었다. 그리고 밥에 낀 이상한 모양의 곡식을 발견하고는 여란에게 물었다.

"이건 무엇인가?"

"보리밥이오."

"보리?"

"처음 보시오?"

환라가 고개를 끄덕였다.

"황금빛이라 마음에 든다."

"푸하하! 하여간 우리 형님 엉뚱하신 건 알아주어야 하오."

여란이 보리밥을 크게 떠 입에 넣고 반찬을 집어 먹었다. 보리밥이 원수라도 되는 것처럼 보고 있던 환라가 입 안으로 밥을 넣었다.

몇 번 씹자 은은한 탄내가 올라왔다. 궁에서는 절대 먹어 볼 수 없는 맛이었다. 밥알이 입 안을 굴러다니자 이상하게도 웃음이 나왔다. 환라가 작게 웃자 여란이 숟가락을 물고 있다가 조심스럽게 물었다.

"먹기 역하오?"

"맛있다."

칭찬했지만 여란은 울상이 되었다.

"원래는 잘하는데 오늘은 손님이 많아서 실수한 것이오."

사실이었다. 밥에선 약간 탄내가 났지만 반찬은 모두 간이 딱 맞았다. 귀한 음식에 길든 환라의 입에도 나쁘지 않을 정도였다.

"안다."

여란은 민망한 듯 웃으며 다시 밥을 먹었다. 식사에 집중하던 그녀는 한참 뒤 환라의 그릇이 빈 것을 보고 숟가락을 내려놓으며 물었다.

"그런데 남장은 왜 한 것이오?"

답하기 곤란한 질문이었다. 환라가 미소만 띤 채 말을 안 하자 여란이 밥상을 옆으로 치웠다.

"형님, 솔직하게 말해 보시오."

운을 띄우는 표정이 심상치 않았다. 환라가 덩달아 심각해진 표정으로 여란을 마주 봤다. 여란은 숨을 크게 내쉬고 목소리를 낮췄다.

"나랏일에 뜻이 있으시오?"

환라는 여란의 질문이 무슨 의미인지 속단하지 않았다. 그녀가 답을 하지 않고 가만히 있자 여란이 말을 이었다.

"유일한 적통이라지만, 의무를 저버리고 싶을 수도 있을 것 같아 그러오. 홀로 감당해야 한다는 건 부담스러운 일 아니오."

여란은 여전히 환라를 나씨 가문의 유일한 생존자이자 후계자로 알고 있었다. 황금 독개구리가 빠진 우물물을 길어 먹고 나씨 가문이 멸족하였기에 여란은 매우 조심스럽게 말을 꺼냈다. 그녀는 환라가 나쁜 기억을 떠올려 상처받지 않도록 일부러 생존자라는 단어를 쓰지 않았다.

하지만 그 배려가 오해를 만들었다.

유일한 적통의 의무라는 말을 듣자마자 환라는 자신의 본래 신분을 떠올렸다. 공주가 제국의 유일한 적통이라는 것을 모르는 백성은 없었기 때문이었다. 게다가 여란은 환라가 여인인 것을 한 번에 알아보았으니 조금만 주의를 기울이면 공주인 것도 알아봤을 수 있으리라 생각했다.

환라는 궁 밖으로 나왔을 때 자신의 모습이 어땠는지를 되짚어 봤다. 하지만 공주의 신분이 들통날 만한 일은 떠오르지 않았다.

"어찌 알았는가?"

"실은 은침으로 기미 하는 것 덕에 알아봤소. 일반인은 그리하지 않잖소. 그리고 이름이 그런데 어찌 모르겠소. 글을 읽을 줄 아는 것도 그렇고."

성도 나씨인 데다가 독을 두려워하니 나씨 가문의 생존자라는 것을 모르려야 모를 수가 없었다. 여란은 괜히 목을 가다듬으며 환라를 보았다. 어떻게 공주인지 알았냐는 질문과는 관련이 없는 답변이었으나 내용은 절묘하게 맞아떨어졌다.

'란이의 말이 옳다. 일반 백성들은 일일이 기미 하지 않는다. 게다가 가명 또한 본래의 이름을 뒤집어 만들었으니 유추해 내기 쉬웠을 것이다.'

환라는 여란의 말에 쉽게 수긍하며 고개를 끄덕였다. 여란이 다시 첫 질문으로 돌아갔다.

"그래서, 국정엔 뜻이 있소?"

"그건 나에게 내려진 천명이다. 단 한 번도 피하고자 한 적이 없다."

천명. 그보다 더 굳건한 말은 없었다. 여란은 환라의 말에 깊이 감동했다. 곧은 성품과 백성을 위하는 마음, 학식, 무예, 그중에 어느 것 하나 빠지는 부분이 없었다. 사실 여란은 처음 만난 날부터 환라를 대장군에게 데려가고 싶었다. 그러나 환라가 천명을 입에 올린 뒤에도 여전히 마음에 걸리는 것이 있었다.

황후에게 가족을 잃은 환라가 과연 황후를 두려워하지 않고 맞설 수 있을지 염려되었다. 여란은 한참을 우물쭈물하다가 조심스럽게 물었다.

"형님은 황후 폐하가 두렵진 않소?"

환라는 영로라는 이름만 들어도 벌벌 떨던 소해를 떠올렸다. 그리고 여란의 질문도 그것과 같은 맥락이라고 생각했다. 언뜻 냉정해 보이는 황후가 두렵지 않으냐는 것 말이다. 하지만 환라가 아는 영로는 생각보다 정이 깊고 공정한 사람이었다. 게다가 자신에게는 세상에 하나뿐인 어머니였다.

"두려울 것이 뭐가 있겠는가."

환라의 입가에 안정적인 미소가 피어오르자 여란의 얼굴도 활짝 피었다. 여란은 환라의 손을 덥석 잡고 흔들었다.

"잘 되었소. 참으로 잘 되었소."

여란은 한결 편안해진 얼굴로 자리를 털고 일어났다. 그녀는 그대로 뒷문을 열어 부엌으로 상을 내다 놓고 다시 환라 앞에 앉았다.

"실은 형님께 소개해 드리고 싶은 분이 있소."

환라의 두 눈에 의문이 어렸다. 평소에는 빤히 바라보면 알아서 대답해 주던 여란이었지만 이번만큼은 달랐다.

"내가 스승님처럼 따르는 분이오. 아마 만나 뵈면 형님도 깜짝 놀랄 거요."

여란이 짓궂게 웃으며 대답을 피했다. 그 모습이 양야와 비슷했다. 환라는 갑작스럽게 떠오른 얼굴에 당혹스러운 표정을 지었다.

이불을 펴야겠다며 일어난 여란은 환라의 표정을 보지 못했다. 곧 오래되었지만 깨끗한 이불이 나란히 펼쳐졌다. 여란은 환라에게 수건과 편안한 옷을 꺼내 주었다. 그리고 씻을 수 있는 물이 어디 있는지 알려 주며 손에 등불과 버드나무 가지를 쥐여 주었다.

"이걸로 양치하고 있으시오. 내가 녹두 갈아 놓은 것을 가져오겠소."

환라는 버드나무 가지를 꺾어 만든 칫솔을 이리저리 돌려 보았다. 용으로 조각한 나무에 돼지털을 촘촘히 박아 만든 궁의 칫솔과는 사뭇 다른 느낌이었다. 그래도 몸을 닦을 때 녹두를 쓰는 것은 같았다. 물론 궁에서 쓰는 것에는 녹두 말고도 여러 가지 곡식과 향료가 들어가 일반 백성이 쓰는 것과 완전히 같다고 할 순 없었다. 하지만 환라의 눈에는 다 같은 녹두일 뿐이었다.

그녀는 궁에서 쓰는 것을 일반 백성도 쓰는 것에 놀라워하며 씻고 옷을 갈아입었다. 얼마 안 있어 여란도 방으로 들어왔다. 도란도란 이야기를 나누다 보니 어느 순간 졸음이 쏟아졌다.

환라는 달빛을 받으며 눈을 감다가 번뜩 드는 생각에 몸을 일으켰다. 여란이 늘어지게 하품을 하며 물었다.

"형님, 왜 그러시오?"

"여우를 만나러 가야 한다."

"응? 이 야밤에 웬 여우요?"

"사흘에 한 번 만나기로 약조하였다."

환라가 자리에서 일어나 도포를 막 꺼냈을 때였다. 여란이 환라의 손을 붙잡았다. 그리고 손가락으로 창호지에 떠오른 그림자를 가리켰다.

"저거 그 여우 아니오? 형님이 나갈 필요 없이 여우를 여기서 재우면 되겠소."

두툼한 꼬리가 살랑이는 것이 누가 봐도 환라의 여우였다.

환라는 겉옷을 벗어 올려놓고 걸쇠를 풀었다. 양야가 기다렸다는 듯 문을 열고 들어와 환라의 옆에 엎드렸다. 양야를 주시하고 있던 여란은 여우가 눈을 감는 걸 보고 슬쩍 손을 뻗었다. 양야는 보지도 않고 고개를 돌려 여란을 손을 피했다. 여란이 입술을 삐죽이자 환라가 웃으며 여우를 안아 들고 자리에 앉았다.

그러자 여란이 꿈틀거리며 환라에게 다가와 그녀의 허벅지에 턱을 올려놓고 투덜거렸다.

"내 집은 어떻게 알고 찾아왔대. 냄새라도 맡았니?"

냄새라는 말에 양야가 작게 코웃음 쳤다. 짐승에게 비웃음당한 것은 처음 있는 일이라 여란이 반사적으로 몸을 반쯤 일으켜 세우며 기가 찬다는 눈으로 여우를 봤다. 그러나 여우는 환라의 품에 안겨 눈을 감고 있을 뿐이었다. 그 모습이 여간 얄미워 보이는 것이 아니었기에 여란은 여우를 게슴츠레하게 노려보았다. 그러다가 여우가 반응이 없자 다시 제 자리에 벌러덩 드러누웠다.

환라 역시 여우의 목덜미를 부드러운 손길로 긁어 주다가 여우를 머리맡에 내려놓고 자리에 누웠다. 환라가 이불을 덮자 여란이 길게 하품하며 인사했다.

"형님, 안녕히 주무시오. 여우 너도 잘 자렴."

"란이 너도."

여란이 하품과 대답을 동시에 하고는 이내 잠에 빠져들었다. 고른 숨소리가 들리자 여우가 몸을 일으켜 환라의 품을 파고들었다. 환라는 옥구슬이 부딪치는 것처럼 웃으며 팔을 벌려 주었다. 양야는 환라의 팔뚝에 턱을 올리고 누워 환라의 품에 딱 맞는 크기로 변했다. 양팔 가득히 따뜻한 체온이 들어차자 환라의 눈에도 졸음이 내려앉았다. 그녀의 숨이 고르게 변하자 양야는 그 소리를 자장가 삼아 잠에 빠져들었다.

하지만 단잠은 오래 가지 못했다.

비밀스러운 발소리가 울타리를 넘어온 탓이었다.

여우 귀가 본능적으로 쫑긋거렸다. 발소리 몇 개가 울타리를 완전히 넘고 나서야 양야가 눈을 떴다. 마당에서 남자들이 목소리를 낮춰 저급한 농담을 낄낄거렸다.

"여기에 사는 게 확실해?"

"그렇다니까."

"감히 내 귀한 물건을 발로 차?"

"이참에 네 물건이 왜 귀한지 보여 주면 되겠네."

"그래, 네가 제일 먼저 해라."

낯선 목소리들이 양야의 예민한 귀를 괴롭혔다. 양야는 눈을 뜨고 조심스럽게 환라의 품을 빠져나왔다. 환라는 깊이 잠들었는지 미동조차 하지 않았다. 여란 또한 마찬가지였다.

양야는 환라의 볼을 입으로 툭툭 건드렸다. 몸을 틀어 여란의 이마도 앞발로 두드려 보았지만 두 사람은 뒤척이지조차 않았다.

양야는 남자들의 소리가 방 안으로 들어오거나 마당 밖으로 새어 나가지 않게 주술을 걸고 문을 열었다. 경칩이 부대끼며 날카로운 소리를 냈다.

"뭐야? 깬 거 아냐?"

남자들이 수군거리며 갑자기 열린 문을 쳐다봤다. 어둠 속에서 짐승의 동공이 샛노랗게 빛났다.

"저게, 저, 저게 뭐야?"

양야의 눈동자를 발견한 남자가 손으로 제 친구들의 어깨와 팔을 치며 양야에게 손가락질했다. 그제야 다섯 명 모두 열린 문을 향해 고개를 돌렸다. 번준철의 아들 번태식이 애써 두려움을 숨기며 일부러 큰 소리를 냈다.

"기르는 개새끼겠지. 뭐 해? 안 들어가고?!"

태식이 제 친구들을 쳐 대며 재촉했다. 으르렁거리는 소리가 들렸으나 번태식은 코웃음을 쳤다. 그리고 자신만만하게 앞으로 나아가며 손에 든 몽둥이를 치켜들었다.

"저딴 것 죽여 버리면 그만이지."

볼을 들썩이며 입술을 비틀어 올린 표정이 퍽 잔인해 보였다. 양야는 번태식의 몸에서 느껴지는 사특한 기운에 인상을 찌푸리면서 문지방을 넘었다. 몸이 완전히 빠져나오자 문이 저절로 닫혔다.

"야! 문이 저절로 닫히잖아! 저건 요물이야, 도망가야 한다고!"

"웃기지 마. 그 계집들이 안에서 닫은 거겠지. 아니면 바람 때문이거나!"

양손으로 몽둥이를 고쳐 잡은 태식이 자리를 잡으며 양야를 노려보았다. 달려들기라도 하면 그대로 머리를 내리쳐 죽일 작정이었다.

눈이 마주치자 밤처럼 새까만 여우가 귀를 뒤로 넘기며 털을 부풀렸다. 콧잔등에 주름이 지고, 그 밑으로 새하얗고 날카로운 송곳니가 드러났다. 양야가 앞으로 한 발을 내딛자 몸집이 점점 커다랗게 변했다. 마치 멀리 있던 것이 갑자기 가까워진 것처럼, 진돗개만 하던 여우가 말보다 커다랗게 변한 것이다.

그제야 태식이 주춤거리며 물러났다. 양야는 노란 안광을 빛내며 남자들을 쳐다봤다. 보름달 같은 눈동자를 마주한 남자 하나가 두려움에 실성을 한 나머지 칼을 뽑아 들고 양야에게 달려들었다.

"으아아악!"

양야는 훌쩍 뛰어 남자의 칼을 이빨로 물었다.

쩅! 하고 하늘이 쪼개지는 듯한 소리가 들렸다. 칼이 산산이 조각난 것이다. 그것을 본 남자가 칼을 놓고 뒤로 넘어가며 비명을 질렀다. 실신한 그의 밑으로 쿰쿰한 냄새를 풍기는 액체가 흘렀다.

양야는 쪼개진 검 조각을 뱉어 내고 기절한 남자의 가슴에 발을 올렸다. 주위를 돌아보자 하나는 기절했고 둘은 도망친 뒤였다. 태식은 기절하진 않았으나 주저앉아 덜덜 떨고 있었다. 양야는 제 발밑에 있는 남자를 훌쩍 넘어 태식에게 천천히 다가갔다. 어슬렁거리는 걸음에 형용할 수 없는 위엄이 서려 있었다. 양야가 몸집을 더 거대하게 만들고 태식을 내려다봤다.

"저 안에 있는 두 사람을 건들면 다음엔 네놈의 목을 물어뜯을 것이다."

태식은 여우의 입에서 흘러나오는 것이 지진이 나는 소리인지 짐승의 소리인지 구분할 수 없을 정도로 두려워하고 있었다. 이가 부딪칠 정도로 떨던 그는 결국 눈을 까뒤집고 기절해 버렸다.

양야는 도술로 기절한 놈들을 멀리 치워 두고 작게 변해 방 안으로 들어왔다. 여란과 환라는 여전히 깊게 잠들어 있었다. 양야는 몸을 깨끗하게 만들고 환라의 품으로 파고들었다. 환라가 잠결에 뒤척이며 양야를 꼭 끌어안았다. 양야의 얼굴에 미소가 떠올랐다. 그는 편하게 몸을 기대고 잠이 들었다.

어둡고 고요한 시간이 지나가고, 멀리서 새벽닭이 우는 소리가 들렸다. 양야는 자리를 털고 일어났다. 간밤에 푹 잔 환라는 품에서 꼼지락거리는 느낌이 들자 금세 눈을 떴다.

"……깼는가?"

여우가 깽깽거리며 몸을 발라당 뒤집었다. 부드럽고 간지러운 감촉에 환라가 풍경이 울리는 것처럼 청아하게 웃었다. 양야는 고개를 들어 환라의 얼굴을 보았다.

차양이 걷히듯 길고 풍성한 속눈썹이 들어 올려지고 그 밑으로 맑은 눈동자가 드러났다. 막 잠에서 깨어난 환라를 보자 양야의 마음이 뒤숭숭해졌다. 그는 자리에서 일어나 환라의 손끝에 머리를 비비고 훌쩍 몸을 틀어 앞발로 문을 밀어 열었다.

환라가 여우를 배웅하기 위해 몸을 일으켰다. 긴 머리카락이 등 뒤로 흘러내렸다. 양야는 다시 사람이 되고 싶은 욕망에 사로잡혔다. 그녀의 얼굴을 타고 흐르는 머리카락을 쓸어 넘겨주고 싶었다. 다섯 개의 손가락에 휘어 감기는 머리카락을 느끼고 붉은 입술에 입을 맞대고 싶었다. 참을 수 없는 충동이 휘몰아쳤다. 양야는 환라에게 다가가려다가 정신을 차리고 도망치듯 떠났다.

환라는 머리를 쓸어 넘기며 스르르 닫히는 문을 쳐다봤다.

'어제 분명 문을 잠갔는데.'

환라는 고개를 기울이다가 이내 머리를 정돈했다. 머리를 감아 올려 상투관과 동곳으로 고정하고 밖으로 나갔다. 혹시나 하는 마음에 주위를 둘러봤으나 여우는 보이지 않았다. 대신 마당 가운데에 알 수 없는 얼룩이 둥그렇게 퍼져 있는 게 보였다. 환라는 고개를 기울이고 신을 신었다.

아래로 내려오자 정체 모를 날카로운 조각들이 여기저기 흩어져 있었다. 환라는 가까이 다가가 조각을 내려다보았다. 그것은 어제 양야가 이로 깨트린 칼 조각이었다. 쇳조각이 본디 어떤 모양이었을지 고민하며 유심히 보고 있는데 여란이 기지개를 켜며 방 밖으로 나왔다.

"흐아암. 형님 거기서 뭐 하시오?"

"간밤에 이상한 것들이 생겼다."

여란이 환라의 옆으로 와 둥근 자국을 빤히 보았다.

"들개가 들어와서 볼일이라도 본 모양이오."

영 틀린 말은 아니었다. 들개만도 못한 놈이 본 볼일이긴 하지만,

어찌 되었건 불쾌한 것은 마찬가지였다. 여란은 물을 부어 그 자국을 씻어 내고 환라가 보고 있던 쇳조각을 같이 보았다.

"이거 칼 조각 아니오?"

"내가 보기에도 그렇다."

여란은 고개를 기울이며 그것을 빤히 보다가 인상을 찌푸리고는 빗자루와 소금을 가져왔다.

"불길하니까 쓸어 버립시다. 형님은 여기에 소금 좀 뿌려 주시오."

여란이 내민 그릇을 받아 든 환라가 얼룩과 칼 조각이 있던 자리에 소금을 뿌렸다. 할 일을 마친 환라가 우아하게 손바닥을 터는 사이 여란이 빗자루를 구석에 세워 놓고 환라에게 돌아오며 활짝 웃었다.

"우리 아침은 한월각에 가서 먹읍시다."

환라는 고개를 끄덕이고 여란과 함께 나갈 준비를 했다.

단정하게 차려입은 두 사람은 마을을 벗어나 저잣거리로 들어왔다.

한월각 앞에 도착한 환라가 안으로 들어가기 위해 대문을 밀었으나 문은 열리지 않았다. 여란이 환라의 어깨를 톡톡 두드리고 그녀에게 따라오라고 손짓했다.

"그 문은 사시 반 각(오전 10시)은 되어야 열리오."

여란은 건물을 돌아 들어가 뒷문을 열었다. 마주친 하인들과 인사를 나누며 여란과 환라는 계단을 올랐다. 그러다 4층에서 내려오던 양야와 마주쳤다. 그는 평소보다 훨씬 단정한 차림새였다.

여란이 가끔 아침을 얻어먹으러 왔을 때, 양야는 항상 장포를 여미지도 않고 가슴팍을 반쯤 드러낸 채 내려왔다. 새까만 머리카락 또한 하얀 연기와 아무렇게나 뒤엉켜 있었다. 그런데 오늘은 앞섶도 잘 여몄고 머리도 단정하게 올리고 있었다.

이유는 이제 묻지 않아도 알 것 같았다.

여란은 식탁으로 가며 자연스럽게 환라의 옆자리를 비워 두었다. 양야는 하인에게 식사를 부탁하고 환라의 옆에 앉았다.

"간밤엔 평안하셨습니까?"

"그렇다."

"다행입니다."

양야의 입가에 나긋하고 요염한 미소가 걸렸다. 환라는 저를 가만히 응시하는 시선에 어쩐지 부끄러워졌다. 아무렇지 않은 척하며 고개를 돌렸으나 양야의 시선은 여전히 환라의 볼에 붙어 있었다.

여란이 두 사람을 보며 고개를 절레절레 흔들고는 환라와 양야 앞에 물을 따라 주었다. 양야가 제 물을 한 모금 마시고 환라의 잔과 바꿔 주었다. 기미를 해 준 것이었다. 환라는 여우 털이 살갗에 닿을 때처럼 간질거리는 기분을 지우기 위해 다른 말을 꺼냈다.

"정위는 어디 있는가?"

"정위는 정문이 열리는 시간 즈음에나 올 거요."

"여기 사는 게 아니었는가?"

"한월각에서 일하는 사람들은 대부분 오라버니 집에서 살고 있소."

환라는 그게 무슨 말인가 해서 고개를 돌렸다. 그러자 환라 쪽으로 몸을 반쯤 기울인 채 턱을 괴고 있는 양야와 눈이 마주쳤다. 얼굴이 가깝다고 생각하자마자 환라의 심장박동이 조금씩 빨라졌다. 그녀는 다시 고개를 돌려 여란을 보았다. 그녀의 행동을 설명해 달라는 것으로 이해한 여란이 입을 열었다.

"궁궐 앞에 다섯 갈래로 뻗은 대로가 있지 않소? 제일 왼쪽 길로 가면 대궐 같은 집이 나오는데 그게 저 양반 집이오. 가족이 없거나 형편이 좋지 못한 한월각 사람들에게 집을 다 내주었다오. 정작 본인은 여기서 혼자 살면서 말이오."

여각에는 항상 숙박하는 손님이 있으니 혼자 산다는 말은 어울리지 않았다. 환라는 저도 모르게 문 쪽을 쳐다봤다. 그러고 보니 방은 많은데 숙박하는 사람은 본 적이 없었다.

한월각의 사정이 좋지 않아 일하는 자들에게 삵을 제대로 주지 못하는 건가 싶었다. 그 때문에 형편이 좋지 않은 자들이 많아져 양야가 제집을 내어 준 게 아닌가 하는 생각마저 들었다.

그런데도 가난한 백성들을 돕는다니. 칭찬해야 마땅한 일이었다. 하지만 동시에 양야가 무리하고 있는 것은 아닌지 걱정스러웠다.

"혹 사정이 어려운 것인가?"

환라의 말이 끝나자마자 여란이 호탕한 웃음을 터트리며 식탁을 내리쳤다.

"아하하하!"

환라는 여란이 왜 웃는지 몰라 그녀를 빤히 보았다. 하지만 여란은 웃느라 정신이 없었다. 고개를 돌려 양야를 봤으나 그 역시 묘한 미소를 짓고 있을 따름이었다. 보아하니 여란이 웃는 이유를 설명해 줄 것 같진 않았다. 환라는 여란이 웃음을 멈출 때까지 기다리며 물을 마셨다.

음식이 나오기 시작할 즈음 여란의 웃음도 잦아들었다.

"미안하오. 오라버니의 사정이 어려운지 걱정하는 사람은 처음이라."

환라가 괜찮다는 듯 고개를 끄덕였다. 여란이 젓가락을 들며 여전히 웃음기가 가시지 않은 목소리로 말을 이었다.

"오라버니가 가지고 있는 돈을 다 합치면 작은 나라 하나는 살 수 있을 것이오."

양야가 운영하는 상단 '한월'은 대부업, 여숙업, 중개업 등 수많은 일을 독점하다시피 하고 있었다. 양야가 가진 돈을 전부 합치면 나라를 세울 수 있을 정도였다. 물론 한월의 규모가 어떤지 모르는 환라는 그저 여란의 말을 재미있는 농담이라고 생각했다. 양야의 사정이 제 생각만큼 나쁘지 않다는 것은 알았지만 말이다.

"그리고 한월각은 여각이 아니오. 물론 오라버니네 상단에서 여숙업도 하고 있긴 하지만 여기에서 하진 않소."

"하지만 객주라고 부르지 않는가?"

"저희 집안에서 처음 일을 시작할 때 객잔를 운영하였기에 그 호칭이 굳어진 것입니다."

양야가 대답하며 음식들에 은침을 꽂았다. 그는 변색이 없는 것을 확인하고 나서야 생선 살을 발라 환라의 숟가락 위에 올려 주었다. 양야가 은침을 꽂기 전부터 이미 식사를 시작한 여란이 씹던 것을 꿀꺽 삼키고 맞장구쳤다.

"맞소. 여숙업은 어제 우리가 갔던 찻집 근처에 있는 한여각에서 한다오."

환라가 고개를 끄덕이며 생선 살을 입에 넣었다. 그 모습을 뿌듯하게 보고 있던 양야의 귀에 찻집이라는 단어가 유난히 크게 들렸다. 양야가 환라의 밥 위에 도라지를 얹어 주며 물었다.

"어제 그 근처에서 소란이 있었다 들었습니다. 다친 곳은 없으십니까?"

그러고는 여란 쪽으로 고개를 돌렸다. 양야와 눈이 마주치자 입을 크게 벌리던 여란이 괜히 제 발이 저려 숟가락을 내려놓았다.

"왜 나를 보시오?"

"저잣거리에서 소란이 일었다고 하면 십중팔구는 네 이야기지 않느냐."

정곡을 찔린 여란이 입을 합 다물었다. 그러다 곧 울화가 치밀었는지 숟가락을 멱살잡이처럼 흔들며 투덜거렸다.

"아니, 그럼 시비를 거는데 그냥 나 죽었소- 하고 가만히 있어야 하오?"

"그저 네 유명세를 알 텐데 시비를 걸었다는 게 신기해 물어본 것이니 흥분하지 말렴."

"유명하기는……."

여란이 민망하다는 듯 목을 가다듬고 다시 밥을 떠먹었다. 그녀가 음식을 꿀꺽 삼키자 양야가 다시 물었다.

"그래서 어찌하였느냐?"

"어찌긴 뭘 어쩌오. 형님하고 같이 흠씬 두들겨 패 주었지! 허우

대는 멀쩡한 놈들이 여자 둘을 상대로 다섯씩이나 덤벼들고 말이야. 부끄러운 줄 알아야지."

"다섯?"

양야가 혼잣말처럼 물었다. 여란은 고개를 끄덕이고 다시 밥 먹는 것에 집중했다. 양야는 환라의 숟가락 위로 소불고기를 올려 주며 어제 여란의 집에 찾아온 놈들을 떠올렸다.

그놈들도 딱 다섯 명이었다. 그들이 여란과 환라에게 복수하기 위해 찾아왔다는 것을 양야는 어렵지 않게 유추할 수 있었다. 겁을 주어 쫓아내긴 했으나 또 해코지하려 찾아올지도 모른다. 환라야 궁으로 돌아가면 그만이라 쳐도 여란은 위험했다.

"당분간 한월각에서 지내는 게 좋겠구나."

여란은 손을 내저었지만 환라의 생각은 달랐다. 그녀는 여란의 집 마당에 흩어져 있던 칼날들을 떠올렸다. 제아무리 여란이라도 자는 도중에 사내 다섯의 습격을 받는다면 목숨을 장담하기는 어려웠다.

"양야의 말이 옳다."

"에이, 됐소."

여란은 대수롭지 않게 넘겼으나 환라는 번준철의 아들이 저와 여란을 쳐다보던 눈빛을 잊을 수 없었다. 분명 머지않아 고약한 짓을 할 것이다.

환라가 걱정스러운 눈으로 빤히 바라보자 여란의 마음이 흔들렸다. 그녀는 양야에게 신세 지고 싶지 않아 괜히 냉수도 들이켜고 먼 산도 바라보았으나 환라의 시선은 그대로였다. 여란은 결국 백기를 들었다.

"알겠소! 대신 형님도 당분간 한월각에 계십시다. 그놈들이 나만 노리진 않을 것 아니오."

환라는 여란의 제안이 퍽 달가웠다. 안 그래도 괴물이 나오는 숲에서 혼자 잠들기 꺼림칙했던 탓이었다. 환라가 양야에게 양해를 구하기 위해 고개를 돌렸다. 양야는 환라의 입술이 벌어지기도 전에 수락했다.

"공자라면 언제든 환영입니다."

양야의 말에 환라가 묘한 미소를 머금었다. 한눈에 환라가 여자인 것을 알아본 여란과 달리, 양야는 아직도 환라가 여자인 것을 모른다고 생각한 까닭이었다.

'오늘은 꼭 말해야겠다.'

그렇게 결심하며 환라는 고개를 끄덕였다. 하지만 언제 말을 꺼내야 할지 몰라 난감했다.

그렇게 어영부영 시간이 지났다. 정위가 한월각에 출근하자 환라는 말할 기회를 잡기가 더 어려워졌다. 환라는 정위와 여란이 아웅다웅하는 것을 보며 자연스럽게 말이 나오길 기다렸다. 그러던 차에 양야가 달가운 제안을 했다.

"제가 어제 한 말 기억하십니까?"

그녀가 고개를 끄덕이자 날씨를 확인한 양야가 그녀의 손을 잡고 일어났다.

"우리는 잠시 나갔다 올 테니 놀고 있거라."

"놀긴요. 일해야죠."

"나는 놀고 있겠소."

정위와 여란이 나란히 대답하는 것을 들으며 양야는 환라를 이끌었다.

밖으로 나가자 마차 한 대가 준비되어 있었다. 양야가 먼저 움직여 마차의 문을 열어 주었다. 환라가 마차에 오르자 뒤이어 양야도 안으로 들어왔다. 곧 마차가 움직이기 시작했다. 환라는 풍경이 흐르는 것을 보다가 양야에게 물었다.

"어디로 가는 것인가?"

"가 보시면 압니다."

양야가 의뭉스럽게 미소 지으며 환라의 손을 꼭 잡았다.

단둘이 좁은 공간에 있자 환라는 또다시 양야가 지나치게 신경 쓰였다. 설상가상으로 양야는 환라의 옆에 바짝 붙어 그녀의 손마디를 훑거나 손톱을 만지작거리고 있었다. 환라는 애써 손에서 느껴지는 감촉들을 무시하며 창밖을 바라봤다.

저에게는 눈길조차 주지 않는 환라를 빤히 보던 양야가 나직한 목소리로 환라를 불렀다.

"환."

다정한 음색에 환라의 어깨가 움찔거렸다. 양야는 그녀의 턱을 손끝에 걸치고 제 쪽으로 가볍게 끌어왔다. 환라는 버티지 않고 양야가 움직이는 대로 고개를 돌렸다.

마주한 눈이 요사스럽게 휘었다.

"밖에 볼 것이 그리도 많습니까?"

붉은 입술이 환라의 시야에 가득 찼다. 별다를 것 없는 색감이 오늘따라 지나치게 자극적으로 보였다. 환라는 저도 모르게 눈을 질끈 감았다. 양야의 숨결이 가까워지는 게 느껴졌다. 죄책감이 환라의 가슴을 쿡쿡 쑤셨다. 환라는 양야의 손을 붙잡아 내리며 몸을 뒤로 뺐다.

고개를 들자 나른하게 내리깐 눈동자가 환라를 응시하고 있었다. 그 안에 담긴 애정을 느껴졌다. 그러자 숨겨 왔던 사실 하나가 입 밖으로 툭 내던져졌다.

"나는 사내가 아니다."

양야가 미소 띤 얼굴로 고개를 기울였다. 너무나 당연한 소리를 왜 갑자기 꺼내는 것인지 의아했던 까닭이었다.

하지만 환라는 제 고백이 너무나 충격적이어서 양야가 이해하지 못했다고 생각했다. 환라의 표정이 심각해지자 양야가 허리를 세웠다. 지나치게 가까웠던 거리가 제법 멀어졌다. 환라는 그 간격에 아쉬움을 느끼며 다시 입을 열었다.

"나는 여인이다."

환라는 가만히 앉아 양야의 분노를 기다렸다. 그의 감정을 어렴풋이 짐작하면서도 성별을 속이고 있었기 때문이었다. 분명 배신감을 느낄 것이라 예상했으나 양야의 표정에는 아무런 변화가 없었다.

환라가 어리둥절한 눈으로 양야를 보았다. 양야도 같은 눈으로 환라를 보고 있었다.

그는 환라가 다른 말을 하기 위해 운을 띄웠다고 생각했다. 하지만 한참을 기다려도 환라는 말을 잇지 않았다. 두 사람은 서로를 멀뚱히 바라보다가 마차가 한 번 덜컹거리고 나서야 정신을 차렸다. 양야가 뒤늦게 대답했다.

"알고 있습니다."

환라의 눈빛이 더 혼란스러워졌다.

"이제껏 나를 공자라고 부른 것은 내가 남장을 하고 있었기 때문인가?"

"예. 숨기고 계신데 낭자라 부르면 곤란하실 것 같아 그리하였습니다."

잠시 두 사람 사이에 침묵이 흘렀다. 그러는 와중에 환라의 등 뒤로 흐드러지게 핀 무궁화가 가득 들어찼다.

얼마 지나지 않아 마차가 멈춰 섰다. 양야는 마차 문을 열고 환라에게 손을 뻗었다. 환라가 조금 얼떨떨한 표정으로 양야의 손을 잡고 내려왔다. 양야는 그제야 문득 환라가 왜 하필 입을 맞추려던 차에 그렇게 비장하게 자신이 여자인 것을 밝혔는지 깨달았다. 양야가 웃음기 어린 목소리로 물었다.

"제가 사내를 좋아하는 줄 아셨습니까?"

환라가 대답하지 않고 멋쩍은 미소를 지었다. 양야는 그녀의 미소를 빤히 바라보았다. 환라가 민망함에 고개를 돌리자 양야는 환라의 반대편으로 넘어가 허리를 숙여 장난스럽게 눈을 맞췄다. 그녀는 양야의 시선을 피하며 말을 돌렸다.

"내가 여인이라는 것은 어떻게 알았는가?"

달콤한 미소를 머금은 양야가 환라를 무궁화 나무 사이에 난 길로 이끌었다.

환라의 성별을 눈치채는 건 어렵지 않았다. 두 성별은 풍기는 냄새부터가 다르기 때문이었다. 아주 어리거나 늙으면 모호해지긴 하지만 청년의 냄새를 구분하는 것은 어렵지 않았다. 성별뿐만 아니라 양야는 냄새로 병든 사람도 구분할 수 있었다. 여우의 코와 사람의 코는 근본적으로 다르기에 가능한 일이었다.

"처음 뵈었을 때부터 그냥 여인이라고 생각했습니다."

"내가 사내였다면 큰일 날 뻔했구나."

환라가 작게 웃으며 농을 걸었다. 양야는 꽃잎처럼 붉고 둥그런 미소를 입가에 물고 환라의 손을 잡았다.

"그래도 변하는 건 없었을 겁니다."

그 말이 환라에게 위안과 걱정을 동시에 안겨 주었다. 하나의 근심을 치우자 또 다른 근심이 생겼다. 그녀는 고개를 돌려 양야의 얼굴을 보았다.

"내가 여염집 여인이 아니어도 변함없었겠는가?"

환라의 얼굴에 연기처럼 희뿌연 불안이 드리웠다. 양야는 걸음을 멈추고 그녀의 눈을 들여다봤다. 조마조마한 기색이 어려 있었으나 시선은 양야를 향해 곧게 뻗어 있었다. 양야는 흘러넘치는 애정을 견디지 못하고 그녀의 이마에 입을 맞췄다. 환라가 둥그렇게 뜬 눈으로 양야를 올려다봤다. 토끼 같은 표정에 양야가 웃음을 터트렸다. 그리고 그대로 환라의 손을 잡고 걸었다.

두 사람은 곧 무궁화 숲 가운데에 도착했다. 커다랗고 새하얀 꽃잎이 따뜻한 바람에 흔들리며 향기를 퍼트렸다. 환라는 입맞춤도 잊은 채 천천히 돌며 사방을 보았다. 새하얗고 붉은 무궁화가 지평선 너머까지 흐드러지게 피어 있었다. 환라의 입에서 저절로 감탄이 흘러나왔다.

"아름답다."

한 종류의 꽃이 이렇게 많이 모여 있는 것은 처음 보는 광경이라 환라는 넋을 놓고 꽃을 바라보았다. 그녀의 얼굴에 떠오른 경탄을 보며 양야가 미소 지었다.

"한월에서 관리하는 무궁화 숲입니다. 꽃이 흐드러지게 피었다는 이야기를 듣고 환이 생각이 났습니다."

아름다운 것을 들으니 당신이 생각났다는 말뜻은 명확했다. 환라는 당혹스러울 정도로 두근거리는 심장을 품은 채 양야를 바라보았다. 양야가 무궁화 꽃 하나를 꺾어 날카로운 꽃대를 부러트리며 말했다.

"무궁화 꽃의 붉은 부분은 단심이라 합니다. 가지는 꺾어 땅에 심으면 다시 피어납니다. 꺾어도, 꺾어도 붉은 마음이 계속해서 피어나는 것입니다."

그는 곱게 정돈된 하얗고 붉은 꽃을 환라의 상투관 옆에 꽂아 주었다.

"그래서 꼭 환에게 보여 드리고 싶었습니다."

환라는 손을 들어 꽃잎을 만졌다. 온몸이 뒤흔들릴 정도로 가슴이 뛰었으나 머릿속은 오히려 차분했다. 환라는 그토록 궁금해하던 이 감정이 무엇인지 깨달았다.

이것은 연모였다. 이토록 붉고 선명한 감정이 연정이 아니면 무엇이겠는가.

하지만 환라는 망설여졌다. 그녀는 황제가 될 몸이다. 황제는 여러 명의 반려를 둘 수 있기에 양야를 품고 싶으면 품으면 그만이었다. 하지만 양야가 그것을 원할지는 미지수였다. 황제가 아니면 단 한 명의 반려만 둘 수 있기에 제 반려를 다른 사람과 나눠야 한다는 것은 범인의 생각으로는 불가능한 일이었다.

환라의 고운 얼굴이 다시 흐려지자 양야가 그녀에게 다가가며 장난스레 물었다.

"여염집 여인이 아니시면 궁에 사는 여인이십니까?"

환라가 다시 놀란 얼굴로 양야를 보았다. 괜한 농인가 싶었으나 그의 얼굴에서 장난스러운 기색은 찾아볼 수 없었다. 오히려 모든 것을 알고 답을 기다리는 사람처럼 느껴졌다. 문득 양야가 놀라는 것을 본 적이 없으며 언제나 다 안다는 듯 행동한다고 투덜거리던 여란의 목소리가 떠올랐다. 이내 환라의 얼굴에 허탈하고 후련한 미소가 떠올랐다.

"나는 공주다."

역시나 양야의 미소는 변하지 않았다.

"이것도 내가 숨기는 것 같기에 모른 척한 것인가?"

"그렇습니다."

환라는 신기하다는 듯 양야를 쳐다보았다. 도대체 어떻게 안 것일까? 자주 얼굴을 마주하는 궐겸조차 공주와 나환이 같은 사람이라는 것을 알아차리지 못했다. 그녀의 얼굴에 의문이 깃들자 양야가 잡고 있던 손을 놓고 그녀의 허리를 느린 몸짓으로 휘어 감았다. 양야의 반대쪽 손끝이 환라의 머리카락과 예민한 귓가를 부드럽게 스치고 지나갔다.

"얼굴을 가렸다 한들, 제가 어찌 당신을 못 알아볼 수가 있겠습니까?"

"내가 공주여도 마음을 접지 않겠다는 말인가?"

"환은 제가 요괴라면 마음을 접으시겠습니까?"

환라는 제 심장이 뛰는 것을 느꼈다. 밀착된 몸에 열기가 돌고, 꽃향기를 머금은 숨에 가슴이 부풀어 올랐다.

"상관없다. 그대가 요괴든, 귀신이……."

양야는 제 심장을 헤집는 감정을 이기지 못하고 환라의 입술을 가득 머금었다.

환라의 눈이 커다랗게 떠졌다가 서서히 감겼다. 나비의 날갯짓처럼 파르라니 떨리는 속눈썹을 보자 양야의 가슴 속에서 희열이 돌풍처럼 몰아쳤다. 미지근하고 부드러운 입술이 양야의 입 안으로 들어왔다. 그의 몸속으로는 평소와 비교할 수도 없을 정도로 많은 정기가 쏟아져 들어왔다.

하지만 그의 신경은 온통 환라의 입술에 쏠려 있었다. 붉고 부드럽고 젖은 살결을 포식자처럼 씹어 삼키고 싶었다. 그 안을 침범하고 헤집어 제 냄새를 묻히고 싶었다.

다른 것들이 감히 넘보지 못하도록.

양야는 짐승의 본능을 억누르기 위해 애썼다. 하지만 그의 팔에는 자연스럽게 힘이 들어갔다. 환라가 움찔거리자 양야는 그녀의 목덜미와 어깨를 달래듯 어루만졌다.

환라는 발끝이 저리고 몸에 힘이 들어갔다. 입술을 벌렸다 오므릴 때마다 얇은 살결이 비벼졌다. 가끔 환라의 입술에 양야의 뜨거운 혀끝이 닿기도 했다. 그럴 때마다 환라는 어쩔 줄 모르고 움찔거렸다. 숨을 어떻게 쉬어야 하는지조차 잊고 양야의 옷자락을 꽉 움켜잡았다. 심장이 터질 듯이 뛰었다. 숨이 막혀 고개를 젖히자 양야의 입술이 떨어져 나갔다. 그제야 환라는 물 밖으로 나온 사람처럼 숨을 터트렸다.

"하아……. 하아……."

양야가 환라를 내려다보았다. 공작처럼 우아하던 눈은 반쯤 감겨 있었고 백옥 같은 얼굴에는 붉은 기가 돌았다. 젖은 입술 사이로는 밭은 숨이 쏟아지고 있었다. 양야의 눈길은 다시 환라의 입술에 붙잡혔다. 그는 젖은 입술을 혀로 훑으며 야살스럽게 웃었다.

천천히 다가오는 양야를 보며 요물이 따로 없다고 생각하면서도, 환라는 다시 눈을 감았다.

커다란 손이 환라의 팔뚝을 부드럽게 감쌌다. 손바닥 밑으로 환라의 근육이 움츠러드는 게 생생하게 전해졌다. 질끈 감은 두 눈과 옷자락을 움켜쥔 양손이 믿을 수 없을 정도로 사랑스러웠다. 양야는 소리 내어 작게 웃으며 환라의 입술에 짧게 입을 맞췄다.

"숨은 언제까지 참으실 겁니까?"

그제야 환라가 천천히 숨을 내쉬며 양야를 바라보았다. 붉은 입술이 시야에 들어차자 그녀는 다시 입을 맞추고 싶었다. 동시에 당장 달아나고 싶을 만큼 부끄러웠다. 어느 쪽이 진짜 제 감정인지 알 수 없었으나 환라는 양야를 보았다.

환라의 얼굴이 무궁화의 단심처럼, 제 마음처럼 붉게 물들었다.

양야는 제 마음을 감출 수도, 감출 필요도 없다는 것을 깨달았다. 그는 환라의 입술에 짧게 입을 맞추고 그녀를 꼭 끌어안았다.

"무궁화 가지를 꺾어 드리겠습니다. 환이 사는 곳 뜰에 심어 주세요."

"그리 하겠다."

"그리고……."

환라가 양야의 품에서 고개를 들었다. 양야는 낮게 웃으며 환라의 잔머리를 손끝으로 쓸었다.

"제가 무엇이든 변치 않겠다고 약조해 주십시오."

"약조하겠다."

"그리 쉽게 결정하실 일이 아닙니다."

양야가 환라를 놓아주며 굳은 목소리로 말했다. 그녀를 내려다보는 얼굴에 언뜻 서글픈 기색이 어렸다. 환라는 그의 볼을 쓰다듬다가 몸을 돌려 무궁화 한 송이를 꺾었다. 붉은 마음을 품은 새하얀 꽃이 양야의 귓가에 끼워졌다.

"이러면 되겠는가?"

양야가 웃음을 터트리며 고개를 끄덕였다.

환라는 그의 손을 잡고 다시 길을 걸었다. 해는 적당히 따사롭고 하늘은 맑았다. 바람에 흔들리는 여린 꽃잎을 구경하는 것도 평화롭고 흡족했다. 무엇보다 제 손을 감싸고 있는 커다랗고 뜨거운 손이 마음에 들었다. 가끔 눈이 마주치면 미소가 피어올랐다. 나란히 걸음을 맞춰 걷는, 별것 아닌 일도 신비롭게 느껴졌다.

환라가 시선을 내리깔고 자신의 왼발과 양야의 왼발이 동시에 내밀어지는 것을 바라보았다. 그러다 무궁화 나무 밑에 핀 봉숭아가 눈에 들어왔다.

환라가 걸음을 멈추자 양야가 그녀를 보며 미소 지었다.

"무엇을 그리 유심히 보십니까?"

"봉숭아가 피었다."

"여름이 오려나 봅니다."

"예전에 한 번, 어머니께서 약지에 봉숭아로 꽃물을 들여 주셨다."

"낙랑의 풍습이로군요."

환라가 고개를 들어 양야를 보았다. 그는 길 한쪽에 마련해 놓은 의자로 환라를 이끌며 말했다.

"낙랑의 사람들은 액을 막고 역신을 쫓기 위해 약지에 봉숭아 물을 들인다 하였습니다."

"어머니께서도 그리 말씀하셨다. 어쩌면 어머니의 고향이 낙랑일지도 모르겠다."

환라는 신기한 마음에 제 손을 펼쳐 보았다.

지금은 제국의 영토로 낙랑 현이라 불리지만 불과 24년 전만 해도 오래된 왕국이었다. 낙랑의 옥과 비옥한 땅을 탐낸 선황은 낙랑을 침략했고 쇠퇴하고 있던 왕국은 그대로 몰락하였다. 왕족은 멸하였으나 황제를 따르겠다고 맹세한 인재는 교화한 뒤 관직을 하사했다.

어쩌면 제 어머니도 그때 궁으로 들어온 것일지도 모른다고, 환라는 생각했다.

"그 뒤로 매해 여름이면 손가락에 물을 들였다."

환라는 아쉬운 눈으로 깨끗한 손을 내려다보았다. 그 위로 양야의 손이 겹쳐졌다. 시야에 다른 손이 들어오자 환라가 자연스럽게 고개를 돌렸다.

"이번에는 제가 해 드리겠습니다."

"그럼 나는 양야 네 손에 꽃물을 물들여 주겠다."

"좋습니다."

"꽃을 따야겠다."

양야가 고개를 끄덕이고 자리에서 일어났다. 그녀는 양야의 손을 잡고 봉숭아를 따기 위해 허리를 숙였다.

그때였다.

무궁화 나무 사이에서 커다란 구렁이가 고개를 쳐들었다.

생김새를 보아하니 독사는 아니었다. 하지만 크기가 워낙 커 물리면 손목이 꿰뚫릴 것 같았다. 환라는 숨을 참으며 천천히 손을 치웠다. 다행히 구렁이는 환라에게 관심을 보이지 않았다. 대신 머리를 흔들며 양야를 보았다.

위험을 느낀 환라가 느리게 일어나 양야를 보호하듯 가로막으며 뒷걸음질 쳤다. 양야가 그제야 환라가 있던 자리를 보았다.

머리만 들고 있던 구렁이가 비단 스치는 소리를 내며 밖으로 나왔다.

「저를 기억하십니까? 우물에서 구해 주셨던 뱀입니다. 백호선께서 자리를 비웠다는 소식을 듣고 바로 달려왔습니다.」

뱀이 쉭쉭거리며 머리를 흔들었다. 묘은에게서 자신이 만난 사람이 양야라는 말을 듣고 제 딴에는 애교를 부리는 것이었지만 환라의 눈에는 공격하려는 것처럼 보이었다. 달려들면 공격해야겠다는 생각에 환라가 허리에 찬 채찍을 뽑으려 할 때였다.

갑자기 주변이 어두워졌다.

환라가 놀라 고개를 들었다.

순식간에 어두운 구름이 하늘을 뒤덮고, 강한 돌풍이 휘몰아쳤다. 바람에 휩쓸린 새하얀 무궁화가 폭설처럼 떨어지며 흩날렸다. 동시에 마른하늘에서 벼락이 내리쳤다.

눈앞이 번쩍이는 순간, 환라의 몸이 쓰러졌다.

"환!"

양야가 빠르게 떨어지는 환라의 몸을 받으며 자리에 주저앉았다. 그러자 뱀이 바람 소리를 내며 소리쳤다.

「백, 백호선 님!」

양야가 고개를 들었다. 관상어의 지느러미처럼 하늘거리는 수십 겹의 옷, 허공에 휘날리는 새하얀 머리카락이 보였다. 괴괴하게 빛나는 노란 눈동자 한 쌍은 환라를 꿰뚫을 듯 쳐다보고 있었다.

〈다음 권으로〉